Honoré de Balzac

Junggesellenwirtschaft

Roman

Übersetzt von Franz Hessel

Honoré de Balzac: Junggesellenwirtschaft. Roman

Übersetzt von Franz Hessel.

Un ménage de garçon (La Rabouilleuse). Erstdruck: Paris, 1842. Hier in der Übersetzung von Franz Hessel, Berlin, Rowohlt, 1924.

Neuausgabe
Herausgegeben von Karl-Maria Guth
Berlin 2016

Umschlaggestaltung von Thomas Schultz-Overhage unter Verwendung des Bildes: David Murray Smith, Junggesellenwirtschaft, 1897

Gesetzt aus der Minion Pro, 11 pt

Verlag: Henricus - Edition Deutsche Klassik GmbH
Mörchinger Str. 33, 14169 Berlin, info@henricus-verlag.de
Druck: Libri Plureos GmbH, Friedensallee 273, 22763 Hamburg

ISBN 978-3-8430-9311-8

Bibliografische Information der Deutschen Nationalbibliothek

Die Deutsche Nationalbibliothek verzeichnet diese Publikation in der Deutschen Nationalbibliografie; detaillierte bibliografische Daten sind im Internet über www.dnb.de abrufbar.

Im Jahre 1792 besaß die Bürgerschaft von Issoudun einen Arzt namens Rouget, der im Rufe großer Bosheit stand. Einige behaupteten dreist, er quäle seine Frau, obwohl sie die Schönste in der ganzen Stadt war. Sie wird wohl etwas dumm gewesen sein. Trotz aller Neugier der Freunde, allem Geschwätz der Gleichgültigen und aller üblen Nachrede der Neidischen wußte man nicht recht, wie es im Hause Rouget zuging. Der Doktor gehörte zu den Menschen, von denen man sagt: »Mit dem ist nicht gut Kirschen essen.« Solange er lebte, hielt man den Mund und zeigte ihm eine freundliche Miene. Seine Frau, eine geborene Descoings, war schon als junges Mädchen recht schwächlich gewesen, und das soll den Arzt mit veranlaßt haben, sie zu heiraten. Sie bekam erst einen Sohn und dann, seltsamerweise zehn Jahre später, eine Tochter. Die hatte, wie alle Leute meinten, der Doktor, obwohl er Arzt war, gar nicht mehr erwartet. Dieses späte Kind hieß Agathe. Bei solchen einfachen und nicht ungewöhnlichen Einzelheiten brauchte der Erzähler sich nicht gleich zu Beginn seiner Geschichte aufzuhalten, wenn ihre Kenntnis nicht notwendig wäre, um einen Mann vom Schlage des Doktors zu verstehen und ihn nicht schlechthin für ein Ungeheuer, einen unnatürlichen Vater zu halten, während er doch nur den üblen Neigungen nachgab, die sich gewöhnlich mit dem Grundsatze rechtfertigen: »Ein Mann muß Charakter haben!« Diese Männermaxime hat schon manche Frau unglücklich gemacht.

Rougets Schwiegereltern waren Wollagenten. Sie verkauften für die Viehzüchter und kauften für die Händler das goldene Vließ aus dem Lande Berry und bekamen von beiden Seiten ihre Provision. Dabei wurden sie reich und geizig, was bei vielen Existenzen zusammentrifft. Ihr Sohn, Descoings junior, der Bruder der Frau Rouget, mochte nicht in Issoudun bleiben. Er ging auf gut Glück nach Paris und ließ sich als Kaufmann in der Rue Saint-Honoré nieder. Und das war sein Verderben. Den Krämer zieht es nun einmal zum Handel mit der gleichen Stärke, mit der es den Künstler davon abstößt. Man hat noch nicht genügend erforscht, welche sozialen Kräfte die Menschen in die verschiedenen Berufe treiben. Seit der Sohn nicht mehr des Vaters Handwerk ergreifen muß, wie bei den Ägyptern, muß man sich fragen: Warum wird einer lieber Papierhändler als Bäcker? Bei der Berufswahl des jungen Descoings hatte dann noch die Liebe mitgesprochen. »Ich will auch Krämer werden!« sagte er sich und sagte sich noch mehr beim Anblick der Frau Krämerin, einer prachtvollen Person, in die er sich als Gehilfe sterblich verliebte. Und mit viel Geduld und ein wenig Geld, das ihm seine Eltern schickten, hat er dann wirklich die Witwe seines Vorgängers, des Herren Bixiou, geheiratet. Im Jahre 1792 galt Descoings für einen glücklichen Geschäftsmann.

Damals lebten die alten Descoings noch. Mit Wolle gaben sie sich nicht mehr ab, sie legten ihr Geld in Nationalgütern an: der Ankauf dieser staatlich aufgeteilten Ländereien war auch ein goldenes Vließ! In der sicheren Hoffnung, bald den Verlust seiner Frau beweinen zu dürfen, schickte ihr Schwiegersohn Rouget seine Tochter nach Paris zum Schwager, einmal, damit sie die Hauptstadt kennen lernte, und dann noch aus einer besonderen Hinterlist: Der Schwager Descoings war kinderlos. Seine Frau war zwar sehr gesund, aber fett wie eine Wachtel nach der Weinlese; als erfahrener Arzt sah der schlaue Rouget voraus, daß dies Ehepaar immer glücklich sein, aber, im Widerspruch zu der Märchenmoral, keine Kinder haben würde. Dann konnten also die beiden seine Agathe ins Herz schließen. Er hatte ja die Absicht, seine Tochter zu enterben, und hoffte, wenn er sie verpflanzte, dieses Ziel zu erreichen. Das junge Geschöpf, damals das schönste Mädchen von Issoudun, sah weder dem Vater noch der Mutter ähnlich. Agathes Geburt hatte den Doktor Rouget lebenslänglich entzweit mit seinem intimen Freund, dem früheren Subdelegierten Lousteau, der Issoudun gerade verlassen hatte. Wenn eine Familie aus einem so wohnlichen Orte, wie Issoudun einer ist, auswandert, haben die Bewohner das gute Recht, nach den Ursachen dieses ungewöhnlichen Entschlusses zu forschen. Böse Zungen behaupteten, Herr Rouget habe geschworen, daß Lousteau nur von seiner Hand sterben werde. Wenn das ein Arzt sagt, hat solch ein Wort Gewicht. Als die Nationalversammlung die Subdelegationen aufhob, verließ Lousteau die Stadt Issoudun auf Nimmerwiedersehn. Seit die Lousteaus fort waren, verbrachte Frau Rouget ihre ganze Zeit bei der Schwester des früheren Subdelegierten, einer Frau Hochon, diese war Patin ihrer Tochter Agathe und das einzige Wesen, dem sie ihr Herz ausschüttete. Das Wenige, was die Stadt Issoudun über die schöne Frau Rouget erfahren hat. stammt von dieser guten Dame her und erst aus der Zeit nach dem Tode des Doktors.

Als ihr Mann davon sprach, daß er Agathe nach Paris schicken wolle, war Frau Rougets erstes Wort: »Ich werde mein Kind nicht wieder sehen!« – »Und leider hat sie richtig geahnt«, pflegte die vortreffliche Frau Hochon zu sagen.

Nun wurde die arme Mutter quittengelb, und die da behaupteten, Rouget martere seine Frau langsam zu Tode, schienen recht zu behalten. Das tölpelhafte Benehmen ihres Sohnes trug auch sein Teil dazu bei, blöde Bursche, dessen Rücksichtslosigkeiten der Vater diese unschuldig beschuldigte Frau zu quälen. Der vielleicht noch ermutigte, war unaufmerksam und respektlos gegen seine Mutter. Jean-Jacques hatte des Vaters üble Eigenschaften geerbt, und viel war schon der Alte an Leib und Seele nicht wert.

Die Ankunft der entzückenden Agathe Rouget in Paris brachte ihrem Onkel Descoings kein Glück. In der Woche oder republikanisch richtiger in der Dekade, in welcher sie eintraf, warf ihn ein Wort Robespierres zu Fouquier-Tinville ins Gefängnis. Descoings war nämlich so unvorsichtig gewesen, die berühmte Teurung für künstlich zu halten, und dazu töricht genug, diese Meinung – er glaubte an Meinungsfreiheit – gegen mehrere Kunden und Kundinnen beim Bedienen zu äußern. Das Unglück wollte es, daß die Bürgerin Duplay, Ehefrau des Tischlers, bei dem Robespierre wohnte, und Wirtschafterin des großen Bürgers, Descoings' Laden mit ihrer Kundschaft beehrte. Die Bürgerin Duplay erblickte in der Ansicht des Krämers eine Beleidigung der Majestät Maximilians I. Die berühmte Aufwärterin des Jakobinerklubs war schon unzufrieden mit dem Geist im Hause Descoings und sah in der Schönheit der Bürgerin Descoings eine heimliche Aristokratie. Sie vergiftete, ehe sie sie ihrem guten, milden Meister wiederholte, Descoings' Worte. Der Krämer wurde unter der üblichen Anklage des Wucheraufkaufs verhaftet. Als Descoings ins Gefängnis kam, bemühte sich seine Frau um seine Befreiung; aber sie benahm sich dabei sehr ungeschickt; die Art, wie sie mit den Richtern über Descoings' Schicksal sprach, konnte den Glauben erwecken, sie wolle auf ehrenvolle Weise ihren Gatten loswerden. Sie kannte den einen der Sekretäre Rolands, des Ministers des Innern, Namens Bridau, welcher zugleich die rechte Hand all derer war, die nacheinander diesen Ministerposten bekleideten. Diesen Bridau setzte sie in Bewegung, um Descoings zu retten. Aber den unbestechlichen Bürovorsteher verhinderte seine törichte und bewundernswerte Tugendhaftigkeit, die Leute, von denen Descoings' Schicksal abhing, zu bestechen; er versuchte, sie aufzuklären! Leute von damals aufklären! – da hätte er sie ebensogut bitten können, die Bourbonen zurückzurufen. Der Minister Roland, der gerade als Führer der Gironde Robespierre bekämpfte, sagte zu Bridau: »Worein mischst du dich?« Alle, die der redliche Sekretär aufsuchte, wiederholten ihm das bittere Wort: »Worein mischst du dich?« Nun gab Bridau der Frau Descoings den guten Rat, sich still zu verhalten; allein, statt sich um die Gunst der Aufwärterin Robespierres zu bemühen, wetterte sie gegen die Verleumderin; sie suchte ein Konventmitglied auf, einen, der für sich selbst zu zittern hatte; der sagte ihr: »Ich werde mit Robespierre darüber sprechen.« Damit beruhigte sich die schöne Krämersfrau, und ihr Beschützer sagte natürlich kein Wort zu Robespierre. Hätte sie lieber der Bürgerin Duplay ein paar Zuckerhüte und etliche Flaschen guten Schnapses geschenkt, sie hätte Descoings retten können. In Revolutionszeiten ist es ebenso gefährlich, sein Heil den Redlichen anzuvertrauen wie den Halunken; rechnen kann man nur auf sich selbst. Im Tode genoß Descoings immerhin die Auszeichnung, zusammen mit André de Chénier das Schaffot zu besteigen. Da umarmten sich zum erstenmal Poesie und Krämerei; sie hatten ja immer heimliche Beziehungen und werden sie immer haben. Descoings' Tod machte übrigens viel mehr Aufsehen als der André de Chéniers. Es mußten dreißig Jahre vergehen, bis man erkannte, daß Frankreich an Chénier mehr als an Descoings verloren hatte. Einen guten Erfolg hat Robespierres Maßregel gehabt: bis zum Jahre 1830 haben sich die eingeschüchterten Krämer nicht mehr mit der Politik befaßt. Descoings' Laden lag nur hundert Schritt von Robespierres Wohnung. Und des Krämers Nachfolger machte schlechte Geschäfte. Das war der berühmte Parfümeriefabrikant Cäsar Birotteau. Übertrug diese unheimliche Nachbarschaft das Unglück und ruinierte den Erfinder der ›Sultaninnenpaste‹ und des ›Eau carminative‹? Diese Frage mögen die okkulten Wissenschaften lösen. Dem Bürovorsteher Bridau hatte, so oft er die Frau des unglücklichen Descoings besuchte, Agathe Rougets stille, kühle, klare Schönheit großen Eindruck gemacht. Nun kam er, die Witwe, die in ihrer Trostlosigkeit das Geschäft ihres zweiten Verstorbenen liegen ließ, zu trösten, und heiratete schließlich noch in der gleichen Dekade das reizende junge Mädchen. Er brauchte nur die Ankunft des Doktors Rouget abzuwarten, der unverzüglich eintraf. Der Arzt war entzückt, daß die Folge der Ereignisse seine Wünsche überholte, denn jetzt wurde seine Frau die einzige Erbin der alten Descoings; er eilte nach Paris, weniger, um der Hochzeit seiner Tochter Agathe beizuwohnen, als um den Ehevertrag in seinem Sinne abfassen zu lassen. Die Selbstlosigkeit und übergroße Liebe des Bürgers Bridau ließen der Gemeinheit des Arztes freie Hand, und der weitere Verlauf dieser Geschichte wird zeigen, wie Rouget die Verblendung seines Schwiegersohnes auszunutzen verstand. Frau Rouget oder genauer der Doktor erbte also den ganzen beweglichen und unbeweglichen Besitz von Vater und Mutter Descoings, die bald danach in einem Abstand von zwei Jahren starben. Zuguterletzt kam Rouget dann mit seiner Frau zum Ziel, die zu Anfang des Jahres 1799 starb. Und er bekam Weinberge, kaufte Gutshöfe, erwarb Eisenhämmer, und sein Wollhandel blühte. Sein lieber Sohn verstand nichts, und der Vater beschloß, ihn Grundbesitzer werden zu lassen, und ließ ihn aufwachsen in Reichtum und Dummheit. Dabei werde sein Kind das bißchen Leben und Sterben so gut lernen wie die Gelehrten, meinte er. Seit 1799 schätzten die Rechner von Issoudun den alten Rouget auf bereits dreißigtausend Franken Rente. Nach dem Tode seiner Frau ergab sich der Doktor seinen Ausschweifungen, aber sie waren sozusagen geregelt und unter Ausschluß der Öffentlichkeit auf das eigene Heim beschränkt. Dieser Mann von Charakter starb im Jahre 1805. Nun wußten die Bürger von Issoudun Gott weiß was alles von ihm zu berichten, und über sein Privatleben waren die schaurigsten Anekdoten in Umlauf. Jean-Jacques Rouget, den der Vater schließlich in Anbetracht seiner Dummheit strenger behandelt hatte, blieb aus Gründen, die im Verlauf dieser Geschichte noch eine wichtige Rolle spielen werden, Junggeselle. Und daran war zum Teil der Doktor schuld.

Wir müssen nun betrachten, wie die Rache wirkte, die Rache des Vaters an der Tochter, die er nicht für sein Kind hielt, und die es doch rechtmäßig war. In Issoudun hatte niemand einen jener wunderlichen Zufälle bemerkt, die aus der Zeugung und Abstammung einen Abgrund machen, in dem die Wissenschaft sich verliert. Agathe sah der Mutter des Doktors Rouget ähnlich. Das Überspringen einer Generation und die Vererbung von Großvater auf Enkel, die man häufig bei der Gicht beobachtet hat, läßt sich nicht selten bei der Familienähnlichkeit nachweisen. So glich Agathes erstes Kind von Ansehen der Mutter, aber den Charakter erbte es vom Großvater Rouget. Doch wir wollen die Lösung auch dieses Problems dem zwanzigsten Jahrhundert nebst einigen Fachausdrücken vermachen, und unsere Nachfahren mögen über diese dunkle Frage weiter soviel Törichtes schreiben wie unsere gelehrten Körperschaften es bereits getan haben.

Agathe Rouget gewann die allgemeine Bewunderung durch ein Gesicht, das gleich dem Marias, der Mutter des Heilands, immer jungfräulich blieb, auch nach der Heirat. Ihr Porträt, das im Atelier ihres Sohnes noch zu sehen ist, zeigt ein vollkommenes Oval und ein makelloses Weiß trotz ihres rötlich goldenen Haares. Häufig fragen andre Künstler unsern berühmten Bridau, wenn sie die reine Stirn, den verhaltenen Mund, die feine Nase, die zierlichen Ohren, die langen Wimpern, dunkelblauen, tief zärtlichen Augen, die ganze Innigkeit dieses Gesichtes betrachten: »Ist das eine Kopie nach Raffael?« Nie hatte jemand eine glücklichere Eingebung als der Bürovorsteher Bridau, als er das junge Mädchen heiratete. Agathe verwirklichte das Ideal der Hausfrau, die in der Provinz groß geworden und nie von der Mutter fortgekommen ist. Sie war fromm ohne Frömmelei und besaß nur die Bildung, welche die Kirche den Frauen gibt. Sie war eine musterhafte Gattin im einfachen Sinne des Wortes, und ihre Lebensunkenntnis brachte ihr manches Unglück. Die Grabschrift der berühmten Römerin: ›Sie wob und hütete das Haus‹, gibt am besten die stille Reinheit dieses einfachen Daseins wieder.

Seit dem Konsulat war Bridau ein begeisterter Anhänger Napoleons, der ihn 1804, ein Jahr vor Rougets Tode, zum Sektionschef ernannte. Er bezog zwölftausend Franken Gehalt und stattliche Gratifikationen, und so blieb er gleichgültig gegenüber den schmählichen Ergebnissen der Testamentsvollstreckung in Issoudun, bei der Agathe leer ausging. Sechs Monate vor seinem Tode hatte der alte Rouget seinem Sohne einen Teil seines Besitzes käuflich überlassen, und der Rest wurde dann Jean-Jacques mehr als eine Art Schenkung denn als Erbschaft zugesprochen. Agathes ganzer Anteil an der Hinterlassenschaft ihrer Eltern waren die hunderttausend Franken, die sie als Vorschuß auf ihre Erbschaft in ihrem Ehevertrag erhalten hatte. Ein wahrer Anbeter des Kaisers, diente Bridau mit fanatischer Ergebenheit den gewaltigen Entwürfen des modernen Halbgottes, der alles in Frankreich zerstört fand und alles neu schaffen wollte. Nie versuchte der Sektionschef zu bremsen. Pläne, Denkschriften, Rapporte, Studien, die lastendsten Aufgaben übernahm er; dem Kaiser zu folgen war sein höchstes Glück; er liebte den Menschen, er vergötterte den Herrscher Napoleon, er duldete nicht die kleinste Kritik an seinen Taten oder Absichten. Von 1804 bis 1808 hatte er eine große schöne

Wohnung am Quai Voltaire, ein paar Schritte von seinem Ministerium und den Tuilerien. In ihrer Glanzzeit verwaltete Frau Bridau ihren ganzen Haushalt mit einer Köchin und einem Diener. Agathe stand stets als erste auf und ging mit ihrer Köchin in die Hallen einkaufen. Während der Diener die Zimmer machte, überwachte sie das Frühstück. Bridau begab sich immer erst gegen elf Uhr in sein Ministerium. Und solange sie zusammen waren, bereitete ihm seine Frau mit immer neuer Freude ein schmackhaftes Frühstück, die einzige Mahlzeit, an der Bridau ein wirkliches Vergnügen hatte. Zu jeder Jahreszeit und bei jedem Wetter sah Agathe ihrem Manne aus dem Fenster nach, wenn er ins Ministerium ging, und zog den Kopf erst zurück, wenn er in die Rue du Bac einbog. Dann räumte sie selbst ab, ging noch einmal ordnend durch die Zimmer, zog sich an, spielte mit ihren Kindern, ging mit ihnen aus oder empfing Besuche, bis Bridau nach Hause kam. Brachte der Sektionschef dringende Arbeiten mit, so setzte sie sich zu ihm in seinem Arbeitszimmer neben seinen Schreibtisch und sah ihm strickend und stumm wie ein Standbild bei der Arbeit zu. Sie blieb wach solange wie er und ging erst einige Augenblicke vor ihm zu Bett. Bisweilen besuchte das Ehepaar das Theater in der Ministerloge. Dann pflegten sie im Gasthaus zu speisen; und das Gasthaus war für Frau Bridau auch ein Schauspiel, das sie genoß wie alle, die fremd in Paris sind. Oft mußte Bridau als Sektionschef und leitende Persönlichkeit in einem Teil des Ministeriums des Innern Einladungen zu großen Diners annehmen und entsprechend erwidern; bei solchen Gelegenheiten paßte sich seine Frau dem damaligen Toilettenluxus an, aber sie war froh, wenn sie zu Hause die Pracht wieder abwerfen und ihr schlichtes Hauskleid anziehen konnte. Einmal in der Woche, am Donnerstag, empfing Bridau seine Bekannten, und am Fastnachtsdienstag gab er einen großen Ball. Diese wenigen Worte enthalten die ganze Geschichte dieser Ehe, in der sich nur drei große Ereignisse abspielten: die Geburt zweier Kinder im Abstand von drei Jahren und Bridaus Tod, Im Jahre 1808 erlag er den Folgen seiner Nachtwachen, gerade in dem Augenblick, als der Kaiser ihn zum Generaldirektor, Grafen und Staatsrat ernennen wollte. In dieser Zeit befaßte sich Napoleon insbesondere mit den innern Angelegenheiten, überhäufte Bridau mit Arbeiten und untergrub schließlich die Gesundheit des unermüdlichen Beamten. Der Kaiser hatte sich nach dem Leben und Vermögen dieses Mannes, der ihn nie um etwas bat, erkundigt und erfahren, daß dieser Getreue nichts besaß als sein Amt.

Dabei gewann er Einblick in eine der unbestechlichen Seelen, die seiner Verwaltung Wirksamkeit und Würde gaben und wollte nun Bridau mit glänzenden Auszeichnungen überraschen. Der Eifer, eine ungeheure Arbeit vor dem Aufbruch des Kaisers nach Spanien zu Ende zu bringen, tötete den Sektionschef in der Form eines Nervenfiebers. Als der Kaiser aus ein paar Tage nach Paris zurückkam, um den Feldzug von 1809 vorzubereiten, und von diesem Verlust hörte, sagte er: »Es gibt Männer, die man nie ersetzen kann«. Unter dem Eindruck einer Ergebenheit, die nicht auf die glänzenden, dem Heere vorbehaltenen Ehrenbezeugungen aus war, beschloß der Kaiser einen hohen Zivilorden zu stiften, welcher der Ehrenlegion des Militärs entsprechen sollte. Von diesem Orden, dessen Gedanken Bridaus Tod eingegeben und dessen Verwirklichung aus Zeitmangel unterblieb, werden die meisten Leser nichts mehr wissen. Sein Abzeichen war ein blaues Band, und der Kaiser nannte ihn ›Réunion‹, weil er das goldene Vließ des spanischen und das des österreichischen Hofes zu vereinigen gedachte. ›Diese Profanation‹, sagte ein preußischer Diplomat, ›hat die Vorsehung verhindert‹. Der Kaiser ließ sich über Frau Bridaus Lage Bericht erstatten. Die beiden Kinder bekamen jedes ein volles Stipendium am kaiserlichen Lyzeum und der Kaiser bestritt die ganzen Kosten ihrer Erziehung aus seiner Privatschatulle. Sodann verschrieb er Frau Bridau eine Pension von viertausend Franken und behielt sich zweifellos zugleich die Sorge für die Zukunft ihrer Söhne vor. Vom Tage ihrer Hochzeit bis zum Tode ihres Mannes blieb Frau Bridau ohne alle Beziehungen zu Issoudun. Als sie ihre Mutter verlor, sah sie der Geburt ihres zweiten Sohnes entgegen. Als dann der Vater, von dem sie sich wenig geliebt wußte, starb, stand die Salbung des Kaisers bevor, und die Krönung machte ihrem Gatten so viel Arbeit, daß sie ihn nicht verlassen wollte. Ihr Bruder Jean-Jacques Rouget hatte ihr seit ihrer Abreise von Issoudun kein Wort geschrieben. Anfangs litt Agathe unter dieser unausgesprochenen Verstoßung aus ihrer Familie, aber schließlich dachte sie nicht mehr an die, welche an sie nie dachten. Einmal im Jahre bekam sie einen Brief von ihrer Patin, der Frau Hochon, und beantwortete ihn mit Alltäglichkeiten, ohne auf die Fingerzeige zu achten, die ihr diese vortreffliche und fromme Freundin zwischen den Zeilen gab. Kurz vor dem Tode des Doktors Rouget schrieb Frau Hochon ihrer Patentochter, sie habe nichts von ihrem Vater zu erwarten, wenn sie nicht Herrn Hochon Vollmacht erteilte. Es widerstrebte Agathe, ihrem Bruder Ungelegenheiten zu machen. Ob nun Bridau die Erbausschließung dem Recht und der Sitte des Landes Berry entsprechend fand, oder ob dieser Reine und Gerechte Seelengröße und Gleichgültigkeit seiner Frau gegen Geldangelegenheiten teilte, kurz, er wollte nicht auf seinen Notar Roguin hören, der ihm riet, seine Stellung zu benutzen, um die Maßnahmen anzufechten, durch die der Vater die Tochter ihres rechtmäßigen Anteils beraubte. Das Ehepaar Bridau billigte, was damals in Issoudun geschah. Immerhin benutzte der Notar Roguin die Gelegenheit, um den Sektionschef auf die gefährdeten Interessen seiner Frau hinzuweisen. Der edle Mann bedachte, daß Agathe bei seinem Tode ohne Vermögen dastehen werde. Er machte sich daran, seinen Besitzstand nachzuprüfen, stellte fest, daß seine Frau und er von fünfzigtausend Franken, die der alte Rouget seiner Tochter mitgegeben hatte, ungefähr dreißigtausend hatten aufnehmen müssen, und legte nun die übrigen zwanzigtausend in Staatspapieren an. Konsols standen damals vierzig. Agathe bezog also ungefähr zweitausend Franken Rente. Mit einem Einkommen von sechstausend Franken konnte Frau Bridau als Witwe standesgemäß leben. Sie war Provinzialin geblieben, sie wollte Bridaus Diener entlassen, nur ihre Köchin behalten und eine kleinere Wohnung beziehen; aber ihre gute Freundin, Frau Descoings, die darauf bestand, Tante genannt zu werden, verkaufte ihre Möbel, gab ihre Wohnung auf, zog zu Agathe und richtete sich im Arbeitszimmer des verstorbenen Bridau ihr Schlafzimmer ein. Beide Witwen warfen ihre Einkünfte zusammen und sahen sich im Besitz von zwölftausend Franken Rente. Das erscheint einfach und natürlich. Aber nichts verlangt genauere Beachtung, als was natürlich aussieht. Das Außergewöhnliche macht alle Welt bedenklich. Wenn aber Männer von Erfahrung, Anwälte, Ärzte, Richter, Priester, den einfachen Dingen eine hohe Bedeutung beimessen, so findet man sie ängstlich pedantisch. Und oft kann man unbedachte Leute, die ihre Torheiten vor sich und andern entschuldigen wollen, sagen hören: »Es war so einfach, jeder andere wäre auch darauf hereingefallen!«

Im Jahre 1809 war Frau Descoings, die ihr Alter nie eingestand, fünfundsechzig Jahre alt. Sie hatte zu ihrer Zeit »die schöne Krämerin« geheißen und war noch jetzt eine der seltenen Frauen, denen die Zeit nichts anhat. Ihrer ausgezeichneten Konstitution verdankte sie die glückliche Bewahrung einer Schönheit, die einer genauen Prüfung allerdings nicht mehr standhielt. Sie war mittelgroß, üppig und frisch, hatte schöne Schultern und rosigen Teint. Ihr blondes Haar, das ins Kastanienbraune spielte, hatte trotz ihres Gatten furchtbarem Schicksal nichts von seiner Farbe eingebüßt. Sehr lecker war sie und bereitete sich gern gute kleine Gerichte; aber neben der Küche schwärmte sie auch für das Theater, und dann hatte sie noch ganz im geheimen ein besonderes Laster: sie spielte in der Lotterie! Sollte das Danaidenfaß der Mythologie uns vielleicht diesen Abgrund versinnbildlicht haben? Die Descoings war übrigens bis aus eine gewisse Toiletteneitelkeit, wie sie Frauen, die das Glück haben, lange jung zu bleiben, eigen ist, eine recht umgängliche Person. Sie war immer derselben Meinung wie die andern, ärgerte niemanden durch Widerspruch und machte sich durch eine gelinde gesellige Heiterkeit beliebt. Als gute Pariserin verstand sie Spaß, und das haben die alten Kaufleute und Kleinrentner gern. Nur die Zeitumstände waren schuld daran, daß sie sich nicht zum drittenmal verheiratete. Während der Kriege des Kaiserreichs fanden die Heiratslustigen leicht schöne reiche junge Mädchen und brauchten sich um die Frauen von sechzig Jahren nicht zu kümmern. Frau Descoings bemühte sich, Frau Bridau aufzuheitern; sie nahm sie oft ins Theater und auf Spazierfahrten mit und stellte vortreffliche kleine Diners für sie zusammen; sie versuchte sie sogar mit ihrem Sohne aus erster Ehe, Herrn Bixiou, zu verheiraten. Ach, sie gestand ihr das schreckliche Geheimnis, um das nur sie, der selige Descoings und ihr Notar gewußt hatten. Die junge, elegante Descoings, die sich für eine Dame von sechsunddreißig Jahren ausgab, hatte einen Sohn von fünfunddreißig Jahren, namens Bixiou, der schon Witwer war und Major im einundzwanzigsten Linienregiment. Er ist dann als Oberst in Dresden gestorben und hat einen einzigen Sohn hinterlassen. Diesen Enkel, den die Descoings nur heimlich sah, gab sie als einen Sohn ihres Mannes aus erster Ehe aus. Ihr Geständnis war ein Akt der Klugheit: der Sohn des Obersten wurde mit den beiden jungen Bridaus im kaiserlichen Lyzeum erzogen und bezog ein halbes Stipendium. Es war ein gewandter und verschlagener Bursche, der sich später als Zeichner und feiner Kopf einen großen Namen gemacht hat.

Agathe liebte auf der Welt nur ihre Kinder, wollte nur noch für die Kinder leben und schlug sowohl aus Vernunft wie aus Treue jede zweite Ehe aus. Aber es wird den Frauen leichter, eine gute Gattin zu sein als eine gute Mutter. Eine Witwe hat zwei Aufgaben, die sich widersprechen: sie ist Mutter und muß zugleich die väterliche Gewalt ausüben. Wenige Frauen haben die Kraft, diese Doppelrolle zu verstehen und zu spielen. So wurde die arme Agathe bei all ihren Tugenden die unschuldige Ursache vielen Unglücks. Mit wenig Geist und dem großen Vertrauen der schönen Seelen wurde sie das Opfer der Frau Descoings, die sie tief ins Unglück stürzte. Die Descoings hielt die Ternen, und die Lotterie gab ihren Aktionären keinen Kredit. Da sie das Hauswesen leitete, konnte sie das Haushaltungsgeld in ihre Einsätze stecken und so geriet sie, immer in der Hoffnung, ihren Enkel Bixiou, ihre liebe Agathe und die kleinen Bridaus reich zu machen, tiefer und tiefer in Schulden. Als die Schulden die Höhe von zehntausend Franken erreicht hatten, erhöhte sie ihren Einsatz, indem sie darauf rechnete, daß ihre Lieblingsterne, die seit neun Jahren nicht gezogen worden war, den Schlund des Defizits füllen würde. Von da an stieg die Schuld schneller. Als sie zwanzigtausend Franken erreicht hatte, verlor die Descoings den Kopf, aber die Terne gewann sie nicht. Sie wollte nunmehr ihr Vermögen verpfänden, um ihre Nichte zu entschädigen, aber ihr Notar Roguin bewies ihr die Unausführbarkeit dieses redlichen Vorsatzes. Der verstorbene Rouget hatte beim Tode seines Schwagers Descoings dessen Erbschaft angetreten und Frau Descoings mit einer Nutznießungsrente abgefunden, die auf dem Besitz von Jean-Jacques Rouget lastete. Auf eine Leibrente von ungefähr viertausend Franken würde kein Wucherer einer Frau von siebenundsechzig Jahren zwanzigtausend Franken leihen, zumal in einer Zeit, in der man sein Geld gut und gern zu zehn Prozent anlegen konnte. Eines Morgens warf sich die Descoings ihrer Nichte zu Füßen und gestand ihr unter Schluchzen, wie es um sie stand. Frau Bridau machte ihr keinen Vorwurf, sie entließ den Diener und die Köchin, verkaufte alle entbehrlichen Möbel, dazu noch drei Viertel ihrer Staatspapiere, bezahlte alles und kündigte ihre Wohnung.

Einer der schrecklichsten Winkel von Paris ist das Stück der Rue Mazarine von der Rue Guénégaud bis zu der Stelle, wo sie hinter dem Institut mit der Rue de Seine zusammenstößt. Die hohen grauen Mauern des Kollegiums und der Bibliothek, welche der Kardinal Mazarin der Stadt Paris stiftete, und in der dann später die französische Akademie tagen sollte, werfen eisige Schatten auf den Straßenwinkel; der Nordwind bläst hinein und selten zeigt sich die Sonne. Im dritten Stockwerk eines Hauses an dieser feuchten schwarzen kalten Ecke fand die arme ruinierte Witwe Unterkunft. Vor dem Hause steigen die Gebäude des Instituts empor, in denen sich damals die Zellen jener wilden Tiere befanden, die bei den Bürgern Kunstmaler und in den Ateliers ›Rapins‹ genannt werden. Als Rapin kam der Kunstschüler hinein, mit dem Stipendium für Rom konnte er herauskommen. Das geschah unter großem Lärm zu bestimmten Zeiten des Jahres, in denen die Wettbewerber in diese Zellen eingeschlossen wurden, um in gegebener Zeit als Bildhauer ein Tonmodell, als Maler ein Bild, als Architekt den Plan eines Gebäudes, als Musiker eine Kantate zu vollenden und preisgekrönt zu werden. Heute befindet sich diese Menagerie nicht mehr hinter diesen düsterkalten Mauern, sie ist ein paar Schritte weiter in das Palais der schönen Künste überführt worden. Aus den Fenstern der Frau Bridau hatte man die tieftraurige Aussicht auf diese vergitterten Zellen. Gegen Norden war der Horizont begrenzt durch die Kuppel des Institutes. Die Straße aufwärts fanden die Augen als einzige Aufmunterung die Fiakerreihe auf der Höhe der Rue Mazarine. Die Witwe stellte in ihre Fenster drei Kästen mit Blumenerde und bestellte einen jener hängenden Gärten, die, beständig von den polizeilichen Vorschriften bedroht, den Zimmern Luft und Licht rauben. Da das Nachbarhaus auf die Rue de Seine geht, hat dieses Haus nur sehr wenig Tiefe und eine schmale Wendeltreppe. Das dritte Stockwerk ist das oberste. Drei Fenster, drei Zimmer: Eßzimmer, kleines Wohnzimmer, Schlafzimmer; auf der andern Seite des Treppenabsatzes eine kleine Küche, darüber zwei Kammern und ein großer Boden. Aus dreierlei Gründen wählte Frau Bridau diese Wohnung: erstens Billigkeit; sie zahlte vierhundert Franken und konnte einen neunjährigen Vertrag schließen; dann die Nähe des kaiserlichen Lyzeums, und drittens blieb die Familie in einem Stadtviertel, das ihr vertraut war. Das Innere der Wohnung entsprach dem Charakter des Hauses. Das Eßzimmer mit seiner gelben, grüngeblümten Tapete und seinem roten Steinfußboden enthielt nur das Notwendigste: einen Tisch, zwei Anrichten und sechs Stühle, alles noch aus dem verlassenen Appartement stammend. Das Wohnzimmer schmückte ein Aubussonteppich, den Bridau bei einer Erneuerung des Mobiliars im Ministerium geschenkt bekommen hatte. Die Witwe stellte billige Mahagonimöbel mit ägyptischen Aufsätzen hinein, wie sie Jakob Desmalter um 1806 in Massen fabrizierte. Die waren mit grüner, weißgeblümter Seide bezogen. Über dem Kanapee hing ein Pastellporträt von Bridau, von Freundeshand gemalt, das sofort den Blick auf sich zog. Ein Kunstkenner hätte manches daran auszusetzen gehabt. Aber immerhin war die feste Stirn, war die Klarheit der zugleich sanften und stolzen Augen des großen vergessenen Bürgers gut getroffen. Die Lippen, die von Scharfsinn zeugten, das freimütige Lächeln, der ganze Ausdruck des Mannes, den der Kaiser: »justum et tenacem« genannt hatte, waren, wenn nicht mit Talent, so doch mit Treue wiedergegeben. Beim Anblick des Porträts mußte man sich sagen, dieser Mann hatte immer seine Pflicht erfüllt. In seiner Miene lebte die Unbestechlichkeit, die man den besten Republikanern nachsagt. Über dem Spieltisch gegenüber strahlte eine Kopie des Kaiserbildes von Vernet, aus dem Napoleon an der Spitze seines Gefolges rasch vorüberreitet. Agathe leistete sich zwei große Vogelbauer, einen mit Kanarienvögeln, den anderen mit Sittichen. Eine Spielerei, die sie in ihrem unersetzlichen Verlust ergötzte. Ihr Witwenzimmer war schon nach drei Monaten so, wie es bis zu dem verhängnisvollen Tage bleiben sollte, an dem sie es verlassen mußte: ein Durcheinander, das keine Beschreibung ordnen könnte. Da hausten die Katzen auf den Sesseln, manchmal flogen die Kanarienvögel frei herum und ließen ihre Spuren in Kommagestalt auf allen Möbeln. An mehreren Plätzen stellte die gute Witwe Hirse und Vogelfutter für sie aus. Die Katzen fanden Leckereien in abgestoßenen Untertassen. Plunder lag herum. Das ganze Zimmer roch nach Kleinstadt und Treue.

Alles, was dem seligen Bridau gehört hatte, wurde sorgfältig aufgehoben. Seine Schreibtischutensilien erfuhren die Pflege, die ehedem die Witwe eines Paladins den Waffen ihres Verstorbenen gewidmet haben mag. Ein Beispiel für den rührenden Kult dieser Frau: Eine Schreibfeder hatte sie eingewickelt und auf die versiegelte Hülle die Inschrift gesetzt: »Letzte Feder, die mein teurer Gatte benutzt hat.« Auf dem Kaminsims stand unter Glas die Tasse, aus der er seinen letzten Schluck getrunken hatte. Nachtmützen und Perücken thronten später auf den Glasstürzen, die diese kostbaren Reliquien deckten. Seit Bridaus Tode kannte die junge Witwe von fünfunddreißig Jahren keine Spur von Koketterie oder weiblicher Sorgfalt mehr. Verlassen von dem einzigen, den sie gekannt, verehrt, geliebt und der ihr nie den geringsten Kummer bereitet hatte, fühlte sie sich nicht mehr Frau, ließ alles stehn und gehn und vernachlässigte ihre Kleidung. Sie gehörte zu denen, die in der Liebe ihr Ich ganz auf den andern übertragen können, und denen mit seinem Verlust das Leben unmöglich wird. Da sie nun nur noch für die Kinder leben konnte, machte es sie unsagbar traurig, mitansehen zu müssen, wieviel Entbehrungen ihr Ruin diesen auferlegen werde. Seit dem Einzug in die Rue Mazarine bekamen ihre Züge einen ergreifenden Schimmer von Melancholie. Sie rechnete wohl noch auf den Kaiser, aber der Kaiser konnte jetzt auch nicht mehr tun als er tat: Aus seiner Privatschatulle wurden für jedes Kind außer dem Stipendium jährlich sechshundert Franken gezahlt.

Die schöne alte Descoings bewohnte im zweiten Stock dieselben Räume wie ihre Nichte im dritten. Sie ließ Frau Bridau jährlich tausend Taler aus ihrer Rente überweisen. Auf diese Weise regelte der Notar Roguin die Einkünfte der Frau Bridau, aber es erforderte ungefähr sieben Jahre, um in langsamer Rückzahlung den Schaden auszugleichen. Der Descoings blieben nur noch zwölfhundert Franken, von denen sie ärmlich mit ihrer Nichte lebte. Die beiden ehrsamen, aber schwachen Geschöpfe nahmen nur morgens eine Aufwärterin ins Haus. Die Descoings, die gern küchelte, bereitete die Mahlzeiten. Abends kamen einige Bekannte, Ministerialbeamte, die ihre Stellen Bridau verdankten, mit den beiden Witwen Karten zu spielen. Die Descoings hielt immer noch ihre Terne, die sich's, wie sie sagte, in den Kopf gesetzt hatte, nicht herauszukommen. Sie gab die Hoffnung nicht auf, mit einem Schlage der Nichte die alte Schuld zurückzahlen zu können. Die beiden kleinen Bridaus liebte sie mehr als ihren Enkel Bixiou; so sehr fühlte sie sich ihnen gegenüber im Unrecht, so sehr bewunderte sie die Güte ihrer Nichte, die ihr im größten Leid nie den geringsten Vorwurf gemacht hatte. Man kann sich vorstellen, wie Joseph und Philipp von der Descoings verwöhnt wurden! Die alte Aktionärin der kaiserlichen Lotterie von Frankreich suchte ihr Laster dadurch abzubüßen, daß sie den Knaben besondere Leckerbissen zu essen gab. Und später bekamen beide, ohne viel bitten zu müssen, aus der Tasche der Alten das nötige Kleingeld, Joseph, der Jüngere, für Kohle, Bleistifte, Papier und Zeichenwischer, Philipp, der Ältere, für Apfelkuchen, Murmeln, Bindfaden und Messer. Ihre Spielleidenschaft ging so weit, daß sie ihre ganzen Ausgaben auf fünfzig Franken im Monat beschränkte und den Rest auf die Lotterie trug.

Frau Bridau ließ ihrerseits die Ausgaben aus Mutterliebe nicht höher anwachsen. Zur Strafe für ihre Vertrauensseligkeit schränkte sie heldenhaft ihre kleinen Freuden ein. Das einmal verletzte Gefühl, das einmal erweckte Mißtrauen brachte sie gleich vielen ängstlichen und beschränkten Gemütern dahin, das Laster der Knauserei so weit zu treiben, daß es schon wie eine Tugend aussah. Der Kaiser konnte vergessen, sagte sie sich, er konnte in einer Schlacht fallen, und ihre Pension würde mit ihr erlöschen. Sie zitterte vor der Möglichkeit, daß ihre Kinder ohne Vermögen auf der Welt zurückblieben. Wenn Roguin ihr klar zu machen suchte, daß eine Abgabe von dreitausend Franken aus Frau Descoings' Rente innerhalb sieben Jahren ihr verkauftes Kapital wiederherstellen werde, so vermochte sie seinen Berechnungen nicht zu folgen, sie traute weder dem Notar, noch der Tante, noch dem Staat, sie zählte nur noch auf sich selbst und auf das, was sie sich absparte. Konnte sie jedes Jahr tausend Taler von ihrer Pension zurücklegen, so würde sie in zehn Jahren dreißigtausend Franken und somit schon fünfzehnhundert Franken Einkommen für ihre Kinder haben. Mit ihren sechsunddreißig Jahren konnte sie noch auf zwanzig Lebensjahre rechnen und dann würden die beiden Söhne, wenn sie an ihrem System festhielt, einmal wenigstens das Notwendigste haben. So waren die beiden Witwen aus falschem Reichtum in freiwilliges Elend geraten, die eine unter dem Druck eines Lasters, die andere im Zeichen der reinsten Tugend. Diese Einzelheiten, unentbehrlich für den Zusammenhang dieser Geschichte, sind aus dem Alltäglichen gegriffen, aber um so größer ist vielleicht ihre Tragweite. Der Anblick der Malerzellen, das Getriebe der Rapins auf der Straße, der Aufblick zum Himmel, der über die garstigen Umrisse dieses feuchten Gassenwinkels hinweghelfen mußte, das Bild des Vaters, das trotz der dilettantischen Mache des Verfertigers Seelengröße atmete, die reichen, harmonisch gealterten Farben des stillen Heims, die Gewächse der hängenden Gärten, die Armseligkeit des Haushalts, die Vorliebe der Mutter für den älteren Bruder, ihre Strenge gegen die Neigungen des jüngeren, all diese Tatsachen und Umstände haben vielleicht den fruchtbaren Boden gebildet, dem wir Joseph Bridau, einen der großen Maler der lebenden französischen Schule verdanken.

*   *
*

Philipp, der ältere von Bridaus beiden Söhnen glich auffallend seiner Mutter. Obgleich er blond und blauäugig war, hatte er etwas lärmend Ungestümes im Wesen, das man leicht für Lebhaftigkeit und Mut halten konnte. Der alte Claparon, der mit Bridau zugleich in das Ministerium eingetreten war, einer der Getreuen, die abends zu den beiden Witwen Karten spielen kamen, klopfte alle paar Wochen einmal dem Philipp auf die Backen und sagte: »Das ist ein strammer kleiner Bursche! Der wird sich nicht bange machen lassen!« Das stachelte den Knaben an, er bekam eine prahlerische Entschlossenheit, und diese Richtung seines Charakters machte ihn geschickt zu allen körperlichen Übungen. Von seinen vielen Schlägereien auf dem Lyzeum bekam er die Kühnheit und Schmerzverachtung, die zum Soldaten ertüchtigt, aber zugleich eine große natürliche Abneigung gegen das Lernen; nie wird die öffentliche Erziehung das schwierige Problem der gleichzeitigen Ausbildung von Leib und Geist lösen. Agathe schloß von ihrer physischen Ähnlichkeit mit Philipp auf seelische Zusammenhänge und glaubte zuversichtlich, eines Tages in ihm ihr Zartgefühl durch Mannhaftigkeit verstärkt wiederzufinden. Fünfzehn Jahre war Philipp alt, als seine Mutter die traurige Wohnung in der Rue Mazarine bezog, und die Anmut dieses Alters bestärkte die mütterlichen Hoffnungen. Joseph, der drei Jahre jünger war, glich seinem Vater, aber zu seinem Nachteil. Sein dichtes schwarzes Haar war immer schlecht gekämmt, was man auch damit anstellte, während der Bruder trotz seiner Lebhaftigkeit immer hübsch blieb. Dann wollte es das Unglück – und beständiges Unglück wird zur Gewohnheit –, daß Joseph keinen Anzug sauber halten konnte; aus seinen neuen Kleidern machte er schnell alte. Der ältere Bruder hielt seine Sachen aus Eitelkeit instand. Unmerklich gewöhnte sich die Mutter daran, Joseph zu schelten und ihm den Bruder als Muster hinzustellen. So zeigte sie ihren Kindern nicht immer beiden das gleiche Gesicht. »Wie wird er mir wieder die Sachen zugerichtet haben?« pflegte sie von Joseph zu sagen, wenn sie die Knaben aus der Schule abholte. Diese Kleinigkeiten bildeten in ihrem Herzen eine gefährliche Vorliebe für den Älteren aus.

Keines von den recht gewöhnlichen Wesen, welche die Gesellschaft der beiden Witwen bildeten, weder der brave Dubruel, noch der alte Claparon, noch Desroches senior, nicht einmal der Abbé Loraux, Agathes Beichtvater, bemerkte Josephs Hang zur Beobachtung. Von seinem Triebe beherrscht gab der künftige Maler auf nichts, was ihn selbst anging, acht. Während seiner Kindheit glich diese Veranlagung einer Art Starrheit und beunruhigte den Vater. Der ungewöhnliche Umfang des Kopfes und die Ausdehnung der Stirn ließen einen Wasserkopf befürchten. Sein bewegtes Gesicht, dessen Eigenart in den Augen von Leuten, die den geistigen Gehalt einer Physiognomie nicht erkennen, Häßlichkeit bedeuten kann, sah in der Jugend ziemlich mürrisch drein. Die Züge, die sich später entfalteten, schienen gekrampft, und die tiefe Aufmerksamkeit des Kindes für die Außenwelt zog sie noch krauser zusammen. Während Philipp der Eitelkeit seiner Mutter schmeichelte, wurde ihr über Joseph nie ein Kompliment gemacht. Dem Philipp entschlüpften die hübschen Wendungen und schlagfertigen Antworten, bei denen sich Eltern einreden, daß ihre Kinder einmal bedeutende Männer werden. Joseph blieb schweigsam und versonnen. Die Mutter hoffte Wunderdinge von Philipp, von Joseph versprach sie sich nichts.

Josephs Vorbestimmung für die Kunst kam durch ein sehr einfaches Ereignis zum Durchbruch: In den Osterferien des Jahres 1812 kam er von einem Spaziergang in den Tuileriengärten mit seinem Bruder und Frau Descoings zurück. Da sah er einen Schüler die Karikatur eines Lehrers auf die Mauer zeichnen und blieb vor Bewunderung wie festgenagelt stehen vor diesen Kreidestrichen, die von Schalkheit sprühten. Am nächsten Tag ging das Kind an das Fenster und sah die Kunstschüler durch das Tor der Rue Mazarine eintreten; heimlich schlich sich der Knabe hinunter und in den langen Hof des Instituts, wo er die Statuen, Büsten, angefangenen Marmorskulpturen, Terrakotten und Gipsabgüsse bemerkte und fiebernd betrachtete; sein Instinkt wurde wach, seine Berufung regte sich. Er trat in einen Saal des Erdgeschosses, dessen Tür halb aufstand und sah dort eine Schar junger Leute eine Statue abzeichnen. Die machten ihn alsbald zur Zielscheibe von tausend Späßen.

»Put, Put!« rief der erste, der ihn sah, nahm eine Brotkrume und bröckelte sie ihm hin.

»Wem gehört das Kind?«

»Gott, wie häßlich der ist!«

Eine Viertelstunde lang hagelten die derben Witze aus dem Atelier des großen Bildhauers Chaudet auf den kleinen Joseph; als sich die Schüler dann genug über ihn lustig gemacht hatten, waren sie am Ende doch von seiner Beharrlichkeit und seinem Gesichtsausdruck betroffen und fragten ihn, was er wollte. Joseph antwortete, er hätte große Lust, zeichnen zu können; worauf ihn alle gleich ermutigten. Das Kind wurde durch den freundschaftlichen Ton vertraulich und gab zum Besten, daß er der Sohn der Frau Bridau wäre.

»Ja dann, wenn du der Sohn der Frau Bridau bist«, rief es aus allen Ecken des Ateliers, »dann kannst du schon eine große Nummer werden. Hoch lebe der Frau Bridau ihr Sohn! Ist sie hübsch, die Mutter? Nach deinem Klotzkopf zu schließen, muß sie recht schick sein!«

»Also, du willst Künstler werden«, sagte der älteste Schüler, verließ seinen Platz und kam zu Joseph, um sich mit ihm zu necken, »weißt du auch, daß man dazu verwegen sein und allerhand Elend auf sich nehmen muß? Da gibt es Dinge durchzumachen, daß einem Hören und

Sehen vergeht. All die Kröten, die du hier siehst – da ist nicht ein einziger drunter, der nicht so was durchgemacht hätte. Der da, zum Beispiel, hat einmal sieben Tage lang gehungert! Laß mal sehn, ob du das Zeug zum Künstler hast!«

Er nahm Josephs linken Arm und hob ihn senkrecht empor, dann gab er dem rechten eine Lage, als sollte Joseph zum Faustschlag ausholen.

»Wir nennen das die Telegraphenprobe«, fuhr er fort, »kannst du eine Viertelstunde so stehenbleiben, ohne zu wackeln oder die Arme sinken zu lassen, ja, dann hast du bewiesen, daß du ein Kerl bist.«

»Vorwärts, Kleiner, nur Mut! Ja, ja, wenn man Künstler werden will, muß man leiden«, riefen die andern.

Treuherzig blieb Joseph fünf Minuten lang unbeweglich stehen, und alle Kunstschüler betrachteten ihn mit ernster Miene.

»Hallo! du wackelst«, rief einer.

»Sapperlot! Nicht sinken lassen!« sagte ein andrer.

»Der Kaiser Napoleon ist einen ganzen Monat so geblieben, wie du ihn da siehst«, meinte ein dritter und zeigte auf Chaudets schöne Statue, dieselbe, die im Jahre 1814 von der Säule, die sie so herrlich krönte, heruntergestürzt wurde. Aufrecht stand der Herrscher da und hielt sein kaiserliches Szepter.

Nach zehn Minuten schimmerten Schweißperlen auf Josephs Stirn. Da trat ein kleiner kahlköpfiger Mann von blassem, kränklichem Aussehen ein, und sogleich herrschte ehrfürchtiges Schweigen im Raum.

»Was treibt ihr denn da, Burschen?« fragte er beim Anblick des kleinen Märtyrers.

»Das Kerlchen steht uns Modell«, antwortete der älteste Schüler, der Joseph so hingestellt hatte.

»Schämt ihr euch nicht, ein armes Kind zu quälen?« sagte Chaudet und nahm dem Knaben die Arme herunter. »Seit wann bist du denn da?« fragte er Joseph und gab ihm einen freundlichen Klaps auf die Backe.

»Seit einer Viertelstunde.«

»Und was willst du hier?«

»Ich möchte Künstler werden.«

»Woher bist du denn? Wo kommst du her?«

»Von Mama.«

»Ach! Mama!« riefen die Schüler.

»Ruhe hinter der Pappe!« rief Chaudet. »Was tut denn deine Mama?«

»Die Mama ist Frau Bridau. Mein Papa, der ist tot; der war ein Freund des Kaisers. Der Kaiser wird bezahlen, was Sie wollen, wenn Sie mich zeichnen lehren.«

»Sein Vater war ja Sektionschef im Ministerium des Innern«, rief Chaudet, der sich des Namens erinnerte.

»Und du willst schon Künstler werden?«

»Ja, Herr Lehrer.«

»Komm nur her, so oft du magst. Wir werden dich amüsieren! Gebt ihm doch Bleistift und Papier und laßt ihn gewähren. Wißt ihr, Jungens, ich bin seinem Vater verpflichtet. Du, hol uns Kuchen und Bonbons.« Und er gab dem, der Joseph geneckt hatte, Geld. Dann streichelte er dem Kleinen das Kinn und meinte: »Ob du ein Künstler bist, das werden wir jetzt sehen an der Art, wie du das Zeug kaust.«

Dann sah er die Arbeiten der Schüler der Reihe nach an, und der Knabe ging mit ihm, schaute, horchte und versuchte zu verstehen. Die Süßigkeiten kamen. Und das ganze Atelier, der Bildhauer selbst und der Knabe griffen zu. So viel er zuvor geplagt worden war, so gut wurde Joseph jetzt behandelt. An dieser Szene lernte er instinktiv Witz und Herz der Künstler begreifen, sie machte ihm einen gewaltigen Eindruck. Die Erscheinung des Bildhauers Chaudet, des Frühverstorbenen, den die Gunst des Kaisers verherrlichte, war für Joseph eine Art Vision. Der Mutter sagte der Knabe nichts von seinem Abenteuer; aber nun verbrachte er jeden Sonntag und Donnerstag drei Stunden in Chaudets Atelier. Die Descoings, die alle Launen ihrer beiden Herzensburschen begünstigte, schenkte von jetzt ab dem Joseph Kreide, Rötel, Zeichenwischer und Zeichenpapier. Im Lyzeum zeichnete der künftige Maler Lehrer, Kameraden und Schlafräume ab und war im Zeichenunterricht von erstaunlichem Fleiße. Professor Lemire war überrascht von Josephs Fähigkeiten und Fortschritten und ging zu Frau Bridau, um sie auf die Begabung ihres Sohnes aufmerksam zu machen. Soviel sie vom Haushalt verstand, so wenig verstand die gute Kleinstädterin Agathe von den Künsten.

Sie bekam einen Schreck, und als Lemire fort war, fing sie an zu weinen.

»Ach, sagte sie zu der Descoings, die hinzukam, »aus Joseph wollte ich doch einen Beamten machen, seine Karriere im Ministerium des Innern war ihm schon ganz vorgezeichnet, im Schutz von seines Vaters Schatten wäre er mit fünfundzwanzig Jahren Bürovorsteher geworden, und nun will er Maler werden. Dabei kann er ja verhungern. Ich hab's gewußt, daß mir dies Kind nur Kummer machen würde!«

Frau Descoings gestand, daß sie seit Monaten Josephs Passion ermutigt und seine Sonntags- und Donnerstagsausflüge in das Institut verheimlicht habe. Und als sie einmal mit ihm in der Ausstellung gewesen sei, da habe der Kleine die Bilder angesehn mit einer Andacht: ein wahres Wunder!

»Wenn er schon mit dreizehn Jahren die Malerei versteht«, sagte sie, »dann wird dein Joseph noch einmal ein Genie.«

»Du hast doch gesehn, wohin das Genie seinen Vater gebracht hat! Zu sterben, von Arbeit aufgerieben, mit vierzig Jahren.«

Im Herbst, kurz vor Josephs vierzehntem Geburtstag, ging Agathe, trotz Frau Descoings' Beschwörungen zu Chaudet hinüber, um Einspruch dagegen zu erheben, daß man ihr ihren Sohn abspenstig machte. Sie traf Chaudet in seinem blauen Kittel an seinem letzten Werk modellierend. Recht unfreundlich empfing er die Witwe des Mannes, der ihn einst aus einer ziemlich gefährlichen Lage gerettet hatte. Aber schon war sein Leben bedroht, und er rang um sein Werk mit der Begeisterung, die in wenigen Augenblicken vollenden hilft, was sonst schwere Monate der Ausführung verlangt; an etwas lange Gesuchtes war er geraten und handhabte nun Meißel und Ton mit zuckenden Bewegungen, die der ahnungslosen Agathe als die eines Besessenen erschienen. In andrer Verfassung hätte Chaudet diese Mutter ausgelacht; aber als er jetzt anhören mußte, wie sie die Künste verfluchte, sich über das Schicksal beklagte, das man ihrem Sohn bereiten wollte, und verlangte, man solle ihn nicht mehr in das Atelier lassen, da geriet er in einen heiligen Zorn.

»Ich bin Ihrem verstorbenen Gatten zu Dank verpflichtet; den wollte ich abtragen, indem ich seinen Sohn ermutigte und die ersten Schritte Ihres kleinen Joseph in der größten aller Laufbahnen überwachte«, rief er. »Ja, Madame, lassen Sie es sich sagen, wenn Sie es noch nicht wissen: Der große Künstler ist ein König, mehr als ein König; er ist glücklich, er ist unabhängig, er lebt nach seinem Sinn; und Herrscher ist er in der Welt der Phantasie. Ihr Sohn hat eine schöne Zukunft! Anlagen wie die seinen sind selten; sie haben sich so früh nur bei einem Giotto, einem Raffael, Tizian, Rubens, Murillo enthüllt; er scheint mir nämlich eher Maler als Bildhauer zu werden. Heiliger Gott! Wenn ich solch einen Sohn hätte, ich wäre so glücklich, wie es der Kaiser ist über seinen kleinen König von Rom! Sie haben zu bestimmen über das Los Ihres

Kindes. Nur zu, Madame! machen Sie einen Trottel aus ihm, einen, der nur im Geleise laufen kann, einen elenden Federfuchser. Einen Mord begehen Sie! Ich hoffe bestimmt, er wird all Ihrer Mühe zum Trotz immer Künstler bleiben. Beruf ist stärker als alle Hindernisse, die man ihm entgegenstellt! Beruf, das heißt Ruf! das heißt: Gott hat gerufen, hat erwählt. Sie werden Ihr Kind unglücklich machen!« Heftig warf er den Rest Ton in einen Kübel und sagte zu seinem Modell: »Genug für heute.«

Agathe sah auf und bemerkte in einer Ecke des Ateliers, die sie noch nicht beachtet hatte, aus einem Schemel eine nackte Frau; vor diesem Anblick lief sie schaudernd fort.

»Ihr werdet also den kleinen Bridau nicht mehr hier hereinlassen«, sagte Chaudet zu seinen Schülern. »Seiner Frau Mutter paßt es nicht.«

»Huh! Huh!« johlten die Schüler, als Agathe die Tür schloß.

»Und da ist mein Joseph gewesen!« sagte sich die arme Mutter, ganz erschüttert von dem, was sie gehört und gesehen hatte.

Seit die Schüler der Bildhauer- und Malerklassen wußten, daß Frau Bridau ihren Sohn nicht Künstler werden lassen wollte, war es ihr Hauptvergnügen, Joseph zu sich zu locken. Wohl mußte der Knabe der Mutter versprechen, nicht mehr in das Institut zu gehen, aber er schlich sich doch oft in das Atelier des Malers Regnauld und ließ sich ermutigen, Leinwände vollzumalen. Als die Witwe sich beklagen wollte, sagten Chaudets Schüler zu ihr, Herr Regnauld sei nicht Chaudet; auch habe sie ihnen ihren Herrn Sohn nicht in Hut gegeben, und tausend andre Späße. Die schrecklichen Rapins verfaßten und sangen ein Lied auf Frau Bridau, hundertsiebenunddreißig Verse lang.

Am Abend jenes traurigen Tages mochte Agathe nicht mitspielen; ganz niedergeschlagen, blieb sie in ihrem Sessel und bisweilen traten Tränen in ihre schönen Augen.

»Was ist Ihnen, Frau Bridau?« fragte der alte Claparon.

»Sie glaubt, ihr Sohn wird einmal betteln müssen, weil er Anlage zum Maler hat«, sagte die Descoings, »mein Stiefsohn, der kleine Bixiou, ist auch ein wilder Zeichner, aber das macht mir keine Sorge für seine Zukunft. Die Männer haben das Zeug dazu, sich durchzusetzen.«

»Madame hat ganz recht«, sagte der dürre strenge Desroches, der es bei all seinen Talenten nicht zum Vizedirektor gebracht hatte. »Ich habe zum Glück nur einen Sohn, was wäre wohl mit meinen achtzehnhundert Franken und einer Frau, die mit ihrem Postverschleiß kaum zwölfhundert Franken verdient, aus mir geworden? Ich habe meinen Jungen zu einem Advokaten getan als Hilfsschreiber, da hat er seine fünfundzwanzig Franken im Monat und sein Frühstück, ich gebe ihm auch fünfundzwanzig, er ißt und schläft zu Hause. Der wird schon seinen Weg machen! Bei mir kriegt er mehr Arbeit, als wenn er auf der hohen Schule wäre; eines schönen Tages wird er Advokat werden. Wenn ich ihm einmal ein Theaterbillett bezahle, dann ist er froh wie ein König, er fällt mir um den Hals. Oh, ich halte ihn kurz! er muß mir über jeden Pfennig Rechenschaft geben. Wenn Ihr Sohn am Hungertuche nagen will, so lassen Sie ihn nur! Er wird es weit bringen.«

»Meiner ist erst sechzehn Jahre alt«, sagte Du Bruel, ein alter, eben pensionierter Sektionschef, »seine Mutter vergöttert ihn; aber ich halte nichts von einer Begabung, die sich so frühzeitig äußert. Das ist Spielerei, eine Neigung, die sich bald wieder gibt. Ich meine, Knaben müssen angeleitet werden.«

»Sie sind reich, Sie sind ein Mann, Herr Du Bruel, und Sie haben nur einen Sohn«, sagte Agathe.

»Ach ja«, begann Claparon wieder, »die Kinder sind unsere Tyrannen – Coeur! Meiner macht mich rasend, er hat mich an den Bettelstab gebracht, ich habe mich schließlich überhaupt nicht mehr um ihn gekümmert – Solo! Na, und seitdem ist er glücklicher, und ich bin's auch. Der Bursche ist mit schuld am Tod seiner armen Mutter. Nun ist er Reisender geworden, und das ist das Richtige für ihn; denn so oft er zu Hause war, gleich wollte er wieder fort, nirgends konnte er bleiben, nichts wollte er lernen. Ich bitte den lieben Gott nur noch um eine Gnade: daß ich sterbe, ehe der Junge meinem Namen Schande macht! Wer keine Kinder hat, der lernt viele Freuden nicht kennen, aber es bleibt ihm auch mancher Kummer erspart.«

›So sind die Väter!‹ dachte Agathe und fing wieder zu weinen an.

»Ich will damit nur sagen, meine liebe Frau Bridau, daß Sie Ihren Jungen Maler werden lassen müssen, sonst verlieren Sie Ihre Zeit …«

»Wenn Sie imstande wären, ihm die Leviten zu lesen«, fing der gestrenge Desroches wieder an, »dann würde ich Ihnen raten, seinen Neigungen entgegenzutreten, aber schwach, wie ich Sie mit Ihren Kindern kenne, lassen Sie ihn nur pinseln und kritzeln.«

»Verloren!« sagte Claparon.

»Was denn? Verloren?« rief die arme Mutter.

»Ach, nur mein Coeur-Solo; Desroches, diese alte Hopfenstange, legt mich immer herein.«

»Nur Mut, Agathe«, sagte die Descoings, »Joseph wird noch einmal ein berühmter Mann.«

Nach dieser Debatte, die allen Debatten glich, einigten sich die Freunde der Witwe auf einen Rat, und dieser Rat half ihr nicht aus der Verlegenheit. Man riet ihr, Joseph seiner Begabung nachgehen zu lassen.

»Wenn er kein Genie wird«, sagte Du Bruel, der Agathe den Hof machte, »so können Sie ihn immer noch in die Verwaltung tun.«

Auf der Treppe beim Hinausbegleiten nannte die Descoings die drei alten Beamten die »Weisen Griechenlands«.

»Sie macht sich zu viel Sorgen«, meinte Du Bruel.

»Sie ist nur zu froh, daß ihr Sohn überhaupt etwas will«, behauptete Claparon.

»Wenn Gott uns den Kaiser erhält«, sagte Desroches, »wird Joseph seine Protektion haben. Also, wozu beunruhigt sie sich?«

»Wenn sich's um ihre Kinder handelt, macht ihr alles Angst«, antwortete die Descoings; und als sie wieder bei Frau Bridau oben war, tröstete sie sie: »Du siehst, mein Herzchen, sie sind alle einer Meinung, was hast du noch zu weinen?«

»Ach, wenn es sich um Philipp handelte, da hätte ich weiter keine Furcht. Wenn du wüßtest, wie es in diesen Ateliers zugeht! Da haben die Künstler nackte Frauen.«

»Na, wenn sie nur gut einheizen!« meinte die Descoings.

* *
*

Ein paar Tage später kam die Kunde von dem unglücklichen russischen Rückzug. Napoleon kehrte zurück, um neue Streitkräfte mobil zu machen und von Frankreich neue Opfer zu fordern. Da war die arme Mutter noch ganz andern Ängsten ausgeliefert. Philipp, dem es auf dem Lyzeum nicht behagte, wollte absolut in des Kaisers Dienste treten. Er wohnte einer Truppenschau in den Tuilerien bei, der letzten, die Napoleon dort abnahm, und die machte ihn ganz fanatisch. Damals übte die Soldatenpracht, der Glanz der Uniformen, die Würde der Epauletten einen unwiderstehlichen Reiz auf junge Leute aus. Philipp glaubte sich für den Militärdienst ebenso berufen wie sein Bruder für die Kunst. Hinter dem Rücken seiner Mutter verfaßte er folgende Bittschrift an den Kaiser:

»Sire, ich bin der Sohn Ihres Bridau, ich bin achtzehn Jahre alt, messe fünf Fuß sechs Zoll, habe gute Beine, guten Wuchs und den Wunsch, einer Ihrer Soldaten zu werden. Ich rufe Ihre Gunst an, um in die Armee einzutreten usw.«

Innerhalb vierundzwanzig Stunden schickte der Kaiser Philipp vom kaiserlichen Lyzeum nach Saint-Cyr und sechs Monate später, im November 1813, als Unterleutnant in ein Kavallerieregiment. Einen Teil des Winters blieb Philipp im Ersatzbataillon, aber sobald er reiten konnte, zog er voll Eifer ins Feld. Während des französischen Feldzuges wurde er Leutnant und zwar bei einem Vorpostengefecht, in dem er durch sein Ungestüm seinen Obersten rettete. In der Schlacht bei La Fère-Champenoise ernannte der Kaiser Philipp zum Hauptmann und bestimmte ihn zum Ordonnanzoffizier. Diese Beförderung feuerte ihn noch mehr an und bei Montereau bekam er das Kreuz. Der Hauptmann Philipp war Zeuge des Abschieds Napoleons zu Fontainebleau, und dies Schauspiel fanatisierte ihn: er verweigerte den Bourbonen den Dienst.

Als er im Juni 1814 zu seiner Mutter heimkam, fand er sie zugrunde gerichtet. In den Ferien wurde Josephs Stipendium aufgehoben, und Frau Bridau, deren Pension aus der Privatschatulle des Kaisers gezahlt worden war, bemühte sich vergeblich, sie auf das Ministerium des Innern überschreiben zu bekommen. Jetzt wollte Joseph nur noch Maler sein, die Ereignisse begeisterten ihn, und er bat seine Mutter, ihn zu Herrn Regnauld zu lassen, dort versprach er sich, seinen Lebensunterhalt selbst zu verdienen. Er fühlte sich als Sekundaner stark genug, um sich die Prima schenken zu können. Es schmeichelte der Mutter über die Maßen, daß ihr Philipp mit neunzehn Jahren Hauptmann war, das Kreuz trug und auf zwei Schlachtfeldern des Kaisers Adjutant gewesen war, obwohl er sich roh und großspurig benahm und eigentlich nur die übliche Tapferkeit eines Draufgängers besaß, war er für sie der bedeutende Mann, während sie von dem kleinen magern, kränklichen Joseph mit seiner krausen Stirn, seiner sanftmütigen friedlichen Art und seinen Künstlerträumen nichts als Kummer und Sorgen erwartete. Der Winter von 1814 auf 1815 war für Joseph günstig: Im heimlichen Schutz der Descoings und des jungen Bixiou, der ein Schüler von Gros war, arbeitete er in dem berühmten Atelier dieses großen Künstlers, in der Pflanzstätte so vieler verschiedener Talente, und schloß dort innige Freundschaft mit Schinner. Dann kam der zwanzigste März. Hauptmann

Bridau stieß in Lyon zum Kaiser, begleitete ihn in die Tuilerien und wurde zum Schwadronkommandanten bei den Gardedragonern ernannt. Bei Waterloo wurde er leicht verwundet und erhielt das Offizierskreuz der Ehrenlegion. Nach der Schlacht geriet er bei Saint-Denis zum Marschall Davoust und schloß sich nicht der Loirearmee an; Davoust sorgte dann auch dafür, daß er sein Offizierskreuz und seinen Rang behielt, aber er wurde auf Wartegeld gesetzt. Indessen studierte Joseph in Sorgen um die Zukunft mit einem Eifer, der ihn im Wirbel der Ereignisse wiederholt aufs Krankenbett warf.

»Das macht der Farbengeruch«, sagte Agathe zu Frau Descoings, »er sollte einen Beruf, der seiner Gesundheit so schädlich ist, aufgeben.« Sie grämte sich viel mehr um ihren andern Sohn, den Oberstleutnant; als sie ihn im Jahre 1816 wiedersah, war aus seinem Dragonermajorgehalt von ungefähr neuntausend Franken ein Wartegeld von monatlich dreihundert Franken geworden; sie verwandte einen Teil ihrer Ersparnisse dazu, ihm eine Dachkammer über der Küche einzurichten. Philipp wurde einer der wildesten Bonapartisten des Café Lemblin und nahm Gewohnheiten, Manieren und Lebensstil der pensionierten Offiziere an. Wie es bei seinen einundzwanzig Jahren natürlich war, übertrieb er sie noch, weihte den Bourbonen einen tödlichen Haß, dachte nicht daran, sich ihnen anzuschließen und ging allen Gelegenheiten aus dem Wege, als Oberstleutnant in die Linie eingestellt zu werden. Das war in den Augen seiner Mutter Seelengröße. »Sein Vater hätte nicht besser gehandelt«, sagte sie.

Das Wartegeld genügte Philipp, er machte dem Haushalt keine Kosten, während Joseph noch ganz den beiden Witwen zur Last fiel. Nunmehr kam Agathes Vorliebe für Philipp zum Vorschein. Bisher war dieser Vorzug ein Geheimnis gewesen; aber die Verfolgungen, die der getreue Krieger des Kaisers erlitt, die Erinnerung an die Verwundung des geliebten Kindes, sein Mut im Mißgeschick, das ihr, wenn es auch selbst verschuldet war, als ein erhabenes Mißgeschick erschien, erweckten Agathes ganze Zärtlichkeit. Mit dem einen Wort: »Er ist unglücklich!« war alles gerechtfertigt. Joseph hatte die große Einfalt, welche der Künstlerseele zu Beginn der Laufbahn eigen ist; auch war er in einer gewissen Bewunderung für den großen Bruder aufgewachsen, und statt sich an der Vorliebe der Mutter zu stoßen, rechtfertigte er sie noch und teilte den Kult des Tapferen, der Napoleons Befehle in zwei Schlachten überbracht hatte und bei Waterloo verwundet worden war. Konnte er an der Überlegenheit des Bruders zweifeln, den er in der schönen grün und goldenen Gardedragoneruniform gesehen hatte, wie er seine Schwadron auf das Maifeld führte? Übrigens blieb Agathe bei aller Vorliebe eine gute Mutter; sie liebte auch Joseph, aber ohne Blindheit; sie verstand ihn eben nicht. Joseph verehrte die Mutter, während Philipp sich von ihr verehren ließ. Ihr gegenüber milderte der Dragoner einigermaßen seine soldatische Brutalität, aber seine Verachtung Josephs ließ er, wenn auch in freundschaftlicher Weise, durchblicken. Er pflegte den schmächtigen, von hartnäckiger Arbeit abgemagerten Siebzehnjährigen mit dem gewaltigen Kopf »das Jüngelchen« zu nennen und benahm sich gönnerhaft gegen ihn. Einen andern hätte das verletzt. Aber der unbefangene Künstler glaubte an den zarten Kern in der rauhen Schale des Soldaten. Das arme Kind wußte noch nicht, daß die wirklich großen Kriegsmänner sanft und höflich sind wie alle bedeutenden Menschen. »Der arme Bursche«, sagte Philipp zu seiner Mutter, »ihr müßt ihn nicht plagen, laßt ihn sich amüsieren.« Sein herablassender Ton war für die Mutter ein Zeichen brüderlicher Liebe. »Philipp wird seinen Bruder immer lieben und schützen«, dachte sie. Im Jahre 1816 setzte Joseph bei seiner Mutter die Umwandlung des Bodens in ein Atelier durch, und die Descoings gab ihm etwas Geld, um die für sein »Malerhandwerk« unentbehrlichen Gegenstände anzuschaffen, denn für die beiden Hausfrauen war die Malerei nur ein Handwerk. Mit dem Geist und Eifer des wahrhaft Berufenen baute sich Joseph sein armseliges Atelier selbst auf. Der Wirt ließ sich von Frau Descoings dazu bereden, das Dach zu öffnen und ein großes Fenster einzulassen. Der Boden wurde zu einem weiten Saal, den Joseph schokoladenbraun ausmalte; an die Wände nagelte er Skizzen; Agathe setzte halb wider Willen einen kleinen gußeisernen Ofen hinein, und nun konnte Joseph zu Hause arbeiten, worüber er aber das Atelier von Gros und das von Schinner nicht vernachlässigte.

Im Namen der Verfassung, nach der niemand fragte, umgab die konstitutionelle Partei, hauptsächlich gestützt auf die pensionierten Offiziere und die Bonapartisten, die Kammer mit allerhand Unruhen und zettelte mehrere Verschwörungen an. Philipp, der darein verstrickt war, wurde festgenommen und mangels Beweisen wieder freigelassen, aber der Kriegsminister entzog ihm sein Wartegeld und teilte ihn einem Truppenkörper zu, den man als eine Art Strafbataillon bezeichnen könnte. In Frankreich war es nicht mehr auszuhalten, Philipp konnte am Ende noch den Spitzeln in die Falle geraten. Man sprach damals viel von Spitzeln. Während er in verdächtigen Cafés Billard spielte, die Zeit totschlug und sich an den Dunst der kleinen Gläser verschiedener Liköre gewöhnte, war Agathe in Todesangst um den großen Mann der Familie. Die drei Weisen Griechenlands waren nun ganz an den täglichen Weg gewöhnt, die Treppe hinaus zu den beiden Witwen, die sie immer erwarteten, um sie nach den Erlebnissen und Eindrücken des Tages zu fragen und mit ihnen im grünen Salon Karten zu spielen. Als das Ministerium des Innern im Jahre 1816 gesäubert wurde, blieb Claparon verschont; er war einer der Ängstlichen, die im Flüsterton die Neuigkeiten aus dem Moniteur weitergaben und hinzufügten: »Bitte mich nicht bloßzustellen«. Desroches hatte einige Zeit nach dem alten Du Bruel seinen Abschied bekommen und kämpfte noch um seine Pension. Die drei Freunde und Zeugen von Agathes Verzweiflung gaben ihr den Rat, den Obersten Philipp auf Reisen zu schicken.

»Es wird soviel von Verschwörungen gesprochen, und da kann ein Mann von dem Charakter Ihres Sohnes zum Opfer der Umstände werden. Verräter gibt es überall.«

»Zum Teufel! Er ist aus dem Holze, aus dem der Kaiser seine Marschälle geschnitten hat«, sagte Du Bruel mit leiser Stimme und scheu umherblickend, »er darf seinen Beruf nicht aufgeben. Er sollte in Dienst gehen nach dem Orient, nach Indien ...«

»Und seine Gesundheit?« fragte Agathe.

»Weshalb sucht er nicht eine Anstellung?« meinte der alte Desroches, »es bilden sich jetzt so vielerlei Privatgesellschaften. Ich zum Beispiel gedenke als Büroleiter in eine Versicherung einzutreten, sobald meine Pension geregelt ist.«

»Philipp ist Soldat, er liebt nur den Krieg«, sagte die heroische Agathe.

»Also müßte er Vernunft annehmen und um Dienst nachsuchen ...«

»Bei denen da? Aus meinem Mund wird er den Rat nicht hören«, rief die Witwe.

»Das ist unrecht von Ihnen«, erklärte Du Bruel. »Meinem Sohn hat der Herzog von Navarrein seinen Platz verschafft. Die Bourbonen sind für die, welche sich ihnen redlich anschließen, vortreffliche Herren. Ihr Sohn könnte Oberstleutnant in irgendeinem Regiment werden.«

»In der Kavallerie will man nur adlige, und er würde es nie bis zum Obersten bringen«, meinte die Descoings.

Verängstigt bat Agathe ihren Philipp flehentlich, in das Ausland zu gehen und in den Dienst irgendeines fremden Staates zu treten; jeder würde einen Ordonnanzoffizier des Kaisers mit offenen Armen empfangen.

»Den Fremden dienen? ...« rief Philipp mit Abscheu.

Agathe küßte ihren Sohn inbrünstig: »Ganz der Vater!«

»Recht hat er«, sagte Joseph, »der Franzose kennt nur einen Herrn; und der kommt vielleicht doch noch einmal wieder!«

Seiner Mutter zuliebe kam Philipp auf den großen Gedanken, sich dem General Lallemand in den Vereinigten Staaten anzuschließen und an der Freistättengründung mitzuarbeiten, einer der schwindelhaftesten, angeblich vaterländischen Unternehmungen.

Agathe opferte zehntausend Franken und brachte ihren Sohn nach Le Havre, wo er zu Schiff ging. Den letzten Teil des Jahres 1817 kam Agathe mit den sechshundert Franken aus, die ihr von ihren Staatspapieren blieben, dann hatte sie den glücklichen Einfall, den Rest ihrer Ersparnisse, zehntausend Franken, gleich anzulegen, die ihre Rente um weitere siebenhundert Franken vermehrten. Joseph wollte mithelfen und mitopfern; er trug Röcke wie ein Henkersknecht, derbe Stiefel und blaue Strümpfe; er kaufte sich keine Handschuhe mehr und brannte in seinem Ofen Torf; er lebte von Brot, Milch und Käse. Niemand ermutigte den armen Jungen, außer der alten Descoings und seinem früheren Schulfreund und jetzigen Atelierkameraden Bixiou, der einen kleinen Posten in einem Ministerium bekleidete und nebenbei köstliche Karrikaturen zeichnete. »Ach, wie hab ich mich gefreut, als es im Jahre 1818 Sommer wurde!« hat Bridau später oft gesagt, wenn er von seinem Jugendelend erzählte. »Die Sonne ersparte mir die Kohlen.«

Im Kolorit war er schon so stark wie Gros und suchte seinen Lehrer nur noch auf, um seinen Rat zu hören. Er dachte schon daran, den Kampf mit der klassischen Kunst aufzunehmen, mit der griechischen Konvention zu brechen und die Bande abzustreifen, an denen man eine Kunst gängelte, der doch die Natur, wie sie ist, gehört, in der Allmacht ihrer Schöpfungen und Grillen. Er bereitete sich auf den Kampf vor, der von seinem ersten Erscheinen in der Ausstellung des Jahres 1823 an nicht mehr aufhören sollte. Die Zeit war furchtbar. Roguin, der Notar der beiden Witwen, verschwand mit den seit sieben Jahren zurückgelegten Geldern, die jetzt schon zweitausend Franken Rente einbringen sollten. Drei Tage nach diesem Unglück kam aus New York ein Wechsel über tausend Franken, den Oberst Philipp auf seine Mutter ausgestellt hatte. Der Arme war wie so viele bei der Freistättengründung hereingefallen und hatte alles verloren. Sein Brief berichtete von seinen Schulden bei Unglücksgefährten, die in New York für ihn bürgten; beim Lesen brachen Agathe, die Descoings und Joseph in Tränen aus.

»Und ich selbst habe ihn gezwungen, hinüberzufahren«, weinte die arme Mutter, der immer etwas einfiel, um die Fehler ihres Philipp zu rechtfertigen.

Frau Descoings benahm sich heroisch. Sie gab Frau Bridau immer noch tausend Taler, doch hielt sie auch immer noch ihre Terne in der Lotterie, die seit 1799 nicht herausgekommen war. Allmählich begann sie nun, an der Redlichkeit der Verwaltung zu zweifeln. Sie klagte die Behörde an, hatte sie im Verdacht, die drei Nummern in der Urne zu unterdrücken, um die Aktionäre zu wilden Einsätzen zu verlocken. Eine rasche Überprüfung der Hilfsquellen ergab die Unmöglichkeit, die tausend Franken flüssig zu machen, ohne etwas von der Rente zu verkaufen. Schon sprachen die beiden Frauen davon, das Silber, einen Teil der Wäsche oder die überflüssigen Möbel zu verpfänden. Da wandte sich Joseph an den Maler Gérard, dem er seine Lage darlegte, und der ihm beim Ministerium des königlichen Hauses den Auftrag von zwei Kopien des Porträts Ludwigs XVIII. verschaffte zu einem Honorar von je fünfhundert Franken. Gros, der sonst nicht gerade freigebig war, versorgte seinen Schüler mit den nötigen Malutensilien. Aber die tausend Franken sollten erst nach Lieferung der Kopien ausgezahlt werden. Da vollendete Joseph in zehn Tagen vier Staffeleibilder, verkaufte sie an Händler und brachte seiner Mutter die tausend Franken, mit denen sie den Wechsel saldieren konnte. Acht Tage später kam ein zweiter Brief, in dem Philipp der Mutter seine Abreise mitteilte; der Kapitän des Schiffes nahm ihn auf sein Ehrenwort mit, und so brauchte Philipp bei seiner Landung in Le Havre wieder mindestens tausend Franken.

»Gut«, sagte Philipp, »bis dahin hab ich meine Kopien fertig und du kannst ihm das Geld bringen.«

»Geliebter Joseph«, rief weinend Agathe, »Gott wird dich segnen. Du hast ihn also lieb, den armen Verfolgten? Er ist unser Ruhm, unsere ganze Zukunft. So jung, so tapfer und so unglücklich! Alles ist gegen ihn, so wollen wenigstens wir drei für ihn sein.«

»Siehst du, die Malerei ist doch zu etwas gut«, meinte Joseph, froh, daß die Mutter ihm endlich erlaubte, ein großer Künstler zu sein.

Frau Bridau eilte nun ihrem geliebten Sohne Philipp entgegen. In Le Havre ging sie Tag für Tag hinter den Rundturm Franz I. und wartete dort auf das Amerikaschiff, und von Tag zu Tag wuchs ihre quälende Unruhe. Wie solche Qualen die Mutterschaft neu beleben, das wissen nur die Mütter. Eines schönen Oktobermorgens des Jahres 1819 kam das Schiff an und hatte weder Seeschaden noch das geringste Unwetter gehabt. Selbst auf den rohesten Menschen macht die Atmosphäre des Vaterlandes und der Anblick der Mutter einen gewissen Eindruck, zumal nach einer Reise voller Elend. Philipp überließ sich dem Strom der zärtlichen Gefühle, und Agathe dachte: »Wie er mich liebt!« Ach! Oberst Philipp liebte nur ein Wesen auf der Welt und dies Wesen war der Oberst Philipp. Das Unglück in Texas, das Leben in New York, wo Spekulation und Selbstsucht ihr Höchstmaß erreichen, wo die Nacktheit der Interessen zum Zynismus führt, wo der ganz vereinzelte Mensch gezwungen ist, immer selbst seine Sache durchzufechten, wo Höflichkeit nicht existiert, kurz alle Ereignisse seiner Reise hatten in Philipp die üblen Neigungen des Haudegens entwickelt: er war ein Rohling geworden, Trinker, Raucher, eigennützig, unhöflich; das Elend hatte ihn verdorben. Außerdem glaubte sich der Oberst verfolgt, und dieser Glauben macht unintelligente Menschen zu unduldsamen Verfolgern. Für Philipp fing die Welt bei seinem Kopf an und hörte bei seinen Füßen auf. Das Schauspiel New York hatte diesem Tatmenschen die letzten moralischen Skrupeln genommen. Er hatte dem Anschein nach die ungezwungene, freimütige, umgängliche Art des Soldaten behalten. Und gerade weil er unbefangen wie ein Kind schien, war er doppelt gefährlich. Dabei handelte er, der ja nur an sich selbst zu denken hatte, so überlegt, wie ein schlauer Advokat, der Meisterstreiche ausklügelt. Worte kosteten ihn nichts; davon gab er soviel, wie seine gläubigen Zuhörer brauchten. Wehe dem, der die Erklärungen, mit denen er den Widerspruch zwischen seinem Tun und Reden rechtfertigte, nicht gelten ließ. Philipp war ein ausgezeichneter Pistolenschütze, der es mit dem gewandtesten Fechtmeister aufnehmen konnte; er besaß die Kaltblütigkeit aller, denen am Leben nichts liegt, und war immer bereit, für ein heftiges Wort Rechenschaft zu fordern. In dieser Sicherheit leistete er sich Gewalttätigkeiten, die sich nicht gütlich beilegen ließen. Seine mächtige Gestalt war etwas in die Breite gegangen, sein Gesicht war durch den Aufenthalt in Texas bronzefarben geworden; er behielt das kurze Wort und den schneidenden Ton eines Mannes bei, der sich mitten in dem Pöbel von New York durchzusetzen hatte. Für die arme Mutter war diese Erscheinung in ihrem schlichten Rocke mit dem von ausgestandenem Elend gestählten

Leibe ein Held, während der wirkliche Philipp ganz einfach das war, was man gemeinhin einen Strauchdieb nennt. Die Not des geliebten Sohnes erschütterte Frau Bridau; sie ließ ihn in Le Havre vollständig neu einkleiden, und während sie seinen schrecklichen Berichten zuhörte, war sie schwach genug, ihn ruhig essen, trinken und sich amüsieren zu lassen, wie eben einer, der von den Freistätten zurückkam, trinken und sich unterhalten mußte. Die Eroberung von Texas mit den Resten des kaiserlichen Heeres war gewiß ein schöner Plan gewesen, und daß er scheiterte, lag weniger an den Umständen als an den Menschen; denn heute ist Texas eine zukunftsreiche Republik. Diese Erfahrung des Liberalismus zur Zeit der Restauration zeigt deutlich, daß seine Interessen nur selbstsüchtig und durchaus nicht national waren. Der Fehlschlag lag nicht an den Menschen noch am Lande, es mangelte nicht an Ideen und Aufopferung, aber an den Talern und der Hilfe der verlogenen Partei, die über ungeheure Summen verfügte und nichts hergab, als es darauf ankam, ein Kaiserreich wiederzugewinnen. Hausfrauen wie Agathe haben die gesunde Vernunft, die solchen politischen Betrug durchschaut. Die arme Mutter ahnte bei den Erzählungen des Sohnes die Wahrheit, während sie, als er in der Ferne war, im Gedanken an den Verbannten auf die pompösen Reklamen der konstitutionellen Zeitungen gehört und den Fortgang der berühmten Subskription gläubig verfolgt hatte, die kaum hundertfünfzigtausend Franken ergab statt der erforderlichen fünf bis sechs Millionen. Die Führer des Liberalismus wurden bald gewahr, daß sie nur der Sache der Bourbonen dienten, indem sie die ruhmvollen Trümmer unserer Armeen aus Frankreich entfernten, und so ließen sie ihre ergebensten, glühendsten, begeistertsten Anhänger und Vorkämpfer im Stich. Nie konnte Agathe ihrem Sohne erklären, wieviel mehr er ein Betrogener als ein Verfolgter war. Im Glauben an ihr Götzenbild warf sie lieber sich selbst Unwissenheit vor und klagte die Not der Zeit an, die ihren Sohn so hart traf. Bisher war er ja auch weniger schuld an all dem Elend als vielmehr ein Opfer seines Edelmutes, seiner Energie, des Sturzes des Kaisers, der Unzuverlässigkeit der Liberalen und der Wut der Bourbonen auf die Bonapartisten. Während dieser ganzen Woche in Le Havre, einer schrecklich kostspieligen Woche, wagte sie nicht, ihm eine Versöhnung mit der königlichen Regierung und eine Vorstellung bei dem Kriegsminister vorzuschlagen; sie hatte vollauf zutun, um ihn von dem teuren Le Havre fortzubekommen und nach Paris heimzubringen, als sie nur noch das Geld zur Reise hatte. Die Descoings und Joseph, die den Verbannten im Hof der königlichen Post erwarteten, waren betroffen von Agathes verändertem Aussehen.

»Deine Mutter ist in zwei Monaten zehn Jahre älter geworden« sagte die Descoings zu Joseph, während man die beiden Koffer ablud.

»Tag, alte Descoings«, war Philipps ganze Zärtlichkeitsäußerung zu der guten Krämerin, die Joseph herzlich »Mama Descoings« nannte.

»Wir haben kein Geld mehr für den Fiaker«, sagte Agathe mit schmerzlicher Stimme.

»Ich habe Geld«, erwiderte der junge Maler, und des Bruders Anblick entlockte ihm den Ausruf: »Der Philipp hat ja prachtvolle Farbe.« »Ja, ich bin angeraucht wie eine Pfeife. Aber du siehst noch aus wie früher, Kleiner.«

Einundzwanzig Jahre alt und schon geschätzt von einigen Freunden, die ihm in den schlimmen Tagen beistanden, war sich Philipp seiner Kraft und Begabung bewußt; er vertrat in einem Kreise junger Wissenschaftler, Literaten, Politiker und Philosophen die Malerei, so mußte ihn des Bruders Anrede verletzen, die Philipp noch durch eine Geste unterstrich: er zupfte Joseph wie ein Kind am Ohr. Agathe entging es nicht, daß bei der Descoings und Joseph auf die erste Herzlichkeit des Willkommens eine gewisse Kühle folgte. Um alles wieder auszugleichen, erzählte sie ihnen, was Philipp im Exil durchgemacht hatte. Die Descoings, die aus der Heimkehr des Sohnes, den sie, wenn auch nur für sich, den verlorenen Sohn nannte, einen Festtag machen wollte, hatte das denkbar beste Diner bereitet und dazu den alten Claparon und Desroches senior eingeladen. Abends sollten alle Freunde des Hauses kommen, und sie kamen. Joseph hatte aus seinem Kreise Léon Giraud, d'Arthez, Michel Chrestien, Fulgence, Ridal und Bianchon aufgefordert. Zu ihrem angeblichen Stiefsohn Bixiou sagte die Desroches, die jungen Leute sollten Ecarté spielen. Es war auch der jüngere Desroches, der auf Befehl seines Vaters Referendar geworden war, zugegen. Du Bruel, Claparon, Desroches und der Abbé Loraux beschäftigten sich mit dem Geächteten und entsetzten sich über seine rohe Art und Weise, seine heisere Säuferstimme, seine gemeine Wortwahl, seinen Blick. Während Joseph die Spieltische richtete, scharten sich die Getreuen um Agathe und befragten sie: »Was gedenken Sie mit Philipp zu tun?«

»Ich weiß nicht. Den Bourbonen will er noch immer nicht dienen.«

»Schwer wird es sein, in Frankreich einen Posten für ihn zu finden. Wenn er nicht wieder in das Heer eintritt, in der Verwaltung wird er so bald nicht unterzubringen sein«, meinte der alte Du Bruel. »Man braucht ihm nur eine Weile zuzuhören, um zu verstehen, daß er nicht wie mein Sohn den Ausweg hat, mit Theaterstücken Geld zu verdienen.«

Agathe antwortete mit einem Blick, dem alle anmerken konnten, wie Philipps Zukunft sie beunruhigte; und da keiner der Freunde ihr Rat wußte, blieben alle stumm. Der Geächtete, Desroches junior und Bixiou spielten Ecarté, ein Spiel, das damals sehr beliebt war.

»Mama Descoings, mein Bruder hat kein Geld zum Spielen«, sagte Joseph der guten Alten ins Ohr. Die Aktionärin der königlichen Lotterie holte zwanzig Franken und gab sie dem Künstler; der schob sie heimlich dem Bruder zu.

Alle Gäste waren versammelt. An zwei Tischen wurde Boston gespielt, und die Unterhaltung wurde lebhaft. Philipp erwies sich als schlechter Spieler. Erst gewann er viel, dann verlor er und schuldete schließlich um elf Uhr dem jungen Desroches und Bixiou fünfzig Franken. Immer wieder hallte Lärm und Zank vom Ecartétisch den friedlichen Boston-spielern in die Ohren; verstohlen lugten sie nach Philipp hinüber, der ein recht garstiges Wesen zur Schau trug; schließlich, als er wieder einmal Streit mit Desroches junior bekam, der auch nicht der beste war, gab der alte Desroches seinem Sohne unrecht, obwohl er recht hatte, und verbot ihm, weiter zu spielen. Da verbot auch Madame Descoings ihrem Enkel das Spiel; denn er ließ bereits Witze los, so geistreich, daß Philipp sie nicht verstand. Wie leicht konnte ein Widerhaken seiner Pfeile durch das dicke Fell des Obersten dringen, und dann wehe dem grausamen Spötter!

»Du mußt müde sein«, sagte Agathe Philipp ins Ohr, »geh zu Bett.«

»Das Reisen bildet die Jugend«, bemerkte Bixiou, als der Oberst und seine Mutter fort waren.

Joseph, der mit Tagesanbruch aufstand und früh schlafen ging, schenkte sich das Ende dieser Abendgesellschaft. Am nächsten Morgen stellten Agathe und die Descoings beim Frühstückstischdecken zu ihrem Leidwesen fest, daß die Abendgesellschaften recht teuer kommen würden, wenn Philipp, wie die alte Descoings sich ausdrückte, immer solche Karten ausspielte. Die alte, nunmehr sechsundsiebzigjährige Frau schlug vor, ihre Möbel zu verkaufen, ihre Wohnung im zweiten Stock dem Wirt, der nur darauf wartete, sie wiederzubekommen, zurückzugeben, sich ihr Zimmer in Agathes Salon einzurichten und den ersten Raum in ein Wohn- und Eßzimmer umzuwandeln. Dann würde man jährlich siebenhundert Franken ersparen und könnte davon Philipp monatlich fünfzig Franken geben, bis er einen Posten gefunden hätte. Agathe nahm das Opfer an. Als der Oberst herunterkam, fragte seine Mutter ihn erst, ob er sich wohlfühlte in seinem Zimmerchen; dann setzten ihm die beiden die Lage der Familie auseinander. Die Frauen besaßen zusammen fünftausenddreihundert Franken Einkommen, wovon die viertausend der Descoings Leibrente waren. Die Descoings gab Bixiou, den sie seit einem halben Jahr als ihren Enkel bekannte, sechshundert Franken Taschengeld und Joseph die gleiche Summe; den Rest ihrer Einkünfte und alles, was Agathe besaß, verschlang der Haushalt; alles Zurückgelegte war aufgebraucht.

»Beruhigt euch«, sagte der Oberstleutnant, »ich falle euch nicht lange zur Last, ich suche mir einen Posten, ich brauche nur für den Augenblick Futter und Unterschlupf.«

Agathe küßte ihren Sohn, und die Descoings steckte ihm hundert Franken in die Hand, um seine Spielschulden von gestern zu bezahlen. In zehn Tagen waren Möbelverkauf, Umzug und Umbau mit der Schnelligkeit bewerkstelligt, die es nur in Paris gibt. In dieser Zeit brach Philipp regelmäßig nach dem Frühstück auf, war zum Essen wieder da, ging abends fort und kam erst um Mitternacht zum Schlafen heim. Geradezu mechanisch nahm dieser abgedankte Offizier Gewohnheiten an, die sich bei ihm einwurzelten. Für die zwei Sous, die er auf dem Pont des Arts hätte Brückengeld zahlen müssen, um zum Palais Royal hinüberzukommen, ließ er sich auf dem Pont Neuf die Stiefel putzen; im Palais Royal trank er zwei kleine Glas Schnaps und las dazu die Zeitungen, und über dieser Tätigkeit wurde es Mittag; dann spazierte er die Rue Vivienne hinaus und begab sich ins Café Minerva, wo dazumal die liberale Politik gebraut wurde, dort spielte er Billard mit früheren Offizieren. Er gewann und verlor und goß dazu drei bis vier Liköre hinter die Binde, und beim Hin- und Herflanieren rauchte er seine zehn Regiezigarren. Abends pflegte er noch einige Pfeifen im holländischen Estaminet zu rauchen, ehe er gegen zehn Uhr zum Spielsaal hinaufstieg; der Saaldiener gab ihm Karte und Nadel; er erkundigte sich bei einigen Veteranen des Spieles nach den jeweiligen Chancen und setzte im günstigsten Augenblick zehn Franken, aber nie mehr als dreimal, ob er verlor oder gewann. Hatte er, was meistens geschah, gewonnen, trank er noch einen Becher Punsch und begab sich heim in seine Dachkammer. Dabei pflegte er zu verkünden, er werde die Ultras und die von der Garde umbringen; und auf der Treppe sang er: »Wir sind des Kaiserreiches Hüter!« Die gute Mutter hörte ihn und sagte: »Heut abend ist er lustig, der Philipp«; und sie stieg hinauf und küßte ihn, ohne sich über den Punsch-, Schnaps- und Tabakgestank zu beschweren.

»Na, bist du nun mit mir zufrieden, Mutter?« sagte er einmal im Januar zu ihr. »Ich führe doch das regelmäßigste Leben von der Welt.«

* *
*

Einige Male hatte Philipp mit ehemaligen Kameraden im Restaurant diniert. Die alten Soldaten plauderten von ihren Angelegenheiten und kamen auf die Hoffnungen zu sprechen, die sich an den Bau eines Unterseebootes zur Befreiung des Kaisers knüpften. Unter den alten Getreuen war ein Gardedragonerrittmeister, Namens Giroudeau, in dessen Kompagnie Philipp sich die Sporen verdient und den er besonders gern hatte. Der sorgte dafür, daß Philipps »Teufelskutsche«, wie Rabelais es genannt hat, komplett wurde, indem zu den drei Rädern Likör, Tabak und Kartenspiel ein viertes hinzukam. Anfang Februar nahm Giroudeau Philipp nach dem Essen mit in die Gaité in die Loge einer kleinen Theaterzeitung, die seinem Neffen Finot gehörte, bei dem er Kasse und Bücher führte. Nachdem die beiden weiland Kriegsmänner noch »einen hinuntergespült hatten«, wie sie es nannten und dabei einander die Herzen ausgeschüttet, traten sie in ihren breiten bis an die Fersen reichenden Überröcken mit den viereckigen Kragen, bis ans Kinn zugeknöpft, wie es die Mode der Offiziere von der Opposition gebot, und im Knopfloch die Rosette, Rohrstöcke mit Bleiknopf und Lederschleife in der Hand, in die Loge ein. Im seligen Nebel von Wein und Likör zeigte Giroudeau seinem Freunde auf der Bühne eine kleine üppige und bewegliche Figurantin, Namens Florentine, deren Gunst und Zärtlichkeiten er ebenso wie die Loge der Allmacht der Zeitung verdankte.

»Sag mal, wieweit geht denn die Gunst dieser Schönen für so ein ergrautes Schlachtenroß wie dich?« fragte Philipp.

»Gottlob habe ich die alten Grundsätze unserer glorreichen Uniform nicht aufgegeben«, erwiderte Giroudeau. »Ich habe noch keinen roten Heller für ein Weib gezahlt.«

Philipp wollte das nicht für möglich halten. »Wie ich dir sage«, versicherte Giroudeau. »Allerdings spielt die Zeitung auch eine gewisse Rolle dabei. Morgen werden wir in zwei Zeilen der Direktion den Rat erteilen, Fräulein Florentine ein wenig Solo tanzen zu lassen. Kannst mir glauben, mein Söhnchen, ich bin sehr glücklich.«

Philipp wurde nachdenklich: »Wenn dieser brave Giroudeau mit seinem Schädel so blank wie ein Knie, seinen achtundvierzig Jahren, seinem Bauch, seinem Winzergesicht und der Kartoffelnase es zum Freunde einer Figurantin gebracht hat, müßte ich doch die erste Schauspielerin von Paris bekommen.« – »Wo findet man dergleichen?« sagte er laut zu Giroudeau. »Ich werde dich heut abend bei Florentine einführen. Obwohl meine Dulcinea nur fünfzig Franken Monatsgage hat, ist sie doch dank einem alten Seidenhändler, Namens Cardot, der ihr fünfhundert im Monat gibt, ganz gut beieinander.«

»Gut, aber ...« fing Philipp eifersüchtig an.

»Ach was!« meinte Giroudeau, »die wahre Liebe ist blind.«

Er führte seinen Freund nach der Vorstellung zu Fräulein Florentine, die zwei Schritt vom Theater in der Rue de Crussol wohnte.

»Nun aber Haltung«, mahnte er, »Florentine hat ihre Mutter da. Du begreifst, ich habe nicht die Mittel, ihr eine zu zahlen, und die Alte ist ihre wirkliche Mutter. Früher war sie Portierfrau, aber sie versteht's! Cabirolle heißt sie; nenne sie Madame. Darauf legt sie Wert.«

Florentine hatte an diesem Abend eine Freundin bei sich, eine gewisse Marie Godeschal, schön wie ein Engel und kalt wie eine Tänzerin, eine Schülerin von Vestris, der ihr eine große choreographische Zukunft prophezeite. Fräulein Godeschal wollte damals unter dem Namen Mariette im Panorama-Dramatique debütieren und rechnete auf die Gunst eines ersten Kammerjunkers, dem Vestris sie schon längst vorstellen sollte. Der große Tänzer, der immer noch in Blüte stand, fand seine Schülerin dafür noch nicht fertig genug. Die ehrgeizige Marie Godeschal machte ihren Künstlernamen Mariette berüchtigt; im übrigen aber war ihr Ehrgeiz sehr löblich. Sie hatte einen Schreiber bei Derville zum Bruder. Waisen waren die Geschwister und arm, sie liebten einander und kannten ihr Paris genau; er wollte Advokat werden, um der Schwester eine Position zu schaffen, und lebte von zehn Sous am Tage; sie war kühl entschlossen, Tänzerin zu werden und ihre Schönheit und ihre Beine zu gebrauchen, um dem Bruder ein Anwaltsbüro zu kaufen. Außerhalb ihrer gegenseitigen Zuneigung, ihrer Interessen und ihres

Zusammenlebens war ihnen alles, wie einst den Römern und Hebräern, barbarisch, feindlich, fremd. Diese schöne und unerschütterliche Freundschaft machte Mariette ihren Intimen verständlich. Die Geschwister wohnten damals im achten Stockwerk eines Hauses der Rue Vieille du Temple. Seit ihrem zehnten Lebensjahr studierte Mariette und jetzt zählte sie sechszehn Lenze. Ach, dem zierlich trippelnden Persönchen fehlte es noch an der rechten Toilette und Pflege, und in ihrem Kaschmirschal aus Kaninchenfell, ihrem Kattunkleid und den derben Schuhen konnte diese Schönheit nur von gewissen Parisern erraten werden, die der Grisettenjagd und dem Aufspüren unglücklicher Schönheiten ergeben sind. Philipp verliebte sich in Mariette. Mariette sah in Philipp den Gardedragonermajor, den Ordonnanzoffizier des Kaisers, die Jugend und – das Vergnügen, Florentine zu übertreffen durch Philipps sichtliche Überlegenheit über Giroudeau. Florentine und Giroudeau, er, um seinen Kameraden glücklich zu machen, sie, um der Freundin einen Beschützer zu verschaffen, drängten Mariette und Philipp, eine »wilde Ehe« zu schließen, was auf pariserisch der »morganatischen Ehe« der Könige und Königinnen entspricht. Auf dem Heimweg vertraute Philipp dem Freunde den elenden Stand seiner Finanzen an, aber der alte Roué verstand ihn zu beruhigen.

»Ich werde meinem Neffen Finot von dir erzählen. Siehst du, Philipp, jetzt ist das Königreich der Zivilisten und der Phrase gekommen, dem müssen wir uns fügen. Heut regiert das Tintenfaß die Welt. Die Tinte hat das Pulver ersetzt und das Wort die Kugel. Na, immerhin sind diese kleinen Kröten, die Redakteure, recht pfiffig und dabei gute Burschen. Besuch mich morgen in der Redaktion; inzwischen hab ich meinem Neffen ein paar Worte über dich gesagt. Nach einer Weile bekommst du dann einen Posten bei irgendeiner Zeitung. Mariette, die dich in diesem Augenblick nimmt (darüber mach dir nichts vor), weil sie nichts hat, kein Engagement, keine Aussicht auf ein Debut – ich hab ihr gesagt, daß du bei einer Zeitung tätig sein wirst wie ich –, Mariette wird dir beweisen, daß sie dich nur um deiner selbst willen liebt, und du wirst ihr glauben! Mach es wie ich: sieh zu, daß sie, solang es dir irgend möglich ist, Figurantin bleibt! Kaum daß Florentine solo zu tanzen wünschte, hab ich in meiner Verliebtheit Finot gebeten, ihr ein Debut zu verschaffen; da hat mein Neffe mir gesagt: ›Nicht wahr, sie hat Talent? Mit dem ersten Soloschritt, den sie auf die Bühne setzt, setzt sie dich vor die Tür.‹ Da hast du den ganzen Finot. Der kennt sich aus.«

Am nächsten Tag um vier Uhr fand sich Philipp in einem schmalen Zwischenstock der Rue du Sentier ein. Wie ein wildes Tier im Käfig saß da Giroudeau in einer Art Hühnerstall zwischen Öfchen, Tischchen, zwei Stühlchen und ein paar Holzscheiten. Das Ganze nannte sich »Vertriebsbüro«, wie auf der Tür mit schwarzen Lettern pompös gedruckt stand. Außerdem las man noch das Wort »Kasse« mit der Hand geschrieben über dem Gitterkäfig. Längs der Mauer, dem Etablissement des Hauptmanns gegenüber, lief eine Bank, auf der gerade ein einarmiger Invalide frühstückte, den Giroudeau, wahrscheinlich wegen seines ägyptischen Teints, Koloquint anredete »Das sieht ja nett aus«, sagte Philipp umherblickend, »Und du, der den Sturmangriff des unglücklichen Obersten Chabert bei Eylau mitgeritten ist, was treibst du hier? Donnerwetter! Himmelkreuzdonnerwetter! Ein hoher Offizier! ...«

»Na ja – wenn schon! – ein hoher Offizier, der Zeitungsquittungen ausschreibt«, sagte Giroudeau und rückte an seinem schwarzen Seidenkäppchen. »Ja, mehr noch, ich bin sogar verantwortlicher Redakteur dieser Späße.« Er zeigte auf das Blatt.

»Und ich, der ich mit nach Ägypten gegangen bin, ich gehe jetzt aufs Postamt«, sagte der Invalide.

»Still, Koloquint!« sagte Giroudeau. »Es steht einer vor dir, der des Kaisers Adjutant war in der Schlacht bei Montmirail!«

»Zur Stelle!« meldete sich Koloquint. »Dort habe ich meinen Arm verloren.«

»Koloquint, bewache die Bude, ich gehe zu meinem Neffen hinauf.«

Die beiden Offiziere a.D. gingen in das vierte Stockwerk hinauf, einen Gang zu Ende, und fanden in einer Dachkammer auf einem schlechten Kanapee einen jungen Menschen, der sie mit blaß-kalten Augen ansah. Ohne aufzustehen bot der Zivilist dem Onkel und dessen Freunde Zigarren an.

»Hier, mein Lieber«, fing Giroudeau sanft und bescheiden an, »bring ich dir den tapfern Schwadronführer, von dem ich dir erzählt habe.«

»Na, und?« Finots Blick maß Philipp, der wie Giroudeau vor dem Pressediplomaten alle Energie verlor. »Liebes Kind« – Giroudeau versuchte den Onkel herauszukehren – »der Oberst kommt aus Texas zurück.«

»So, Sie haben sich auch auf die Texasgeschichte eingelassen, auf die Freistätten. Dabei waren Sie für einen ›Ackersoldaten‹ doch noch ziemlich jung.«

Um die Schärfe dieses Witzes zu verstehen, muß man die Flut von Stichen, Ofenschirmen, Wanduhren, Bronzen und Gipsen erlebt haben, die der »Ackersoldat« hervorgebracht hat, ein Gleichnis des Schicksals Napoleons und seiner Helden, das in Gassenhauern und Operetten endete. Der »Ackersoldat« hat denen, die damit handelten, mindestens eine Million eingetragen. In entlegenen Provinzwinkeln findet man noch heute Ackersoldaten auf den Tapeten. Wäre der junge Mann nicht Giroudeaus Neffe gewesen, Philipp hätte ihm ein paar Ohrfeigen versetzt. »Ja, ich hab mich darauf eingelassen und dabei zwölftausend Franken und meine Zeit verloren«, erwiderte Philipp und quälte sich ein Lächeln heraus. »Und Sie lieben immer noch den Kaiser?« fragte Finot.

»Er ist mein Gott«, antwortete Philipp Bridau.

»Sie sind liberal?«

»Ich werde immer der konstitutionellen Opposition angehören. Foy, Manuel, Laffitte! Das sind meine Leute! Die werden uns von den Elenden befreien, die die Fremden wieder ins Land gebracht haben.« »Gut«, meinte Finot kalt. »Dann kommt es darauf an, Ihr Unglück auszuschlachten; Sie sind ein Opfer der Liberalen, mein Lieber! Sie können ruhig liberal bleiben, wenn Sie an Überzeugungen hängen. Aber Sie müssen den Liberalen drohen, Sie würden die Texasdummheiten enthüllen. Von der Nationalsubskription haben Sie keinen roten Heller gekriegt, nicht wahr? Nun, dann sind Sie gut dran! Fordern Sie Rechenschaft über die Subskription. Wissen Sie, was dann passieren wird? Die Abgeordneten der Linken lassen jetzt gerade ein neues Oppositionsblatt gründen; da werden Sie Kassierer, mit tausend Taler Gehalt, ein Dauerposten. Sie brauchen sich nur zwanzigtausend Franken Kaution zu verschaffen und in acht Tagen sind Sie untergebracht. Ich werde den Leuten raten, sich Ihre Kritik vom Halse zu schaffen, indem Sie Ihnen den Posten anbieten. Aber erst müssen Sie schreien und zwar laut!«

Philipp erschöpfte sich in Dankesworten. Dann ließ Giroudeau ihn ein paar Schritt vorangehen und sagte zu seinem Neffen: »Na, hör mal, du bist komisch! … Mir gibst du zwölfhundert Franken und …«

»Die Zeitung lebt ja nicht ein Jahr«, antwortete Finot. »Für dich hab ich was Besseres.«

»Potztausend«, sagte Philipp zu Giroudeau. »Ein heller Kopf, dein Neffe. Darauf wäre ich nicht gekommen, mein Unglück auszuschlachten.«

Abends im Café Minerva und im Café Lemblin wetterte der Oberst Philipp gegen die Liberalen, die Subskriptionen veranstalten, einen nach

Texas schicken, verlogenes Zeug vom »Ackersoldaten« schwatzen, den Braven im Elend sitzen lassen, nachdem sie ihm seine zwanzigtausend Franken weggefressen und ihn zwei Jahre lang nasgeführt haben. »Ich werde Rechenschaft fordern über die Freistättensubskription«, sagte er zu einem Stammgast des Cafés Minerva, und der erzählte es den Journalisten der Linken weiter.

Philipp ging nicht nach Hause, sondern zu Mariette mit der großen Neuigkeit von seiner künftigen Mitarbeiterschaft an einer Zeitung mit zehntausend Abonnenten, in der ihre choreographischen Ansprüche aufs wärmste befürwortet werden würden. In Todesangst erwarteten Agathe und die Descoings Philipp, denn gerade war der Herzog von Berry ermordet worden. Am nächsten Morgen erschien der Oberst kurz nach dem Frühstück. Als die Mutter ihn fühlen ließ, wie sehr seine Abwesenheit sie beunruhigt hatte, wurde er wütend und fragte: »Bin ich denn minderjährig? – Schockschwerenot! ich komme mit einer guten Botschaft und ihr macht Leichenbittermienen. Der Herzog von Berry ist tot, um so besser! Wieder einer weniger. Ich werde Kassierer einer Zeitung mit tausend Talern Gehalt, und ihr seid die Sorgen um mich los.«

»Ist es möglich?« sagte Agathe.

»Ja, ihr braucht nur zwanzigtausend Franken Kaution für mich zu stellen; es genügt, daß ihr eure Staatsrente von dreizehnhundert Franken deponiert, eure Halbjahrszinsen bekommt ihr weiter.«

Seit fast zwei Monaten hatten sich die beiden Witwen umgebracht, um herauszubekommen, was Philipp anstellte, und wie man ihm einen Posten schaffen könnte. Die neue Aussicht machte sie nun so glücklich, daß sie die vielen Katastrophen der Gegenwart vergaßen. Abends kamen die Weisen Griechenlands, der alte Du Bruel, der kränkelnde Claparon und der starre Desroches senior; einstimmig rieten sie der Witwe, die Kaution für ihren Sohn zu stellen. Die Zeitung war zum Glück vor der Ermordung des Herzogs von Berry gegründet worden und entging dem Schlage, den jetzt Decazes gegen die Presse führte. Die Rente der Witwe Bridau wurde als Kaution für den zum Kassierer ernannten Philipp deponiert. Alsbald versprach der gute Sohn, den beiden Witwen für Wohnung und Verpflegung monatlich hundert Franken zu geben, und war nun der Allerbeste. Alle, die Agathe Böses von ihm prophezeit hatten, beglückwünschten sie zu ihrem Musterkind.

»Wir hatten ihn nicht richtig erkannt«, erklärte sie. Der arme Joseph wollte nicht hinter seinem Bruder zurückbleiben und versuchte, den eignen Unterhalt selbst zu verdienen, was ihm auch gelang. Drei Monate vergingen, ohne daß der Oberst, der für viere aß und trank, anspruchsvoll war und mit Hinweis auf seine Kostgelder die beiden Witwen zu Ausgaben für die Tafel verführte, einen roten Heller gezahlt hätte. Sowohl die Mutter wie die Descoings waren zu zartfühlend, um ihn an sein Versprechen zu erinnern. Das Jahr ging vorüber und noch war keiner von den »Tigern mit fünf Tatzen«, wie Léon Gozlan diese Münzen so kräftig benannt hat, aus Philipps Tasche in den Haushalt gewandert. Er selbst hatte allerdings ein Beruhigungsmittel gegen Gewissensbisse gefunden: er aß nur selten zu Hause.

»Nun ist er doch glücklich«, sagte die Mutter, »nun hat er Ruhe, hat einen Posten!«

Das Feuilleton, welches Vernou, ein Freund von Bixiou, Finot und Giroudeau redigierte, verschaffte Mariette ihr Debut, zwar nicht im Panorama-Dramatique, sondern an der Porte Saint-Martin, wo sie neben der Bégrand mit Erfolg auftrat. Zu den Direktoren dieses Theaters gehörte ein reicher, groß auftretender Stabsoffizier, der einer Schauspielerin zuliebe Impresario geworden war. Solche Leute, die aus Liebe zu Schauspielerinnen, Tänzerinnen oder Sängerinnen Theaterdirektoren werden, finden sich häufig in Paris. Der Stabsoffizier kannte Philipp und Giroudeau. Mit Hille von Finots und Philipps Zeitungen wurde Mariettes Debut von den drei Offizieren ins Werk gesetzt. Die Solidarität aller leidenschaftlichen Toren beschleunigte den Vorgang. Boshaft hinterbrachte Bixiou seiner Großmutter und der frommen Agathe, daß der Kassierer Philipp, der Bravste der Braven, Mariette, die berühmte Tänzerin an der Porte Saint-Martin, liebte. Diese schon nicht mehr neue Neuigkeit traf die beiden Witwen wie ein Blitzschlag; einmal waren für Agathes religiöses Empfinden alle Damen vom Theater Höllenbrände, und dann meinten beide, daß solche Frauen im Gold wühlten, Perlen tranken und Riesenvermögen ruinierten.

»Ach, Mutter«, sagte Joseph, »glaube doch nicht, daß mein Bruder so töricht wäre, seiner Mariette Geld zu geben! Diese Frauen richten nur die Reichen zu grunde.«

»Mariette soll übrigens an der Oper engagiert werden, erzählt man sich«, berichtete Bixiou. »Sie brauchen keine Furcht zu haben, Frau Bridau, an der Porte Saint-Martin verkehrt die hohe Diplomatie, dies schöne Kind wird nicht lange bei Ihrem Sohne bleiben. Es soll ein Gesandter in Mariette sterblich verliebt sein. Noch etwas Neues: der alte Claparon ist gestorben, er wird morgen begraben, sein Sohn, der Herr Bankier, der mit Gold und Silber spielt, hat ein Begräbnis dritter Klasse bestellt. Dieser Jüngling ermangelt der Erziehung.«

Philipp war gierig, sich die Tänzerin zu sichern; er bot ihr die Ehe an. Aber am Tage vor ihrer Aufnahme in die Oper wies Fräulein Godeschal ihn zurück, vielleicht, weil sie ihn durchschaute, vielleicht weil sie begriff, wie notwendig für ihre Karriere die Freiheit war. Den Rest des Jahres besuchte Philipp seine Mutter höchstens zweimal im Monat. Wo war er? In seinem Büro, im Theater, bei Mariette? In die Stuben der Rue Mazarine drang kein Schimmer von seinem Treiben. Giroudeau aber, Bixiou, Vernou und Lousteau kannten sein lustiges Leben. Philipp war auf allen Festen der Tullia, des großen Opernsterns, bei Florentine, Mariettes Nachfolgerin an der Porte Saint-Martin, bei Florine und ihrem Matifat, Coralie und ihrem Camusot. Hatte er um vier Uhr seine Kasse geschlossen, so wurde gebummelt bis Mitternacht; täglich wurde etwas verabredet für den nächsten Tag, irgend jemand lud immer zum Diner, zum Spiele, zum Souper ein. Da war Philipp in seinem Element. Dieser Karneval, der achtzehn Monate dauerte, brachte aber auch seine Sorgen mit sich.

Bei ihrem ersten Auftreten an der Oper im Januar 1821 eroberte die schöne Mariette einen der glänzendsten Herzöge am Hofe Ludwigs XVIII. Philipp wollte den Kampf mit dem Herzog aufnehmen. Aber, obwohl er Glück im Spiel hatte, zwang ihn doch die Leidenschaft, bei den Quartalzahlungen im Monat April in die Kasse der Zeitung zu greifen. Im Mai schuldete er elftausend Franken. In diesem verhängnisvollen Monat reiste Mariette nach London, um dort die Lords auszubeuten, so lange an dem provisorischen Opernsaal im Hotel Choiseul, Rue Le Pelletier, gebaut wurde. Mit Philipp war es, wie das so geschieht, so weit gekommen, daß er Mariette trotz ihrer offenkundigen Untreue liebte; sie aber sah in ihm nur einen derben geistlosen Haudegen, die erste Stufe ihres Anstiegs, auf der sie nicht lange verweilen wollte. Und als sie nun auch den Augenblick kommen sah, an dem Philipp kein Geld mehr haben würde, hatte sie sich bereits nach andern Helfern in der Zeitungswelt umgetan, die ihr Philipps Erhaltung erübrigten; immerhin bewahrte sie ihm die besondre Dankbarkeit der Frauen ihrer Art für den ersten, der ihnen den Qualenweg des Bühnenlebens ebnet.

So sah sich Philipp genötigt, die Grausame nach London reisen zu lassen, wohin er ihr nicht folgen konnte, und er bezog, wie er es nannte, seine Winterquartiere in der Dachstube der Rue Mazarine; da hing er beim Aufstehn und Schlafengehn seinen düstern Gedanken nach. Es war ihm im Innern unmöglich, anders zu leben als dies letzte Jahr. Der Luxus rings um Mariette, die Diners und Soupers, die Abende hinter den Kulissen, der Betrieb der Journalisten und witzigen Köpfe, der beständige Lärm, der ihn umgab, und was sonst noch alles seinen Sinnen und seiner Eitelkeit wohltat in diesem Leben, das es eben nur in Paris und in Paris jeden Tag neu gibt, das war ihm mehr als eine Gewohnheit geworden; unentbehrlich war es ihm wie sein Tabak und sein Schnaps. Es war ihm klar, daß er ohne diese beständigen Genüsse nicht leben konnte. Der Gedanke an Selbstmord fuhr ihm durch den Kopf, nicht wegen des Fehlbetrags, den man demnächst in seiner Kasse entdecken würde, nein, nur weil er nun nicht mehr mit Mariette und in der Atmosphäre, die ihn seit einem Jahre umschmeichelte, leben sollte. In solchen trüben Gedanken betrat er zum ersten Male das Atelier seines Bruders, den er in seiner blauen Bluse beschäftigt fand, ein Bild für einen Händler zu kopieren.

»So also werden die Bilder gemacht?« suchte Philipp das Gespräch einzuleiten.

»Nein«, antwortete Joseph, »so werden sie nachgemacht.«

»Was zahlt man dir dafür?«

»Nie genug, zweihundertfünfzig Franken; aber ich lerne dabei, ich studiere die Kunst der alten Meister und komme hinter die Geheimnisse des Handwerks. Da ist eins meiner eigenen Bilder«, er zeigte mit dem Pinsel auf eine Skizze, deren Farben noch feucht waren. »Und wieviel steckst du nun so im Jahre in deinen Beutel?«

»Zu meinem Unglück kennen mich bis jetzt nur die Maler. Schinner bemüht sich für mich, er wird mir Arbeit im Schlosse von Presles verschaffen; im Oktober soll ich hingehen, Arabesken, Türfüllungen und Ornamente zu malen, die von dem Grafen Sérizy sehr gut bezahlt werden. Mit diesem Kram da, den ich für die Händler mache, kann ich nunmehr achtzehnhundert bis zweitausend Franken, die Unkosten abgerechnet, schaffen. Na, in die nächste Ausstellung schick ich das Bild da; wenn es gefällt, bin ich ein gemachter Mann; meine Freunde sind mit ihm zufrieden.«

»Ich verstehe nichts davon«, sagte Philipp mit so sanfter Stimme, daß Joseph zu ihm aufsah.

»Was ist mit dir?« fragte der Künstler, dem die Blässe des Bruders auffiel.

»Ich möchte gern wissen, wie lange du brauchst, um mein Porträt zu machen.«

»Bei beständiger Arbeit und hellem Wetter brächte ich es in drei oder vier Tagen fertig.«

»Das ist zu viel, ich habe nur noch den einen Tag zu vergeben. Meine arme Mutter liebt mich so sehr: ich möchte ihr mein Ebenbild hinterlassen. Genug davon.«

»Willst du denn wieder fort?«

»Ja, fort, auf Nimmerwiedersehn«, sagte Philipp in künstlich lustigem Tone.

»Philipp! Lieber Freund, was ist dir geschehen? Ist es etwas ernstes, ich bin ein Mann, ich bin kein Kind mehr, bin selbst auf harte Kämpfe gefaßt. Ich kann schweigen.«

»Ist das sicher?«

»Auf meine Ehre.«

»Du wirst keinem Menschen auf der Welt etwas sagen?«

»Keinem.«

»Gut. Ich werde mir eine Kugel vor den Kopf schießen.«

»Wie? Du willst dich schlagen?«

»Ich will mich töten.«

»Warum?«

»Ich habe elftausend Franken aus meiner Kasse genommen und morgen muß ich abrechnen; die Hälfte meiner Kaution ist hin; unserer armen Mutter werden nur noch sechshundert Franken Rente bleiben. Aber das ist es ja nicht! Ich könnte ihr später ein Vermögen wiedergeben, allein, ich bin entehrt! Ich kann meine Schande nicht überleben.«

»Du bist nicht entehrt, da du ja das Geld zurückerstattest, aber du wirst deinen Posten verlieren; dann hast du nur noch die fünfhundert Franken, die dein Kreuz einträgt. Man kann mit fünfhundert Franken leben.«

»Leb wohl«, sagte Philipp, wollte nichts mehr hören und stieg rasch die Treppe hinunter.

Joseph verließ sein Atelier und ging hinunter an den Frühstückstisch der Mutter; aber Philipps Geständnis hatte ihm den Appetit verdorben. Er nahm die Descoings beiseite und teilte ihr das Schreckliche mit. Die alte Frau stieß einen Schrei des Entsetzens aus, ließ den Milchtopf aus der Hand fallen und sank in einen Stuhl. Agathe eilte herbei und erfuhr aus den Jammerlauten der Alten nach und nach die traurige Wahrheit.

»Philipp! Ehrlos! Ein Sohn Bridaus beraubt die Kasse, die ihm anvertraut ist?«

An allen Gliedern zitterte die Witwe; ihre Augen erweiterten sich und wurden starr, sie mußte sich setzen und zerfloß in Tränen.

»Wo ist er hin!« schluchzte sie. »Vielleicht hat er sich in die Seine gestürzt!«

»Du mußt nicht verzweifeln«, sagte die Descoings, »weil der arme Junge an ein böses Weib geraten ist, das ihn zu Torheiten verleitet hat. Mein Gott! Das gibt es oft. Philipp hat bis zu seiner Rückkehr aus Amerika soviel Mißgeschick gehabt und so wenig Gelegenheit zu glücklicher Liebe: da kann seine Leidenschaft für diese Person nicht Wunder nehmen. Leidenschaft führt immer zum Äußersten! Davon kann ich zu meiner Schande ein Lied singen und halte mich doch für eine ehrbare Frau! Ein einziger Fehltritt macht noch nicht ehrlos. Und schließlich und endlich, nur wer nichts tut, irrt nie!«

Agathe war so niedergebrochen von Verzweiflung, daß die Descoings und Joseph Philipps Fehltritt abschwächen und sie damit beruhigen mußten, daß so etwas in allen Familien vorkomme.

»Aber er ist achtundzwanzig Jahre alt und kein Kind mehr«, rief Agathe.

»Mutter, ich versichere dir, er dachte nur an deinen Gram, nur an das, was er dir angetan«, sagte Joseph.

»Ach, mein Gott! Wenn er nur wiederkommt! Wenn er nur noch lebt! Ich will ihm ja alles verzeihen«, rief die Arme, die im Geist schon ihren Philipp ertrunken aus dem Wasser gezogen sah.

Einige Augenblicke herrschte ein dumpfes Schweigen. Dann ging der Tag in qualvollster Spannung hin. Beim geringsten Geräusch stürzten alle drei ans Fenster in immer neuen Vermutungen und Ängsten.

Während seine Familie in solcher Verzweiflung war, brachte Philipp seine Kasse ruhig in Ordnung. Er hatte die Stirn, seine Rechnung vorzulegen und anzugeben, daß er die fehlenden elftausend Franken, um einem Unglücksfall vorzubeugen, mit nach Hause genommen habe. Um vier Uhr ging der Schelm fort, nachdem er nochmals fünfhundert Franken aus der Kasse genommen hatte, und stieg kaltblütig in den Spielsaal hinauf, den er, seit er seine Stellung einnahm, nicht mehr betreten hatte in der richtigen Erkenntnis, daß ein Kassierer in Spielhäusern nichts zu suchen habe. Diesem Burschen fehlte es nicht an Berechnung. Er hatte mehr von seinem Großvater Rouget als von dem ehrenwerten Vater, wie sein späteres Verhalten zur Genüge beweisen wird. Im Felde hätte er vielleicht einen guten General abgegeben; als Zivilist wurde er einer der verstockten Verbrecher, die ihre Pläne und üblen Taten hinter dem Schirm des Gesetzes und unter dem verschwiegenen Dach des Familienlebens verbergen. Philipp wahrte seine ganze Kaltblütigkeit bei dem entscheidenden Unternehmen. Zuerst gewann er und sein Vorrat stieg bis zu sechstausend Franken. Dann aber ließ er sich durch die Sucht, seine Ungewißheit mit einem Schlage zu endigen, verblenden. Als er hörte, daß beim Roulette sechzehn Mal hintereinander Schwarz gekommen war, verließ er den Trente-et-Quarante-Tisch. Er setzte fünftausend Franken auf Rot, und zum siebzehnten Male kam Schwarz. Da setzte der Oberst seinen letzten Tausendfrankenschein auf Schwarz und gewann. Trotz dieses erstaunlichen Einverständnisses mit dem Zufall war ihm der Kopf müde; er fühlte es und wollte doch weiterspielen, aber der prophetische Sinn, auf den die Spieler lauschen, und der in Blitzen aufhellt, war schon gestört. Es kamen die einzelnen Versager, welche die Spieler zugrunde richten. Das Hellsehen kann, wie die Sonnenstrahlen, nur in starr gerader Linie wirken, der Blick darf nicht gebrochen werden, das Hüpfen der Chance trübt ihn; Philipp verlor alles. Nach so starken Prüfungen sinkt die trägste wie die regste Seele zusammen. Auf dem Heimweg dachte Philipp um so weniger an den versprochenen Selbstmord, als er nie ernstlich die Absicht gehabt hatte, sich zu töten. Er dachte auch nicht mehr an seine verlorene Stellung, noch an die angebrochene Kaution, noch an die Mutter, noch an Mariette, die Ursache seines Ruins; er ging mechanisch vor sich hin. Als er ins Zimmer trat, fiel ihm die weinende Mutter, fielen ihm die Descoings und der Bruder um den Hals und schleppten ihn in heller Freude zum Kamin.

›Aha!‹ dachte er, ›die Ankündigung hat gewirkt.‹ Dem Ungetüm fiel es nicht schwer, seine Miene den Umständen anzupassen, zumal er vom Spiele sehr aufgeregt war. Als die Mutter ihren fürchterlichen Liebling blaß und entstellt sah, kniete sie vor ihm nieder, küßte seine Hände und drückte sie an ihr Herz, und lange sah sie ihn mit verweinten Augen an. »Philipp«, hauchte ihre erstickte Stimme, »versprich mir, dich nicht zu töten, wir vergessen alles!« Philipp sah den Bruder gerührt, die Descoings in Tränen und mußte sich sagen: ›Es sind gute Menschen!‹, er faßte die Mutter um und hob sie auf, setzte sie auf seine Kniee, drückte sie an sich und flüsterte ihr unter Küssen ins Ohr: »Du schenkst mir zum zweiten Male das Leben!«

Die Descoings fand Mittel und Wege, alsbald eine treffliche Mahlzeit aufzutischen, dazu zwei Flaschen alten Weines und etwas Jamaikarum, Schätze aus ihren besseren Tagen.

»Agathe, er soll heute seine Zigarren rauchen«, sagte sie und bot Philipp Zigarren an. Die beiden armen Geschöpfe wähnten, wenn sie den Burschen ganz nach seinem Behagen leben ließen, würde er das Heim lieb gewinnen und zu Hause bleiben, und so versuchten alle beide, sich an den Tabakrauch zu gewöhnen, der ihnen gräßlich war. Dies große Opfer bemerkte Philipp nicht einmal.

Am nächsten Tage war Agathe um zehn Jahre gealtert. Nachdem ihre Ängste beschwichtigt waren, kamen die Gedanken wieder und eine ganze schreckliche Nacht hindurch konnte die Arme kein Auge schließen. Es sollten ihr nur noch sechshundert Franken Rente bleiben. Wie alle üppigen und leckermäuligen Weiber wurde die Descoings, zumal sie an einem hartnäckigen Husten litt, schwerfällig; ihr Schritt auf der Treppe dröhnte wie Holzhauerschlag; von einem Augenblick auf den andern konnte sie sterben, und mit ihr verschwanden dann viertausend Franken: töricht, noch lange auf diese Hilfsquelle zu rechnen. Was war zu tun? Was sollte werden? An sich selbst dachte Agathe nicht, sie war entschlossen, lieber Krankenwärterin zu werden als ihren Kindern zur Last zu fallen. Aber was sollte aus Philipp werden, wenn er nur die fünfhundert Franken von der Ehrenlegion hatte? Seit elf Jahren steuerte die Descoings jährlich tausend Taler bei und hatte ihre Schuld fast doppelt bezahlt, und sie fuhr fort, die Interessen ihres Enkels denen der Familie Bridau zu opfern. Alle rechtlichen Gefühle und Gesinnungen Agathes waren verletzt, und doch dachte sie mitten in all dem Unglück immer wieder: ›Der arme Junge! Ist es denn seine Schuld? Er bleibt seinen Schwüren treu. Mein Fehler war, daß ich ihn nicht verheiratet habe. Hätte ich eine Frau für ihn gefunden, er wäre nicht an diese Tänzerin geraten. Er ist so kräftig gebaut! …‹ Auch die alte Handelsfrau hatte in der Nacht nachgesonnen, wie die Ehre der Familie zu retten sei, und morgens kam sie mit einem Vorschlag zur Freundin: »Du und Philipp, ihr taugt nicht dazu, diese kitzlige Angelegenheit zu behandeln. Unsre beiden alten Freunde Claparon und Du Bruel sind tot, es bleibt uns nur Desroches mit seinem klugen alten Kopfe übrig, ich will heute vormittag zu ihm gehen. Er wird erklären, Philipp sei seinem Vertrauen zu einem Freunde zum Opfer gefallen, eine derartige Schwäche mache ihn gänzlich ungeeignet, eine Kasse zu verwalten. Wie heute, so könne es ihm später wieder gehen. So wird Philipp es vorziehen, seinen Abschied zu nehmen, statt entlassen zu werden.«

Durch diese freundliche Lüge sah Agathe des Sohnes Ehre sichergestellt, wenigstens in den Augen der Fremden, sie umarmte die Descoings, die sich dann aufmachte, um den abscheulichen Handel in Ordnung zu bringen. Philipp hatte den Schlaf des Gerechten geschlafen. »Die Alte ist schlau«, meinte er lächelnd, als Agathe ihm mitteilte, warum sie heute später zu Mittag essen würden.

Desroches senior hatte bei all seiner Härte nicht vergessen, daß Bridau ihm einst zu seinem Posten verholfen hatte, und so entledigte er sich als vollendeter Diplomat des heiklen Auftrags. Er besuchte die Familie zum Diner und wies Agathe an, am nächsten Tage in die Rue Vivienne auf das Schatzamt zu gehen, die Übertragung des verkauften Rentenanteils zu unterzeichnen und die übrigbleibenden sechshundert Franken abzuheben. Der alte Beamte verließ das traurige Haus erst, nachdem er Philipp dazu gebracht hatte, ein Gesuch an den Kriegsminister zu unterzeichnen, daß um seine Wiederaufnahme in die Armee bat. Deroches versprach den Frauen, den Weg der Bittschrift durch die Büros zu verfolgen und des Herzogs Triumph über Philipp bei der Tänzerin auszubeuten, um das Fürwort des hohen Herrn zu erlangen.

»Ehe ein Vierteljahr um ist, wird er Oberstleutnant im Regiment des Herzogs von Maufrigneuse, und Sie haben ihn vom Halse.«

Beim Abschied überschütteten beide Frauen und Joseph den alten Beamten mit Segenswünschen. Wie Finot es vorhergesagt hatte, ging zwei Monate später die Zeitung ein. Philipps Fehltritt hatte somit keine Folgen in der Öffentlichkeit. Aber Agathes Mutterherz hatte seine tiefste Wunde empfangen. Da der Glaube an den Sohn nun einmal erschüttert war, zuckte es in dauernden Ängsten, in die sich bisweilen eine kleine Zufriedenheit mischte, wenn einmal Agathes trübe Ahnungen sich nicht erfüllten.

Wenn körperlich tapfere, seelisch feige und unedle Menschen, wie Philipp einer war, merken, daß nach einer Katastrophe, die ihre sittliche Geltung zu vernichten drohte, alles um sie her wieder seinen natürlichen Lauf nimmt, dann empfinden sie die Nachsicht der Angehörigen und Freunde als Ermunterungsprämie. Sie vertrauen auf Straflosigkeit; die falsche Richtung ihres Denkens, die Befriedigung ihrer Leidenschaften treiben sie an, zu untersuchen, wie ihnen die Umgehung der sozialen Gesetze gelungen ist, und darüber werden sie abscheulich geschickt.

Kaum waren zwei Wochen vergangen, so war Philipp schon wieder der gelangweilte Müßiggänger von früher geworden, er verfiel wieder dem Caféleben, den Schnapsstationen, den langen Billardpartien beim Punsche, den Nachtsitzungen am Spieltisch, wo er gelegentlich einen kleinen Einsatz wagte und gerade soviel gewann, wie zum Unterhalt seiner Haltlosigkeit genügte. Um seine Mutter und die Descoings sicherer zu täuschen, spielte er den Sparsamen, trug einen ziemlich schmierigen Hut mit fasernden Bändern, geflickte Stiefel, einen abgeschabten Rock, auf dem seine rote Rosette, von langem Aufenthalt im Knopfloch gebräunt, mit Schnaps und Kaffeeflecken beschmutzt, kaum noch glänzte, dazu immer dieselben alten grünen Wildlederhandschuhe. Seine samtene Halsbinde legte er erst ab, wenn sie wie Filz aussah. Mariette blieb seine einzige Liebe, und ihre Treulosigkeit verhärtete vollends sein Herz. Nach einem unverhofften Spielgewinn oder nach einem Souper mit dem alten Kameraden Giroudeau wandte sich Philipp in einer Art derber Verachtung des ganzen Geschlechtes an die Venus der Straßenecke. Im übrigen hatte er sehr regelmäßige Gewohnheiten, aß mittags und abends zu Hause und ging Nacht für Nacht gegen ein Uhr schlafen. Drei Monate dieses öden Lebens machten der armen Agathe wieder einige Zuversicht.

Joseph lebte ganz in seinem Atelier und arbeitete an dem herrlichen Gemälde, das seinen Ruhm begründet hat. Auf das Urteil ihres Enkels hin glaubte die Descoings an Josephs Ruhm und überhäufte den Maler mit mütterlicher Fürsorge; sie brachte ihm morgens das Frühstück, machte Besorgungen für ihn, wusch seine Pinsel. Der Maler erschien nur zum Diner; seine Abende gehörten den Freunden seines Kreises. Im übrigen las er viel und verschaffte sich die tiefe und ernste Bildung, die man nur durch eigne Kraft erwirbt und der sich alle Begabten zwischen Zwanzig und Dreißig widmen. Agathe sah ihn wenig, er machte ihr keine Sorgen; sie lebte nur für Philipp, er allein verschaffte ihr den Wechsel zwischen aufgewühlter und wieder besänftigter Furcht, von der ja zum großen Teil das Gefühl lebt und die eine Mutter so wenig entbehren kann wie eine Geliebte. Jede Woche kam Desroches einmal zu der Witwe seines weiland Chefs und Freundes und machte ihr Hoffnung: der Herzog von Maufrigneuse hatte Philipp für sein Regiment angefordert; der Kriegsminister ließ sich Bericht erstatten; und da der Name Bridau weder in einer Polizeiliste noch in irgend welchen Gerichtsakten stand, würde Philipp in den ersten Monaten des kommenden Jahres sein erneuertes Offizierspatent erhalten. Desroches hatte seinen ganzen Bekanntenkreis in Bewegung gesetzt; als er bei seinen Erkundigungen auf der Polizeipräfektur ermittelte, daß Philipp jeden Abend spielen ging, erachtete er es für notwendig, dies Geheimnis der Descoings unter vier Augen anzuvertrauen mit der Aufforderung, den künftigen Oberstleutnant zu überwachen; denn ein Skandal konnte alles verderben; vorläufig würde der Kriegsminister nicht nachforschen, ob Philipp ein Spieler sei, und stünde der Oberstleutnant erst einmal unter der Fahne, so würde er schon diese Leidenschaft seiner müßigen Tage aufgeben. Agathe, die abends keine Gesellschaft mehr hatte, las am Kaminfeuer ihr Gebetbuch, während die Descoings sich Karten legte, ihre Träume deutete und die Regeln der Kabbala auf ihre Einsätze anwandte. Diese muntere Besessene versäumte keine Ziehung, sie verfolgte weiter ihre Terne, die noch immer nicht gekommen war. Die Terne wurde nunmehr einundzwanzig Jahre alt und sozusagen majorenn. Dieser Umstand machte der alten Spielratte kindische Hoffnungen. Seit die Lotterie bestand, war eine Nummer immer unten im Rade geblieben, und gerade darum setzte die Descoings alles auf diese Nummer und alle Kombinationen der drei Ziffern. Die unterste Matratze ihres Bettes diente den Ersparnissen der armen Alten als Schatzkammer; die trennte sie auf, tat das mühsam abgesparte Goldstück hinein, umwickelte es sorgsam mit Wolle und nähte dann wieder zu. Zur letzten Pariser Ziehung wollte sie ihre gesamten Ersparnisse an die Kombinationen ihrer geliebten Terne wagen. Man hat die Spielleidenschaft wohl allgemein verurteilt, aber nie genauer erforscht. Noch hat niemand darin das Opium der Armen erkannt. Die Lotterie, die mächtigste Zauberin unserer Welt, erregt sie nicht geradezu magische Hoffnungen? Während der Gang der Roulette, der den Spielern Goldmassen und Genüsse vorflimmert, nur so lange dauert wie ein Blitz, gibt die Lotterie dem köstlichen Leuchten dieses Blitzes eine Dauer von fünf Tagen. Welche andre soziale Macht macht heutzutage die Menschen für zwei Franken fünf Tage lang glücklich und schenkt ihren Träumen alle Wonnen der Zivilisation? Der Tabak, ein tausendmal unmoralischeres Staatsmonopol, zerstört den Körper, greift den Geist an und macht eine ganze Nation stumpfsinnig, dagegen ist die Lotterie ganz unschuldig. Auch ist die Spielleidenschaft zwangsweise geregelt durch die Abstände zwischen den einzelnen Ziehungen und durch die gemeinsame Hingabe aller Herzen an das rollende Rad. Die Descoings setzte übrigens nur in die Pariser Lotterie. Ungewöhnliche Entbehrungen hatte sie sich auferlegt, um auf die letzte Ziehung des Jahres so hoch wie möglich setzen zu können. Hatte sie kabbalistische Träume – und nicht alle Träume deckten sich mit den Lottozahlen –, so ging sie damit zu Joseph; er war das einzige Wesen, das ihren Erzählungen zuhörte; er zankte sie nie aus, ja, er hatte noch obendrein freundliche Worte für sie, Trostworte, wie sie die Künstler für die Armen im Geiste haben. Das große Talent ehrt und begreift die wahren Leidenschaften, legt sie aus und verfolgt sie bis auf ihre Wurzeln in Herz und Hirn. Er erkannte: sein Bruder liebte Tabak und Schnaps, die alte Mama Descoings die Terne, seine Mutter Gott, Desroches junior die Prozesse, Desroches senior das Angeln; jedermann, meinte er, hat seine Leidenschaft; er selbst liebte die ideale Schönheit aller Dinge, die Dichtkunst Byrons, die Malerei Géricaults, die Musik Rossinis, die Romane Walter Scotts. – »Jeder nach seinein Geschmack, Mama Descoings«, rief er, »aber Ihre Terne scheint interniert zu sein.«

»Sie wird kommen, du wirst dann reich sein, und mein kleiner Bixiou auch!«

»Geben Sie nur Ihrem Enkel alles«, wehrte Joseph ab, »leben Sie ganz nach Ihrem Belieben!«

»Ei, wenn sie herauskommt, hab ich genug für alle. Du bekommst dann gleich ein schönes Atelier, bekommst deine Opernbilletts und Geld für deine Modelle und den Farbenhändler. Weißt du auch, daß du mich da auf deinem Bilde keine besonders schöne Rolle spielen läßt?«

Er hatte aus Sparsamkeit die Descoings zum Modell für die alte Kupplerin genommen, die auf seinem herrlichen Gemälde die junge Kurtisane dem venezianischen Senator zuführt.

»Wer Sie kennt, der weiß, wie Sie sind«, erwiderte er belustigt, »sorgen Sie sich nicht um die, die Sie nicht kennen!«

Seit einem Jahrzehnt hatte die Descoings die reifen Farbtöne einer überwinterten Reinette angenommen. Runzeln hatten sich in der Fülle ihres kalt und weichlich gewordenen Fleisches gebildet. Ihre Augen waren jung und lebhaft geblieben. Aber diese Lebhaftigkeit war gierig. Es waren Spieleraugen. Ihr speckiges Gesicht verriet Verstellung und tief vergrabene Hintergedanken. Ihre Leidenschaft verlangte Heimlichkeit. Die Bewegungen ihrer Lippen hatten bisweilen etwas Leckermäuliges. So konnte, obwohl sie doch eine rechtschaffene und redliche Frau war, ihr Anblick irreführen. Mithin war sie ein ausgezeichnetes Modell für die Alte, die Bridau malen wollte. Coralie, eine junge, in der Blüte ihres Lebens verstorbene Schauspielerin von wundersamer Schönheit, die Geliebte des jungen Dichters Lucien de Rubempré, mit dem Bridau befreundet war, hatte ihn zu diesem Bilde begeistert. Man hat diesem schönen Gemälde seinen altmeisterlichen Stil zum Vorwurf der Nachahmung gemacht. Dabei vereinigte es doch drei Porträts Lebender zu einem herrlichen Gesamtbild. Für den Senator hatte Michel Chrestien, einer der jungen Männer des Kreises, seinen Republikanerkopf geliehen; und Joseph veränderte ihn nur ins Reifere, wie er auch das Gierige im Gesicht der Descoings übertrieb. Das bedeutende Bild, später sehr berühmt und Anlaß vieler Feindschaft, Eifersucht und Bewunderung, war noch Skizze, und oft mußte Joseph die Ausführung unterbrechen, um zum Lebensunterhalt bestellte Arbeiten zu machen: er kopierte alte Meister, drang in ihre Handwerksgeheimnisse ein und erwarb die weiseste Technik. Gesunde Vernunft bewahrte den Künstler davor, seine Mutter und die Descoings, die er, die eine durch Philipp, die andre durch die Lotterie, mit dem Ruin bedroht sah, in die Höhe seiner Einnahmen einzuweihen. Philipps Kaltblütigkeit im Unglück, die Berechnung, mit der er den Selbstmordskandidaten spielte, und die Joseph durchschaute, all die Fehltritte während seiner zu Unrecht aufgegebenen militärischen Laufbahn, die geringsten Einzelheiten endlich in Philipps Benehmen hatten Joseph schließlich die Augen geöffnet. Ein solcher Scharfblick ist oft den Malern eigen: in der tagelangen Arbeitsstille ihres Atelierdaseins über Werken, die bis zu einem gewissen Grade die Gedanken frei lassen, werden sie darin den Frauen ähnlich: ihr Geist kann die Alltagsereignisse umkreisen und in ihren heimlichen Sinn eindringen.

Joseph hatte sich eine herrliche Truhe gekauft, wie sie erst später in Mode gekommen sind. Die schmückte eine Ecke seines Ateliers, auf die das Licht fiel, das, in den Holzreliefs flimmernd, dieses Meisterstück der Schreinerkunst aus dem sechzehnten Jahrhundert in seinem ganzen Glanze hervorhob. In dieser Truhe entdeckte er ein Geheimfach, das er zu seiner Sparbüchse machte. Was er im Monat an Geld brauchte, pflegte er, arglos wie alle echten Künstler, in einen Totenkopf zu tun, der auf einem der Felder der Truhe stand. Seit der Rückkehr des Bruders in das Heim stellte sich immer wieder ein Mißverhältnis zwischen Josephs Ausgaben und der Summe in diesem Behälter heraus. Die monatlichen hundert Franken verschwanden mit unglaublicher Geschwindigkeit. Das erstemal, als er nur vierzig bis fünfzig Franken ausgegeben hatte und nichts mehr vorfand, sagte er sich: »Mein Taler geht wandern.« Das zweite Mal gab er genauer auf seine Ausgaben acht; da aber hatte er gut rechnen, wie Robert Macaire, sechzehn und fünf macht dreiundzwanzig; es stimmte nicht. Als er dann beim dritten Male eine noch größere Fehlsumme feststellte, teilte er seine Besorgnisse der alten Descoings mit, von der er sich mit der mütterlich zarten, vertrauenden, gläubigen Liebe geliebt fühlte, die dem werdenden Künstler notwendig ist wie die Hut der Henne dem nackten Kücken, und die er an seiner Mutter bei all ihrer Güte vermissen mußte. Der Alten allein konnte er seinen schrecklichen Verdacht anvertrauen. Seiner Freunde war er sicher wie seiner selbst, die Descoings nahm ihm gewiß nichts weg für ihre Lotterie; die arme Frau rang die Hände; diesen kleinen Hausdiebstahl konnte nur Philipp begehen.

»Warum bittet er mich nicht, ihm zu geben, was er braucht«, rief Joseph, nahm Farbe von der Palette und verwischte unaufmerksam alle Töne aus seinem Bilde. »Würde ich's ihm abschlagen?«

»Er beraubt ein Kind!« rief die Descoings entsetzt.

»Das dürfte er«, erwiderte Joseph, »dafür bin ich sein Bruder, meine Börse ist auch seine; aber er könnte mir's doch sagen.«

»Tu heute eine bestimmte Summe Kleingeld hinein und rühre sie nicht an«, riet die Descoings, »ich werde acht geben, wer in das Atelier kommt; und wenn nur er eingetreten ist, so hast du Gewißheit.«

So bekam Joseph schon am nächsten Tag den Beweis der gewalttätigen Anleihen seines Bruders bei ihm. Philipp pflegte das Atelier in Josephs Abwesenheit zu betreten und die kleinen Summen zu entnehmen, deren er bedurfte. Der Künstler mußte für seinen kleinen Schatz zittern.

»Ei, warte nur! Ich werde dich ertappen, du Schelm« sagte er zu der Descoings und lachte.

»Das wird ihm gut tun, wir müssen ihn strafen; auch mir fehlt manchmal was in meiner Börse. Aber der arme Junge, er braucht Tabak, er ist daran gewöhnt.«

»Armer Junge hin, armer Junge her«, versetzte der Künstler, »ich fange an, Fulgences und Bixious Meinung zu teilen: Philipp nasführt uns beständig; bald mischt er sich in Meutereien, läßt sich nach Amerika schicken und kostet unsere Mutter zwölftausend Franken; dann weiß er in den Wäldern der Neuen Welt nichts zu finden, und seine Heimreise kostet soviel wie seine Hinfahrt. Weil er einmal ein paar Worte Napoleons einem General überbracht hat, hält er sich für einen bedeutenden Soldaten und für verpflichtet, den Bourbonen zu schmollen, mittlerweilen amüsiert er sich, reist, sieht sich die Welt an; ich gehe nicht mehr auf den Leim seiner Mißgeschicke; er sieht aus wie einer, der sich überall wohlzufühlen weiß. Man findet für den Kerl einen herrlichen Posten, er führt ein sardanapalisches Leben mit Einer von der Oper, leert die Sparbüchse einer Zeitung und kostet unsere Mutter abermals zwölftausend Franken. Ich für mein Teil kann darauf pfeifen; aber die arme Frau wird er noch auf's Stroh bringen. Ich bin ihm Luft, weil ich nicht bei den Gardedragonern gedient habe. Und dabei werde am Ende ich allein die gute Mutter auf ihre alten Tage ernähren, während dieser Kriegersmann, wenn er's so weiter treibt, wer weiß wo endet. Bixiou hat schon zu mir gesagt: ›Dein Bruder ist ein nettes Pflänzchen!‹ Recht hat er, dein kluger Enkel: Philipp wird der Familienehre noch einmal einen gefährlichen Streich spielen, und man wird wieder zehn- bis zwölftausend Franken aufbringen müssen! Jeden Abend spielt er; wenn er schwergeladen nach Hause kommt, fallen ihm markierte Karten aus der Tasche auf die Stiege. Der alte Desroches setzt alle Hebel in Bewegung, um Philipp wieder in die Armee zu bringen, und ich schwöre dir, ihm wäre es gräßlich, wieder dienen zu müssen. Hättest du das geglaubt von einem Jungen mit so schönen lichtblauen Augen und solch einem Ritter-Bayard-Gesicht?«

Trotz all seiner Vorsicht und Kaltblütigkeit beim Spiel saß Philipp doch mitunter, wie die Spieler sagen, in der Brenne. Er mußte unbedingt jeden Abend seinen Einsatz, seine zehn Franken haben, und hatte er sie nicht, so machte er zu Hause lange Finger nach dem Geld des Bruders oder der Mutter oder nach dem, das die Descoings herumliegen ließ. Eine schreckliche Erscheinung hatte schon einmal die arme Agathe im Halbschlaf gehabt: Philipp war in ihr Zimmer getreten und hatte aus der Tasche ihres Kleides alles Geld, das er darin fand, genommen. Sie hatte sich schlafend gestellt, aber dann den Rest der Nacht verweint. Nun sah sie klar. Wenn auch die Descoings gesagt hatte: »Ein Fehltritt macht noch nicht ehrlos«, die beständigen Rückfälle ließen der Mutter keinen Zweifel mehr; ihr liebster Sohn besaß weder Zartgefühl noch Ehre. Am Tage nach dieser schrecklichen Vision hatte sie ihn nach dem Frühstück, als er weggehen wollte, in ihr Zimmer gezogen und ihn flehentlich gebeten, doch das Geld, das er brauchte, von ihr zu verlangen. Das geschah dann so oft, daß nunmehr seit vierzehn Tagen Agathes ganze Ersparnisse erschöpft waren. Sie hatte keinen roten Heller mehr und dachte schon daran, Arbeit zu suchen. Schon hatte die Arme öfters des Abends mit der alten Descoings allerhand Verdienstmöglichkeiten erörtert, schon hatte sie sich beim Hausvater nach Musterstickerei umgetan, einer Arbeit, die ungefähr einen Franken am Tage einbringt. Obwohl Agathe kein Wort verlauten ließ, hatte die Alte den Anlaß erraten können; Agathes Gesichtszüge waren ja beredt genug: die Frische trocknete ein, die Haut spannte sich an Schläfen und Wangen, die Stirn bekam Runzeln, die Augen verloren ihren Schimmer; es war zu sehen, daß ein inneres Feuer an ihr zehrte, und daß sie nachts weinte. Am stärksten aber rieb es sie auf, daß sie ihre Qualen, Ängste und Ahnungen verschweigen mußte. Nie schlief sie ein, bevor Philipp heimgekommen war, sie wartete, bis sie ihn auf der Straße hörte. Sie hatte alle Variationen seiner Stimme, seines Gesanges, die Sprache seines über das Pflaster schleifenden Stockes studiert. Nichts entging ihr mehr; sie spürte den Grad seiner Betrunkenheit, zitterte, wenn sie ihn auf der Treppe straucheln hörte; eines Nachts hatte sie auf der Stelle, wo er hingeglitten war, Goldstücke aufgelesen. Hatte er getrunken und gewonnen, dann war seine Stimme heiser, der Stock schleppte nach; hatte er verloren, so bekam sein Schritt etwas Scharfes, Hartes, Wütendes; er sang mit heller Stimme und trug den Stock geschultert wie ein Gewehr; beim Frühstück war er, wenn er gewonnen hatte, munter und fast liebevoll; er machte seine derben Späße, aber es waren doch Späße; nach dem Verlust saß er düster da, Seine Worte waren kurz und abgehackt, sein harter Blick war beängstigend. Durch das liederliche Leben und alltägliche Schnapstrinken verlor sein ehedem schönes Gesicht von Tag zu Tag. Die Adern waren angeschwollen, die Züge vergröberten sich, die Augen verloren ihre Wimpern und ihren feuchten Glanz. Er pflegte sich auch nicht mehr, er roch nach Kneipe, nach kotigen Stiefeln; ein Fremder hätte ihn für einen Menschen aus dem Pöbel halten können.

»Du müßtest dir vorn Kopf bis zu den Füßen neue Sachen machen lassen«, sagte in den ersten Dezembertagen die Descoings zu Philipp.

»Und wer bezahlt sie?« fragte er ärgerlich. »Meine arme Mutter hat nichts mehr; ich selbst habe fünfhundert Franken im Jahre. Um mir Sachen anzuschaffen, würde ich ein ganzes Jahresgehalt brauchen, und dies Gehalt hab ich auf drei Jahre verpfändet.«

»Und warum?« fragte Joseph.

»Eine Ehrenschuld. Giroudeau hatte von Florentine tausend Franken genommen, um sie mir zu leihen … Blendend seh ich allerdings nicht gerade aus; aber wenn man bedenkt, daß Napoleon auf Sankt Helena ist und, um leben zu können, sein Silber verkauft, dann können seine getreuen Soldaten ruhig auf ihren Stiefelschäften laufen« und er zeigte auf seine Stiefel, die keine Hacken mehr hatten. Dann ging er.

»Schlecht ist er nicht«, sagte Agathe. »Er hat doch gute Gefühle.«

»Man kann den Kaiser lieben und sich dabei sauber kleiden«, meinte Joseph. »Wenn er auf sich und seine Sachen achtete, würde er nicht wie ein Bettler herumlaufen.«

»Joseph, du mußt nachsichtig mit deinem Bruder sein«, sagte Agathe. »Du tust, was du willst, und er ist nicht am richtigen Platz.«

»Warum hat er den verlassen? Was liegt daran, ob die Wanzen Ludwigs XVIII. oder Napoleons Kuckuck auf der Fahne ist, wenn die Lappen nur französisch sind? Frankreich ist Frankreich! Malen würde ich auch, wenn der Teufel es bestellt hätte. Der wahre Soldat schlägt sich schon aus Liebe zur Kunst. Wäre Philipp ruhig in der Armee geblieben, heut wäre er General …«

»Du bist ungerecht gegen ihn«, sagte Agathe, »dein Vater, der den Kaiser anbetete, hätte ihm zugestimmt. Aber jetzt ist er ja entschlossen, wieder in das Heer einzutreten. Gott weiß, wie sehr das deinen Bruder grämt, was er doch als Verrat empfinden muß.«

Joseph erhob sich, um ins Atelier zu gehen; da nahm ihn Agathe bei der Hand und sagte: »Sei gut zu deinem Bruder, er ist so unglücklich!«

Die Descoings folgte Joseph in sein Atelier und redete auf ihn ein: er solle die empfindliche Mutter schonen und bedenken, wie sie sich veränderte, und wieviel inneres Weh diese Veränderung verriete. Als sie eintraten, fanden sie zu ihrer Verwunderung Philipp vor. »Joseph, mein Kleiner«, sagte er ganz unbefangen, »ich brauche, hols der Teufel, Geld! Ich bin im Tabakverschleiß dreißig Franken für Zigarren schuldig, ich trau mich gar nicht mehr an der verdammten Bude vorbei, hab schon zehnmal zu zahlen versprochen.«

»Na also, auf die Art ist mir's sympathischer«, antwortete Joseph, »lange nur in den Kopf.«

»Ich habe schon gestern nach dem Essen alles genommen.«

»Es waren fünfundvierzig Franken ...«

»Ja, soviel brauchte ich auch gerade. Ich habe sie gefunden. War's unrecht von mir?«

»Nein, mein Lieber, das nicht. Wenn du reich wärest, würde ich es ebenso machen; nur würde ich erst fragen, ob es dir auch recht sei.«

»Erst fragen ist demütigend«, meinte Philipp. »Ich sähe es lieber, du nähmst, wie ich, ohne was zu sagen; das ist vertraulicher. Stirbt im Heer ein Kamerad und hat ein gutes Paar Stiefel an, und man selbst hat ein schlechtes, dann tauscht man mit ihm.«

»Aber so lange er lebt, nimmt man sie ihm nicht weg.«

»Bagatellen!« – Philipp zuckte die Achseln – »also du hast kein Geld?«

»Nein«, sagte Joseph: sein Geheimfach wollte er nicht preisgeben.

»In wenigen Tagen werden wir reich sein«, sagte die Descoings.

»Ja, Sie, Sie glauben, daß am fünfundzwanzigsten bei der Pariser Ziehung Ihre Terne herauskommen wird. Wenn Sie uns alle reich machen wollen, müßten Sie schon einen kräftigen Einsatz riskieren.«

»Eine Netto-Terne von zweihundert Franken gibt ohne die Amben und Extras zu rechnen, allein schon drei Millionen.«

»Fünfzehntausendmal den Einsatz, ja, dazu brauchen Sie gerade zweihundert Franken!« rief Philipp.

Die Descoings biß sich die Lippe, sie hatte ein unvorsichtiges Wort gesagt.

Und so überlegte denn auch Philipp auf der Treppe: ›Wo mag die alte Hexe das Geld für ihren Einsatz versteckt halten? Ist ja verlorenes Geld, ich wüßte es so gut anzuwenden! Mit vier Sätzen zu fünfzig Franken kann man zweihunderttausend Franken gewinnen, und mit mehr Wahrscheinlichkeit als bei ihrer Terne!‹ – In Gedanken suchte er den Versteck der Descoings. Am Abend vor Festtagen pflegte Agathe in die Kirche zu gehen und dort lange zu bleiben, sie beichtete wohl und bereitete sich auf die Kommunion vor. Es war Weihnachtsabend, die Descoings mußte ausgehen und Süßigkeiten für das Fest einkaufen; vielleicht machte sie aber zugleich auch ihren Einsatz. Die Ziehung fand von fünf zu fünf Tagen in den Lotterien von Bordeaux, Lyon, Lille, Straßburg und Paris statt, die Pariser immer am fünfundzwanzigsten des Monats, und die Listen wurden am vierundzwanzigsten um Mitternacht abgeschlossen. Der Soldat bedachte all diese Umstände und paßte auf. Gegen Mittag, sobald die Descoings ausgegangen war, kam er nach Hause zurück. Die Alte hatte den Schlüssel mitgenommen. Das hinderte ihn nicht. Unter dem Vorwande, etwas vergessen zu haben, bat er die Portierfrau, einen Schlosser aus der nahen Rue Guénégaud zu holen, der dann kam und die Tür aufmachte. Des Kriegsmanns erster Verdacht traf das Bett: er deckte es auf, und bevor er sich daran machte, das Holz zu untersuchen, tastete er die Matratzen ab; in der untersten Matratze fühlte er die in Papier eingewickelten Goldstücke. Schnell ward die Leinwand aufgetrennt, die zwanzig Goldstücke aufgegriffen, dann machte er sich nicht erst die Mühe wieder zuzunähen, er brachte nur das Bett recht geschickt wieder in Ordnung, damit der Descoings nichts auffiele.

Rasch machte sich der Spieler aus dem Staube. Er nahm sich vor, dreimal und zwar von drei zu drei Stunden und jedesmal nur zehn Minuten lang zu spielen. So haben seit dem Jahre 1786, seit die öffentlichen Spielsäle bestehn, die echten Spieler gespielt, die großen Spieler, welche die Verwaltung fürchtet, und die, wie man in den Spielhöllen sagt, die Bank kahl machen. Allein, ehe man diese Erfahrung hatte, ging oft ein ganzes Vermögen verloren. Die ganze Gewinnphilosophie der Pächter beruhte auf der Festigkeit ihrer Kasse, auf den unentschiedenen Treffern, dem sogenannten »Refait«, bei dem die Hälfte der Einsätze der Bank verblieb, und der von der Regierung gutgeheißenen ausgesprochenen Übervorteilung, die darin bestand, daß die Einsätze nur fakultativ gehalten, beziehungsweise ausgezahlt wurden. Mit einem Wort, das Spiel, das den Satz des reichen und kaltblütigen Spielers gegebenenfalls zurückwies, verschlang das Vermögen dessen, der eigensinnig und töricht genug war, um sich von dem raschen Kreisen des Rades berauschen zu lassen. Philipp hatte schließlich das kalte Blut eines kommandierenden Generals erworben, der mitten im Wirbel der Ereignisse klaren Blick und Verstand bewahrt. Er hatte die hohe Stufe der Spielpolitik erreicht, die, beiläufig gesagt, in Paris tausend Menschen ernährte, die allabendlich ohne Schwindel in den Abgrund zu schauen vermochten. Er war entschlossen, heut mit seinen vierhundert Franken das Glück zu erjagen. Zweihundert Franken tat er als Reserve in den Stiefel, zweihundert behielt er in der Tasche. Um drei Uhr betrat er den Saal, den heute das Theater des Palais Royal innehat, und in dem seinerzeit die Bank die höchsten Summen hielt. Er verließ ihn eine halbe Stunde später im Besitz von siebentausend Franken. Er ging zu Florentine, der er fünfhundert Franken schuldete, gab sie ihr wieder und lud sie ein, nach dem Theater im Rocher de Cancale mit ihm zu soupieren. Auf dem Rückweg kam er in die Rue du Sentier und besuchte im Zeitungsbüro seinen Freund Giroudeau, den er von dem bevorstehenden Festmahl in Kenntnis setzte. Um sechs Uhr gewann Philipp fünfundzwanzigtausend Franken und ging, seinem Vorsatz getreu, nach zehn Minuten weg. Um zehn Uhr abends hatte er fünfundsiebenzigtausend Franken gewonnen. Nach einem prächtigen, reichlich begossenen und intimen Souper kehrte Philipp um Mitternacht zum Spiele zurück. Er brach das Gesetz, das er sich auferlegt hatte, spielte eine ganze Stunde und verdoppelte sein Vermögen. Die Bankhalter, die er durch seine Spieltaktik um hundertfünfzigtausend Franken geschwächt hatte, betrachteten ihn mit Neugier.

›Wird er gehen? Wird er bleiben?‹ fragten einander ihre Blicke. ›Bleibt er, so ist er verloren‹, Philipp glaubte im Glücke zu sitzen und blieb. Um drei Uhr morgens waren die hundertfünfzigtausend Franken in die Spielkasse zurückgewandert. Der Offizier hatte beim Spielen beträchtliche Mengen Grog getrunken; er ging in einem Zustande von Betrunkenheit fort, den draußen die schneidende Kälte auf den höchsten Grad brachte. Ein Saalkellner folgte ihm, faßte und führte ihn in eines jener entsetzlichen Häuser, über deren Tür unter einer Lampe das Wort ›Nachtherberge‹ steht. Der Kellner zahlte für den ruinierten Spieler, und man legte ihn ganz angezogen auf ein Bett, wo er bis zum Abend des Weihnachtstages blieb. Die Verwaltung der Spielhäuser hatte ihre Art Fürsorge gegenüber ihren großen Kunden. Erst gegen sieben Uhr wachte Philipp auf, den Mund verschleimt, das Gesicht geschwollen, von Fieber geschüttelt. Seine starke Natur machte es ihm möglich, zu Fuß bis in das Haus seiner Mutter zu gelangen, in das er ahnungslos Trauer, Verzweiflung, Elend und Tod gebracht hatte.

Am Vorabend hatten die Descoings und Agathe ungefähr zwei Stunden lang Philipp zum Essen erwartet. Erst um sieben Uhr setzte man sich zu Tisch. Agathe ging sonst fast immer um zehn Uhr zu Bett, da sie aber heute der Mitternachtsmesse beiwohnen wollte, legte sie sich gleich nach dem Essen schlafen. Die Descoings und Joseph blieben am Kaminfeuer sitzen, in dem kleinen Salon für alles, und die Alte bat ihn, ihr ihren bewußten Einsatz, ihren Rieseneinsatz auf die berühmte Terne zu berechnen. Sie wollte die Amben nebst den Prämien spielen, wollte alle Chancen zusammentun. Als sie nun alle phantastischen Reize ihres

Treffers ausgekostet, zwei Füllhörner voll Glück vor ihrem Adoptivkind ausgegossen und ihm ihre Träume erzählt hatte, wobei sie in ihrer Gewinnsicherheit nur die eine Sorge hegte, wie solch ein schweres Glück zu ertragen sei, kam Joseph darauf, von den vierhundert Franken, die er nicht sah, anzufangen. Da lächelte die Alte listig und führte ihn in ihr Schlafzimmer, den früheren Salon.

»Wirst gleich sehen!« sagte sie.

Geschwind deckte die Descoings ihr Bett auf und suchte dann die Schere, um die Matratze aufzutrennen; sie setzte ihre Brille aus, untersuchte die Leinwand, sah, daß sie schon aufgetrennt war und ließ die Matratze los. Joseph hörte ihr Stöhnen, das aus der Tiefe der Brust kam und vom Blute, das zum Herzen drang, erstickt wurde. Er fing die alte Aktionärin der Lotterie in seine Arme auf, bettete die Ohnmächtige auf einen Sessel und rief nach seiner Mutter. Agathe erhob sich, warf den Schlafrock über, eilte herbei, und bei dem Licht der Kerze behandelte sie die Tante mit den üblichen Mitteln: kölnisches Wasser an die Schläfen, kaltes Wasser an die Stirn, eine angebrannte Feder unter die Nase. Endlich kam die Alte wieder zu sich.

»Heut früh waren sie noch drin. Er hat sie genommen, das Scheusal!«

»Was?« rief Joseph.

»Ich hatte zwanzig Louisdor in meiner Matratze, zwei Jahre Ersparnisse; nur Philipp hat sie wegnehmen können.«

»Aber wann denn?« rief die arme Mutter niedergeschmettert, »er ist doch seit dem Frühstück von Hause fort.«

»Wie gern wollt ich mich irren«, sagte die Alte.

»Aber schon heut früh in Josephs Atelier, als ich von meinem Einsatz sprach, hatte ich so ein Vorgefühl; wär ich nur gleich hinuntergegangen, hätte meine paar Groschen geholt und meinen Einsatz gemacht. Ich wollte ja, ich weiß selbst nicht, warum ich's nicht getan habe. Ach Gott! Ich bin ihm Zigarren kaufen gegangen!«

»Aber die Wohnung war doch zu«, meinte Joseph, »außerdem ist es so gemein, daß ich's nicht glauben kann. Philipp müßte dich ausspioniert, die Matratze aufgetrennt haben, alles mit Vorbedacht … nein!«

»Ich hab sie heut morgen noch gefühlt, als ich nach dem Frühstück mein Bett machte«, wiederholte die Descoings.

Entsetzt eilte Agathe hinunter und fragte, ob Philipp untertags nach Hause gekommen wäre, und die Portierfrau erzählte ihr die ganze Geschichte. Ins Herz getroffen kam die Mutter zurück; sie war ganz verändert. Weiß wie ihr Hemd, bewegte sie sich, wie in unserer Phantasie Gespenster gehen, lautlos langsam, wie von einer übermenschlichen Kraft getragen und fast mechanisch zugleich. Sie hielt einen Leuchter in der Hand, dessen Licht sie voll bestrahlte und ihre schreckensstarren Augen hervorhob. Ohne daß sie es merkte, hatte sich ihr Haar, das sie mit der Hand aus der Stirn gestrichen hatte, gesträubt, und das machte sie so schrecklich schön, daß Joseph angenagelt stand vor diesem Bilde der Gewissensqual, vor dieser Statue des Schreckens, der Verzweiflung.

»Tante, sagte sie, »nimm meine silbernen Bestecke, ich habe sechs, die sind soviel wert, wie dein Geld; das habe ich genommen für Philipp; ich habe geglaubt, es ersetzen zu können, eh du's merktest. Oh, es hat mir sehr weh getan!«

Sie setzte sich. Ihre trocknen stieren Augen flackerten.

»Er hat es getan«, sagte die Descoings ganz leise zu Joseph.

»Nein, nein«, bestand Agathe. »Nimm meine Bestecke, verkauf sie, ich brauch sie nicht, wir können mit deinen essen.«

Sie ging in ihr Zimmer, nahm den Silberkasten, fühlte, wie leicht er war, machte ihn auf und sah einen Pfandschein. Die arme Mutter stieß einen fürchterlichen Schrei aus. Joseph und die Descoings eilten herbei, sahen den leeren Kasten, und die himmlische Lüge der Mutter ward vergeblich. Alle drei schwiegen und wagten nicht, einander anzusehen. Da legte Agathe mit der Geberde eines Irren den Finger an die Lippen und gebot, ein Geheimnis zu wahren, das ja doch keiner verraten hätte. Die drei gingen wieder in den Salon an den Kamin.

»Ach Kinder«, sagte die Descoings, »wie mich das ins Herz getroffen hat! Meine Terne wird herauskommen, ich weiß es gewiß. Ich denke ja nicht an mich, sondern an euch beide! Dein Philipp, Agathe, ist ein Unmensch; kannst für ihn tun, was du willst, er liebt dich nicht. Wenn du dich nicht gegen ihn schützest, bringt dich der Elende noch aufs Stroh. Versprich mir deine Renten zu verkaufen, zu Geld zu machen und dann als Leibrente anzulegen. Joseph hat einen guten Beruf, der ihn ernähren wird. Tust du, wie ich dir sage, mein Herz, so fällst du Joseph nicht zur Last. Herr Desroches will jetzt seinen Sohn etablieren. Der kleine Desroches – dieser »kleine« war sechsundzwanzig Jahre alt – hat eine Advokatur gefunden, er wird dir deine zwölftausend Franken auf Leibrente verzinsen.«

Joseph faßte nach dem Leuchter der Mutter und stieg geschwind in sein Atelier hinauf; mit dreihundert Franken kam er zurück: »Da, Mama

Descoings«, sagte er und bot ihr seine Barschaft an, »was du mit deinem Gelde anfängst, darum haben wir uns nicht zu kümmern; wir sind dir schuldig, was dir fehlt; hier ist annähernd so viel.«

»Ich deinen kleinen Notschatz nehmen, die Frucht deiner Entbehrungen, die mir soviel Kummer machen! Bist du närrisch, Joseph?« rief die alte Aktionärin der königlich französischen Lotterie, sichtlich schwankend zwischen ihrem wilden Glauben an die Terne und der Scheu vor einer Handlung, die ihr wie Tempelschändung erschien.

»Oh! mach damit, was du willst«, sagte Agathe, zu Tränen gerührt von Josephs Geste.

Die Descoings umfaßte Josephs Kopf und küßte ihn auf die Stirn. »Verführ mich nicht, mein Kind. Ich würde doch wieder nur verlieren. Die Lotterie, das ist eine Dummheit!«

Nie ist ein heldenhafteres Wort gesprochen worden in den unbekannten Dramen des Privatlebens. Triumph der Liebe über ein eingewurzeltes Laster! In diesem Augenblick fingen die Glocken der Mitternachtsmesse zu läuten an.

»Und dann ist auch keine Zeit mehr«, fuhr die Alte fort.

»Und deine kabbalistischen Berechnungen?« wandte Joseph ein. Und der Großmütige stürzte sich über die Nummern, eilte die Treppe hinunter und lief davon, um den Einsatz zu besorgen. »Da geht er wirklich hin, der Herzensjunge!« rief die Spielerin.

»Aber es soll alles ihm gehören. Es ist sein Geld!«

Zum Unglück hatte Joseph keine Ahnung, wo die Lotteriebüros lagen, die damals die Pariser Spieler so genau kannten, wie heutzutage die Raucher die Tabakverschleiße. Wie ein Verrückter lief er umher und sah nach den Laternen. Er fragte Vorübergehende nach den Lotteriebüros, und bekam zu hören, daß alle geschlossen waren; nur das an der Treppe zum Palais Royal bliebe mitunter etwas länger offen. Er flog zum Palais Royal: das Büro war geschlossen.

»Zwei Minuten früher hätten Sie Ihren Einsatz noch machen können«, sagte einer der Losverkäufer, die an der Treppe ihren Stand hatten und immer wieder die sonderbaren Worte ausriefen: »Zwölftausend Franken für vierzig Sous!« wobei sie fertiggestellte Lose feil hielten.

Beim Schein der Laterne und der Lichter des Café de la Rotonde besah Joseph die Lose der Händler, ob vielleicht die eine oder andre Nummer der Descoings darunter wäre, aber nicht eine fand sich. Vergebens hatte er nun alles, was er für die alte Frau tun konnte, getan, traurig kam er nach Hause und berichtete sein Mißgeschick. Agathe ging mit ihrer Tante in die Mitternachtsmesse von Saint-Germain-des-Prés. Joseph legte sich schlafen. Es gab kein Weihnachtsmahl. Die Descoings hatte den Kopf verloren, Agathe war trostlos. Spät standen die Frauen auf. Es schlug zehn Uhr, als die Descoings sich aufraffte, um das Frühstück zu machen, das erst um halb zwölf fertig wurde. Zu dieser Stunde erschienen auf den länglichen Rahmen über den Türen der Lotteriebüros die Nummern, die herausgekommen waren. Hätte die Descoings ihr Billet gehabt, so wäre sie um halb zehn in die Rue Neuve-des-Petits Champs gegangen, um ihr Schicksal zu erfahren, das sich in einem Hause neben dem Finanzministerium, da, wo jetzt das Theater Ventadour steht, entschied. An allen Ziehungstagen konnten dort die Neugierigen einen Haufen alter Weiber, Köchinnen, alter Männer angaffen, die in damaliger Zeit ein ähnliches Schauspiel abgaben, wie heutzutage die Kette der Rentner am Auszahlungstage vor dem Schatzamt.

»Sie sind aber reich geworden!« Mit diesen Worten trat der alte Desroches ein, gerade als die Descoings ihren letzten Schluck Kaffee trank.

»Wie?« rief die arme Agathe.

»Ihre Terne ist herausgekommen!« Er zeigte auf einem Stück Papier, wie es die Kassierer zu hunderten in der Holzmulde auf dem Zahltisch hatten, die Liste der Nummern.

Joseph las die Liste. Agathe las die Liste. Die Descoings las nichts. Sie war mit einem Schrei und entstelltem Gesicht umgefallen wie von einem Blitzschlag; Desroches und Joseph trugen sie auf ihr Bett. Agathe ging einen Arzt holen. Der Schlag hatte die Arme gerührt. Erst gegen vier Uhr nachmittags kam sie wieder zu sich. Ihr Arzt, der alte Haudry, meinte, sie müßte jedenfalls an die Ordnung ihrer irdischen Angelegenheiten und ihr Seelenheil denken. Sie hatte nur ein Wort gesprochen: »Drei Millionen!«

Desroches, den Joseph mit den nötigen Einschränkungen über die Umstände aufklärte, wußte ähnliche Geschichten von Spielern, die auch gerade an dem Tage, an dem sie ihren Einsatz versäumten, das Glück verfehlten; er sah ein, daß nach einer Ausdauer von zwanzig Jahren solch ein Schlag tödlich werden mußte. Um fünf Uhr, als gerade die tiefste Stille in dem kleinen Zimmer herrschte, in dem die Kranke, von Joseph zu Häupten und Agathe zu Füßen ihres Lagers bewacht, auf ihren

Enkel wartete, den der alte Desroches holte, hallte auf der Treppe Philipps Schritt und das Geräusch seines Stockes.

»Da ist er! Da ist er!« schrie die Descoings. Sie saß aufrecht und konnte mit einmal die gelähmte Zunge rühren.

Der Schauder in der heftigen Bewegung der Kranken teilte sich Agathe und Joseph mit. Aber ihre Erwartungen wurden noch übertroffen von dem Anblick Philipps, der mit bläulich verfallendem Gesicht, mit tief geränderten, glanzlosen und doch stieren Augen, wankenden Schrittes erschien. Heftiges Fieber schüttelte ihn, seine Zähne klapperten.

»Schwere Not in Preußen!« rief er, »kein Brot und kein Brei, und Brand in der Kehle. Nu? Was ist los? Meine alte Descoings steckt im Bett und macht mir Augen groß wie Untertassen ...«

»Schweigen Sie, Herr!« – Agathe erhob sich. – »Achten Sie wenigstens das Unglück, das Sie angerichtet haben.«

»Sie? Herr?« – Er sah die Mutter an. – »Das ist nicht hübsch von dir, mein kleines Mütterchen. Ist das die Liebe zu deinem Jungen?«

»Verdienen Sie es, geliebt zu werden? Wissen Sie nicht mehr, was Sie gestern getan haben? Bitte suchen Sie sich eine Unterkunft, bei uns können Sie nicht mehr bleiben … Von morgen an also«, setzte sie hinzu, »denn in dem Zustande, in dem Sie sich befinden, ist es schwer ...«

»mich hinauszusetzen, nicht wahr?« nahm er auf, »Ihr spielt hier wohl das Melodram vom ›Verbannten Sohn?‹ So dreht ihr die Geschichte! Ihr seid mir die Rechten! Was hab' ich denn Arges getan? Ich habe die Matratze der Alten einer kleinen Säuberung unterzogen. Teufel auch, Geld tut man nicht in die Bettdecken! Schuldet sie uns übrigens nicht zwanzigtausend Franken, die sie uns weggenommen hat? Da hab ich immer schon etwas einkassiert. Das ist mein ganzes Verbrechen.«

»Mein Gott! Mein Gott!« schrie die Sterbende mit betend erhobenen Händen.

»Schweig!« rief Joseph, stürzte sich auf den Bruder und legte ihm die Hand auf den Mund.

»Links schwenkt ein, Malerjunge!« – Philipp faßte mit starker Hand Josephs Schulter und drehte ihn, daß er auf einen Sessel fiel. »So zupft man einen Schwadronsrittmeister der kaiserlichen Gardedragoner nicht am Barte.«

Agathe erhob sich mit zornheißem Gesicht: »Sie hat mir doch alles wiedergegeben, was sie mir schuldete. Im übrigen geht das nur mich an, und Sie töten sie. Gehen Sie, mein Sohn« – sie brach fast zusammen von der Qual der Bewegung, mit der sie ihn hinauswies. »Erscheinen Sie nie mehr vor meinen Augen. Sie sind ein Ungetüm!«

»Ich sie töten?«

»Ihre Terne ist herausgekommen«, rief Joseph, »und du hast ihr den Einsatz gestohlen!«

»Wenn sie an zurückgetretener Terne krepiert, hab ich sie doch nicht umgebracht«, erwiderte der Betrunkene.

»Aber so gehen Sie doch«, sagte Agathe, »mir graust vor Ihnen und all Ihren Lastern. Mein Gott, ist das mein Sohn?«

Ein dumpfes Röcheln aus der Kehle der Descoings hatte Agathes Erregung noch gesteigert.

»Ich hab dich immer noch lieb, Mutter, und dabei bist du an meinem ganzen Unglück schuld«, sagte Philipp. »Du setzt mich am Weihnachtstag vor die Tür, am Geburtstag von … na, wie heißt er doch? … von Jesus! Was hast du eigentlich dem Großpapa Rouget angetan, deinem Vater, daß er dich weggejagt und enterbt hat? Hättest du ihn nicht geärgert, dann wären wir reich, und ich wäre nicht in das äußerste Elend geraten. Was hast du deinem Vater angetan, eine gute Frau wie du? Da kannst du sehen, ich kann ein guter Bursche sein und doch hinausgeworfen werden, ich, der Ruhm der Familie.«

»Die Schande!« rief die Descoings.

»Geh oder schlag mich tot!« rief Joseph und stürzte sich mit Löwenwut auf den Bruder.

Agathe warf sich zwischen die beiden.

In diesem Augenblick traten Bixiou und der Arzt Haudry ein. Joseph hatte den Bruder zu Boden gestreckt.

»Ein wildes Tier ist das«, sagte er. »Kein Wort mehr oder …«

»Das sollst du mir büßen«, heulte Philipp.

»Eine Familienauseinandersetzung?« fragte Bixiou.

»Helfen Sie ihm auf«, sagte der Arzt, »er ist ebenso krank wie die arme Frau; ziehen Sie ihn aus, bringen Sie ihn zu Bett, ziehen Sie ihm die Stiefel aus.«

»Leicht gesagt«, meinte Bixiou, »man muß sie ihm aufschneiden, seine Beine sind ganz geschwollen.«

Agathe nahm eine Schere. Als sie die Stiefel, die man damals über den enganliegenden Hosen trug, aufschnitt, rollten zehn Goldstücke auf den Boden.

»Da hat sie ihr Geld«, murmelte Philipp. »Ich verfluchtes Rindvieh, ich habe meine Reserve vergessen. Auch ich hab das Glück verratzt.«

Ein schreckliches Fieberdelirium ergriff ihn, er redete verworren. Der alte Desroches kam hinzu und half Joseph und Bixiou, den Unglücklichen in sein Zimmer zu schleppen. Der Doktor Haudry mußte ein paar Zeilen an das Krankenhaus der Charité schicken und eine Zwangsjacke erbitten. Philipps Delirium nahm Formen an, daß man fürchten mußte, er könnte sich in seiner Tobsucht töten.

Um neun Uhr wurde es wieder ruhig im Hause. Der Abbé Loraux und Desroches versuchten, Agathe, die am Bett ihrer Tante unaufhörlich weinte, zu trösten; kopfschüttelnd und unter hartnäckigem Schweigen hörte sie zu; was in ihrem wunden Herzen vorging, konnten nur Joseph und die Descoings ermessen.

»Er wird sich bessern, Mutter«, sagte Joseph, als endlich Bixiou und der alte Desroches gegangen waren.

»Ach!« rief die Witwe, »Philipp hat ganz recht. Mein Vater hat mich verflucht. Ich habe gar kein Recht, ich ...« Sie tat Josephs dreihundert und die gefundenen zweihundert Franken zusammen und wandte sich an die Descoings: »Da ist das Geld.« Und dann zu Joseph: »Sieh zu, ob dein Bruder nicht etwas zu trinken braucht.«

»Wirst du ein Versprechen halten, das du am Sterbebette gibst?« fragte die Descoings, die ihr Bewußtsein abnehmen fühlte.

»Ja, liebe Tante.«

»Gut, dann schwöre mir, daß du dein Geld dem kleinen Descoings zur Anlage auf Leibrenten geben wirst. Mein Einkommen wird dir fehlen, und wenn ich dich reden höre, muß ich fürchten, daß du dich von dem Elenden da bis auf den letzten Blutstropfen aussaugen läßt.«

»Ich schwöre dir, Tante.«

Die alte Krämerin starb am 31. Dezember, fünf Tage nach dem furchtbaren Schlag, den der alte Desroches ihr in aller Unschuld versetzt hatte. Die fünfhundert Franken, und das war alles Geld, das es im Hause gab, reichten kaum hin, um die Begräbniskosten zu bestreiten. Die Witwe Descoings hinterließ nur etwas Silber und einige Möbelstücke, deren Gegenwert Frau Bridau dem Enkel der Verstorbenen gab. Desroches junior, der wegen einer rein nominellen Advokatur ohne Klientel unterhandelte und dazu Agathes Kapital von zwölftausend Franken brauchen konnte, richtete ihr eine Leibrente von achthundert Franken ein, auf die sich nunmehr ihre Einkünfte beschränkten. Agathe gab dem

Hauswirte die Wohnung im dritten Stock zurück und verkaufte alles überflüssige Mobiliar. Als dann nach Verlauf eines Monats der kranke Philipp genas, erklärte Agathe ihm kalt, daß die Kosten der Krankheit alles flüssige Geld aufgezehrt hätten, und daß sie von nun an von ihrer Hände Arbeit leben müsse. Und dann forderte sie ihn in liebevollstem Tone auf, wieder in den Heeresdienst zu treten und sich selbst zu versorgen.

»Diese Predigt hättest du dir ersparen können«, sagte Philipp und traf die Mutter mit einem Blick, der von lauter Gleichgültigkeit leer und kalt geworden war.

»Ich hab's schon gemerkt, daß ihr, du und mein Bruder, mich nicht mehr liebt. Jetzt bin ich allein auf der Welt; um so besser!«

Die arme Mutter war ins tiefste Herz getroffen.

»Werde der Liebe wert«, erwiderte sie, »und du wirst unsere Liebe wiedergewinnen.«

»Unsinn«, unterbrach er sie.

Er nahm seinen Stock, drückte sich den alten Hut mit den abgeschabten Rändern aufs Ohr und ging pfeifend die Treppe hinunter.

»Philipp, wohin willst du ohne Geld?« rief ihm die Mutter nach. Sie konnte die Tränen nicht länger zurückhalten. »Da nimm ...«

Sie reichte ihm hundert Franken Gold, in ein Papier eingewickelt. Philipp kam die Stufen wieder herauf und nahm das Geld.

»Willst du mich denn nicht küssen?« fragte sie, in Tränen zerfließend.

Er drückte die Mutter an das Herz, aber diesem Herzen fehlte der Zustrom des Gefühls, der einem Kuß erst Wert verleiht.

»Wo gehst du hin?« fragte sie.

»Zu Florentine, dem Giroudeau seiner Mätresse. Das sind Freunde!« antwortete er brutal.

Er war fort. Agathe kam in die Stube zurück, die Beine zitterten ihr, ihr Blick war getrübt, das Herz gepreßt. Sie warf sich auf die Knie und flehte Gott an, das unnatürliche Kind in seinen Schutz zu nehmen, und damit wollte sie die Last der Mutterschaft von sich abtun.

* *
*

Im Februar 1822 hatte sich Frau Bridau in dem Zimmer über der Küche ihrer ehemaligen Wohnung, das früher Philipp bewohnte, eingerichtet. Das Atelier und die Stube des Malers lagen gegenüber auf der andern

Treppenseite. Joseph fühlte ihr Elend und wollte nun wenigstens sein Möglichstes für ihr Wohlbefinden tun. Der Einrichtung der Mansarde drückte er das Siegel der Kunst auf. Er legte einen Teppich hinein, gab dem schlichten, aber geschmackvoll ausgestatteten Bett den Charakter klösterlicher Einfachheit. Die Farbe der billig, aber gutgewählten Wandbespannung harmonierte mit den aufgebesserten Möbeln und machte das Heim sauber und elegant. Der Flureingang bekam eine Doppeltür und innen eine Portiere, das Fenster einen Vorhang, der das Licht dämpfte. War das Leben der armen Mutter auch auf die denkbar größte Einfachheit beschränkt, die das Leben einer Frau in Paris annehmen kann, so befand sich Agathe doch durch die Fürsorge ihres Sohnes besser als irgend jemand in ähnlicher Lage. Um der Mutter die quälendsten Verdrießlichkeiten eines Pariser Haushalts zu ersparen, führte Joseph sie alle Tage zu einer Table d'hôte in der Rue de Beaune, wo anständige Frauen, Deputierte und Personen von Stand speisten und das Diner monatlich neunzig Franken kostete. So hatte Agathe nur noch für das Frühstück zu sorgen, und sie nahm für den Sohn wieder die häuslichen Gewohnheiten an, mit denen sie den Vater versorgt hatte. Josephs fromme Lügen konnten es ihr nicht lange verbergen, daß ihr Diner fast hundert Franken im Monat kostete. Eine so unerhörte Ausgabe erschreckte sie, und da sie sich nicht vorstellen konnte, daß ihr Sohn mit dem Abmalen von nackten Weibern viel Geld verdiente, verschaffte sie sich mit Hilfe ihres Beichtvaters, des Abbé Loraux, eine Anstellung zu siebenhundert Franken jährlich in einem Lotteriebüro, das die Gräfin Bauvan, die Witwe eines Anführers der bretonischen Königstreuen, der »Chouans«, leitete. Die Lotteriebüros, die im allgemeinen eine Familie, die sich mit ihrer Leitung befaßte, recht und schlecht ernähren konnten, wurden häufig protegierten Witwen zugeteilt. Unter der Restauration aber gab man angesichts der Schwierigkeiten, alle geleisteten Dienste in den Grenzen der konstitutionellen Regierung zu lohnen, unglücklichen Frauen von Stand nicht ein, sondern gleich zwei Lotteriebüros, deren Einkünfte sich auf sechs- bis zehntausend Franken beliefen. In solchem Fall verwaltete die Witwe des Generals oder Standesherrn ihre Büros nicht selbst, sondern stellte am Gewinn beteiligte Geschäftsführer an. Waren die Geschäftsführer Junggesellen, so konnten sie ohne einen Hilfsbeamten nicht auskommen; denn das Büro mußte bis Mitternacht dauernd geöffnet bleiben, auch verlangte das Finanzministerium beträchtliche Aktenarbeit. Als nun der Abbé Loraux der Gräfin Bauvan die Lage der Witwe Bridau auseinandersetzte, versprach sie für den Fall, daß ihr Geschäftsführer abgehen sollte, Frau Bridau seinen Posten und gab ihr einstweilen ein Gehalt von sechshundert Franken. So mußte nun die arme Agathe von zehn Uhr morgens an im Büro sein und hatte kaum Zeit für das Diner übrig. Abends um sieben mußte sie wieder in ihr Büro gehen, wo sie dann bis Mitternacht blieb. Zwei Jahre lang holte Joseph Tag für Tag die Mutter ab, um sie heimzubegleiten, häufig nahm er sie auch zum Essen mit. Zum Erstaunen seiner Freunde pflegte er die Oper, das Schauspiel und die glänzendsten Salons zu verlassen, um vor Mitternacht in der Rue Vivienne zu sein.

Bald nahm Agathe die eintönige Regelmäßigkeit des Daseins an, welche die von heftigem Kummer Betroffenen aufrechterhält. Hatte sie früh ihr Zimmer, in dem es weder Katzen noch Kanarienvogel mehr gab, gemacht, dann bereitete sie an ihrem Kaminfeuer das Frühstück, trug es ins Atelier hinüber und aß dort mit ihrem Sohn. Dann räumte sie bei Joseph auf, löschte in ihrem Zimmer das Kaminfeuer aus und kam mit einer Handarbeit in das Atelier an den kleinen Ofen. Sobald ein Maler oder ein Modell kam, ging sie fort. Sie fühlte sich in der tiefen Stille des Ateliers wohl, obgleich sie vom Wesen und Handwerk der Kunst nichts begriff.

Darin änderte sie sich nicht, sie gab sich auch nicht den Anschein des Verstehens und erstaunte nur immer wieder, daß man Dinge wie Farbe, Komposition, Zeichnung so wichtig nehmen konnte. Blieb sie einmal dabei, wenn einer aus dem Freundeskreis, einer der Maler wie Schinner, Pierre Grassou oder Léon de Lara, der blutjunge »Rapin«, der damals noch Mistigris genannt wurde, disputierte, dann schaute sie aufmerksam drein, konnte aber nichts entdecken, was so große Worte, so heißen Streit begreiflich machte. Ihres Sohnes Wäsche wusch sie und besserte sie aus; schließlich säuberte sie ihm auch die Palette, und sorgte für Lappen zum Reinigen der Pinsel. Joseph bemerkte mit Freuden ihr Verständnis für die alltäglichen Bedürfnisse seines Atelierlebens und war nun auch zu ihr von zärtlichster Aufmerksamkeit. Zärtlichkeit vereinigte die beiden, die sich in Sachen der Kunst nicht verstanden. Dabei hatte die Mutter einen Plan.

Eines Morgens, während Joseph eines der gewaltigen Gemälde skizzierte, die später ausgeführt und – nicht verstanden wurden, war sie besonders einschmeichelnd zu ihm und wagte schließlich laut zu sagen: »Mein Gott, wie mag's ihm gehen?«

»Wem?«

»Philipp!«

»Ja, der wird wohl allerlei durchzumachen haben. Er wird daran lernen.«

»Hat er denn nicht Elend genug erfahren? Vielleicht hat gerade das Elend ihn so verändert; im Glück wäre er gut ...«

»Ach, Mutter, glaubst du, daß er damals auf seiner Reise unglücklich war? Da irrst du dich; er hat in New-York genau so ewigen Karneval gespielt wie jetzt noch hier.«

»Schrecklich, wenn er hier ganz in unserer Nähe leiden müßte ...«

»Ja«, entgegnete Joseph, »ich für mein Teil würde ihm gern Geld geben, aber sehen will ich ihn nicht. Er hat die arme Descoings getötet.«

»Also sein Porträt würdest du nicht machen?«

»Für dich schon, Mutter, so schwer mir's fiele. Ich kann mich darauf einstellen, nur zu denken: Er ist doch mein Bruder.«

»Sein Porträt als Dragonerrittmeister zu Pferde?«

»Ja, ich habe da ein schönes Pferd nach Gros, mit dem ich doch nichts anzufangen weiß.«

»Nun, dann frag doch bei seinem Freunde nach, was aus ihm geworden ist.«

»Ja, das will ich.«

Agathe stand auf: die Schere, alles fiel ihr aus den Händen; sie küßte Joseph aus die Stirn. Zwei Tränen flossen in sein Haar.

»Der Junge ist deine Leidenschaft«, sagte er, »wir haben alle unsere unglückliche Leidenschaft.« Am Nachmittag ging Joseph in die Rue du Sentier und fand dort an Giroudeaus Stelle seinen Bruder selbst. Der alte Dragonerrittmeister war inzwischen Kassierer bei einer neuen Wochenschrift seines Neffen geworden. Finot blieb zwar Eigentümer der kleinen Tageszeitung, aus der er eine Aktiengesellschaft gemacht hatte, deren sämtliche Aktien in seinen Händen waren, aber der sichtbare Besitzer und Chefredakteur war einer seiner Freunde namens Lousteau, und der war der Sohn jenes Subdelegierten von Issoudun, an dem sich Bridaus Großvater hatte rächen wollen, und somit der Neffe von Frau Hochon. Um seinem Onkel eine Freude zu machen, hatte Finot seinen Posten Philipp gegeben, wobei er allerdings das Gehalt auf die Hälfte herabsetzte. Täglich um fünf Uhr kontrollierte Giroudeau die Kasse und nahm die Tageseinnahme mit. Der Invalide Koloquint blieb als Bürodiener und Ausgeher und hatte dabei den Major Philipp ein wenig zu überwachen. Philipp führte sich übrigens ordentlich auf. Von den sechshundert Franken Gehalt und den fünfhundert Pension konnte er gut leben, zumal er tagsüber ein geheiztes Zimmer hatte und seine Abende, ohne Eintrittsgeld zahlen zu müssen, im Theater zubrachte; er hatte also nur für Essen und Schlafstelle zu sorgen. Als Joseph eintrat, ging Koloquint gerade mit einem Packen Stempelpapier auf dem Kopf fort und Philipp bürstete seine Schutzärmel aus grüner Sackleinwand.

»Schau, das Jüngelchen!« sagte Philipp. »Na, komm, wir essen zusammen, und du kommst mit in die Oper; Florine und Florentine haben eine Loge. Ich gehe mit Giroudeau hin; wenn du mitmachst, kannst du Nathan kennen lernen.«

Er griff nach dem Stock mit dem Bleiknopf und beleckte seine Zigarre.

»Ich kann deine Einladung nicht annehmen, ich muß unsere Mutter begleiten; wir essen an der Table d'hôte.«

»So? Na, wie geht's ihr denn, der armen Alten?«

»Oh, nicht schlecht. Ich habe das alte Porträt unseres Vaters und das der Tante Descoings restauriert. Mein eignes hab ich fertig gemalt, und nun möcht ich der Mutter deines schenken in der Uniform der Kaiserlichen Gardedragoner.«

»Gut!«

»Aber du müßtest mir sitzen ...«

»Ja, ich sitze täglich von neun bis fünf in diesem Hühnerstall fest ...«

»Zwei Sonntage würden genügen.«

»Einverstanden, Kleiner«, erklärte Napoleons einstiger Ordonnanzoffizier und steckte seine Zigarre an der Lampe des Portiers an.

Als Joseph auf dem Wege zur Table d'hôte der Mutter von Philipp erzählte, fühlte er ihren Arm in seinem zittern, und Freude erleuchtete ihr verblühtes Gesicht. Die Arme atmete, wie von erdrückender Last befreit. Am nächsten Tage gaben ihr Glück und Dankbarkeit lauter besondere Aufmerksamkeiten für Joseph ein, sie schmückte sein Atelier mit Blüten und brachte ihm zwei Blumentischchen. Am ersten Sonntage, an dem Philipp zur Sitzung erwartet wurde, richtete Agathe im Atelier ein ausgesuchtes Frühstück an. Sie setzte zu den andern guten Dingen auch ein Fläschchen Branntwein, das nur noch halb voll war, auf den Tisch. Hinter einem Wandschirm, in den sie ein Loch machte, hielt sie sich verborgen. Tags vorher hatte der Dragoner seine Uniform geschickt, und sie hatte sich nicht enthalten können, das Tuch zu küssen.

Während dann Philipp in voller Uniform auf einem ausgestopften Sattlergaul, den Philipp gemietet hatte, saß, mußte Agathe, um sich nicht zu verraten, das leise Geräusch ihrer Tränen dem Klang der Unterhaltung der beiden Brüder anpassen. Philipp saß zwei Stunden vor und zwei Stunden nach dem Frühstück. Um drei Uhr nachmittags legte der Dragoner seine Zivilsachen an, und seine Zigarre rauchend, lud er den Bruder zum zweiten Male ein, mit ihm im Palais Royal zu speisen. Dabei ließ er das Geld in der Tasche klingen.

»Nein«, erklärte Joseph, »du erschreckst mich, wenn ich Gold bei dir sehe.«

»Aha! Ihr hier werdet also doch immer nur eine üble Meinung von mir haben«, rief der Oberstleutnant mit donnernder Stimme. »Man kann wohl keine Ersparnisse machen?«

»Nein, nein«, rief Agathe, kam aus ihrem Verstecke hervor und umarmte ihren Sohn. »Wir wollen mit ihm essen gehen, Joseph.«

Joseph wagte nicht, seiner Mutter dreinzureden, er zog sich an, und Philipp führte sie in die Rue Montorgueil zum Rocher de Cancale, wo er ihnen ein großartiges Diner gab und eine Rechnung von annähernd hundert Franken zahlte.

»Alle Wetter!« rief Joseph, »mit deinen elfhundert Franken Einkommen machst du wie Ponchard in der ›Weißen Dame‹ Ersparnisse, von denen du Landgüter kaufen könntest.«

»Pah! Ich sitze gerade im Glück«, antwortete der Dragoner. Er hatte gewaltig getrunken.

Man stand schon in der Tür, als er diesen Ausspruch tat, und war im Begriff in den Wagen zu steigen, um ins Theater zu fahren. Philipp wollte seine Mutter in den Cirque-Olympique führen, das einzige Schauspiel, das ihr Beichtvater ihr erlaubte. Aber Joseph drückte der Mutter den Arm, die dann auch sogleich eine Unpäßlichkeit vorgab, um auf das Theater zu verzichten. Philipp begleitete Mutter und Bruder in die Rue Mazarine, und als sie dann wieder allein mit Joseph in der Mansarde saß, sprach sie lange kein Wort. Am nächsten Sonntag kam Philipp wieder zur Sitzung, der diesmal die Mutter sichtbar beiwohnte. Sie richtete das Frühstück an und konnte dabei den Dragoner ein wenig ausfragen. Sie erfuhr, daß der Neffe der alten Frau Hochon, der Freundin ihrer Mutter, eine gewisse Rolle in der Literatur spielte. Philipp und sein Freund Giroudeau lebten in einer Gesellschaft von Journalisten, Schauspielerinnen und Buchhändlern und genossen in ihrer Eigenschaft als Kassierer ihr Ansehen. Während der Sitzung nach dem Frühstück trank Philipp immerfort Kirsch, und das löste ihm die Zunge. Er rühmte sich, binnen kurzem wieder eine geachtete Persönlichkeit werden zu können. Als ihn aber Joseph nach seinen pekuniären Mitteln fragte, wich er aus. Da gerade am nächsten Tage wegen eines Festes keine Zeitungen erschienen, schlug Philipp vor, morgen wieder zur Sitzung zu kommen, um fertig zu werden. Joseph stellte ihm vor, daß die Zeit der großen Ausstellung nahe bevorstünde und er, um sich Geld für die Rahmen seiner beiden Bilder zu verschaffen, eine Rubenskopie fertig machen müßte, die ein Bilderhändler namens Magus bestellt hatte. Das Original gehörte einem reichen Schweizer Bankier, der es nur auf zehn Tage geliehen hatte, und morgen war der letzte Tag. Die Sitzung müßte also unbedingt aus den nächsten Sonntag verschoben werden.

»Das da ist es wohl«, sagte Philipp und zeigte aus eine Staffelei mit dem Rubens.

»Ja«, antwortete Joseph. »Es ist zwanzigtausend Franken wert. Das ist die Macht des Genies. Es gibt Stücke Leinwand, die hunderttausend wert sind.«

»Mir ist deine Kopie lieber«, sagte der Dragoner.

»Sie ist jünger«, meinte Joseph lachend, »aber wert ist sie nur tausend Franken. Morgen muß ich ihr noch die Töne des Originals geben und sie alt machen, damit man sie nicht als Kopie erkennt.«

»Adieu, Mutter«, sagte Philipp und küßte Agathe. »Auf Wiedersehn nächsten Sonntag.«

Am nächsten Tage sollte Elias Magus seine Kopie abholen. Ein Freund Josephs, Pierre Grassou, der für diesen Händler arbeitete, wollte die fertige Kopie sehen. Als er ihn anklopfen hörte, gedachte Joseph ihm einen Streich zu spielen und stellte seine mit einem besondern Lack gefirnißte Kopie an die Stelle des Originals und das Original auf seine Staffelei. Pierre Grassou von Fougères ließ sich völlig irreführen und war dann ganz überwältigt von dieser Kraftprobe.

»Ob du wohl auch den alten Elias Magus täuschen könntest?« meinte Grassou.

»Wir wollen sehen«, sagte Joseph.

Es wurde spät, und der Händler kam nicht. Agathe war zum Essen bei Frau Desroches, die vor kurzem ihren Gatten verloren hatte. Joseph schlug also dem Pierre Grassou vor, mitzukommen an seine Table d'hôte.

Beim Fortgehen ließ er wie gewöhnlich den Schlüssel zum Atelier bei der Portierfrau.

»Ich soll heut abend Modell stehen«, sagte eine Stunde später Philipp zu der Portierfrau. »Mein Bruder Joseph kommt bald zurück, ich werde im Atelier auf ihn warten.«

Die Portierfrau gab den Schlüssel, Philipp ging hinauf, nahm die Kopie, die er für das Original hielt, stieg wieder die Treppe hinunter, machte der Portierfrau vor, er hätte etwas vergessen, und gab ihr den Schlüssel zurück. Seinen »Rubens« verkaufte er für dreitausend Franken. Er war so schlau gewesen, dem Elias Magus im Namen seines Bruders zu bestellen, er möchte das Bild erst am folgenden Tage abholen. Als Joseph, der seine Mutter von der verwitweten Frau Desroches abholte, abends heimkam, erzählte ihm der Portier von Philipps sonderbarem schnellen Kommen und Gehen.

»Ich bin verloren, wenn er nicht so liebenswürdig war, die Kopie zu nehmen!« rief der Maler, der den Diebstahl ahnte … Rasch stieg er die drei Treppen hinauf, stürzte in sein Atelier und sagte »Gottlob! Er ist gewesen, was er immer sein wird, ein elender Lump!«

Agathe, die Joseph gefolgt war, begriff dies Wort erst nicht; als ihr dann der Sohn alles erklärte, blieb sie aufrecht starr stehen, und ihre Augen waren ohne Tränen.

»Ich habe also nur noch einen Sohn«, sagte sie mit schwacher Stimme.

»Wir haben ihn in fremder Leute Augen nicht entehren wollen«, fuhr Joseph fort, »aber jetzt müssen wir dem Portier über ihn Bescheid sagen. Künftighin werden wir unsere Schlüssel behalten. Ich will sein vermaledeites Gesicht aus dem Gedächtnis fertig machen; es fehlt nur noch wenig daran.«

»Laß es, wie es ist; der Anblick würde mir nur wehe tun«, sagte die Mutter. Ihr wundes Herz war erstarrt vor dieser Gemeinheit.

Philipp wußte, wozu das Geld für die Kopie dienen sollte, er mußte also den Abgrund kennen, in den er seinen Bruder stürzte. Von nun an sprach Agathe nicht mehr von Philipp; ihr Gesicht nahm den Ausdruck bitterer, kalter, zusammengefaßter Verzweiflung an; ein Gedanke marterte sie zu Tode: »Es wird der Tag kommen«, sagte sie sich, »an dem wir einen Bridau vor Gericht sehen.«

Zwei Monate später erschien eines Morgens, als Agathe gerade in ihr Lotteriebüro gehen wollte, ein alter Offizier, um Frau Bridau zu sprechen.

Er stellte sich als einen Freund Philipps vor und kam in dringender Angelegenheit.

Als Giroudeau seinen Namen nannte, erschraken Mutter und Sohn, zumal das Seebärengesicht des Ex-Dragoners wenig Vertrauen erweckte. Die erloschenen grauen Augen, der scheckige Schnurrbart, die Haarreste, die wirr den buttergelben Schädel umkrausten, hatten etwas unsagbar Entartetes und Liederliches. Sein alter eisengrauer Überrock, den die Offiziersrosette der Ehrenlegion schmückte, schloß nur notdürftig über dem Bauch, und dieser Wanst eines Koches stand so recht im Einklang mit dem bis zu den Ohren klaffenden Munde und den breiten Schultern. Dabei ruhte der Rumpf auf kurzen dürren Beinen. Seine Backen waren wie von vergnügtem Leben rot angeleuchtet und hingen nach unten schwer und faltig über die abgenutzte schwarze Halsbinde. Als besonderen Schmuck trug der Dragoner gewaltige goldene Ohrringe.

»Madame«, sagte Finots Onkel und Kassierer, »Ihr Sohn befindet sich in so unglücklicher Lage, daß seine Freunde nicht umhin können, Sie zu bitten, mit ihnen die schweren Lasten zu teilen, die er ihnen auferlegt; seinen Posten an der Zeitung kann er nicht mehr ausfüllen, und Mademoiselle Florentine von der Porte Saint-Martin hat ihn bei sich in der Rue de Vendôme in einer armseligen Mansarde untergebracht. Philipp ist sterbenskrank; wenn Sie und sein Bruder ihm Arzt und Apotheke nicht zahlen können, werden wir, damit eine Gesundung möglich wird, uns gezwungen sehen, ihn zu den Kapuzinern ins Hospital zu transportieren, während wir ihn für dreihundert Franken behalten könnten. Er braucht unbedingt einen Wärter. Abends, wenn Mademoiselle Florentine im Theater ist, geht er aus und nimmt aufreizende Dinge zu sich, die mit seiner Heilung und Behandlung in Widerspruch stehen, und so macht er uns, die wir ihn lieben, wirklich unglücklich. Der arme Junge hat auf drei Jahre seine Pension verpfändet; für seinen Posten bei der Zeitung hat sich schon ein Ersatzmann gefunden, und er selbst besitzt nichts. Er wird sich töten, Madame, wenn wir ihn nicht in die Heilanstalt des Doktor Dubois bringen. Das ist ein besseres Hospital, in dem der Tag zehn Franken kosten würde. Florentine und ich wollen für einen Monat die Hälfte der Summe tragen; tragen Sie die andere … Nun, es wird ja nicht länger als zwei Monate nötig sein …«

»Mein Herr, gewiß muß Ihnen eine Mutter ewig dankbar sein für das, was Sie an ihrem Sohne tun; aber dieser Sohn ist aus meinem Herzen ausgemerzt, und Geld habe ich keins«, erwiderte Agathe. »Um meinem Sohne hier, der Tag und Nacht arbeitet, der sich umbringt und alle Liebe seiner Mutter verdient, nicht zur Last zu fallen, trete ich übermorgen als Filialenleiterin in ein Lotteriebüro ein. Und das in meinem Alter!«

»Und Sie, junger Mann?« wandte sich der alte Dragoner an Joseph. »Wollen Sie für einen Bruder nicht so viel tun, wie eine arme Tänzerin der Porte Saint-Martin und ein alter Soldat? ...«

»Erlauben Sie, daß ich Ihnen im Atelierjargon den Zweck Ihres Besuches bezeichne? Wir sollen Ihre ›Wurzen‹ sein.«

»Dann lassen Sie also zu, daß Ihr Bruder morgen ins Südspital kommt!«

»Da wird er sehr gut aufgehoben sein. Ich würde in gleicher Lage auch dahin gehen!«

Giroudeau zog sich enttäuscht zurück. Er fühlte sich ernstlich gedemütigt, daß er einen Mann, der bei Montereau des Kaisers Befehle überbracht hatte, zu den Kapuzinern ins Spittel bringen sollte.

Drei Monate später, gegen Ende Juli, ging Agathe eines Morgens auf dem Weg zu ihrem Lotteriebüro über den Pont Neuf, um den Brückenzoll am Pont des Arts zu ersparen. Da bemerkte sie bei den Auslagen am Bollwerk des Quai de l'École einen Menschen in der Livree der »zweiten Elendsklasse«, dessen Anblick sie schwindeln machte: er hatte eine gewisse Ähnlichkeit mit Philipp. Es gibt in Paris drei Klassen des Elends. Erstens die Klasse derer, die den Schein wahren und eine Zukunft haben: die jungen Menschen, die Künstler, die Leute der Gesellschaft, die sich in zeitweiliger Verlegenheit befinden. Die Merkmale ihres Elends sind nur mit dem Mikroskop des geübtesten Beobachters zu entdecken. Diese Leute bilden die Ritterklasse des Elends, sie fahren noch Fiaker. In der zweiten Klasse finden sich die Alten, denen alles gleichgültig geworden ist, und die im Juni das Kreuz der Ehrenlegion auf einem dicken wollenen Überrock tragen. Das ist das Elend der alten Rentiers, der alten pensionierten Beamten, die sich um ihr Äußeres nicht mehr kümmern. Endlich das Elend in Lumpen, das Elend des Volkes, und das ist das poetischste; Callot, Hogarth, Murillo, Charlet, Raffet, Gavarni und Meissonier, die ganze Kunst hat es gepflegt und verherrlicht, insbesondere im Karneval! Der Mensch, in dem die arme Agathe ihren Sohn zu erkennen glaubte, gehörte halb zur zweiten, halb zur dritten Klasse. Sie bekam eine schrecklich abgenutzte Halsbinde zu sehen, einen räudigen Hut, schiefgetretene geflickte Stiefel, einen ausgefransten Überrock mit verquollenen Knöpfen, deren klaffende oder verbogene Kapseln gut zu den aufgerissenen Taschen und dem schmierigen Kragen paßten. Flaumspuren zeigten deutlich: was der Rock noch an Futter enthielt, konnte nur Staub sein. Hände, schwarz wie die eines Arbeiters, zog der Mensch aus der zerschlissenen eisengrauen Hose. Über die Hose reichte eine gestrickte Wollweste, die auch unter den Ärmeln hervorsah, auf der Brust braun geworden war und vermutlich das Hemd vertrat. Philipp trug einen Augenschirm aus grünem Taft mit Messingdraht. Der fast kahl gewordene Kopf und die Farbe des abgezehrten Gesichts zeigten zur Genüge, aus was für einem Hospital er kam. Aber immer noch schmückte den blauen Überrock mit den verfärbten Nähten die Rosette der Ehrenlegion. Und so sahen denn auch die Vorübergehenden diesen »tapfern Krieger«, dieses »Opfer der Politik« mit mitleidiger Neugier an; die Rosette hatte etwas Beunruhigendes, das dem wildesten Reaktionär Bedenken eingab, die der Ehrenlegion Ehre machten. Damals gab es in Frankreich trotz aller Versuche, den Orden durch übermäßige Ernennungen in Mißkredit zu bringen, doch noch keine dreiundfünfzigtausend Dekorierte.

Agathe fühlte ihr Innerstes erbeben. War es ihr auch unmöglich geworden, diesen Sohn zu lieben, leiden konnte sie noch viel für ihn. Sie mußte weinen, als sie sah, wie der glänzende Ordonnanzoffizier des Kaisers in ein Tabakverschleiß eintreten wollte, um eine Zigarre zu kaufen, und auf der Schwelle stehenblieb: er wühlte in der Tasche und fand nichts. Rasch überschritt sie den Quai, drückte ihre Börse Philipp in die Hand und flüchtete sich, als hätte sie ein Verbrechen begangen. Zwei Tage lang konnte sie nichts genießen: immer stand ihr das schreckliche Gesicht des mitten in Paris Hungers sterbenden Sohnes vor Augen.

»Wenn meine Börse erschöpft ist, wer wird ihm noch etwas geben?« dachte sie. »Giroudeau hat uns nichts vorgemacht. Philipp kommt wirklich aus dem Hospital.«

Sie sah nicht mehr den Mörder ihrer armen Tante, die Geißel der Familie, den Hausdieb, den Spieler, Säufer, gemeinen Wüstling; sie sah nur noch einen Genesenden dicht vor dem Hungertode, einen armen Raucher ohne Tabak. Mit siebenundvierzig Jahren wurde sie siebzig Jahre alt. Ihre Augen erloschen in Tränen und Gebeten. Aber noch stand ein letzter Schlag bevor, der sie von diesem Sohne treffen sollte, und ihre schrecklichste Ahnung erfüllte sich. Es wurde mitten im Heere eine Offiziersverschwörung entdeckt. In den Straßen wurde ein Auszug aus dem »Moniteur« ausgerufen, der Einzelheiten über die Verhaftungen enthielt. Hinten in ihrem Winkel im Lotteriebüro der Rue Vivienne hörte Agathe den Namen Philipp Bridau. Sie fiel in Ohnmacht. Der Geschäftsführer begriff ihren Gram und die Notwendigkeit, etwas zu unternehmen, und gab ihr einen Urlaub von vierzehn Tagen.

»Ach, mein Freund, wir mit unserer Härte haben ihn dahin gebracht«, sagte sie zu Joseph, als sie zu Bett ging.

»Ich gehe zu Desroches«, antwortete Joseph.

Während der Künstler seines Bruders Sache Desroches, dem geriebensten, pfiffigsten Anwalt von Paris anvertraute – er hatte schon mancherlei Leuten Dienste geleistet, unter andern dem bekannten Ministerialsekretär Des Lupeaulx –, stellte sich bei der Witwe wieder Giroudeau ein, und diesmal hatte sie Vertrauen zu ihm.

»Madame«, sagte er, »bringen Sie zwölftausend Franken auf, und ihr Sohn wird aus Mangel an Beweisen freigelassen. Es handelt sich darum, das Schweigen zweier Zeugen zu kaufen.«

»Ich werde sie verschaffen«, sagte die arme Mutter, noch ohne zu wissen, wo und wie.

Die Not brachte sie auf den Gedanken, ihrer Patin, der alten Frau Hochon zu schreiben, sie möchte zu Philipps Rettung Jean-Jaques Rouget um den Betrag angehen. Sollte Rouget sich weigern, so bäte sie Frau Hochon, ihr das Geld zu leihen, und verpflichtete sich, es in zwei Jahren zurückzuzahlen. Postwendend erhielt sie folgenden Brief:

»Liebes Kind! Obwohl Dein Bruder zum mindesten seine vierzigtausend Franken Einkommen hat, ganz abgesehen von seinen siebzehnjährigen Ersparnissen, die Hochon auf mehr als sechshunderttausend Franken schätzt, wird er Neffen, die er nie zu sehen bekommen hat, keinen roten Heller geben. Von mir selbst weißt Du gewiß nicht, daß ich bei Lebzeiten meines Mannes über keine sechs Franken verfüge. Hochon ist der größte Geizhals von Issoudun; was er mit seinem Gelde anfängt, weiß ich nicht; er gibt seinen Enkeln keine zwanzig Franken im Jahre; um zu borgen, bedürfte ich seiner Erlaubnis, und die würde er mir gewiß nicht geben. Ich habe nicht einmal den Versuch gemacht, bei Deinem Bruder anfragen zu lassen; er hat nämlich eine Konkubine im Hause, deren untertänigster Diener er ist. Es ist ein Jammer, mitanzusehen, wie der Arme im eigenen Hause behandelt wird, wenn man bedenkt, daß er eine Schwester und Neffen hat. Ich habe Dir wiederholt zu verstehen gegeben, daß Deine Gegenwart in Issoudun Deinen Bruder retten und den Krallen dieses Ungeziefers ein Vermögen von vierzig, ja vielleicht sechzigtausend Franken Einkommen für Deine Kinder entreißen könnte; aber Du antwortest mir nicht oder willst mich nicht verstehen. So sehe ich mich denn heute gezwungen, alle vorsichtigen Umschweife in meinem Briefe fallen zu lassen. Das Unglück, das Dich trifft, hat meine Teilnahme; aber ich kann Dich nur beklagen, liebes Herz. Tun kann ich nichts für Dich. Ich lebe neben einem Manne, der mit fünfundachtzig Jahren täglich seine vier Mahlzeiten nimmt, abends Salat mit harten Eiern ißt und herumläuft wie ein Wiesel. Er wird mir noch einmal meine Grabschrift schreiben, und mein Leben wird zu Ende gehen, ohne daß jemals zwanzig Franken in meiner Börse waren. Willst Du nach Issoudun kommen, um den Einfluß der Konkubine auf Deinen Bruder zu bekämpfen, so wird es mir, da Rouget seine Gründe hat, Dich nicht in sein Haus aufzunehmen, schwer genug fallen, meinem Manne die Erlaubnis abzugewinnen, daß ich Dich bei mir haben kann. Aber komm nur, in diesem Punkte wird er mir nachgeben. Ich habe nämlich ein Mittel, meinen Willen bei ihm durchzusetzen: ich brauche ihm nur von meinem Testament zu sprechen. Das ist mir zwar so zuwider, daß ich noch nie dazu meine Zuflucht nehmen mochte; aber für Dich werde ich das Unmögliche tun. Ich hoffe, Dein Philipp wird sich aus der Affäre ziehen, zumal wenn Du einen guten Anwalt nimmst; komm nur möglichst schnell nach Issoudun. Bedenke, daß Dein Bruder, dieser Schwachkopf, mit seinen siebenundfünfzig Jahren jämmerlicher und älter ist als mein alter Hochon. Eile tut not. Man redet schon von einem Testament, das Dich der Erbschaft beraubt; aber Hochon meint, daß immer noch Zeit sei, es widerrufen zu lassen. Leb wohl, meine kleine Agathe, Gott stehe Dir bei! Vertrau auf Deine Dich liebende Patin

Maximiliane Hochon, geborene Lousteau

P. S. Hat mein Neffe Etienne, der in den Zeitungen schreibt und mit Deinem Sohne Philipp befreundet sein soll, Dir schon seine Aufwartung gemacht? Komm nur, dann wollen wir auch von ihm plaudern.«

Dieser Brief beschäftigte Agathe sehr; sie zeigte ihn Joseph, dem sie auch Giroudeaus Vorschlag hatte mitteilen müssen. Sobald es sich um seinen Bruder handelte, wurde der Künstler vorsichtig, und so machte er seiner Mutter klar, daß sie die ganze Angelegenheit Desroches mitteilen müßte.

Dies leuchtete ein, und beide begaben sich am nächsten Morgen zu Desroches in die Rue de Buci. Der Advokat, trocken wie sein verstorbener Vater, mit scharfer Stimme, rauher Haut, unerbittlichen Augen und dem Gesicht eines Marders, der sich Hühnerblut von den Lippen leckt, sprang in die Höhe wie ein Tiger, als er von Giroudeaus Besuch und Vorschlag hörte.

»Aber, Mutter Bridau«, rief er mit dünner heiserer Stimme, »wie lange soll Sie denn dieser verdammte Halunke von einem Sohne übertölpeln! Keinen roten Heller dürfen Sie hergeben! Für Philipp bürge ich Ihnen. Schon um ihn zu retten, bestehe ich darauf, daß er von dem Pairshofe gerichtet wird; Sie haben Furcht, ihn verurteilt zu sehen. Gott gebe es, daß sein Advokat seine Verurteilung zulasse. Gehen Sie nach Issoudun, retten Sie das Vermögen Ihrer Kinder. Mißlingt es Ihnen, hat Ihr Bruder schon ein Testament zugunsten dieses Weibes gemacht, können Sie ihn nicht zum Widerrufen bringen … nun, so sammeln Sie wenigstens Elemente zu einem Prozeß wegen Erbschleicherei; den werde ich führen. Aber Sie sind eine zu ehrbare Frau, um da die richtigen Dinge aufzuspüren. Das Beste ist, ich komme selbst nach Issoudun, in den Ferien … wenn es geht.«

Bei diesem ›ich komme selbst‹ überlief es Joseph kalt. Desroches blinzelte ihm zu, er solle die Mutter ein wenig vorangehen lassen, und behielt ihn noch einen Augenblick allein.

»Ihr Bruder ist ein gemeiner Schurke, mit oder ohne Absicht ist er schuld an der Entdeckung der Verschwörung; der Bursche ist so schlau, daß man die Wahrheit nicht herausbekommen kann. Ob er den Einfaltspinsel oder Verräter spielt, überlaß ich Ihrer Wahl. Sicherlich wird er unter die Aufsicht der Staatspolizei gestellt werden. Das genügt. Seien Sie ruhig, um dies Geheimnis weiß nur ich. Eilen Sie mit Ihrer Mutter nach Issoudun; Sie haben Verstand, versuchen Sie die Erbschaft zu retten.«

»Weißt du, liebe Mutter, da hat Desroches recht«, sagte Josef, als er Agathe auf der Treppe eingeholt hatte. »Ich habe meine beiden Bilder verkauft; laß uns nach Berry reisen, du hast ja vierzehn freie Tage vor dir.«

Agathe schrieb ihrer Patin, daß sie käme, und am nächsten Abend machte sie sich mit Joseph aus den Weg nach Issoudun. Philipp überließen sie seinem Schicksal. Als aber die Diligence, um auf die Straße nach Orleans zu kommen, durch die Rue d'Enfer fuhr und Agathe das Luxembourg bemerkte, in das Philipp überführt worden war, konnte sie sich nicht enthalten zu sagen: »Wenn nicht die Alliierten nach Frankreich gekommen wären, er säße nicht dort!« Andre Söhne wären bei solchen Worten ungeduldig geworden oder hätten mitleidig gelächelt, aber der Künstler, der allein mit seiner Mutter in der Halbkutsche saß, umschlang sie, drückte sie an sein Herz und sagte: »Ach Mutter, du bist Mutter, wie Raffael Maler war! Und du wirst immer eine närrische Mutter bleiben!«

*　*
*

Die Zerstreuungen der Reise entrissen Frau Bridau bald ihrem Gram, und sie mußte nun auch an das Ziel denken. So las sie denn den Brief der Frau Hochon, der den Advokaten Desroches so heftig erregt hatte, noch einmal durch. Sie war betroffen von den Worten »Konkubine« und »Ungeziefer«, geschrieben von der Hand einer ebenso frommen wie ehrbaren Siebzigerin, um eine Frau zu bezeichnen, die im Begriff stand, das Vermögen des Jean-Jacques Rouget, den die Schreiberin einen Einfaltspinsel nannte, zu verschlingen, und sie fragte sich, wie sie durch ihre Gegenwart in Issoudun die Erbschaft retten könnte. Joseph, der arme uneigennützige Künstler, der noch ganz in Gedanken war über den Ausruf der Mutter, meinte: »Bevor unser Freund Desroches uns aussandte, die Erbschaft zu retten, hätte er uns die Mittel und Wege dazu genauer auseinandersetzen sollen.«

»Soviel ich mich erinnern kann mit meinem armen Kopf, der mir noch ganz betäubt ist von den Gedanken: Philipp im Gefängnis, vielleicht ohne Tabak und bald vor dem Pairshof – soviel ich mich erinnern kann«, erwiderte Agathe, »hat Desroches junior uns empfohlen, die Elemente zu einem Prozeß wegen Erbschleicherei zu sammeln für den Fall, daß mein Bruder schon ein Testament gemacht hat zugunsten dieser … dieser … Frau.«

»Er hat gut reden, Desroches!« rief der Maler. »Tut nichts. Wenn wir nicht daraus klug werden, werde ich ihn bitten, selbst hinzureisen.«

»Wir wollen uns nicht unnötig den Kopf zerbrechen«, meinte Agathe. »Sind wir erst in Issoudun, so wird meine Patin uns weiter leiten.«

Aus dieser Unterhaltung, die während des Wagenwechsels in Orleans und der Einfahrt in die Sologne stattfand, ist ersichtlich, wie wenig der Maler und seine Mutter imstande waren, die Rolle zu spielen, die der fürchterliche Advokat Desroches ihnen zugedacht hatte. Nach dreißig-jähriger Abwesenheit kam Agathe in ihre Vaterstadt zurück und fand dort alles ganz anders geworden. Hier muß mit einigen Worten ein Bild der Stadt Issoudun entworfen werden; sonst bliebe der Heroismus der Frau Hochon bei der Unterstützung ihres Patenkindes und die seltsame Lage Jean-Jacques Rougets unverständlich. Obgleich der Doktor Rouget dafür gesorgt hatte, daß sein Sohn Jean-Jacques in seiner Schwester Agathe eine Fremde sah, bleibt es doch seltsam von einem Bruder, daß er dreißig Jahre lang seiner Schwester nicht das kleinste Lebenszeichen gab. Andersgeartete Verwandte als Joseph und Agathe hätten sich um die ungewöhnlichen Umstände, aus denen dieses Schweigen beruhte, gewiß längst bekümmert. Zwischen den Zuständen in Issoudun und den Interessen der Bridaus bestanden gewisse Beziehungen, die im weiteren Verlauf der Erzählung deutlich werden sollen.

Man möge es uns in Paris nicht verübeln: Issoudun ist eine der älte-sten Städte Frankreichs. Trotz der historischen Vorurteile, die aus dem Kaiser Probus den Noah Galliens machen, hat schon Cäsar den ausge-zeichneten Wein von Champ-Fort (de campo forti) erwähnt, und das ist einer der besten Weinberge von Issoudun. Rigord äußert sich über diese Stadt in Wendungen, die keinen Zweifel an ihrer zahlreichen Be-völkerung und ihrem gewaltigen Handel zulassen. Aber nach diesen beiden Zeugnissen würde die Stadt immer noch verhältnismäßig jung erscheinen im Vergleich zu ihrem wirklichen hohen Alter. Neuerliche Ausgrabungen eines gelehrten Archäologen der Stadt, des Herrn Armand Pérémet, haben unter dem berühmten Turm von Issoudun eine Basilika des fünften Jahrhunderts entdeckt, vermutlich die einzige, die es in Frankreich gibt. Und diese Kirche bewahrt in ihrem Baumaterial die Spuren einer früheren Epoche, denn ihre Steine entstammen einem rö-mischen Tempel, an dessen Stätte sie erbaut ist. Nach den Forschungen des erwähnten Gelehrten zeugt auch der Name der Stadt wie der aller französischen Städte mit der Endung »dun« (dunum) von autochthonem Dasein. Das Wort »dun«, das immer eine von dem Druidenkulte geweih-te Anhöhe bezeichnete, würde demnach auf eine militärische oder reli-giöse Gründung der Kelten hinweisen. Die Römer hätten dann unter dem Dun der Gallier einen Isistempel gebaut. Daher, nach Chaumon, der Name der Stadt: Is-sous-dun! wobei Is eine Abkürzung von Isis wäre. Über der Basilika des fünften Jahrhunderts, dem dritten Denkmal der dritten Religion dieser alten Stadt, hat – das ist ziemlich sicher –

Richard Löwenherz den berühmten Turm gebaut, in welchem er Münze schlug. Ihm hat diese Kirche als Stützpunkt gedient, als er seinen Wall aufwarf, und er hat sie erhalten, indem er sie mit seinen feudalen Befestigungen wie mit einem Mantel überdeckte. Sodann wurde Issoudun der Sitz der kurzlebigen Gewalt der Routiers und Cottereaux, jener Condottieri, die Heinrich II. seinem Sohne Richard, dem aufständischen Grafen von Poitou, entgegenstellte. Leider haben die Benediktiner die Geschichte Aquitaniens nicht geschrieben, und so wird sie wohl nie geschrieben werden, da es keine Benediktiner mehr gibt. Um so mehr muß man sich bemühen, das Dunkel, das über der Geschichte unserer Sitten lagert, bei jeder Gelegenheit, die sich bietet, aufzuhellen. Ein anderes Zeugnis für die alte Macht Issouduns ist die Kanalisation der Tournemine, eines Flüßchens, dessen Bett auf weite Strecken hin mehrere Meter über das Niveau der Théols, welche die Stadt umfließt, erhöht worden ist. Diese Arbeit ist ohne Zweifel ein Werk des römischen Geistes. Und dann wird auch das Stadtviertel nördlich vom Schloß von einer Straße durchzogen, die seit mehr als zweitausend Jahren Rue de Rome heißt. Die Bewohner dieses Viertels haben in Rasse, Blut und Gesichtsform ein besonderes Gepräge und nennen sich Abkömmlinge der Römer. Sie sind fast alle Winzer und haben auffallend strenge Sitten; die verdanken sie sicherlich ihrer Herkunft, vielleicht auch ihrem Sieg über die Cottereaux und Routiers, die sie im zwölften Jahrhundert in der Ebene von Charost vernichtend geschlagen haben. Nach der Erhebung von 1830 war Frankreich zu aufgeregt, um den Aufstand der Winzer von Issoudun zu beachten. Dieser Aufstand war furchtbar, und man hatte gute Gründe, seine Einzelheiten der Öffentlichkeit vorzuenthalten. Die Bürger von Issoudun gestatteten den Truppen nicht, in die Stadt einzurücken. Sie wollten selbst die Verantwortung für die Ordnung in ihrer Stadt tragen, wie Brauch und Gesetz des mittelalterlichen Bürgertums es gebietet. Die Staatsgewalt sah sich gezwungen, den Bevollmächtigten der sechs- oder siebentausend Winzer nachzugeben. Diese hatten alle Archive und die Büros der indirekten Steuern verbrannt, schleppten den Zollbeamten von Straße zu Straße und riefen bei jeder Laterne: »Hier soll er hängen!« Die Nationalgarde konnte den armen Menschen den Rasenden nur unter dem Vorwande, ihn ins Gefängnis bringen und ihm den Prozeß machen zu wollen, entreißen. Der General mußte eine Kapitulation mit den Winzern vereinbaren, um in die Stadt einziehen zu können, und es gehörte Mut dazu, in die Masse einzudringen; denn in dem Augenblick, als er vor dem Rathaus erschien, hielt ihm ein Mann aus dem römischen Viertel seine »Hippe« an den Hals (Hippe heißt das dicke Gartenmesser, das, an einer Stange befestigt, zum Baumausschneiden dient) und schrie: »Keinen Schreiber mehr oder wir fangen von vorn an!« Dieser Winzer hätte ein Haupt abgeschlagen, das sechzehn Kriegsjahre verschont hatten, wäre nicht einer der Führer des Aufstandes dazwischengetreten, der sich hatte versprechen lassen, man werde von den Kammern die Abschaffung der »Kellerratten« fordern.

Im vierzehnten Jahrhundert hatte Issoudun noch sechzehn- bis siebzehntausend Einwohner, die übriggeblieben waren von einer doppelt so starken Bevölkerung zu Rigords Zeiten. Charles VII. besaß daselbst ein Palais, das noch steht und bis ins achtzehnte Jahrhundert unter dem Namen »Haus des Königs« bekannt war. Damals war die Stadt der Mittelpunkt des Wollhandels, versah einen großen Teil Europas mit Wolle und fabrizierte in großen Mengen Tuche, Hüte und ausgezeichnete Glacéhandschuhe. Noch unter Ludwig XIV. wurde Issoudun, die Heimat Barons und Bourdaloues, als Stadt der Eleganz, der gewählten Sprache und der guten Gesellschaft viel genannt. In seiner Geschichte von Sancerre behauptet der Pfarrer Poupart von den Issoudunern, daß sie sich unter allen Berrichonen durch ihre Feinheit und ihren Mutterwitz auszeichneten. Heute ist nichts mehr von diesem Glanz und Geiste übrig. Die Ausdehnung der Stadt beweist wohl noch ihre ehemalige Bedeutung, aber die Bevölkerung zählt nur zwölftausend Seelen, und darin sind die Winzer von vier weitläufigen Vorstädten miteinbegriffen: von Saint-Paterne, Vilatte, Rome und Les Alouettes, vier richtigen kleinen Städten. Den Wollmarkt des Landes Berry hat Issoudun sich bewahrt, doch wird dieser Handel jetzt durch die überall eingeführten Verbesserungen der Schafrassen bedroht, an denen das Land Berry sich nicht beteiligen will. Die Weinberge von Issoudun erzeugen einen Wein, der in zwei Departements getrunken wird; würde er behandelt wie der in Burgund und in der Gascogne, er könnte einer der besten Weine Frankreichs werden. Aber »alles halten wie die Alten« und nichts Neues einführen, ist nun einmal Landesgesetz. So lassen denn die Winzer immer noch den Raspel während der Gärung im Weine und davon wird das Getränk, das die Quelle neuen Reichtums und ein Gegenstand des Erwerbsfleißes für das ganze Land sein könnte, scheußlich. Allerdings soll sich dieser Wein dank der Herbheit, die der Raspel ihm mitteilt, im Alter umwandeln und über ein Jahrhundert halten! Eine immerhin bemerkenswerte Tatsache, die der »Weinbauer« anführt. Wilhelm der Bretone hat übrigens dieser Eigenheit in seiner »Philippide« einige Verse gewidmet.

Der Verfall Issouduns ist demnach durch eine geistige Erstarrung, die bis zur Narrheit geht, zu erklären; eine Tatsache mag sie erläutern. Als man die Straße von Paris nach Toulouse in Angriff nahm, war es das Gegebene, sie von Vierzon nach Châteauroux über Issoudun zu führen. Die Straße wäre kürzer geworden als über Vatan. Aber die Honoratioren des Landes und der Gemeinderat von Issoudun, dessen Beratungsurkunde noch vorhanden sein soll, forderten die Leitung der Straße über Vatan: denn, so wandten sie ein, wenn die große Landstraße durch ihre Stadt ginge, würden die Lebensmittel im Preise steigen, und man könnte dann Gefahr laufen, für ein Huhn dreißig Sous zahlen zu müssen. Analogien zu einer derartigen Kundgebung finden sich nur in den wildesten Gegenden von Sardinien, dieser einst so bevölkerten und reichen Insel, die heute verödet ist. Als König Carlo Alberto die löbliche zivilisatorische Absicht hatte, Sassari, die zweite Landeshauptstadt mit Cagliari durch eine schöne und großangelegte Straße zu verbinden, hätte die gerade Linie über Bonorva führen müssen, einen Distrikt, welchen eine noch ununterworfene Völkerschaft bewohnt, die von den Mauren abstammt und unsern heutigen Araberstämmen ähnlich ist. Als die Wilden von Bonorva merkten, daß sie drauf und dran waren, von der Zivilisation erreicht zu werden, gaben sie sich gar nicht erst die Mühe zu beraten, sondern erklärten offen ihren Widerstand gegen die Vermessung der Straße. Die Regierung trug diesem Widerstand keine Rechnung. Da bekam der erste Ingenieur, der den ersten Meßpfahl abstecken wollte, eine Kugel vor den Kopf und starb an seinem Pfahl. Es wurde weiter keine Untersuchung eingeleitet, und die Straße beschreibt nunmehr eine Kurve, die sie um acht Meilen verlängert.

Das dauernde Sinken der Weinpreise befriedigt zwar das Bedürfnis der Bürgerschaft von Issoudun nach billigem Leben, aber zugleich ruiniert es die Winzer, die unter den Bestellungskosten und Steuern für einen Wein, der noch dazu nur im Lande selbst getrunken wird, zusammenbrechen; ebenso wird der Wollhandel ruiniert durch die Unmöglichkeit, die Schafrasse zu verbessern. Das Landvolk hat einen tiefen Abscheu vor jeder Art von Veränderung, selbst vor einer, die ihrem eigensten Interesse entgegenkommt. Ein Pariser trifft auf dem Felde einen Arbeiter, der eine ungeheure Menge Brot, Käse und Gemüse verzehrt. Er setzt ihm auseinander, er könne sich besser und billiger ernähren und mehr arbeiten, wenn er diese Nahrung durch eine Portion Fleisch ersetzen würde. Der Berrichone sieht die Richtigkeit der Rechnung ein. »Aber«, sagt er, »die Sprüch', die Sprüch', Herr!« – »Was denn für Sprüche?« »Ja, was würden denn die Leute sagen?« – Er würde zum Gerede der ganzen Gegend werden, erklärte der Landwirt, auf dessen Gut diese Szene stattfand, man würde ihn für so reich wie einen Bürger halten; vor der öffentlichen Meinung hat er Furcht, er hat Angst, daß man mit Fingern auf ihn zeigen, ihn für schwach oder krank halten wird … »So sind wir hierzuland.« Diesen letzten Satz sprechen viele Bürger sogar mit heimlichem Stolze aus. Wie aus dem Lande, wo die Bauern sich selbst überlassen bleiben, Unwissenheit und Rückständigkeit unausrottbar sind, so ist es auch in der Stadt Issoudun zu einer ausgesprochenen sozialen Stagnation gekommen. Schmutziger Geiz muß gegen das Hinschwinden der Vermögen ankämpfen, und so lebt jede Familie für sich. Es fehlt der Gesellschaft der Antagonismus der Stände, welcher den Sitten Charakter gibt. Die Stadt kennt nicht mehr den Gegensatz zweier Kräfte, auf dem das Leben der italienischen Stadtrepubliken im Mittelalter beruhte. Issoudun hat keinen Adel mehr. Den haben die Cottereaux, die Routiers, die Jacquerie, die Religionskriege und die Revolution ganz ausgetilgt. Und auf diesen Sieg ist die Stadt sehr stolz. Um die Lebensmittel wohlfeil zu erhalten, hat Issoudun sich immer geweigert, eine Garnison aufzunehmen. Dieses Verbindungsmittel mit dem lebendigen Jahrhundert hat sie sich ebenso entgehen lassen wie den Verdienst, der sich mit den Soldaten machen läßt. Bis zum Jahre 1756 war Issoudun allerdings eine der angenehmsten Garnisonstädte. Dann hat ein Justizdrama, das ganz Frankreich in Atem hielt, die Stadt ihrer Garnison beraubt, nämlich der bekannte Prozeß des Amtsverwesers gegen den Marquis de Chapt, dessen Sohn, ein Dragoneroffizier, wegen einer galanten Angelegenheit vielleicht auf gerechte, aber doch verräterische Art hingerichtet wurde. Die Einquartierung der 44. Halbbrigade während des Bürgerkriegs war nicht dazu angetan, die Einwohner mit dem Kriegsvolk auszusöhnen. Von derselben sozialen Krankheit wie Issoudun ist auch Bourges befallen, dessen Bevölkerung von Jahr zu Jahr abnimmt. Die Lebensfähigkeit verläßt diese großen Körper. Und an diesem Unglück ist sicherlich die Verwaltung schuld. Die Pflicht der Regierung ist es, solche Flecken aus dem Körper des Staates zu bemerken und zu ihrer Hellung tatkräftige Männer an die erkrankten Stätten zu schicken, die den Dingen ein neues Gesicht geben. Aber, nein, man freut sich noch über die unheilvolle Todesstille. Und dann, wie soll man neue Verwalter und fähige Beamte hinbekommen, da sich heutzutage niemand findet, der Lust hätte, sich in der Provinz zu vergraben, wo das Gute, das man tut, ohne Widerhall bleibt? Und gelingt es einmal, Ehrgeizige, die fremd in der Gegend sind, dort unterzubringen, so werden sie bald von der Macht der allgemeinen Trägheit ergriffen und bequemen sich dem entsetzlichen Provinzleben an. Issoudun hätte selbst einen Napoleon eingeschläfert. Diese Lage der Dinge brachte es mit sich, daß Issoudun im Jahre 1822 von Männern verwaltet wurde, die alle aus dem Lande Berry waren. Die Obrigkeit war nichtig oder kraftlos bis aus die natürlich sehr seltenen Fälle, deren offensichtliche Schwere die Justiz zum Eingreifen zwang. Der Oberstaatsanwalt, Herr Mouilleron, war mit aller Welt versippt und verschwägert, und sein Substitut gehörte einer Familie der Stadt an. Der Gerichtspräsident machte sich, schon bevor er seinen hohen Posten bekleidete, durch eines der Worte berühmt, die in der Provinz einem Menschen für sein ganzes Leben eine Narrenkappe aufsetzen. Als bei einem Strafverfahren, das zur Verhängung der Todesstrafe führte, die Untersuchung abgeschlossen war, sagte er zu dem Angeklagten: »Mein armer Peter, dem Fall ist klar, man wird dir den Kopf abschlagen müssen. Laß dir das zur Lehre dienen ...« Der Polizeikommissar, der seit der Restauration im Amte war, hatte Verwandte im ganzen Arrondissement. Und schließlich war die Religion nicht nur ohne Einfluß, sondern auch ihr Vertreter, der Pfarrer, genoß keinerlei Ansehen. Spöttisch und ungebildet, wie diese liberale Bürgerschaft war, erzählte sie sich mehr oder weniger komische Geschichten über die Beziehungen dieses armen Menschen zu seiner Köchin. Das hinderte nicht, daß die Kinder zum Katechismus gingen und ihre erste Kommunion machten, daß es ein Gymnasium gab, daß man die Messe las, alle Feste feierte und – das einzige, was Paris von der Provinz verlangt – Steuern zahlte, aber alle diese Kundgebungen des öffentlichen Lebens geschahen nur aus Gewohnheit. Die Schlaffheit der Verwaltung stimmte wunderbar mit dem Geistes- und Seelenzustande der Menschen überein. Was unsere Geschichte über die Wirkungen eines solchen Standes der Dinge zu berichten hat, steht übrigens nicht so einzig da, wie man glauben möchte. Viele französische Städte, besonders im Süden, gleichen Issoudun. Der Zustand, in den der Sieg des Bürgertums diese Kreishauptstadt versetzt hat, steht ganz Frankreich und selbst Paris bevor, wenn das

Bürgertum fortfährt, die äußere und innere Politik unseres Landes zu beherrschen.

Noch ein Wort über die Topographie. Issoudun erstreckt sich von Norden nach Süden auf einem Abhang, der nach der Straße von Châteauroux abfällt. Am Fuße dieser Anhöhe hat man vormals für die Bedürfnisse der Fabriken oder schon in der Blütezeit der Stadt zur Auffüllung der Wallgräben einen Kanal angelegt, der jetzt der »Durchbruch« genannt wird. Sein Wasser entnimmt er der Théols und bildet einen künstlichen Flußarm, der sich jenseits des römischen Viertels zusammen mit der Tournemine und einigen andern Bächen in den natürlichen Fluß ergießt. Die vielen kleinen und großen Gewässer bespülen die weiten Wiesen, die rings von gelben und weißen, mit schwarzen Punkten besäten Hügeln umgeben sind. So sehen über die Hälfte des Jahres die Weinberge von Issoudun aus. Alljährlich beschneiden die Winzer die Reben und lassen inmitten einer Art Trichter nur einen häßlichen Stumpf ohne Rebpfahl stehen. War also das Auge auf dem Wege von Vierzon, Vatan oder Châteauroux von einförmigen Ebenen gelangweilt worden, so wird es nun angenehm überrascht von den Wiesen bei Issoudun. Hier ist eine Oase; die das Land auf zehn Meilen im Umkreis mit Gemüse versorgt. Unterhalb des römischen Viertels erstreckt sich ein weites sumpfiges Gelände, in dem Gemüsegärten angelegt sind und das nach seinen beiden Richtungen der obere und untere Baltan genannt wird. Eine lange breite Allee führt zwischen zwei Reihen Pappeln aus der Stadt durch die Wiesen zu dem alten verlassenen Kloster Frapesle, dessen englische Gärten, dergleichen es im ganzen Arrondissement keine gibt, den anspruchsvollen Namen Tivoli führen. Sonntags haben dort die Liebespaare ihr heimliches Wesen. Dem aufmerksamen Beobachter zeigen sich überall Spuren der einstigen Größe Issouduns, diese offenbart sich am deutlichsten in der Gruppierung der Stadtteile. Das Schloß, das ehedem mit seinen Mauern und Wallgräben eine Stadt für sich war, bildet ein besonderes Stadtviertel, in das man auch heute nur durch die alten Tore Eingang findet und das man nur über die drei Brücken der beiden Flüsse verlassen kann; dieses Viertel bewahrt noch das Aussehen einer altertümlichen Stadt. Hier treten noch an verschiedenen Stellen die gewaltigen Steinlagen der Wälle zutage, die jetzt Fundamente von Häusern bilden. Oberhalb des Schlosses erhebt sich der Turm, der einst Festungsturm war. Wer die Stadt rings um diese beiden befestigten Punkte in seinen Besitz gebracht hatte, mußte noch Turm und Schloß erobern, um Herr von Issoudun zu werden. Und besaß er das Schloß, so hatte er noch nicht den Turm. Die Vorstadt Saint-Paterne, die in Form einer Palette jenseits des Turmes in die Wiesen langt, ist von so beträchtlicher Größe, daß man annehmen kann, sie war in grauer Vorzeit die eigentliche Stadt. Im Verlauf des Mittelalters wird Issoudun, wie Paris, seinen Hügel erklommen und sich rings um Turm und Schloß gelagert haben. Bis 1822 konnte sich diese Auffassung der Stadtgeschichte auf das Vorhandensein der reizenden alten Kirche von Saint-Paterne stützen, die neuerdings von dem Erben des Bürgers, der sie der Nation abgekauft hat, niedergerissen worden ist. Die Kirche war eins der feinsten Muster des romanischen Stiles in Frankreich. Leider ist sie nun verschwunden, ohne daß man von ihrem vollkommen erhaltenen Portal eine Zeichnung gemacht hat … Eine einzige Stimme erhob sich für die Rettung dieses Denkmals, aber sie fand in Stadt und Land nirgends Widerhall.

Wenn das Schloß von Issoudun mit seinen schmalen Straßen und alten Gebäuden den altertümlichen Stadtcharakter bewahrt hat, so sieht die eigentliche Stadt, die wiederholt erobert und verbrannt wurde, insbesondere während der Frondekämpfe, in denen sie ganz eingeäschert wurde, modern aus. Die Straßen sind verhältnismäßig breit, die gut gebauten Häuser stehen in malerischem Gegensatz zu dem alten Schloß, und dieser hat der Stadt Issoudon in einigen Reisebüchern den Beinamen »die Reizende« eingetragen.

In einer Stadt, die so geworden und geblieben war, die keine Tatkraft, nicht einmal die des Handels, keinen Sinn für die Künste, keinen Anteil an den Wissenschaften, kein öffentliches Leben hatte, mußte ein Zustand eintreten – und er trat unter der Restauration im Jahre 1816 nach Kriegsende tatsächlich ein –, in dem unter den jungen Leuten der Stadt manch einer keine rechte Laufbahn vor sich sah und nicht wußte, was er bis zu seiner Heirat oder bis zum Antritt der elterlichen Erbschaft mit sich anfangen sollte. Zu Hause war es langweilig, in der Stadt gab es keine Zerstreuungen; und da, wie das Sprichwort sagt, die Jugend sich die Hörner ablaufen muß, so trieben die jungen Leute ihre Scherze auf Kosten der Stadt selbst. Bei Tage ihr Wesen zu treiben, war schwer, man konnte sie erkennen; und lief die Schale ihrer Untaten einmal über, so konnten sie beim ersten allzu üblen Streich vor die Zuchtpolizei kommen; daher waren sie klug genug, die Nacht für ihre Spitzbübereien zu wählen. So flimmerte denn durch die Überreste so viel verschiedener verschwundener Zeitalter ein letztes Irrlicht des kurzweiligen Wesens der früheren Sitten. Die jungen Leute ergötzten sich, wie ehemals Karl IX. und seine Höflinge, Heinrich IV. und seine Gefährten, und wie man sich früher in vielen Provinzstädten ergötzte. Die Notwendigkeit, einander zu helfen, zu verteidigen, zusammen lustige Streiche auszuhecken, machte sie zu Verbündeten und entwickelte bei ihnen, wenn Einfall auf Einfall prallte, eine Fülle von Boshaftigkeit, wie sie nur der Jugend eigen ist und wie man sie sogar bei jungen Tieren beobachten kann. Ihr Bund gewährte ihnen obendrein die kleinen Genüsse, die das geheimnisvolle Wesen einer dauernden Verschwörung mit sich bringt. Sie nannten sich die Ritter vom Müßiggang. Bei Tage waren die jungen Laffen lauter kleine Heilige, alle spielten die Stillen und Friedfertigen, auch pflegten sie nach den Nächten, in denen sie wieder etwas ausgefressen hatten, ziemlich tief in den Tag hinein zu schlafen. Die Ritter vom Müßiggang begannen mit ganz gewöhnlichen Streichen: Schilder abnehmen und vertauschen, an den Türen schellen, ein Faß, das ein Bürger vor seiner Tür stehengelassen hatte, mit Gepolter in Nachbars Keller stürzen, daß der Nachbar aufwachte und meinte, es wäre eine Mine geplatzt. In Issoudun steigt man nämlich, wie in vielen Städten, in den Keller durch eine Falltür hinab, deren Zugang von der Straßenseite mit einer dicken Scharnierplanke gedeckt ist, die ein großes Vorlegeschloß verwahrt. Diese »Bösen Buben« waren gegen Ende des Jahres 1816 noch nicht über die Possen hinaus, die sonst überall Knaben und Jünglinge treiben. Da bekam im Jahre 1817 der Müßiggängerorden einen Großmeister, und zeichnete sich von nun an durch Stücklein aus, die bis 1823 einigen Schrecken in Issoudun verbreiteten und Handwerker und Bürgerschaft in einer Art dauerndem Alarmzustand erhielten.

* *
*

Dieser Häuptling war ein gewisser Maxence Gilet, kürzer Max genannt, den seine früheren Lebensumstände ebenso sehr wie seine Kraft und Jugend zur Führerrolle bestimmten. Maxence Gilet galt in Issoudun als der natürliche Sohn des Subdelegierten Lousteau, dessen galantes Leben viele Spuren hinterlassen hatte, der ein Bruder der Frau Hochon war und der sich, wie schon berichtet, den Haß des alten Doktors Rouget gelegentlich der Geburt Agathes zugezogen hatte. Vor ihrem Bruch war die Freundschaft dieser beiden Männer sehr vertraut gewesen, sie gingen gern dasselbe Sträßchen, wie man damals dortzulande zu sagen pflegte. So wurde auch behauptet, Max könne ebensogut des Doktors Sohn wie der des Subdelegierten sein; er war aber weder das eine noch das andere: sein Vater war ein scharmanter Dragoneroffizier der Garnison Bourges. Nichtsdestoweniger machten sich infolge ihrer Feindschaft der Doktor und der Subdelegierte diese Vaterschaft fortwährend streitig, und das war für das Kind ein Glück. Seine Mutter, die Frau eines armen Schusters im Römischen Viertel, war zum Schaden ihrer Seele von ungewöhnlicher Schönheit, einer Schönheit, wie man sie unter den Römerinnen von Trastevere findet und die das einzige war, was sie ihrem Sohne hinterließ. Als Frau Gilet im Jahre 1788 mit Max schwanger ging, erfüllte sich ihr ein lange gehegter Wunsch. Sie hatte sich gesehnt nach dieser Segnung des Himmels, die die bösen Zungen der Galanterie der beiden Freunde zuschrieben, vermutlich, um sie gegeneinander aufzureizen. Gilet, der Ehemann, ein wüster Säufer, begünstigte die Unregelmäßigkeiten seiner Frau mit jener verständnisvollen Nachsicht, die man in den unteren Schichten öfters antrifft. Frau Gilet hütete sich, die Scheinväter aufzuklären: sie hatte ihrem Sohn für später Beschützer zu verschaffen. In Paris wäre sie auf diese Art Millionärin geworden; in Issoudun war sie abwechselnd wohlhabend und im Elend, und auf die Dauer wurde sie verachtet. Damit Max die Schule besuchen konnte, gab Frau Hochon, Herrn Lousteaus Schwester, ein Dutzend Taler im Jahre her. Diese Freigebigkeit, die sich Frau Hochon bei dem bekannten Geize ihres Gatten eigentlich nicht leisten konnte, wurde natürlich ihrem Bruder, der damals in Sancerre lebte, zugeschrieben.

Dem Doktor Rouget, der als Junggeselle nicht glücklich lebte, fiel die Schönheit des jungen Max auf, und er bezahlte für den »kleinen Schelm«, wie er ihn nannte, bis zum Jahre 1805 die Pension im Internat. Der Subdelegierte Lousteau starb im Jahre 1800; der Arzt bezahlte weitere fünf Jahre Maxences Pension; damit schien er aber nur seiner eigenen Eitelkeit zu frönen; und so blieb die Frage nach der Vaterschaft immer ungelöst. Erst war Maxence Gilet der Anlaß zu tausend Witzen, dann wurde er schnell vergessen und verschwand von der Bildfläche … Kaum ein Jahr nach dem Tode des Doktors Rouget hatte sich der Knabe, der für ein abenteuerliches Leben geschaffen war und ungewöhnliche Kraft und Gewandtheit zeigte, eine Menge mehr oder weniger gewagter Vergehen zuschulden kommen lassen. Im Einverständnis mit den Enkeln des Herrn Hochon brachte er die Krämer der Stadt in Wut und erntete die Früchte vor den Gärtnern, wobei es ihm nichts ausmachte, hohe Mauern zu erklettern. Der Teufelsbursche hatte in kühnen Leibesübungen nicht seinesgleichen, war ein vollendeter Turner, er hätte Hasen im Laufe erwischen können. Scharfäugig wie Lederstrumpf, liebte er schon damals leidenschaftlich die Jagd. Statt zu lernen, verbrachte er seine Zeit mit Scheibenschießen. Für das Geld, das er dem alten Doktor Rouget abschmeichelte, kaufte er sich zu einer schlechten Pistole, die ihm sein Pflegevater, der Schuster, geschenkt hatte, Pulver und Kugeln. Und dann beging er im Herbst des Jahres 1806 mit siebzehn Jahren einen allerdings unbeabsichtigten Mord: er erschreckte eine junge schwangere Frau, in deren Garten er bei Einbruch der Nacht Obst stehlen wollte, zu Tode. Sein Vater, der Schuster, benutzte die Gelegenheit, um ihn loszuwerden, und drohte ihm mit der Guillotine. Max floh ohne Aufenthalt bis Bourges, stieß dort zu einem Regiment, das nach Spanien unterwegs war, und wurde Soldat. Sein fahrlässiger Mord blieb ohne Folgen.

Wie es bei seinem Charakter vorauszusehen war, zeichnete sich Max im Kriege aus. Nach drei Feldzügen wurde er Hauptmann. 1809 ließ man ihn in Portugal in einer englischen Batterie, in die seine Kompagnie eingedrungen war, ohne sich halten zu können, für tot liegen. Max wurde von den Engländern gefangen genommen und auf die spanischen Gefangenenschiffe von Cabrera, die grauenvollsten von allen, geschickt. Wohl erbat man für ihn das Kreuz der Ehrenlegion und den Rang eines Bataillonskommandanten; aber der Kaiser war zur Zeit in Österreich, er behielt seine Auszeichnungen den Heldentaten vor, die unter seinen Augen geschahen; Leute, die sich gefangennehmen ließen, liebte er nicht, und obendrein war er mit dem ganzen portugiesischen Feldzug unzufrieden. Von 1810 bis 1814 blieb Max auf den Pontons. Diese vier Jahre demoralisierten ihn vollkommen. Denn die Gefangenenschiffe waren genau wie die Galeeren, wenn ihnen auch nicht die Schmach des Verbrechens anhaftete. Zuerst wollte der schöne junge Hauptmann seinen freien Willen gegen die Verderbnis auf diesen jeder Zivilisation unwürdigen Gefängnissen wahren. Im Duell (einem Duell, das auf einem Raum von sechs Quadratfuß ausgefochten wurde) tötete er zur großen Freude der Schiffsgenossen sieben Raufbolde, die die andern gequält hatten. Und dank seiner erstaunlichen Gewandtheit in der Handhabung der Waffen, seiner Körperkraft und Geschicklichkeit war Max der König seines Schiffes. Aber nun geriet er selbst in Willkürtaten; es fanden sich Augendiener, die sich um ihn bemühten und seine Höflinge wurden.

In der Schmerzensschule, welche die verbitternden Herzen nur noch Rache träumen läßt und in den Hirnen, die einander zu nahe sind, Sophismenausheckt, welche die bösen Anschläge rechtfertigen, entartete Max ganz und gar. Er lieh denen sein Ohr, die von dem Glück um jeden Preis träumen und vor keinem Verbrechen zurückschrecken, wenn es nur unbewiesen bleibt. Dann kam der Frieden, und Max ging, noch unschuldig und schon verdorben, in die Freiheit, und nun hing es von seinen Schicksalsumständen ab, ob er ein großer Politiker im öffentlichen Leben oder ein Privathalunke würde. Nach Issoudun zurückkehrend, erfuhr er das jammervolle Ende seiner Eltern. Wie so manche, die nur ihren Leidenschaften frönen und rasch und lustig leben, waren die Gilets im bittersten Elend im Hospital gestorben. Fast zu gleicher Zeit verbreitete sich in ganz Frankreich die Kunde von Napoleons Landung in Cannes. Da hatte Max nichts Eiligeres zu tun, als nach Paris zu reisen, sein Bataillonsführerpatent und sein Kreuz zu verlangen. Der Marschall, der damals Kriegsminister war, erinnerte sich der rühmlichen Führung des Hauptmanns Gilet in Portugal; er stellte ihn in die Garde als Hauptmann ein und verschaffte ihm dadurch in der Linie den Rang eines Bataillonsführers; aber das Kreuz konnte er nicht für ihn bekommen. – »Der Kaiser hat gesagt, Sie würden es sich schon verdienen in der ersten Schlacht«, meinte er. In der Tat ließ der Kaiser am Abend des Gefechtes bei Fleurus, in dem Gilet sich auszeichnete, den tapferen Hauptmann für die Ehrenlegion vormerken. Nach der Schlacht bei Waterloo zog sich Max an die Loire zurück. Bei der Entlassung bestätigte der Marschall Feltre ihm weder seinen Rang noch sein Kreuz. So kam denn der Napoleonskrieger in einem begreiflichen Zustand von Verbitterung nach Issoudun zurück; dienen wollte er nur mit dem Kreuz und in seinem Rang als Bataillonsführer. Auf den Büros fand man diese Bedingungen von seiten eines unbekannten fünfundzwanzigjährigen jungen Menschen, der auf diese Weise mit dreißig Jahren hätte Oberst werden können, übertrieben. Daraufhin nahm Max seinen Abschied. So verlor der Major (so nannte er sich nach Art der napoleonischen Offiziere, die unter sich ihre im Jahre 1815 erlangten Grade weiter behaupteten, noch immer) nun auch noch die magere Besoldung der Offiziere der Loirearmee, das sogenannte Wartegeld.

Die Erscheinung des schönen jungen Mannes, dessen ganzer Besitz in zwanzig »Napoleons« bestand, stimmte die Issouduner zu seinen Gunsten, und der Bürgermeister gab ihm einen Posten mit sechshundert

Franken Gehalt im Rathaus. Diesen Posten gab Max nach sechs Monaten selbst wieder auf; sein Nachfolger war ein Hauptmann namens Carpentier, der wie er Napoleon treu geblieben war. Gilet war inzwischen Großmeister des Ordens vom Müßiggang geworden, und sein Lebenswandel verscherzte ihm die Achtung der ersten Familien der Stadt; aber das ließ man ihn nicht merken. Denn sein heftiges Wesen war allgemein gefürchtet, selbst von den Offizieren des ehemaligen kaiserlichen Heeres, die wie er den Dienst im neuen Heer verschmäht hatten und in das Land Berry zurückgekehrt waren, um ihren Kohl zu bauen. Nach dem Bilde, das hier von Issoudun entworfen wurde, hat die Abneigung seiner Bewohner gegen die Bourbonen nichts Überraschendes. Und es gab in dieser Stadt im Verhältnis zu ihrer geringen Bedeutung mehr Bonapartisten als irgendwo sonst. Die Bonapartisten wurden bekanntlich fast alle liberal. In Issoudun und der Umgegend zählte man ungefähr ein Dutzend Offiziere in gleicher Lage wie Maxence; die wählten ihn zum Führer, so sehr gefiel er ihnen. Ausnahmen bildeten nur Carpentier, sein Nachfolger auf dem Bürgermeisteramt, und ein gewisser Herr Mignonnet, ehemaliger Gardeartilleriehauptmann. Carpentier hatte als Kavallerieoffizier gute Karriere gemacht, er verheiratete sich bald und kam so in eine der angesehensten Familien der Stadt, die Borniche-Héreau. Mignonnet war Schüler des Polytechnikums gewesen und hatte bei einer Truppe gedient, die sich den andern überlegen fühlte. Es gab in den kaiserlichen Armeen zwei Abarten Militärs. Ein großer Teil hegte gegen den Bourgeois, den »Zivilisten«, die Verachtung des Adligen gegen den Bürgerlichen, des Eroberers gegen den Unterworfenen. Diese Offiziere beobachteten in ihren Beziehungen zum Zivil nicht immer die Gesetze der Ehre; bei ihnen wurde es keinem nachgetragen, wenn er mit den Bürgern kurzen Prozeß machte. Die andern, und vor allen die Artilleristen, ließen vermutlich infolge ihrer republikanischen Anschauungen diesen Standpunkt nicht gelten, der ja daraus hinauslief, zwei verschiedene Frankreich zu schaffen, ein militärisches und ein zivilistisches. Wenn also der Major Potel und der Hauptmann Renard, zwei Offiziere aus dem römischen Viertel, ihre Meinung über die Zivilisten nicht änderten und »trotz allem« zu Maxence Gilet hielten, so schlugen sich Major Mignonnet und Hauptmann Carpentier zur Bürgerschaft und fanden Maxences Lebenswandel eines Mannes von Ehre unwürdig. Major Mignonnet war ein kleiner dürrer Mann voll Würde; er befaßte sich mit den Problemen der Dampfmaschine und lebte bescheiden.

Seine Gesellschaft waren Herr und Frau Carpentier. Seine ruhige Lebens-
weise und seine wissenschaftlichen Interessen verschafften ihm allgemeine
Achtung. Man sagte von den Herren Mignonnet und Carpentier, sie
seien von ganz anderm Schlag als Major Potel und Hauptmann Renard,
Maxence und die andern Stammgäste des Cafés »Zur Armee«, welche
die soldatischen Sitten und Verirrungen des Kaiserreichs bewahrten.
Zur Zeit, als Frau Bridau nach Issoudun zurückkehrte, war Max bereits
von der bürgerlichen Gesellschaft ausgeschlossen. Er war übrigens selbst
taktvoll genug, keinen Zutritt zu der Gesellschaft, dem sogenannten
»Cercle«, zu suchen und beklagte sich nie darüber, daß man ihn in
Verruf getan hatte, obwohl er der jüngste, eleganteste, am besten ange-
zogene Mann von ganz Issoudun war, reichlich Geld ausgab und sich
sogar ausnahmsweise ein Pferd hielt, das in Issoudun ungefähr so auffallend war wie Lord Byrons Pferd in Venedig. Er verstand es, bei all
seiner Armut den Dandy von Issoudun zu spielen; die schimpflichen
Mittel und Wege, die ihm das ermöglichten und ihm die Verachtung
der behutsamen und frommen Leute eintrugen, hängen, wie man sehen
wird, eng zusammen mit den Interessen, die Agathe und Joseph Bridau
nach Issoudun führten. Die Keckheit seiner Haltung und seiner Mienen
zeigten, daß Max sich recht wenig um die öffentliche Meinung kümmer-
te; er mochte wohl damit rechnen, eines Tages Vergeltung zu üben und
über die zu herrschen, die ihn jetzt verachteten. Auch hatte er ein Ge-
gengewicht gegen die schlechte Meinung der Bürgerschaft in der Bewunderung, die das Volk seinem Charakter zollte; der Masse gefiel sein Mut,
seine Erscheinung, sein entschiedenes Auftreten, und von seiner Verderbtheit, die ja auch die Bürger nicht in ihrem ganzen Umfang mut-
maßten, wußte sie nichts. Max spielte in Issoudun ungefähr die Rolle
des Schmiedes in dem »Hübschen Mädchen von Perth«, er war der
Kämpe des Bonapartismus und der Opposition. Wenn es darauf ankam,
zählte man auf ihn wie die Burger von Perth auf Smith zählten. Ein
besonderer Anlaß brachte den Helden und das Opfer der Hundert Tage
zur Geltung. Im Jahre 1819 kam auf seinem Wege nach der Garnison
Bourges ein Bataillon durch Issoudun, das von royalistischen Offizieren,
jungen Leuten, die frisch aus dem »Roten Hause« der Garde kamen,
befehligt wurde. Die Offiziere wußten nicht, was sie in einer so konstitutionellen Stadt wie Issoudun anfangen sollten und gingen, um die Zeit
zu verbringen, ins Café ›Zur Armee‹. Solch ein Café gibt es in jeder
Provinzstadt. Das von Issoudun, am Paradeplatz vor einer Wallecke

gelegen und von einer Offizierswitwe geführt, war der gegebene Klub für die Bonapartisten der Stadt, die pensionierten Offiziere und alle, die Maxences Anschauungen teilten und denen der Geist der Stadt erlaubte, ihren Napoleonkult öffentlich zu bekennen. Sie feierten seit 1816 alle Jahre mit einem Festmahl den Jahrestag der Kaiserkrönung.

Die drei ersten Royalisten, die eintraten, verlangten Zeitungen, unter andern die »Quotidienne« und den »Drapeau blanc«. Nun vertrugen sich aber die in Issoudun und besonders im Café »Zur Armee« herrschenden Anschauungen nicht mit der Lektüre royalistischer Blätter. Im Café gab es nur den »Commerce«. Diesen Namen hatte der »Constitutionel«, den ein Dekret verbot, für einige Jahre angenommen, um weiterzubestehen. Man nannte ihn auch fernerhin »Constitutionel«, begann doch, als er zum erstenmal als »Commerce« erschien, der Leitartikel mit den Worten: »Der Commerce (Handel) ist recht eigentlich konstitutionell.« Alle Abonnenten begriffen dieses boshafte Wortspiel der Opposition, das ihnen nahelegte, nicht auf die veränderte Etikette zu achten, da der Wein derselbe bliebe. So antwortete denn die dicke Büfettdame hoch von ihrem Sitz herab den Royalisten, die von ihnen verlangten Blätter hielte sie nicht.

»Welche Zeitungen gibt es denn bei Ihnen?« fragte einer der Offiziere, ein Hauptmann.

Der Kellner kam, ein kleiner junger Bursche in blauer Tuchjacke und derber Leinwandschürze, und brachte den »Commerce«.

»Das ist also Ihre Zeitung! Haben Sie sonst keine?«

»Nein«, sagte der Kellner, »das ist unsre einzige.«

Da riß der Hauptmann das Oppositionsblatt in Stücke, warf die Fetzen auf die Erde, spuckte darauf und sagte: »Ein Domino!«

Zehn Minuten später wußte man in allen Straßen der Stadt die Neuigkeit von der Schmach, die der konstitutionellen Opposition und dem Liberalismus in der Gestalt der sakrosankten Zeitung, die mit bekanntem Geist und Mut die Priester angriff, angetan war; sie floß wie das Licht in die Häuser; ein Platz erzählte sie dem andern. Auf allen Lippen war sofort das gleiche Wort: »Sagt es Max!« So erfuhr Max das Ereignis schnell.

Und die Offiziere hatten ihre Partie Domino noch nicht fertiggespielt, da trat er schon ins Café, Major Potel und Hauptmann Renard begleiteten ihn, und hinterdrein kamen dreißig junge Leute, die fast alle in Gruppen auf dem Paradeplatz blieben und auf den Ausgang des Abenteuers warteten. Bald war das Café voll. – »Kellner, meine Zeitung«, sagte Max mit ruhiger Stimme. Es wurde eine kleine Komödie gespielt. Die dicke Büfettdame sagte mit ängstlichem und beschwichtigendem Ausdruck: »Herr Hauptmann, ich habe sie weggegeben.«

»So holen Sie sie«, rief einer von Maxences Freunden.

»Könnten Sie die Zeitung heute entbehren?« fragte der Kellner. »Wir haben sie nicht mehr.«

Die jungen Offiziere lachten und warfen schräge Blicke auf die Bürger.

»Man hat sie zerrissen!« rief ein junger Mann aus der Stadt und sah dem einen der royalistischen Offiziere auf die Füße.

»Wer hat sich erlaubt, die Zeitung zu zerreißen?« donnerte Max, seine Augen flammten, er sprang auf und kreuzte die Arme.

»Und wir haben noch darauf gespuckt!« kam die Antwort von den drei jungen Offizieren, die sich erhoben und Max mit Blicken maßen. Max wurde weiß im Gesicht. »Sie haben die ganze Stadt beleidigt«, zischte er.

»Und was weiter? ...« meinte der jüngste Offizier. Mit einer Gewandtheit, Kühnheit und Geschwindigkeit, welche die jungen Leute nicht voraussehen konnten, gab Max dem nächststehenden Offizier ein paar Ohrfeigen und sagte: »Verstehen Sie Französisch?«

Man ging auf die Allee nach Frapesle, um sich zu schlagen, drei gegen drei. Potel und Renard konnten nie und nimmer zugeben, daß Maxence Gilet allein den Offizieren Bescheid gab. Max tötete seinen Gegner. Major Potel verwundete den seinen, einen Sohn aus vornehmer Familie, so schwer, daß man ihn in das Hospital bringen mußte, wo er am folgenden Tage verstarb. Der dritte kam mit einem Hieb davon und verwundete seinen Gegner, den Hauptmann Renard. In der Nacht brach das Bataillon nach Bourges auf. Diese Geschichte, die im ganzen Lande Berry Aufsehen erregte, machte Maxence Gilet endgültig zum Helden.

Die Ritter vom Müßiggang – es waren alles junge Leute, der älteste noch nicht fünfundzwanzig Jahre alt – bewunderten ihren Max. Einige von ihnen, der Prüderie und Strenge ihrer Familien zum Trotz, beneideten ihn sogar um seine Stellung und fanden, daß er glücklich daran war. Unter solch einem Führer mußte der Orden Wunder vollbringen. Vom Januar 1817 ab verging keine Woche, ohne daß die Stadt durch ein neues Stücklein in Erregung gebracht wurde. Bestimmte Bedingungen, deren Erfüllung Max von den Rittern verlangte, waren Ehrensache. Statuten wurden aufgestellt. Diese Teufelsburschen wurden munter und geschickt wie die Turnschüler des Don Amoros, frech wie die Geier, stark und gewandt wie Übeltäter. Sie vervollkommneten sich in der Kunst, auf Dächer zu steigen, an Häusern emporzuklettern, lautlos zu gehen und zu springen, Gips anzurühren und eine Tür zu vermauern. Sie hatten ein ganzes Arsenal von Stricken, Leitern, Handwerkszeug und Vermummungen.

So erreichten die Ritter vom Müßiggang ein schönes Schelmenideal nicht nur in der Ausführung, sondern schon in der Erfindung ihrer Streiche. Sie waren schließlich ganz besessen von dem bösen Geiste, den Panurg so ergötzlich fand, der zum Lachen reizt und seine Opfer so lächerlich macht, daß sie sich nicht zu beklagen wagen. Diese Söhne der guten Familien hatten in allen Häusern Leute, mit denen sie heimliches Einverständnis unterhielten und die ihnen die zur Durchführung ihrer Attentate nützlichen Auskünfte verschafften.

In kältester Zeit versetzten diese leibhaftigen Teufel einen Ofen ganz gemütlich von dem Saal in den Hof und stopften ihn so voll mit Holz, daß das Feuer am Morgen noch brannte. Und dann erfuhr die Stadt, Herr Soundso (ein Geizhals) versuchte jetzt, seinen Hof zu heizen.

Bisweilen legten sie sich in den beiden Hauptadern der Stadt, der Grand'Rue und der Basse, in die viele Querstraßen münden, in den Hinterhalt. Überall, in Mauerwinkel und Gassenecken geduckt, hoben sie von Zeit zu Zeit den Kopf hoch und riefen von Tür zu Tür, von einem Ende der Stadt zum andern, jedem Haus in seinen ersten Schlummer hinein mit Schauerstimmen: »He! Was gibt's? Was ist das?« Von diesen wiederholten Fragen geweckt, erschienen die Bürger in Hemd und Nachtmütze mit Kerzen in den Händen und fragten einander aus. Das ergab die merkwürdigsten Zwiegespräche und seltsamsten Gesichter.

Es gab in Issoudun einen armen alten Buchbinder, der an Geister glaubte. Wie fast alle Handwerker der Kleinstadt, arbeitete er in einem kleinen niedrigen Laden. Als Teufel verkleidet, drangen die Ritter nachts in den Laden ein, sperrten den Alten in seinen Kasten für Abfälle und ließen ihn dann allein. Sein Jammergeschrei weckte die Nachbarn auf. Denen erzählte er, daß Luzifer ihm erschienen sei, und sie konnten ihn nicht davon abbringen. Der arme Alte war nahe daran, wahnsinnig zu werden. Mitten in einem strengen Winter rissen die Ritter den Kamin des Steuereinnehmers ein und bauten ihn in derselben Nacht äußerlich ganz unverändert wieder auf; dabei machten sie keinen Lärm und hinterließen keine Spuren ihrer Arbeit. Aber innen hatten sie den Kamin so eingerichtet, daß er den Raum einräuchern mußte. Zwei Monate lang hatte der Steuereinnehmer zu leiden, ehe er erkannte, weshalb ihm sein Kamin, der immer so gut geheizt hatte und mit dem er so zufrieden gewesen war, jetzt so böse Streiche spielte; er sah sich gezwungen, ihn umarbeiten zu lassen.

Eines Tages steckten sie drei geschwefelte Strohbündel und ölgetränkte Papiere in den Kamin einer alten Betschwester, die mit Frau Hochon befreundet war. Als die arme Frau, die die Sanftmut selber war, morgens ihr Feuer ansteckte, glaube sie einen Vulkan angesteckt zu haben. Die Feuerwehr kam, die ganze Stadt lief zusammen; unter den Feuerwehrleuten aber befanden sich etliche Ritter vom Müßiggang, die setzten der Alten das ganze Haus unter Wasser und jagten ihr nach den Ängsten vor dem Feuertode Furcht, zu ertrinken, ein. Der Schreck machte sie krank.

Wollten sie einen die ganze Nacht in Todesangst und unter Waffen verbringen lassen, so kündigten sie ihm in einem anonymen Briefe an, er werde bestohlen werden; dann schlichen sie einer hinter dem andern unter den Fenstern und an den Mauern des Bedrohten entlang und riefen einander durch Diebespfiffe.

Einen ihrer hübschesten Streiche, über den die Stadt noch lange lachte und den man sich noch heut erzählt, spielten sie den Erben einer geizigen und reichen alten Dame. Sie sandten allen Erben eine Todesanzeige mit der Aufforderung, pünktlich zur Stunde der Testamentsversiegelung zu erscheinen. Da kamen etwa achtzig Menschen an, aus Vatan, aus Saint-Florent, aus Vierzon und Umgegend, alle in tiefer Trauer, aber recht munter, die einen mit ihren Frauen, die andern mit ihren Eltern, Witwen mit ihren Kindern, einer in der Kutsche, der andre im Korbwagen, der dritte im armseligen Karren. Man stelle sich den Auftritt vor zwischen der Magd der alten Dame und den ersten Ankömmlingen! Und dann die Besuche bei den Notaren! ... Ganz Issoudun kam in Aufruhr.

Schließlich verfiel eines Tages der Unterpräfekt darauf, diesen Stand der Dinge unerträglich zu finden, zumal nicht herauszubekommen war, wer sich die Scherze erlaubte. Wohl lastete der Verdacht auf den jungen Leuten; aber da es eine Nationalgarde damals in Issoudun nur dem Namen nach gab und eine Garnison überhaupt nicht, da der Gendarmerieleutnant nur acht Gendarmen zur Verfügung hatte und keine Patrouillen aussenden konnte, so war es unmöglich, Beweise beizubringen. Der

Unterpräfekt aber kam auf die schwarze Liste der Ritter und wurde zum Sündenbock ausersehen. Der wackere Beamte hatte die Gewohnheit, zum Frühstück zwei frische Eier zu verzehren. Nicht genug damit, daß er immer die frischesten Eier seiner Hennen haben mußte, er mußte sie auch selber kochen. Weder seine Frau noch seine Magd, noch sonst jemand verstand nach seiner Meinung ein Ei zu kochen, wie es gekocht werden müßte. Er sah dabei immer nach der Uhr und war sehr stolz auf seine Kunst. So kochte er bereits seit zwei Jahren seine Eier mit einem Erfolg, der ihm tausend Späße eintrug. Da wurden einen ganzen Monat hindurch allnächtlich seinen Hennen die Eier weggenommen und durch harte Eier ersetzt. Darüber ging dem Präfekten sein Latein und sein ganzer Eierruhm verloren. Schließlich aß er überhaupt keine Eier mehr zum Frühstück. Aber auf die Ritter des Müßiggangs hatte er keinen Verdacht, dazu war ihr Streich zu gut gespielt. Max hatte den Einfall, dem Präfekten die Rohre seiner Öfen jede Nacht mit einem Öl einzufetten, das mit Materien von solchem Gestank durchsetzt war, daß man es im Hause nicht aushalten konnte. Nicht genug damit: Eines Tages will die Frau Unterpräfektin zur Messe gehen und greift nach ihrem Schal. Da ist er mit einer so zähen Masse innen zusammengeklebt, daß sie ihn nicht umlegen kann. Der Unterpräfekt bat um seine Versetzung. Und durch diese Feigheit und Nachgiebigkeit wurde die heimliche Schelmenmacht der Ritter vom Müßiggang endgültig befestigt.

Zwischen der Rue des Minimes und der Place Misere gab es damals noch Reste von einem Stadtteil, den unterwärts der Kanal und oben zwischen dem Paradeplatz und dem Topfmarkt der Wall einrahmte. Es war ein unförmiges Viereck voll von armseligen, aneinandergedrängten Häusern, durchschnitten von ganz engen Straßen, durch die man nicht zu zweit gehen konnte. Dieser Stadtteil war eine Abart der Pariser »Cour des Miracles«, und dort wohnten die ganz Armen und Leute, die einen wenig einträglichen Beruf ausübten; sie hausten in Hütten oder in jener Art finsterer Häuser, die der Volksmund so malerisch die »Einäugigen« nennt. Das war sicher zu allen Zeiten eine infame Gegend und Zufluchtstätte der Leute von üblem Lebenswandel, und eine der Gassen heißt auch Henkergasse. Dort hat nachweislich fünf Jahrhunderte hindurch der Henker sein Haus mit der roten Tür gehabt. Der Gehilfe des Henkers von Châteauroux soll noch heute dort wohnen, wenn das Gerücht auf Wahrheit beruht; denn die Bürger sehen ihn nie. Nur die Winzer stehen in Verbindung mit diesem geheimnisvollen Wesen, das von seinen

Vorgängern die Gabe geerbt hat, Brüche und Wunden zu heilen. Ehedem, als Issoudun sich noch großstädtisch gebärdete, hatten hier die Freudenmädchen ihre Residenz. Hier gab es Althändler mit Waren, denen man nie einen Käufer zugemutet hätte, Höker, deren Auslagen die Luft verpesteten, kurz eine ganze heimliche Völkerschaft, wie man sie in fast allen Städten an solcher Stätte antrifft und unter der ein oder zwei Juden die Hauptrolle spielen. Im lebhaftesten Teil des Viertels an einer Ecke düstrer Straßen bestand von 1815 bis 1823 und vielleicht noch länger der Ausschank der Mutter Cognette. Das war ein ganz gut gebautes Haus, es bestand aus Schichten weißen Steines, deren Zwischenräume mit Bruchstein und Kalk ausgefüllt waren; es hatte ein Stockwerk und einen Boden. Über der Tür prangte der übliche mächtige Fichtenzweig, leuchtend wie Florentiner Bronze. Als redete dieses Sinnbild nicht deutlich genug, wurde das Auge noch von einem auf das Gesims geleimten Bilde auf blauem Grunde angezogen, das unter der Inschrift »Gutes Märzenbier« einen Soldaten zeigte, der einer stark dekolletierten Frau einen Schaumstrahl darbot, der sich in Form eines Brückenbogens vom Kruge in das Glas begab, das sie hinhielt, das Ganze von einer Farbe, vor der Delacroix in Ohnmacht gefallen wäre. Das Erdgeschoß bestand aus einem großen Saal, der zugleich als Küche und Eßzimmer diente; an den Deckenbalken waren allerlei Vorräte aufgehangen. Hinter diesem Saal führte eine Müllertreppe ins obere Gelaß, unter dieser Treppe öffnete sich eine Tür nach einem kleinen länglichen Zimmer, das sein Licht von einem der engen schwarzen, hohen Provinzhöfe bekam, die wie Kaminschächte aussehen.

Von einem Wetterdach verdeckt und durch Mauern ringsum den Blicken entzogen, diente der kleine Raum den bösen Buben von Issoudun als Sitzungssaal. Vor den Augen der Welt beherbergte der alte Cognet die Landleute, die an den Markttagen in die Stadt kamen, insgeheim aber war er der Wirt der Ritter vom Müßiggang. Vordem war er in einem reichen Hause Stallknecht gewesen, dann hatte er die Cognette geheiratet. So hieß seitdem diese ehemalige Herrschaftsköchin. Denn das römische Viertel hat die alte, auch in Italien und Polen übliche lateinische Sitte beibehalten, für die Frau den Namen des Gatten zu feminisieren. Beide warfen ihre Ersparnisse zusammen, kauften das alte Haus und gründeten eine Schankwirtschaft. Die Cognette war ungefähr vierzig Jahre alt, hochgewachsen und üppig, hatte eine Sarmatennase, dunkle Haut, pechschwarzes Haar, braune runde lebendige Augen und trug ein kluges und munteres Wesen zur Schau. Ihr Wesen und ihre Kochkunst hatten Maxence Gilet veranlaßt, sie zur Pflegemutter des Ordens zu erwählen. Der Wirt Cognet mochte ungefähr fünfundfünfzig Jahre alt sein, er war klein und gedrungen, gehorchte seiner Frau und konnte die Welt, nach einem Witz, den seine Cognette beständig wiederholte, immer nur mit einem guten Auge ansehen, er war nämlich einäugig. Sieben Jahre hindurch, von 1816 bis 1823, ließen weder er noch sie je das Geringste verlauten über das, was zur Nachtzeit in ihrem Hause stattfand oder angezettelt wurde. Immer liebten sie alle ihre Ritter mit großer Anhänglichkeit und waren ihnen blind ergeben. Man könnte allerdings diese Ergebenheit vielleicht weniger schön finden bei dem Gedanken, daß das Interesse der beiden ihre Verschwiegenheit und Treue verbürgte. Zu welcher Stunde der Nacht die Ritter auch immer bei der Cognette einfielen, sie brauchten nur auf eine bestimmte Art zu klopfen, und der alte Cognet, der ihr Signal erkannte, stand auf, steckte Herd und Kerzen an, machte die Tür auf und holte aus dem Keller den guten Wein, den er nur für den Orden kaufte, und die Cognette kochte ihnen, ob vor oder nach ihren gestern oder heute beschlossenen Expeditionen, ein vortreffliches Nachtmahl.

*   *
*

Während Frau Bridau von Orléans nach Issoudun reiste, bereiteten die Ritter vom Müßiggang einen ihrer besten Streiche vor. Ein alter spanischer Kriegsgefangener, der nach Friedensschluß im Lande verblieben war und einen kleinen Kornhandel betrieb, kam in der Frühe auf den Markt und ließ dann seinen Karren leer unter dem Turme von Issoudun stehen. Dort hatten die Ritter gerade ihr nächtliches Stelldichein. Maxence kam als erster an und wurde von einer flüsternden Stimme gefragt: »Was tun wir heute nacht?«

»Da steht dem alten Fario sein Karren«, antwortete er, »ich hätte mir beinah die Nase daran zerstoßen. Den wollen wir erst einmal auf die Turmhöhe schaffen, nachher können wir ja weiter sehen.«

Als König Richard den Turm von Issoudun erbaute, dienten ihm, wie bereits erzählt, die Ruinen der Basilika, welche die Stelle des römischen Tempels und des keltischen Dun eingenommen hatte, als Fundament. Das Übereinander all dieser Trümmer verschiedener Jahrhunderte bildete einen ganzen, von den Denkmalen dreier Zeitalter strotzenden Berg.

So steht nun der Turm von Richard Löwenherz auf der Höhe eines Kegels, der nach allen Seiten gleich stell abfällt und den man nur mit Leitern ersteigen kann. Um seine Erscheinung zu verdeutlichen, könnte man ihn mit dem Obelisken von Luxor auf seinem Piedestal vergleichen. Das Piedestal des Turmes von Issoudun, das damals so viele unbekannte Altertümer verborgen hielt, hat auf der Stadtseite eine Höhe von achtzig Fuß. In einer Stunde war der Karren auseinandergenommen und Stück für Stück den Hügel hinauf bis an den Fuß des Turmes gehißt: eine Arbeit ähnlich der der Soldaten, die bei der Überschreitung des Sankt Bernhard die Artillerie transportierten. Oben setzte man den Karren wieder zusammen und beseitigte alle Spuren der Arbeit mit solcher Sorgfalt, daß der Karren vom Teufel oder durch Feenzauber versetzt zu sein schien. Von diesem Heldenstücklein bekamen die Ritter Hunger und Durst, begaben sich alle zur Cognette, saßen bald in dem niederen Sälchen rund um den Tisch und lachten im voraus über das Gesicht, das der brave Fario schneiden würde, wenn er um zehn Uhr seinen Karren suchen käme.

Natürlich konnten die Ritter nicht jede Nacht ihre Streiche vollführen. Für dreihundertfünfundsechzig üble Späße im Jahr hätten die Geister Sganarelles, Mascarillos und Scapins vereint nicht ausgereicht. Die Umstände waren auch bisweilen ungünstig: es war zu heller Mondschein oder der letzte Streich hatte die sittsamen Bürger zu sehr aufgeregt, auch wollte manchmal der eine oder andere nicht mitmachen, wenn einer seiner Verwandten das ausersehene Opfer war. Sahen sich die muntern Burschen somit auch nicht jede Nacht bei der Cognette, so trafen sie einander über Tags und teilten erlaubte Freuden: Jagd, Weinlese und, im Winter, Schlittschuhlaufen. Unter diesen zwanzig jungen Menschen, die gegen die soziale Verschlafenheit der Stadt protestierten, waren einige enger als die andern mit Max verbunden und machten ihn zu ihrem Götzen. Solch ein Charakter findet unter der Jugend oft seine fanatischen Anhänger. Maxences getreuste Jünger waren die beiden Enkel der Frau Hochon, François Hochon und Baruch Borniche. Beide betrachteten Max geradezu als ihren Vetter, indem sie den verbreiteten Glauben an seine außereheliche Verwandtschaft mit den Lousteaus teilten. Außerdem lieh Max den beiden Jungen freigebig das Geld für ihre besondern Freuden das ihnen der Großvater Hochon vorenthielt. Er nahm sie mit auf die Jagd, er war ihr Lehrmeister des Lebens, er hatte viel mehr Einfluß auf ihre Entwicklung als die Familie. Beide waren übrigens Waisen und blieben noch, nachdem sie majorenn geworden waren, unter der Vormundschaft ihres Großvaters Hochon aus Gründen, auf die wir zu sprechen kommen werden, wenn der bewußte Herr Hochon auf dem Schauplatz erscheint. François und Baruch (so wollen wir die beiden nun immer kurz nennen) Saßen jetzt also rechts und links von Max am Tische, den das Schwelende Licht von vier halbpfündigen Kerzen spärlich beleuchtete. Man hatte zwölf bis fünfzehn Flaschen verschiedener Weine getrunken, denn es waren diesen Abend nur elf Ritter beisammen. Als nun der Wein die Zungen löste, sagte Baruch (dieser Vorname zeigt noch einen Rest Calvinismus in Issoudun an) zu Max: »Bald wirst du dich im Zentrum bedroht sehen.«

»Was soll das heißen?«

»Meine Großmutter hat von ihrem Patenkind, der Frau Bridau, einen Brief bekommen, der ihr die Ankunft dieser Frau und ihres Sohnes ankündigt. Gestern hat die Großmutter zwei Zimmer für die Gäste herrichten lassen.«

»Und was geht mich das an?« meinte Max, ergriff sein Glas, leerte es auf einen Zug und stellte es mit einer komischen Gebärde wieder auf den Tisch. Max war damals vierunddreißig Jahre alt. Die nächste Kerze warf ihren Schein auf sein Kriegergesicht, beleuchtete seine Stirn und hob deutlich seinen hellen Teint, seine Feueraugen, das glänzend pechschwarze, etwas krause Haar hervor. Diese Haarmasse stieg von Stirn und Schläfen in mächtiger natürlicher Welle empor und bildete dabei deutlich fünf Strähnen, die in der Sprache unserer Altvordern die fünf Zungen hießen. Trotz der schroffen Kontraste von Weiß und Schwarz lag über seinem Gesicht eine reizende Sanftheit. Es hatte im Umriß etwas von Raffaels Jungfrauengesichtern, der Mund war gut modelliert, und um die Lippen spielte ein anmutiges Lächeln: Max hatte sich angewöhnt, dies Lächeln spielen zu lassen. Das reiche Kolorit, das die Berrichonengesichter so munter macht, gab seiner Miene eine Art guter Laune. Wenn er richtig lachte, zeigte er zweiunddreißig Zähne, wie sie sich das eleganteste Modedämchen nicht blanker hätte wünschen können. Fünf Fuß vier Zoll hoch und dabei prachtvoll ebenmäßig gewachsen, war Max weder fett noch mager. Seine gepflegten Hände waren weiß und wohlbeschaffen; die Füße aber gemahnten an das Römische Viertel und die kaiserliche Infanterie. Er hätte einen Divisionsgeneral abgeben können. Seine Schultern waren stark genug, um das Glück eines Marschalls von Frankreich zu tragen, die Brust breit genug für alle Orden Europas. Geist belebte seine Bewegungen. Er hatte die angeborene Grazie, wie sie fast allen Kindern der Liebe eigen ist; des wahren Vaters Adel ward immer wieder an ihm sichtbar.

»Du weißt also nicht, Max«, rief ihm vom andern Ende des Tisches Goddet zu, der Sohn eines ehemaligen Stabsarztes und jetzt ersten Arztes der Stadt, »daß Frau Hochons Patenkind Rougets Schwester ist? Die ist sicher mit ihrem Sohne, dem Maler, hergekommen, um sich die Erbschaft des Biedermannes zu sichern. Dann sind deine Pläne zu Wasser geworden ...«

Max runzelte die Stirn. Dann ließ er seinen Blick rund um den Tisch von Gesicht zu Gesicht wandern, um zu sehen, was die andern sich dabei denken mochten. Und noch einmal erwiderte er: »Was geht das mich an?«

»Aber«, fing wieder François an, »bedenke doch, wenn der alte Rouget sein Testament widerriefe, falls er wirklich eins gemacht hat zugunsten der Käscherin ...«

Max fiel seinem Jünger ins Wort: »Wenn ich früher, als ich hier noch fremd war, mitanhören mußte, daß einer mit deinem Namen ›Hochon-Cochon‹ Wortwitze machte, wie sie seit dreißig Jahren üblich waren, dann hab ich ihm das Maul gestopft, mein lieber François, und zwar so energisch, daß seither niemand mehr diese dummen Witze vorbringt, wenigstens nicht in meiner Gegenwart! Und zum Dank dafür nennst du jetzt eine Frau, der ich bekanntlich sehr ergeben bin, bei einem verächtlichen Spitznamen.«

Noch nie hatte Max soviel über seine Beziehungen zu der Person gesagt, welcher soeben François den ortsüblichen Beinamen gegeben hatte. Als ehemaliger Galeerengefangener wußte Max genug vom Leben, als Gardegrenadiermajor genug von der Ehre, um zu erraten, worauf die Mißachtung der Stadt beruhte. Deshalb hatte er sich auch noch nie ein Wort von irgendwem über Fräulein Flora Brazier gefallen lassen, die Magd und Herrin von Jean-Jacques Rouget, welche die ehrsame Frau Hochon in ihrem Brief so kräftig als Ungeziefer bezeichnet hatte. Übrigens wußte jeder, wie kitzlich das Thema war, und keiner wäre darauf zu sprechen gekommen, ehe Max nicht selbst davon anfing, und das tat er nie. Maxences Zorn oder Ärger zu erregen, war zu gefährlich, und so wagten nicht einmal seine besten Freunde einen Scherz über die

»Käscherin«. Als einmal vor den beiden Offizieren, mit denen er auf gleichem Fuße lebte, dem Major Potel und dem Hauptmann Renard, die Rede auf Maxences Freundschaft zu diesem Mädchen kam, hatte Potel geäußert: »Wenn er doch ein Halbbruder von Jean-Jacques Rouget ist, weshalb sollte er da nicht bei ihm wohnen?«

»Na und dann ist das Mädchen ein Leckerbissen für Könige«, erklärte Hauptmann Renard, »und wenn er sie lieb hat, ist das etwa ein Unglück? … Der junge Goddet liebt doch zum Beispiel die Frau Fichet und wird als Lohn für seinen schweren Minnedienst die Tochter bekommen.«

François Hochon fand, nachdem er den verdienten Verweis eingesteckt hatte, den Faden seiner Gedanken nicht wieder; und als ihn nun Max in aller Ruhe aufforderte, weiterzureden, ging es erst recht nicht. »Wie kannst du dich auch ärgern, Max?« rief jetzt der junge Goddet. »Hier bei der Cognette können wir uns doch alles freiweg sagen! Und wer draußen an das erinnert, was hier gesagt, gedacht, getan wird, der hätte uns doch alle zu Todfeinden! Die ganze Stadt gibt Flora Brazier den Beinamen ›Käscherin‹, und wenn dem François dieser Beinamen aus Versehen entschlüpft ist, ist das etwa ein Verbrechen gegen den Orden vom Müßiggang?«

»Nein«, sagte Max, »aber gegen unsere persönliche Freundschaft. Bei näherem Nachdenken bin ich ja auch darauf gekommen, daß wir hier unter uns sind, und habe ihn aufgefordert, weiterzureden.«

Tiefes Schweigen ringsum. Das wurde so peinlich für alle, daß Max schließlich rief:

»So will ich weiterreden für ihn« (alles horcht), »für euch alle« (alles staunt) »und will euch sagen, was ihr denkt« (alles horcht gespannt). »Ihr denkt, die Käscherin, die Flora Brazier, dem Vater Rouget seine Gouvernante, man nennt ihn Vater Rouget, den alten Hagestolz, der nie Kinder haben wird –, ihr denkt, sage ich, daß diese Frau, seit ich wieder in Issoudun bin, für alle meine Bedürfnisse sorgt. Wenn ich es mir leisten kann, dreihundert Franken im Monat aus dem Fenster zu werfen, euch oft einzuladen wie heute abend, euch allen Geld zu borgen, dann nehm ich eben die Taler aus der Börse von Fräulein Brazier, nicht wahr? Ja, allerdings!« (Alles horcht gespannt.) »Ja, zum Teufel! Zum Donnerwetter, ja! … Ja, Fräulein Brazier hat die Erbschaft des Alten aufs Korn genommen.«

»Sie hat schon beim Vater den Sohn zu beerben angefangen«, sagte in seiner Ecke der junge Goddet.

Darüber mußte Max lächeln, dann fuhr er fort:

»Ihr glaubt, daß ich den Plan habe, Flora nach dem Tode des alten Rouget zu heiraten, und daß nun diese Schwester mit ihrem Sohne, von denen ich jetzt zum ersten Male höre, meiner Zukunft gefährlich werden können?«

»Stimmt!« rief François.

»Das denken hier alle rund um den Tisch«, sagte Baruch.

»Dann beruhigt euch, liebe Freunde«, antwortete Max. »Ich bin auf meiner Hut. Und jetzt wende ich mich an die Ritter vom Müßiggang. Wenn ich eure Ritterhilfe nötig haben sollte, um diese Pariser heimzuschicken, wird mir der Orden vom Müßiggang die Hand reichen? … Oh, immer in den Grenzen, die wir uns für unsere Späße gesetzt haben«, fügte er rasch hinzu, als er eine allgemeine Bewegung wahrnahm. »Glaubt ihr, ich will sie töten, sie vergiften? … Gottlob, so dumm bin ich nicht. Und schließlich und endlich, laßt die Bridaus Glück haben, laßt Flora nur das haben, was sie hat, so ist mir's auch recht! Verstanden? Ich habe sie noch immer lieb genug, um sie selbst Fräulein Fichet vorzuziehen, vorausgesetzt, daß Fräulein Fichet es aus mich abgesehen hätte! …«

Fräulein Fichet war die reichste Erbin von Issoudun, und die Hand der Tochter spielte eine große Rolle in der Leidenschaft des jungen Goddet für die Mutter. Freimut gefällt immer: so erhoben sich denn die elf Ritter wie ein Mann:

»Du bist ein rechter Kerl, Max!«

»Nimm uns beim Wort, Max, deine Müßiggänger werden Draufgänger für dich sein.«

»Ein Dreck auf die Bridau!«

»Der Sippe wollen wir die Suppe versalzen.«

»Auch Könige haben Hirtinnen geheiratet!«

»Der alte Lousteau hat Frau Rouget geliebt, die verheiratet war. Ist's nicht viel besser, eine freie, fessellose Gouvernante zu lieben?«

»Und wenn der selige Rouget ein bißchen Maxences Vater ist, so bleibt ja alles in der Familie.«

»Die Gedanken sind frei!«

»Hoch Max!«

»Nieder mit allen Heuchlern!«

»Wir wollen auf das Wohl der schönen Flora trinken!«

Das waren die elf Antworten, Zurufe, Trinksprüche der Ritter vom Müßiggang. Ihre recht lockere Moral berechtigte sie zu so freien Äußerungen. Man sieht, worauf Max hinauswollte, als er sich zum Großmeister des Ordens vom Müßiggang machte. Aus den jungen Leuten der ersten Familien, für die er Possen ersann und die er sich dabei verpflichtete, gedachte er sich Stützen zu schaffen für den Tag seiner gesellschaftlichen Rehabilitierung. Nun erhob er sich graziös, schwenkte sein volles Glas, ließ einen Augenblick auf seine Ansprache warten und rief dann:

»Zur Strafe eurer Sünden wünsche ich euch allen eine Frau, die es mit der schönen Flora aufnehmen kann! Der Einfall der Pariser Verwandten in das Haus Rouget, der macht mir fürs erste noch keine Angst; und was später wird, wollen wir abwarten!«

»Vergessen wir nicht dem Fario seine Karre …!«

»Na, der ist doch in Sicherheit«, sagte Goddet junior.

»Oh, ich will schon dafür sorgen, daß dieser Streich gut weitergeht«, rief Max. »Seid ihr nur frühzeitig auf dem Markt und gebt mir Nachricht, wenn der Biedermann seine Karre sucht …«

Es schlug halb vier, als die Ritter leise das Haus verließen, und, an die Mauern gedrückt, geräuschlos heimschlichen. Sie hatten Filzsohlen unter den Schuhen. Max begab sich gemächlich auf die Place Saint-Jean, die in der Oberstadt zwischen der Porte Saint-Jean und der Porte Vilatte, in dem Stadtteil der reichen Leute, gelegen ist. Vor den andern hatte er sich nichts anmerken lassen, aber im Innern beunruhigte ihn doch die Nachricht von der Ankunft der Bridaus. Er hatte in seiner Galeerenzeit eine Verstellungskunst erworben, die so gründlich war wie seine Verderbtheit. Seine Leidenschaft für Flora Brazier galt zunächst und hauptsächlich den vierzigtausend Franken Rente, welche der Grundbesitz des alten Rouget abwarf. Das stand fest. Nun hatte ihm wohl die Käscherin – das zeigte sein ganzes Leben und Auftreten – die Zuversicht eingeflößt, daß ihre Zukunft, dank der Zärtlichkeit des alten Junggesellen, finanziell gesichert war. Und dennoch erschütterte die Nachricht vom Eintreffen der rechtmäßigen Erben sein Vertrauen in Floras Macht. Die Ersparnisse der letzten siebzehn Jahre waren noch auf Rougets eigenen Namen angelegt. Wurde nun das Testament, das, wie Flora behauptete, zu ihren Gunsten gemacht worden war, widerrufen, so konnte man wenigstens diese Ersparnisse retten, indem man sie aus den Namen von Fräulein Brazier überschreiben ließ.

»Sieben Jahre lang hat mir dies törichte Geschöpf kein Wort von den Neffen und der Schwester gesagt«, schalt Max, als er aus der Rue Marmouse in die Rue de l'Avenier einbog. »Siebenhundertfünfzigtausend Franken, die in zehn, zwölf verschiedenen Notariaten zu Bourges, Vierzon, Châteauroux eingetragen sind, lassen sich nicht in acht Tagen flüssig machen oder in Staatsrente umwandeln, und wenn man es unternimmt, weiß es in solch einem Klatschnest bald die ganze Stadt. Nun, zunächst muß man diese Verwandten abschieben. Sind wir sie los, dann wollen wir zusehen, wie wir schnellstens das Vermögen flüssig machen … Das will überlegt sein …«

Max war ermüdet. Mit seinem Nachschlüssel öffnete er das Haus des alten Rouget und ging mit dem Vorsatz, morgen alles mit klarem Kopf zu bedenken, geräuschlos schlafen.

*   *
*

Wie kam die Sultanin der Place Saint-Jean zu dem Beinamen »Käscherin«. Wie hatte sie sich im Hause Rouget eingenistet? Je älter der Doktor Rouget, der Vater von Frau Bridau und Jean-Jacques Rouget wurde, um so deutlicher wurde es ihm, daß sein Sohn eine Null war. Er hielt ihn also ziemlich streng und bemühte sich, ihn an ein alltägliches Gleichmaß zu gewöhnen, das ihm die Lebensklugheit ersetzen sollte; aber unbewußt machte er ihn dadurch reif für die erste Tyrannei, die ihm ihr Joch auferlegen sollte. Einmal bemerkte der alte lasterhafte Schalk auf dem Rückweg von seinen Besuchen in der Avenue de Tivoli am Wiesenrand ein entzückendes kleines Mädchen. Bei dem Geräusch von Wagen und Pferd erhob sich das Kind aus einem der Bäche, die wie Silberstreifen in einem grünen Kleide aussehen, wenn man sie von Issoudun aus unten liegen sieht. Sie tauchte auf wie eine Nixe und zeigte plötzlich dem Doktor das schönste Jungfrauenköpfchen, das je ein Maler träumte. Der alte Rouget kannte das ganze Land, aber dies Wunder an Schönheit kannte er nicht. Sie war fast nackt. Sie trug einen armseligen kurzen Rock, durchlöchert und zerschlissen, aus schlechter, braun und weiß gestreifter Wolle. Ihr Kopfputz war ein Blatt derbes Papier, ihr Hutband ein Weidenzweig. Das Papier war voller Grundstriche und Os, ein Blatt aus einem Schulheft, und ein richtiger Pferdeschwanzkamm befestigte es auf dem schönsten Blondhaar, das sich eine Evatochter wünschen konnte. Die reizende Brust, kaum verhüllt von einem zerrissenen Seidenfetzen, zeigte unter der Sonnenbräune ein helles Weiß. Wie ein Schwimmhöschen sah der Rock aus, der zwischen den Beinen aufgerafft, um den Bauch gewickelt und mit einer dicken Nadel festgesteckt war. Füße und Beine, die durch das klare Wasser schimmerten, waren von einer Zartheit, die sie der mittelalterlichen Bildhauerkunst würdig machte. Im Sonnenschein bekam der reizende Körper einen rötlichen Schimmer von besonderer Anmut. Solch ein Hals, solch eine Brust verdienten in Kaschmir und Seide gehüllt zu werden. Zu all dem hatte die Nymphe Augen, vor deren Bläue ein Maler oder Dichter in die Knie gesunken wäre. Der Arzt war Anatom genug, um einen herrlichen Wuchs festzustellen, und begriff, wieviel die Kunst einbüßen würde, wenn dies entzückende Modell sich durch Feldarbeit ruinierte.

»Woher bist du, Kind? Ich habe dich doch noch nie gesehen«, sagte der alte Arzt. Er war damals zweiundsechzig Jahre alt. Der Auftritt spielte sich im September des Jahres 1799 ab.

»Ich bin aus Vatan«, antwortete das Mädchen.

Jetzt erhob in einer Entfernung von zweihundert Schritt ein Mensch von üblem Aussehen, der im Oberlauf des Baches stand, als er die Stimme eines Bürgers vernahm, den Kopf.

»Was gibt's da, Flora? Du schwatzest statt zu käschern, die Ware geht verloren.«

Ohne diesen Zuruf zu beachten, fragte der Arzt weiter: »Und wozu kommst du von Vatan hierher?« »Ich käschere für meinen Onkel Brazier da.«

Käschern, im Dialekt von Berry »rabouiller«, ist ein lautmalerischer Ausdruck, der die Tätigkeit eines Menschen bezeichnet, der mit einem großen Ast, dessen Zweige die Form eines Fangbechers bilden, das Wasser eines Baches trübt und zum Schäumen bringt. Dieser ihnen unbegreifliche Vorgang erschreckt die Krebse, sie stürzen stromaufwärts und werfen sich in ihrer Verwirrung mitten in die Behälter, die der Fischer in gehöriger Entfernung aufgestellt hat. Flora Brazier hielt mit der natürlichen Anmut der Unschuld ihren Käscher in der Hand.

»Hat denn dein Onkel die Erlaubnis, Krebse zu fischen?«

»Stehen wir etwa nicht mehr unter der einen und unteilbaren Republik?« schrie der Onkel Brazier herüber.

»Wir stehen unter dem Direktorium«, sagte der Arzt, »und ich kenne kein Gesetz, das einem Mann aus Vatan gestattet, auf dem Gebiet der

Gemeinde Issoudun zu fischen ...« Dann wandte er sich wieder an Flora: »Hast du noch deine Mutter?«

»Nein, Herr, und mein Vater ist in Bourges im Spital; er ist verrückt geworden von einem Sonnenstich, den sein Kopf bei der Feldarbeit abbekommen hat ...«

»Wieviel verdienst du?«

»Fünf Sous am Tag in der Käscherzeit, ich gehe bis in die Braisne krebskäschern. Während der Ernte gehe ich nachlesen. Im Winter spinne ich.«

»Du wirst bald zwölf Jahr?«

»Ja, Herr.«

»Willst du zu mir kommen? Sollst gut zu essen bekommen, gute Kleider, hübsche Schuhe ...«

»Nein, nein, meine Nichte soll bei mir bleiben, ich habe sie übernommen vor Gott und den Menschen«, sagte der Onkel Brazier und kam näher. »Sie müssen wissen, ich bin ihr Vormund.«

Der Arzt bewahrte seine ernste Miene und unterdrückte das Lächeln, das ein andrer beim Anblick des Onkels Brazier nicht hätte zurückhalten können. Dieser Vormund trug einen Bauernhut, in dem Regen und Sonne gewütet hatten, eingekerbt war er wie ein Kohlblatt, auf dem eine Raupenfamilie gehaust hat, und mit weißem Zwirn zusammengeflickt. Unter dem Hut erschien ein Schwärzliches, zerwühltes Gesicht, darin waren Mund, Nase und Augen nur vier Schwarze Flecken. Seine garstige Jacke sah aus wie ein Tapetenfetzen, seine Hose war aus Scheuerlappenstoff.

»Ich bin der Doktor Rouget«, sagte der Arzt, »und da du der Vormund dieses Kindes bist, so bringe es zu mir an die Place Saint-Jean, das wird kein schlechter Arbeitstag sein weder für dich noch für das Mädchen ...«

Und ohne eine Antwort abzuwarten – er war seiner Sache sicher –, gab der Doktor Rouget seinem Pferd die Sporen und ritt nach Issoudun.

Und wirklich meldete ihm, als er sich zu Tische setzte, seine Köchin den Bürger und die Bürgerin Brazier.

»Nehmt Platz«, sagte der Arzt zum Onkel und zur Nichte. Flora und ihr Onkel standen barfuß da und sahen mit blödem Staunen die Wände an.

Das Haus, das Rouget von den Descoings geerbt hatte, liegt mitten auf der Place Saint-Jean, einem länglichen, schmalen Viereck, das mit einigen schmächtigen Linden bepflanzt ist. Hier stehn die bestgebauten Häuser der Stadt, und das der Descoings ist eines der schönsten. Es liegt dem Hause des Herrn Hochon gegenüber. Im ersten Stockwerk hat es drei Fenster nach vorn heraus und im Erdgeschoß eine Toreinfahrt, die in einen Hof führt, von dem man in den Garten geht. Unter der Wölbung der Einfahrt öffnet sich eine Tür nach einem großen Saal, den zwei Frontfenster erhellen. Die Küche befindet sich hinter dem Saal, ist aber von ihm getrennt durch eine Treppe, die in das erste Stockwerk und zu den Dachmansarden führt. Hinter der Küche liegt ein Holzschuppen, ein Waschhaus, ein Stall für zwei Pferde und eine Remise für den Wagen, im Obergeschoß dieser Nebengebäude sind kleine Böden für Hafer, Heu und Stroh und eine Schlafkammer für des Doktors Diener. Den Saal, den die kleine Bäuerin und ihr Oheim so sehr bewunderten, schmückte eine in dem reichen Geschmack der Louis-XV.-Zeit geschnitzte und grau gemalte Vertäfelung und ein schöner Marmorkamin. Darüber konnte sich Flora in einem hohen Spiegel sehen, der an den Seiten in geschnitzte vergoldete Rahmen gefaßt war und oben ohne Aufsatz abschloß. Hier und dort an der Vertäfelung hingen einige Bilder, die aus den Abteien von Déols, Issoudun, Saint-Gildas, La Prée, Le Chézal-Benoît, Saint-Sulpice und aus den Klöstern von Bourges und Issoudun stammten, welche der Freigebigkeit unserer Könige und den Stiftungen der Frommen die schönsten Werke der Renaissance verdankten. Unter diesen Gemälden, die aus dem Besitze der Descoings auf die Rougets übergegangen waren, gab es eine Heilige Familie des Albano, einen Hieronymus von Dominichino, einen Christuskopf von Giovanni Bellini, eine Jungfrau von Leonardo da Vinci, eine Kreuztragung von Tizian, aus dem Besitz jenes Marquis de Belabre, der unter Louis XIII. belagert und geköpft wurde, ferner einen Lazarus von Paolo Veronese, eine Vermählung der Jungfrau von dem Genueser Priester, zwei Kirchenstücke von Rubens und die Kopie eines Perugino, die entweder ein Werk Peruginos oder Raffaels war; ferner noch zwei Correggio und einen Andrea del Sarto. Diese Schätze hatten die Descoings aus dreihundert Kirchenbildern ausgewählt, und zwar nur nach dem Grade ihrer Erhaltung, da sie von ihrem Werte nichts verstanden. Die Bilder waren meist prachtvoll gerahmt, einige waren sogar unter Glas. Die Schönheit der Rahmen und das besondre Ansehen, das die ›Scheiben‹ den Bildern gaben, veranlaßten die Descoings, diese Schätze aufzubewahren. Heutzutage würde die Ausstattung dieses Saales sehr hoch eingeschätzt werden, damals hatte sie in Issoudun keinen besondern Wert. Auf dem Kamin stand zwischen zwei herrlichen sechsarmigen Silberleuchtern eine Uhr, deren kirchliche Pracht aus der Werkstatt von Boulle stammte. Auch die Sessel aus geschnitzter Eiche, bezogen mit Stickereien hochadeliger frommer Stifterinnen, würden heute sehr geschätzt werden; sie waren alle mit Wappen gekrönt. Zwischen den beiden Fenstern stand eine prächtige Konsole aus adeligem Besitz. In das mächtige chinesische Tongefäß, das sich auf der Konsole erhob, tat der Doktor seinen Tabak. Weder er noch sein Sohn, weder die Köchin noch der Diener kümmerten sich um die Pflege dieser Reichtümer. Man spie auf die vergoldeten und grünspangestreiften Zierate des Kaminrostes. Das geblümte Porzellan des reizenden Lüsters war wie die Decke über ihm voll schwarzer Flecken, ein ungestörter Tummelplatz der Fliegen. Die Brokatellvorhänge, mit denen die Descoings ihre Fenster drapiert hatten, waren von dem Bett eines vornehmen Weltgeistlichen abgerissen. Eine Truhe im Werte von mehreren tausend Franken diente als Büfett.

»Fanchette«, rief der Arzt seine Köchin, »bring uns zwei Gläser und von dem Federweißen.«

Die dicke Berrichonner Magd, die vor den Zeiten der Cognette für die beste Köchin von Issoudun galt, kam mit einem Eifer gelaufen, der auf die Tyrannei des Arztes und auch auf ihre eigene Neugier schließen ließ.

»Was kostet ein Hektar Wein bei dir zu Hause?« fragte der Arzt den Onkel Brazier, und schenkte ihm ein.

»Hundert Silbertaler ...«

»Gut! Gib deine Nichte bei mir in Dienst, sie soll hundert Taler Lohn bekommen, und die sollen an dich als ihren Vormund ausgezahlt werden ...«

»Alle Jahr?« fragte Brazier, und seine Augen wurden so groß wie Untertassen.

»Das mußt du mit deinem Gewissen abmachen. Flora ist Waise: bis zu ihrem achtzehnten Jahre hat sie über die Einnahmen noch nicht zu verfügen.«

»Sie geht ins zwölfte Jahr, das macht also sechs Hektar Wein«, meinte der Oheim. »Aber es is ein liebs Kindl, sanft wie'n Lämmchen, schlank und geschwind und recht brav, arms Gschöpferl, sie war meinem armen Bruder seine Augenweide!«

»Und ich zahle ein Jahr voraus«, sagte der Arzt.

»O mei, o mei«, sagte da der Oheim, »so gebens halt zweihundert, und's ghört Ihnen, bei Ihnen wird's besser dran sein als bei uns, wo's die Frau schlägt, weils net ausstehn kann … Ich bin noch der Einzige, der sie behütet, wo's doch so unschuldig ist wie ein Neugebornes, die heilige Kreatur.«

Bei den letzten Worten gab der Arzt, dem das Wort ›unschuldig‹ einen besondern Eindruck machte, dem Onkel Brazier einen Wink und ging mit ihm hinaus in den Hof und von dort in den Garten. Die Käscherin ließ er vor dem gedeckten Tisch zwischen Fanchette und Jean-Jacques, die sie ausfragten und sich von dem naiven Kind die Begegnung mit dem Doktor erzählen ließen.

Der Onkel Brazier erschien wieder, küßte Flora auf die Stirn und sagte: »Alsdann, leb wohl, mein Herzenskind, kannst schon sagen, daß ich dein Glück gemacht hab, daß ich dich bei dem gütigen und ehrwürdigen Armenvater hier eingetan hab; mußt ihm gehorchen wie du mir gehorcht hast … bist auch recht brav und artig und tust, was er dir anschafft …« »Sie können das Zimmer über meinem zurechtmachen«, sagte der Arzt zu Fanchette. »Da soll die kleine Flora – sie hat einen passenden Namen – von heut an schlafen. Morgen lassen wir ihr Schuster und Schneiderin kommen. Legen Sie ihr gleich ein Besteck aus, sie soll uns Gesellschaft leisten.«

Am Abend sprach ganz Issoudun von nichts anderm als der Aufnahme einer kleinen Käscherin bei dem Doktor Rouget. Der Spitzname Käscherin verblieb Fräulein Brazier in dieser Spöttergegend vor, während und nach ihrem Glück.

Der Arzt wollte wohl im kleinen für Flora Brazier tun, was Ludwig XV. im großen für Mademoiselle de Romans getan hat; aber er fing zu spät an: Ludwig XV. war damals noch jung, der Arzt war schon ein alter Mann. Vom zwölften bis zum vierzehnten Lebensjahre genoß die reizende Käscherin ein ungemischtes Glück. Sie war gut angezogen und viel schmucker ausstaffiert als die reichsten Mädchen von Issoudun, sie bekam eine goldene Uhr, und um sie zum Fleiß anzuhalten beim Lesen, Schreiben und Rechnen, das ihr ein Lehrer beibringen mußte, schenkte ihr der Arzt kleine Schmucksachen. Aber von ihrem fast animalischen Bauerndasein war der kleinen Flora eine solche Abneigung gegen den bitteren Kelch der Wissenschaft verblieben, daß der Doktor mit seiner Erziehung nicht weit kam. Es war auffallend, daß dieser Mann, dem man keinerlei Zärtlichkeit zutraute, sich so sorglich um die Verfeinerung, den Aufputz und die Ausbildung dieses Kindes bemühte, und was für Absichten er dabei verfolgte, darüber gab es unter den klatschsüchtigen Bürgern von Issoudun verschiedene Meinungen, und auch ärgerliche Irrtümer wurden, wie gelegentlich der Geburt von Max und Agathe, von dem Gerede beglaubigt. Es wird den Kleinstädtern schwer, aus tausend Vermutungen und widersprechenden Auslegungen, denen irgendeine Tatsache Raum gibt, die Wahrheit herauszuschälen. Die Provinz braucht wie ehedem die Vorzimmerpolitik der »Petite Provence« in den Tuilerien für alles eine Erklärung und findet sie am Ende auch. Dabei hält sich jeder an die Seite der Sache, die ihm liegt: in ihr sieht und beweist er die Wahrheit, und seine Version ist immer die einzig richtige. Trotz dem dauernd beobachteten und deutlich zutage liegenden Leben der Kleinstädte wird gerade in ihnen die Wahrheit oft verdunkelt, und es bedarf schon der Unparteilichkeit des Historikers oder des überragenden Menschen, der die Dinge von oben sieht, um sie zu erkennen.

»Was, meinen Sie, kann so ein alter Sünder mit einem kleinen Mädchen von fünfzehn Jahren anfangen wollen?« sagten die Leute zwei Jahre nach der Ankunft der Käscherin.

»Recht haben Sie«, war die Antwort, »bei ihm sind sie lange vorbei, die Tage der Rosen ...«

»Aber mein Lieber, der Doktor ist aufgebracht über die Blödheit seines Sohnes, und sein Haß gegen seine Tochter Agathe hat noch immer nicht nachgelassen; in diesem Dilemma hat er vielleicht deshalb zwei Jahre lang so sittsam gelebt, um nun diese Kleine zu heiraten und zuzusehen, daß er von ihr einen schlanken und ranken Buben bekommt, schön und munter wie der Max«, bemerkte ein besonders Scharfsinniger.

»Lassen Sie uns mit solchen Gedanken in Frieden! Bekommt man denn nach einem Leben, wie es Lousteau und Rouget in den siebziger und achtziger Jahren geführt haben, mit zweiundsiebzig Jahren noch Kinder? Nein, dieser alte Übeltäter hat im Alten Testament gelesen, nicht gerade aus Frömmigkeit, aber als Mediziner, und nun tut er's dem König David gleich, der sein Greisenalter mit der blühenden Jugend wärmte ... Das ist das Ganze, Herr Nachbar!«

»Der Brazier soll, wenn er betrunken ist, sich vor den Leuten in Vatan rühmen, daß er den Doktor kräftig bestohlen habe!« meinte einer von denen, die gern das Schlimme glauben.

»Ach, mein Gott, was wird in Issoudun nicht alles geredet, Gevatter?«

Fünf Jahre lang, von 1800 bis 1805, hatte der Doktor seine Freude an Floras Erziehung und hatte dabei nicht den Verdruß, den der Ehrgeiz und die Ansprüche der Mademoiselle de Romans Ludwig dem Vielgeliebten bereitet haben sollen. Wenn die kleine Käscherin ihr Dasein bei dem Doktor mit dem Leben, das sie bei dem Oheim geführt hatte, verglich, war sie so zufrieden, daß sie sich gern allem, was ihr Gebieter von ihr verlangte, mit der Ergebenheit einer orientalischen Sklavin fügte. Mögen es uns die Idyllenverfertiger und Philantropen nicht verübeln, aber auf dem Lande haben die Leute von gewissen Tugenden keinen deutlichen Begriff, und ihre gelegentlichen Skrupel beruhen mehr auf eigennützigen Absichten, als auf einem Gefühl für das Gute und Schöne; sie sehen von klein an immer Armut, Arbeit und Elend um sich her, und so erscheint alles, was einen der Hölle des Hungers und der ewigen Mühsal entreißen kann, als erlaubt, besonders wenn das Gesetz sich nicht einmischen kann. Gibt es Ausnahmen, so sind sie selten. Vom sozialen Standpunkt aus gesehen, ist die Tugend eine Gefährtin des Wohlstandes und fängt erst mit der Bildung an. Von allen Mädchen zehn Meilen in der Runde wurde die Käscherin beneidet, obschon ihr Leben in den Augen der Frömmigkeit höchst sträflich war. Flora war 1787 geboren und wuchs inmitten der Saturnalien der Revolution auf, deren Abglanz auf diese Landstriche fiel, die nun ohne Priester, ohne Kult, ohne Altäre und religiöse Zeremonien waren; die Ehe war nur eine gesetzlich erlaubte Paarung; die revolutionären Grundsätze hinterließen tiefe Spuren, besonders in Issoudun, wo der Aufstand schon seine Tradition hatte. Noch im Jahre 1802 war der katholische Kultus kaum wiederhergestellt. Es war keine leichte Aufgabe für den Kaiser, Priester zu finden. Ja, noch im Jahre 1806 waren viele Kirchspiele verwaist; es währte lange, bis sich die Geistlichkeit wieder zusammenfand, die so gewaltsam zerstreut oder vom Schafott dezimiert worden war. So hatte denn Flora nur ihr Gewissen zum Richter. Und mußte das nicht bei einem Mündel des Onkels Brazier schwächer sein als der Eigennutz? Wenn auch, wie zu vermuten ist, den Doktor sein hohes Alter zwang, ein Kind von fünfzehn Jahren zu schonen, so galt die Käscherin doch für eine, die »es verstand«. Immerhin haben einige ein Zeugnis für ihre Unschuld darin erblicken wollen, daß des Doktors Fürsorge und Aufmerksamkeit mit der Zeit nachließ und schließlich in den beiden letzten Jahren seines Lebens seine Neigung zu ihr geradezu erkaltete.

Der alte Rouget hatte genug Menschen umgebracht, um sein eigenes Ende vorauszusehen; sein Notar fand ihn auf dem Sterbebette in den Mantel des encyklopädistischen Philosophen gehüllt, er drang in ihn, etwas für die damals siebzehnjährige Flora zu tun.

»Gut, wir wollen sie mündig sprechen«, sagte der Doktor.

Dies Wort kennzeichnet den Alten, der es sich nie entgehen ließ, seine Spöttereien mit Vorliebe dem Beruf seines jeweiligen Unterredners zu entnehmen. Indem er über seine Übeltaten den Mantel des Witzes deckte, wurden sie ihm vergeben in einer Stadt, wo der Witz immer im Recht ist, zumal wenn er auf wohlverstandenem Eigennutz fußt. Dem Notar kam es vor, als wäre in diesem Wort, wie in einem Racheschrei, aller Haß angesammelt, den der alte Lüstling, von der Natur in seinen geilen Berechnungen enttäuscht, auf den unschuldigen Gegenstand seines ohnmächtigen Begehrens geworfen hatte. In dieser Meinung bestätigte ihn noch der verbohrte Eigensinn, mit dem der Doktor der Käscherin nichts hinterlassen wollte. »Ihre Schönheit ist ja Reichtum genug!« wehrte er mit bitterem Lächeln alle weiteren Einwände des Notars ab.

Jean-Jacques Rouget beweinte den Tod seines Vaters nicht, aber Flora weinte um den Alten. Der hatte seinen Sohn, besonders seit dieser großjährig war, sehr unglücklich gemacht, während er der kleinen Bäuerin das materielle Glück gegeben hatte, das für die Leute vom Lande das wahre Glück ist. Als Fanchette nach dem Begräbnis des Verstorbenen zu Flora sagte: »Was soll aus dir werden, jetzt, da unser Herr nicht mehr ist?« da leuchteten Jean-Jacques' Augen auf, zum ersten Male belebte sich sein sonst so unbewegtes Gesicht, bekam den Glanz des Gedankens, die Farbe des Gefühls.

»Laß uns allein«, sagte er zu Fanchette, die gerade den Tisch abräumte.

Die siebzehnjährige Flora besaß immer noch die Zartheit des Wuchses und Ausdrucks, ihre Schönheit hatte noch diese kindliche Vornehmheit, die den Doktor verführt hatte, eine Schönheit, die sonst bei Bäuerinnen so schnell vergeht, wie die Blüte der Felder, während die Damen der großen Welt sie zu konservieren verstehen. Indessen machte sich schon eine Neigung zur Üppigkeit bei ihr bemerkbar. Darin erging es ihr wie allen ländlichen Schönen, die nicht mehr das mühselige und entbehrungsreiche Leben im Feld und in der Sonne führen. Sie war stark entwickelt. Die vollen weißen Schultern gingen in reicher Rundung in den Hals über, in dem sich schon eine zarte Falte zeichnete. Aber der Umriß des Gesichtes blieb rein, das Kinn schmal.

»Flora«, fing jetzt Jean-Jacques mit bewegter Stimme an, »du hast dich an dieses Haus gewöhnt?«

»Ja, Herr Jean ...«

Doch als er nun seine Erklärung machen wollte, fühlte der Erbe bei dem Gedanken an den frischbegrabenen Toten seine Zunge erstarren, er mußte sich fragen, wie weit die Wohltätigkeit seines Vaters gegangen sein mochte. Ohne seine recht einfachen Gedanken auch nur zu ahnen, sah Flora ihren neuen Herrn an und wartete eine Weile darauf, daß Jean-Jacques weiter spräche. Dann verließ sie ihn, weil sie nicht wußte, was sie von seinem hartnäckigen Schweigen zu halten hatte. Was der Doktor der Käscherin auch beigebracht haben mochte, ihre Erfahrung reichte nicht aus, um den Charakter Jean-Jacques' gleich zu verstehen. Bis ihr das gelang, sollte noch geraume Zeit vergehen.

Beim Tode seines Vaters war Jacques siebenunddreißig Jahre alt und doch immer noch so schüchtern und unter die väterliche Zucht geduckt wie ein Kind von zwölf Jahren. Wer einen Charakter wie diesen und damit die Ereignisse dieser Geschichte (und es gibt ähnliche Geschichten überall in der Gesellschaft, selbst unter Fürsten) für unwahrscheinlich hält, dem muß Jean-Jacques' Schüchternheit seine Kindheit, seine Jugend, sein ganzes Leben erklären.

Es gibt zwei Arten von Schüchternheit, die des Geistes und die der Nerven, eine seelische und eine körperliche. Eine ist von der andern unabhängig. Der Körper kann Furcht haben, zittern, während der Geist ruhig und tapfer bleibt, und umgekehrt. In diesem Widerspruch liegt der Schlüssel zu vielen wunderlichen Tatsachen des Seelenlebens. Vereinigen sich die beiden Arten der Schüchternheit bei einem Menschen, so bleibt er lebenslänglich eine Null, einer von denen, die alle Welt einen Einfaltspinsel nennt. In solch einem Einfältigen liegen oft große unterdrückte Fähigkeiten verborgen. Vielleicht verdanken wir dieser doppelten Gebrechlichkeit das wunderbare Wesen mancher Mönche, die in der Extase gelebt haben. Eine solche unglückliche geistig und körperliche Veranlagung beruht ebensooft auf einer Art Vollkommenheit der Organe und der Seele, wie auf gewissen bisher noch nicht erforschten Fehlern. Die Ursache von Jean-Jacques' Schüchternheit war eine derartige Lähmung seiner Fähigkeiten; ein großer Pädagoge oder ein Chirurg wie Desplein hätte die gelähmten Fähigkeiten wecken können. Bei ihm war, wie bei den Kretins, die Liebe so stark und reizbar, wie der Intellekt schwach und stumpf war, wobei ihm immerhin noch genug Verstand blieb, um sein tägliches Leben zu führen. Die Heftigkeit seiner Leidenschaft vergrößerte, da ihr das Ideal fehlte, dem sonst bei jungen Menschen die Leidenschaft zuströmen kann, noch seine Schüchternheit. Nie konnte er sich entschließen, einer Frau einfach, wie man sagt, den Hof machen. Nun war es aber weder von den jungen Mädchen noch von den Bürgersfrauen von Issoudun zu erwarten, daß sie einem jungen Manne Avancen machten, der sich ungraziös und schüchtern hielt und dessen gewöhnliches Gesicht die großen blaßgrünen vortretenden Augen nicht verschönten und die gequetschten Züge und der fahle Teint vorzeitig alt erscheinen ließen. Die Gegenwart einer Frau machte den armen Burschen ganz zunichte. So heftig ihn Leidenschaft vorwärts drängte, so stark hielt ihn die blöde Schüchternheit zurück. Steif stand er da, ihm fiel nichts ein, und er zitterte vor jeder Frage, so sehr fürchtete er sich davor, antworten zu müssen. Das Begehren, das sonst rasch die Zungen löst, machte seine erstarren. So blieb er einsam und suchte die Einsamkeit, in der ihn nichts beunruhigen konnte. Als der Doktor erkannte, wie selbstzerstörerisch solch ein Temperament und Charakter wirkte, war es zur Abhilfe zu spät. Gern hätte er seinen Sohn verheiratet, aber das hieß ihn einer Herrschaft ausliefern, die absolut werden mußte, und das schreckte ihn zurück. Er mochte nicht einer Fremden, Unbekannten die Behandlung und Bewegung seines Vermögens anvertrauen. Er wußte, wie schwer es ist, von dem Wesen des jungen Mädchens auf das der Frau zu schließen. Und während er sich umtat nach einer, auf deren Erziehung und Charakter er sich verlassen könnte, bemühte er sich, einstweilen in seinem Sohne die Anlagen zum Geiz auszubilden. Damit hoffte er dem armen Toren statt des Geistes eine Art Instinkt beizubringen. Zunächst gewöhnte er ihn an ein mechanisches Dasein und übertrug ihm feste Grundsätze über Anlage der Einkünfte; sodann hinterließ er ihm den Landbesitz in bestem Zustande und langfristig verpachtet und ersparte ihm so von vorne herein die hauptsächlichen Schwierigkeiten der Verwaltung eines aus Grundbesitz bestehenden Vermögens. Dabei entging aber das beherrschende Moment dieses armen Lebens dem scharfen Blick des Alten. Schüchternheit ist der Heuchelei ähnlich, sie hat dieselbe Tiefe. Jean-Jacques liebte die Käscherin leidenschaftlich. Und das war nur natürlich. Flora war die einzige Frau, die in seiner Nähe blieb, die einzige, die er bequem sehen, heimlich betrachten und zu jeder Zeit studieren konnte. Sie erhellte ihm das Vaterhaus, sie gab ihm, unbewußt, die einzigen Genüsse seiner Jugend. Er war durchaus nicht eifersüchtig auf seinen Vater, er war entzückt von der Erziehung, die dieser Flora gab: er brauchte ja eine Frau von leichtem Umgang, der man nicht erst lange den Hof zu machen hatte. Die Leidenschaft hat immer ihren besonderen Geist und gibt Tröpfen, Toren und Narren die nötige Intelligenz, besonders solange sie jung sind. Noch der Beschränkteste besitzt den animalischen Instinkt, dessen Ausdauer stark ist wie Denkkraft.

Das Schweigen des neuen Herrn hatte Flora nachdenklich gestimmt, und so machte sie sich am nächsten Tage auf wichtige Mitteilungen gefaßt, Jean-Jacques schlich immer um sie herum und sah sie duckmäuserisch mit begehrlichen Mienen an, aber er fand nicht das rechte Wort. Schließlich fing er mittags beim Nachtisch die Szene von gestern an und sagte zu Flora:

»Fühlen Sie sich hier auch wohl?«

»Ja, Herr Jean.«

»Gut! So bleiben Sie hier.«

»Danke, Herr Jean.«

Dieser eigenartige Zustand dauerte drei Wochen. Einmal nachts, als es besonders still war, hörte Flora bei einem zufälligen Erwachen den gleichmäßigen Hauch eines Menschenatems an ihrer Tür. Sie erschrak, als sie bemerkte, daß Jean-Jacques wie ein Hund auf dem Vorplatz lag; es war ein Loch unten in der Tür, das er sich selbst gebohrt hatte, um in das Zimmer sehen zu können.

»Er liebt mich«, dachte sie, »aber bei dem Geschäft wird er sich Rheumatismus holen.«

Am nächsten Tag sah Flora ihren Herrn auf eine besondere Art an. Diese stumme, fast instinktive Liebe hatte ihr Eindruck gemacht. Sie fand ihn nicht mehr so häßlich, den armen Tropf mit der gräßlichen Krone von geschwürähnlichem Ausschlag an Stirn und Schläfe, dem Kennzeichen verdorbenen Blutes.

»Aufs Land möchten Sie nicht zurück, nicht wahr?« fragte Jean-Jacques, als sie allein waren.

Sie sah ihm ins Gesicht: »Warum fragen Sie mich das?«

»Um es zu wissen«, sagte Rouget und wurde krebsrot.

»Wollen Sie mich wieder dahin schicken?« fragte sie.

»Nein, Fräulein.«

»Nun, was wollen Sie dann wissen? Sie haben doch einen Grund ...«

»Ja, ich möchte wissen ...«

»Was?«

»Sie werden mir's nicht sagen!«

»Doch, so wahr ich ein anständiges Mädchen bin ...«

»Das ist's ja«, schreckte Rouget auf. »Sie sind ein anständiges Mädchen ...«

»Allerdings.«

»Wirklich?«

»Wenn ich's Ihnen sage ...«

»Ja? Sind Sie noch so wie damals, als Sie barfuß ankamen mit Ihrem Onkel?«

»Das ist mir eine schöne Frage!« antwortete Flora errötend.

Niedergeschmettert senkte der Erbe den Kopf und wagte nicht aufzuschauen. Und Flora war ganz überrascht von einer derartigen Bestürzung und zog sich zurück.

Drei Tage später, zur selben Zeit – sie schienen sich einer wie der andre den Nachtisch zum Schlachtfelde auserwählt zu haben – fing Flora an: »Haben Sie etwas gegen mich?«

»Nein, Fräulein«, antwortete er, »nein ... (Pause). Im Gegenteil.«

»Neulich schien Sie's zu verdrießen, daß ich ein anständiges Mädchen bin ...«

»Nein, ich wollte nur wissen ... (Neue Pause.) Aber Sie sagen es mir doch nicht ...«

»Doch, ich sage Ihnen die ganze Wahrheit.«

»Die ganze Wahrheit über ... meinen Vater ...« fragte er mit erstickter Stimme.

Sie sah ihrem Herrn tief in die Augen: »Ihr Vater«, sagte sie, »war ein braver Mann ... er lachte gern ... nicht wahr? ... so ein bißchen ... Aber, der arme gute! ... an gutem Willen hat's ihm nicht gefehlt ... Kurzum, er war anders als Sie, er hatte Absichten ... schlimme Absichten. Er hat mich oft lachen gemacht. Das schon ... Nun und? ...«

»Ach, Flora«, sagte der Erbe und faßte die Käscherin bei der Hand, »da mein Vater Ihnen nichts gewesen ist ...«

»Was sollte er mir denn gewesen sein.« Sie spielte das Mädchen, das sich durch eine beleidigende Vermutung verletzt fühlt.

»So hören Sie doch!«

»Mein Wohltäter war er, das ist alles. Oh, er hätte mich gerne zur Frau haben wollen ... aber ...«

»Aber«, nahm Rouget auf und faßte wieder nach der Hand, die Flora ihm entzogen hatte, »da er Ihnen nichts gewesen ist, könnten Sie nicht hier bei mir bleiben? ...«

»Wenn Sie wollen«, antwortete sie und schlug die Augen nieder.

»Nein, nein, wenn *Sie* wollen! Sie können hier die Herrin sein. Alles, was da ist, würde Ihnen gehören, Sie würden sich um mein Vermögen kümmern, es wäre ja sozusagen Ihr eignes … denn ich liebe Sie und habe Sie immer geliebt, von dem Augenblick an, als Sie hier eingetreten sind, als Sie da standen, barfuß.«

Flora antwortete nicht. Das Schweigen wurde peinlich. Dann kam Jean-Jacques mit einem neuen schrecklichen Argument: »Das ist doch wohl besser als aufs Land zurückzukehren?« fragte er mit sichtlichem Eifer.

»Ach ja, Herr Jean, wie Sie wollen!« antwortete sie. Allein, trotz dieses »Wie Sie wollen« war der arme Rouget nicht weiter vorwärts gekommen. Menschen dieses Schlages brauchen Gewißheit. Es kostet sie so viel Mühe und Selbstüberwindung, ihre Liebe zu gestehen, daß sie sich außerstande fühlen, dies Bekenntnis zu wiederholen. Daher ihre Anhänglichkeit an die erste Frau, die sich ihrer annimmt. Nur das Resultat läßt auf die Ereignisse schließen. Zehn Monate nach dem Tode seines Vaters war Jean-Jacques ganz verändert: sein bisher fahles, bleifarbenes, durch Ausschlag entstelltes Gesicht hellte sich auf und der Teint wurde rein und rosig. Aus seinen Mienen strahlte Glück. Flora hielt darauf, daß ihr Herr sein Äußeres peinlich pflegte, sie setzte ihren Stolz darein, daß er gut angezogen war; wenn er ausging, sah sie ihm nach, blieb auf der Schwelle stehen, solange sie ihn sehen konnte. Der ganzen Stadt fiel es auf, daß Jean-Jaques ein anderer Mensch geworden war.

»Wissen Sie schon das neueste?« fragte man einander in Issoudun.

»Was denn?«

»Jean-Jacques hat alles von seinem Vater geerbt, sogar die Käscherin.«

»Hatten Sie dem verstorbenen Doktor nicht so viel Schlauheit zugetraut, seinem Sohne eine Gouvernante zu hinterlassen?«

»Das ist wahrhaftig ein Schatz für Rouget«, rief alle Welt.

»Und pfiffig ist sie! Ein schönes Mädchen, sie wird sich heiraten lassen.«

»Die hat Glück gehabt!«

»Ein Glück, wie es nur die schönen Mädchen haben.«

»Sagen Sie das nicht! Sie haben doch meinen Onkel Borniche-Héreau gekannt und von Fräulein Ganivet gehört? Die war häßlich wie die sieben Todsünden und hat doch tausend Taler Rente von ihm bekommen ...«

»Ja, das war 1778!«

»Das bleibt sich gleich. Rouget tut unrecht; sein Vater hinterläßt ihm schöne vierzigtausend Franken Rente, er hätte Fräulein Héreau heiraten können ...«

»Der Doktor hat's versucht, sie hat nicht gewollt, Rouget ist zu dumm ...«

»Zu dumm? Gerade mit der Art von Männern sind die Frauen am glücklichsten.«

»Ist Ihre Frau glücklich?«

Das war der Inhalt der Gespräche in Issoudun. Hatte man anfangs, wie es in der Provinz nun einmal Brauch ist, nur gelacht über diese Quasi-Ehe, am Ende lobte man Flora dafür, daß sie dem armen Burschen ergeben war. So kam von Vater auf Sohn, wie es der junge Goddet ausgedrückt hatte, Flora Brazier zur Regierung im Hause Rouget. Zur Belehrung aller Junggesellen wird es nicht unnützlich sein, die Geschichte dieser Regierung zu skizzieren. Es gab nur einen Menschen in Issoudun, der etwas dagegen hatte, daß Flora Brazier bei Jean-Jacques Rouget Königin wurde, das war die alte Fanchette. Sie protestierte gegen die Unsittlichkeit dieses Arrangements und übernahm die Sache der verletzten Moral; sie mußte es allerdings als Demütigung empfinden, in ihrem Alter eine Käscherin zur Herrin zu bekommen, ein kleines Mädchen, das barfuß ins Haus gekommen war. Fanchette besaß dreihundert Franken Rente in Staatspapieren, so hatte ihr der Doktor ihre Ersparnisse angelegt; dazu kamen weitere hundert Taler Leibrente, die ihr verstorbener Herr ihr vermacht hatte, sie konnte also behaglich leben, und so verließ sie neun Monate nach dem Begräbnis des alten Herrn, am 15. April 1806, das Haus. Dem Scharfsichtigen wird dieses Datum die Epoche bezeichnen, in der Flora aufhörte, ein ehrbares Mädchen zu sein. Die Käscherin war klug genug, um die Abtrünnigkeit der Fanchette vorauszusehen, denn Macht haben lehrt Politik; sie beschloß, ohne ihre Magd auszukommen. Ohne sich etwas anmerken zu lassen, studierte sie seit sechs Monaten die kulinarischen Künste, die Fanchette zu einer wahren Doktorsköchin gemacht hatten. Als Tafelfreunde gehören die Ärzte in eine Reihe mit zu den Bischöfen. Der Doktor Rouget hatte Fanchette vollkommen ausgebildet. Mangel an Beschäftigung und Monotonie des Daseins locken in der Provinz die Tatkraft der Geister in die Küche. Man speist in der Kleinstadt nicht so üppig wie in Paris, aber man speist besser, die Gerichte sind durchdacht, ausstudiert. Tief in der Provinz gibt es unansehnliche Wesen, unbekannte Genies, die aus einem einfachen Bohnengericht etwas zu machen verstehen, das des bewundernden Kopfschüttelns würdig wäre, mit dem Rossini das vollkommen Gelungene zu begrüßen pflegt. In seiner Pariser Studienzeit hatte der Doktor die Chemievorlesungen Rouelles besucht und dabei Kenntnisse erworben, die dann seiner Küchenchemie zum Nutzen gereichten. Er ist noch in Issoudun berühmt durch mehrere Verfeinerungen, die man allerdings außerhalb des Landes Berry kaum kennt. Seine Entdeckung ist es, daß die Omelette viel delikater gerät, wenn man Weißei und Gelbei nicht mit der üblichen Köchinnenbrutalität zusammenschlägt. Nach seiner Vorschrift muß man erst das Weiße zum Schäumen bringen und dann nach und nach das Gelbe einlaufen lassen, und zwar nicht in die gewöhnliche Pfanne, sondern in einen sogenannten »Cagnard« aus Porzellan oder Steingut. Der Cagnard ist eine dicke Schüssel, die auf vier Füßen ruht, damit, wenn sie auf dem Herde steht, die dazwischen streifende Luft das Feuer hindert, das Porzellan zum Platzen zu bringen. In der Touraine heißt der Cagnard Cauquemarre. In solch einem Cauquemarre läßt, glaube ich, Rabelais die »Coquecigrues« kochen, was das hohe Alter dieses Gerätes beweist. Der Doktor hatte auch eine Methode entdeckt, das Scharfwerden der braunen Butter zu verhindern, aber dies Geheimnis, das er zum Unglück nicht aus der eignen Küche herausließ, ist verlorengegangen. Flora war die geborene Bäckerin und Braterin, das sind Begabungen, die man weder durch Beobachtung noch Fleiß erwerben kann, und in kurzer Zeit übertraf sie Fanchette. Indem sie Köchin wurde, dachte sie an das Glück ihres Jean-Jacques, aber wir wollen nicht verschweigen, daß sie auch selbst die gute Kost nicht verschmähte. Da sie wie alle Ungebildeten keine Möglichkeiten hatte, sich geistig zu betätigen, entwickelte sie ihre Energie im Haushalt. Ihre Möbel glänzten in einer geradezu holländischen Sauberkeit. Sie steuerte die Lawinen der Wäsche und die Sintfluten der großen Lauge, die nach Provinzbrauch nur dreimal im Jahre stattfindet. Ihr Hausfrauenauge überwachte das Leinen. Schließlich hatte sie den Ehrgeiz, in die Geheimnisse der Vermögensverwaltung einzudringen, eignete sich rasch das Wenige, das Rouget von Geschäften wußte, an und vermehrte es durch Gespräche mit dem Notar des verstorbenen

Doktors, Herrn Héron. Bald konnte sie ihrem lieben Jean-Jacques ausgezeichnete Ratschläge geben. In der Sicherheit, immer die Herrin im Hause zu bleiben, widmete sie den Interessen des Junggesellen so viel Zärtlichkeit und Habsucht, als wären es ihre eigenen. Forderungen ihres Oheims hatte sie nicht mehr zu fürchten. Zwei Monate vor dem Tode des Doktors war Brazier an den Folgen eines Sturzes beim Verlassen der Schenke, in der er, seit er reich geworden, Sein Leben verbrachte, gestorben. Auch den Vater hatte Flora verloren. Und so diente sie ihrem Herrn mit einer Ergebenheit, wie sie von einer Waise, die glücklich ein Heim und eine Wirkungsstätte gefunden hat, zu erwarten war. Diese Zeit wurde paradiesisch für den armen Jean-Jacques, der in die sanften Gewohnheiten eines animalischen Daseins geriet, welches durch eine Art klösterliche Regelmäßigkeit noch verschönt wurde. Er schlief bis in den hellen Tag, Flora war schon früh am Morgen mit Einkaufen oder Haushalt beschäftigt und weckte ihren Herrn so spät, daß er sein Frühstück bereit fand, sobald er seine Morgentoilette gemacht hatte. Nach dem Frühstück, so gegen elf Uhr, ging Jean-Jacques spazieren, plauderte mit den Leuten, die er unterwegs traf, und kam um drei Uhr nach Hause, um seine Zeitungen zu lesen, die des Departements und eine Pariser Zeitung, die er drei Tage nach Erscheinen bekam, wenn sie schon fett war von dreißig Händen, durch die sie gegangen, schmutzig vom Tabak, den die Nasen über ihr geschnupft hatten, braun von all den Tischen, auf denen sie herumgelegen hatte. So erreichte der Junggeselle glücklich die Stunde seines Diners, auf das er dann möglichst viel Zeit verwandte. Flora erzählte ihm alle Begebenheiten und den ganzen Klatsch des Tages, den sie für ihn in der Stadt eingesammelt hatte. Gegen acht Uhr wurde das Licht ausgemacht. In der Kleinstadt ist es üblich, früh zu Bett zu gehen, um Kerze und Feuer zu sparen. Diese Sparsamkeit trägt dazu bei, die Leute durch zuviel im Bette liegen stumpfsinnig zu machen. Das Übermaß des Schlafes beschwert und verschleimt den Geist.

*   *
*

So lebten diese beiden Wesen neun Jahre hindurch ein Leben voll und leer zugleich, dessen große Ereignisse einige Reisen nach Bourges, Vierzon, Châteauroux oder weiter waren, die unternommen wurden, wenn Herr Héron die Hypothekengelder nicht unterbringen konnte.

Rouget lieh zu fünf Prozent die erste Hypothek, und zwar an verheiratete Klienten mit Übertragung der Schuld auf die überlebende Frau. Nie gab er mehr als ein Drittel des wirklichen Wertes der Objekte und ließ sich Wechsel ausstellen über Zinsnachzahlungen in der Höhe von zweieinhalb Prozent, die über die Dauer des Darlehns verteilt wurden. Immer diese Grundsätze zu beobachten, hatte ihm sein Vater beigebracht. Der Wucher ist die Klippe, an der des Bauern finanzieller Ehrgeiz zerschellt, der Wucher zehrt an dem Lande. Ein Zinsfuß von siebeneinhalb Prozent erschien so loyal, daß Jean-Jacques Rouget sich seine Geschäfte auswählen konnte; die Notare ließen sich von den Leuten, denen sie zu so guten Bedingungen Geld verschafften, hohe Provisionen zahlen und wandten sich immer an den alten Junggesellen.

Im Laufe dieser neun Jahre gewann Flora unmerklich und unabsichtlich eine absolute Herrschaft über ihren Herrn. Sie behandelte Jean-Jacques zunächst sehr vertraulich, dann zeigte sie sich ihm, ohne den gebührenden Respekt zu verletzen, so sehr an Einsicht und Energie überlegen, daß er schließlich der Diener seiner Dienerin wurde. Dieses große Kind ließ sich gern pflegen und behandeln und kam dadurch Floras Regiment entgegen; sie war mit ihm wie eine Mutter mit ihrem Sohn. Und Jean-Jacques fühlte zuletzt ihr gegenüber wie ein Kind, das des mütterlichen Schutzes bedarf. Aber es gab noch engere Bande zwischen ihnen. Flora leitete die Geschäfte und das Hauswesen; Jean-Jacques verließ sich bei allen Entscheidungen ganz auf sie; ohne sie wäre ihm das Leben mehr wie schwer gefallen, es wäre ihm einfach unmöglich gewesen. Diese Frau war ihm ein Daseinsbedürfnis geworden; sie schmeichelte all seinen Träumen, sie kannte seine Sehnsüchte so genau! Er liebte es, dies glückliche Gesicht zu sehen, das ihm immer lächelte, das einzige, auf dem es für ihn je ein Lächeln gegeben hatte und geben sollte. Das Glück, das auf diesem blühenden Gesicht lebte, ein durchaus materielles Glück, für das die Berrichonen recht gewöhnliche Bezeichnungen hatten, war für ihn der Spiegel seines eignen Glückes. Er geriet in einen kläglichen Zustand, wenn Flora durch irgendwelche Widerwärtigkeiten mißlaunig wurde, und daran konnte sie den Umfang ihrer Macht erkennen; die wollte sie sich sichern und wollte sie brauchen. Brauchen heißt bei solchen Frauen immer mißbrauchen. Ohne Zweifel ließ die Käscherin ihren Herrn gewisse Szenen spielen, die zu den letzten Heimlichkeiten des Privatlebens gehören; Otway hat in seiner Tragödie vom ›Geretteten Venedig‹ ein Muster solcher Szenen gegeben in dem grauenhaft großartigen Austritt zwischen dem Senator und Aquilina! Flora war ihrer Herrschaft so sicher, daß sie zu ihrem eignen und zu Jean-Jacques' Unglück nicht daran dachte, sich heiraten zu lassen.

Gegen Ende des Jahres 1815 hatte Flora mit siebenundzwanzig Jahren die volle Entfaltung ihrer Schönheit erreicht. Üppig und frisch, weiß wie eine Pächterin aus Bessin, war sie der Idealfall dessen geworden, was unsere Vorfahren ein schönes Frauenzimmer nannten. Sie hatte den Reiz einer köstlichen Wirtstochter, aber in imposanterer gepflegterer Art, eine gewisse Ähnlichkeit mit Mademoiselle George in ihrer besten Zeit, allerdings ohne die kaiserliche Vornehmheit: die schönen runden strahlenden Arme, den Reichtum der Formen, das seidige Fruchtfleisch, die verführerischen Konturen, nur weniger streng als die der großen Schauspielerin. Floras Mienen waren voll Zärtlichkeit und Sanftmut. Ihr Blick gebot nicht Ehrfurcht wie der jener schönsten Agrippina, die seit der des Racine die Bretter des Théâtre Francais beschritten hatte, sondern lud zu derben Freuden ein. Im Jahre 1816 sah die Käscherin Maxence Gilet und war ihm auf den ersten Blick verfallen. Quer durch das Herz empfing sie jenen mythologischen Pfeil, das wunderbare Sinnbild einer natürlichen Wirkung, diese sinnfällige Erfindung der Griechen, die von der ritterlichen, idealen und melancholischen Liebe nichts wußten, welche das Christentum hervorgebracht hat. Flora war zu schön, als daß Max eine solche Eroberung hätte verschmähen können. Und so erfuhr die Käscherin mit achtundzwanzig Jahren die wahre Liebe mit ihrem Götzendienst und ihrer Unendlichkeit. Sobald der Offizier, der ja ohne Vermögen war, die Wechselbeziehungen Floras und Jean-Jacques Rougets in Erfahrung gebracht hatte, sah er in einer Liaison mit der Käscherin mehr als eine bloße Liebelei. Hier bot sich eine Gelegenheit, seine Zukunft sicherzustellen, er konnte sich nichts Besseres wünschen, als bei Rouget einquartiert zu werden, er durchschaute den schwächlichen Charakter des Junggesellen. Jean-Jacques' häusliches Leben geriet nun ganz unter den Einfluß von Floras Leidenschaft. Einen Monat lang mußte er mit ansehen, wie Floras sonst lachendes, befreundetes Gesicht düster, trübe und mürrisch wurde, und das beängstigte ihn sehr. Er hatte die Ausbrüche ihrer absichtlich schlechten Laune zu ertragen genau wie ein Ehemann, dessen Frau auf Untreue sinnt. Wenn der Arme, immer wieder grausam zurückgewiesen, schüchtern fragte, was sie denn so verändert habe, ließ sie Flammen von Haß aus ihren Blicken lodern, und ihre Stimme bekam herausfordernde und verächtliche Töne, wie der arme Jean-Jacques sie noch nie vernommen hatte. »Sie haben wahrhaftig kein Herz und keine Seele«, sagte sie. »Seit sechzehn Jahren schenk ich hier meine Jugend her, und ich hatte immer noch nicht gemerkt, daß Sie da« – sie schlug sich auf das Herz – »einen Stein haben! Seit zwei Monaten sehen Sie den braven Major, dies Opfer der Bourbonen, hier ins Haus kommen, einen Mann, der dazu bestimmt war, General zu werden, und nun in der Klemme sitzt, in diesem Winkel, in diesem Nest, wo kein Glück Platz hat. Den ganzen Tag muß er auf seinem Stuhl im Bürgermeisteramt hocken, und was verdient er dabei? … Erbärmliche sechshundert Franken, das lohnt gerade! Und Sie mit Ihren sechshundertneunundfünfzigtausend Franken Kapital und sechzigtausend Franken Rente, Sie, der Sie es mir zu verdanken haben, daß Sie, im Jahre alles einbegriffen, selbst meine Kleider, nicht mehr als tausend Taler ausgeben, Sie sind noch nicht auf den Gedanken gekommen, ihm hier ein Quartier anzubieten, wo doch der ganze Oberstock leer steht! Sie lassen lieber die Mäuse und Ratten da oben herumtanzen, statt ein Menschenkind hineinzusetzen, noch dazu eines, das Ihr Vater immer für seinen eignen Sohn gehalten hat! … Wollen Sie wissen, was Sie sind? Das will ich Ihnen sagen: ein Brudermörder sind Sie! Ich weiß aber auch, weshalb! Sie haben gesehen, daß ich mich für ihn interessiere, und das verdrießt Sie! Sie scheinen gutmütig und dumm, aber dabei sind Sie in Ihrer Art arglistiger als die Arglistigsten … Ja doch! Ich interessiere mich für ihn, und sogar sehr …«

»Aber, Flora …«

»Da hilft kein ›Aber, Flora‹. Sie können sich eine andere Flora suchen, wenn Sie eine finden. Der Wein hier in meinem Glas soll gleich zu Gift werden, wenn ich Ihre verdammte Bude nicht verlasse. Ich werde Ihnen, Gottlob, nichts gekostet haben, die zwölf Jahre, die ich hier bin, und Sie haben Ihr Behagen billig geliefert bekommen. Überall anderswo hätte ich gut mein Brot verdienen können, wenn ich, wie hier, alles selbst getan hätte: scheuern, waschen, plätten, einkaufen, kochen, mich um all Ihre Angelegenheiten kümmern, mich abrackern von früh bis spät … Und was hab’ ich zum Lohn?«

»Aber Flora …«

»Ach was Flora, Sie werden gerade Floras kriegen, Sie mit Ihren einundfünfzig Jahren, kränklich wie Sie sind, ich weiß doch, wie schrecklich es mit Ihnen hergab geht. Und unterhaltend sind Sie auch durchaus nicht …«

»Aber, Flora ...«

»Lassen Sie mich in Ruhe!«

Sie ging und warf die Tür so heftig hinter sich zu, daß das ganze Haus dröhnte und in seinen Grundfesten zu erbeben schien. Ganz sanft machte Jean-Jacques die Tür auf und schlich noch sanfter in die Küche, wo Flora weiter grollte.

»Flora«, sagte dieses Lamm, »heut hör ich doch zum ersten Male von deinem Wunsch; du weißt ja gar nicht, ob ich überhaupt was dagegen habe.«

»Erstens«, fing sie an, »brauchen wir einen Mann im Hause. Die Leute wissen, daß Sie zehn und fünfzehn und zwanzigtausend Franken liegen haben; und um die zu stehlen, könnte man uns umbringen. Ich habe keine besondre Lust, eines schönen Morgens in vier Stücke geschnitten aufzuwachen, wie es der armen Magd ergangen ist, die dumm genug war, ihren Herrn zu verteidigen! Wenn man nun aber bei uns einen Mann sieht, so tapfer wie Herkules, der sich nichts bieten läßt ... Max, der würde ja drei Diebe auf einmal hinmachen, eh sie sich's versehen ... nun, dann würde ich ruhiger schlafen. Man wird Ihnen vielleicht allerhand Dummheiten einreden; ich liebte den Max, ich sei verschossen in den Max ... Wissen Sie, was Sie dann zu antworten haben? ... Sie werden sagen, das wüßten Sie selbst, aber Ihr Vater hätte Ihnen diesen armen Burschen auf seinem Totenbette anvertraut. Dann werden alle den Mund halten. Denn das pfeifen ja in Issoudun die Spatzen von den Dächern, daß Ihr Vater ihm seine Schulpension gezahlt hat! Neun Jahre eß ich jetzt Ihr Brot ...«

»Flora ... Flora ...«

»Da ist mehr als einer gekommen, hier in der Stadt, der mir den Hof gemacht hat, ja ... Goldene Armbänder hat mir der geboten, goldne Uhren der ... ›Liebe kleine Flora‹, hat's geheißen, ›lauf doch dem alten Tropf, dem Rouget, weg‹; ja, so hat man von Ihnen gesprochen ... Ich ihm weglaufen, hab' ich gesagt, schau ich so aus? So eine arme Unschuld wie den sitzen lassen! Was soll denn aus ihm werden? hab' ich immer gesagt. Nein, wo die Ziege angebunden ist, da muß sie auch grasen ...«

»Ja, Flora, ich habe auf der Welt nur dich, ich bin ja so glücklich ... Wenn es dir Freude macht, liebes Kind, gut, so wollen wir Maxence Gilet hier haben, er soll mit uns essen ...«

»Das will ich hoffen ...«

»Ärgere dich doch nur nicht ...«

»Wo es für einen reicht, wird es auch für zwei reichen«, sagte sie lachend. »Wenn du lieb sein willst, weißt du, was du tun mußt, mein Hämmelchen? … du gehst hübsch um das Rathaus herum spazieren, so um vier Uhr, siehst zu, daß du den Herrn Major Gilet triffst und lädst ihn zum Essen ein. Wenn er Umstände macht, mußt du ihm sagen, er würde mir eine Freude damit machen; er ist zu galant, um dann nein zu sagen. Na, und dann, beim Nachtisch, wenn er anfängt, von seinen schlimmen Zeiten zu erzählen, von den Galeeren, und du wirst es doch wohl verstehen, ihn darauf zu bringen, dann bietest du ihm an, hier zu wohnen … Wenn er dann noch etwas einzuwenden hat, sei nur ruhig, ich werde ihn schon dazu bestimmen …«

Langsam ging der Junggeselle auf dem Boulevard Baron spazieren und sann, so gut es ging, über dies Erlebnis nach. Wenn er sich von Flora trennte … bei dem bloßen Gedanken wurde ihm schwarz vor den Augen … wo sollte er wieder eine Frau finden? … Heiraten? … In seinem Alter würde man ihn nur seines Geldes wegen nehmen, und eine rechtmäßige Ehefrau würde ihn noch grausamer ausbeuten als Flora. Der Gedanke, die Liebkosungen dieses Mädchens, mochten sie auch trügerisch sein, entbehren zu sollen, verursachte ihm Angstqualen. Er war also zu dem Major Gilet so liebenswürdig, als es ihm irgend möglich war. Und ganz nach Floras Wunsch lud er Gilet vor Zeugen ein und nahm in jeder Weise Rücksicht auf dessen Ehre.

So waren denn Flora und ihr Herr wieder versöhnt, aber von diesem Tage an beobachtete Jean-Jacques Merkmale großer Veränderungen im Wesen der Käscherin.

Vierzehn Tage lang beklagte sich Flora Brazier bei den Lieferanten, auf dem Markt und bei den Nachbarinnen, mit denen sie schwatzte, über die Tyrannei des Herrn Rouget, der mit einmal den Rappel hatte, seinen vermeintlichen natürlichen Bruder zu sich zu nehmen. Aber niemand fiel auf ihr Komödienspiel herein, man hielt sie nur für ein ganz durchtriebenes Geschöpf. Der alte Rouget war zunächst sehr glücklich über die Einsetzung des Majors als Haushüter; nun hatte er doch jemanden, der aufmerksam um ihn bemüht war, ohne kriecherisch zu sein. Gilet plauderte, politisierte mit dem alten Rouget und ging manchmal mit ihm spazieren. Seit der Offizier im Hause wohnte, wollte Flora nicht mehr Köchin sein. Das Kochen verdarb ihr die Hände, sagte sie. Auf Wunsch des Ordensgroßmeisters machte die Cognette eine ihrer Verwandten ausfindig, eine alte Jungfer, deren Herr, ein Pfarrer, gerade gestorben war, ohne ihr etwas zu hinterlassen, eine vortreffliche Köchin, die Flora und Maxence auf Tod und Leben ergeben sein würde. Diesem Wesen versprach die Cognette im Namen dieser beiden Großmächte nach zehn Jahren treu ergebenen, verschwiegenen und redlichen Dienstes eine Rente von dreihundert Franken. Védie hieß die Verwandte, war sechzig Jahre alt und mit ihrem auffallend pockennarbigen Gesicht von erwünschtester Häßlichkeit. Nachdem die Védie in Funktion getreten war, wurde aus der Käscherin eine Madame Brazier. Sie trug Korsetts, hatte seidene Roben und je nach der Jahreszeit schöne Woll- und Baumwollstoffe, sie besaß sehr teure Halskrausen und Fichus, gestickte Häubchen, Spitzeneinsätze und schöne Schuhe und blieb immer auf einer Höhe der Eleganz und des Reichtums, die sie verjüngte. Sie glich einem ehedem rohen Diamanten, den ein Goldschmied geschliffen und gefaßt hat, um seinen hohen Wert zur Geltung kommen zu lassen. Sie wollte ihrem Max Ehre machen. Schon nach einem Jahre ließ sie für den armen Major, den die Spaziergänge langweilten, ein angeblich englisches Pferd aus Bourges kommen. Max hatte in der Umgegend einen ehemaligen kaiserlichen Gardeulanen ausfindig gemacht, einen Polen, mit Namen Kouski, der in Not geraten war und sich gar nichts Besseres wünschen konnte, als in der Eigenschaft eines Dieners des Majors in das Haus Rouget einzutreten. Max war Kouskis Abgott, besonders seit dem Duell mit den drei Royalisten. Vom Jahre 1817 ab bestand somit der Hausstand des alten Rouget aus fünf Personen, von denen drei die Herrschaft waren, und die Ausgaben stiegen auf ungefähr achttausend Franken im Jahre.

Zur Zeit, als Frau Bridau nach Issoudun zurückkehrte, um, wie der Advokat Desroches es ausdrückte, eine ernsthaft bestrittene Erbschaft zu retten, war der alte Rouget nachgerade in ein nahezu vegetatives Dasein geraten. Seit der Major im Hause mitregierte, hielt Fräulein Brazier die Tafel auf bischöflicher Höhe. Rouget gewöhnte sich an das Schmausen und ließ sich von den vortrefflichen Gerichten der Védie zum Immermehressen verführen. Trotz der ausgezeichneten und über-reichlichen Ernährung wurde er aber nicht fetter. Von Tag zu Tag fiel er immer mehr zusammen, vielleicht überanstrengte ihn die Verdauung, er bekam tiefe Ringe um die Augen. Wenn ihn aber auf seinen Spazier-gängen die Mitbürger nach seinem Befinden fragten, erklärte er, er habe sich nie wohler gefühlt als jetzt. Da er immer für recht beschränkt ge-golten hatte, fiel die beständige Abnahme seiner Fähigkeiten nicht weiter auf. Das einzige Gefühl, das ihn belebte, war seine Liebe zu Flora, er existierte nur durch sie, war ihr gegenüber von grenzenloser Schwäche; ein einziger Blick zwang ihn zum Gehorsam; er spähte nach den Bewegungen dieses Geschöpfes, wie ein Hund nach den geringsten Bewegungen seines Herrn späht. Mit seinen siebenundfünfzig Jahren schien der alte Rouget nach Frau Hochons Meinung älter als Herr Hochon mit seinen achtzig.

Man kann sich vorstellen, daß Maxences Zimmer eines so liebenswürdigen jungen Mannes würdig waren. Im Laufe von sechs Jahren hatte der Major seine Wohnung immer komfortabler gestaltet und in allen Einzelheiten verschönert, ebensosehr für sich selbst wie für Flora. Allerdings war es nur der Komfort von Issoudun: bunte Fensterscheiben, recht elegante Tapeten, Mahagonimöbel, Spiegel mit vergoldeten Rahmen, Musselingardinen mit roter Borte, ein Himmelbett, dessen Vorhänge im Geschmack der Provinztapezierer angeordnet waren, die eine reiche Braut einrichten. Das erschien als höchste Pracht, obwohl dergleichen in den gewöhnlichsten Modeblättern zu finden ist und in Paris der kleinste Kaufmann sich so etwas nicht mehr anschafft, wenn er heiratet. Etwas ganz Ungeheuerliches für Issoudun waren die Bastmatten auf der Treppe. Die sollten ohne Zweifel das Geräusch der Schritte dämpfen: so weckte Max, wenn er gegen Morgen heimkam, niemanden auf, und Rouget kam nie darauf, daß sein Hausgast in die nächtlichen Abenteuer der Ritter vom Müßiggang verwickelt war.

* * *

Gegen acht Uhr öffnete Flora die Tür zu Maxences Zimmer. Sie trug einen hübschen baumwollenen Morgenrock mit tausend rosa Streifen, ein Spitzenhäubchen und gefütterte Pantoffeln. Als sie Max schlafen sah, blieb sie vor seinem Bett stehen. ›Er ist spät nach Hause gekommen‹, sagte sie sich, ›um halb vier. Man muß schon eine mächtige Natur haben, um solche Vergnügungen auszuhalten. Wie stark er ist, der herzliebste Mann! … Was mögen sie heute nacht wieder angestellt haben?‹

»Du bist's, meine kleine Flora«, rief Max. Er war gleich ganz wach, wie es die Offiziere sind, die das Kriegsleben daran gewöhnt, beim plötzlichsten Aufwachen ihre Gedanken sofort beistimmen zu haben.

»Du schläfst noch, ich gehe …«

»Nein, bleib, es gibt Wichtiges …«

»Ihr habt heute nacht eine Dummheit gemacht?«

»Ach wo! … Es handelt sich um uns und um das alte Schaf. Du hast mir ja nie von seiner Familie erzählt … Na und jetzt ist sie da, die Familie, und will uns sicher an den Kragen ...«

»Ich werde ihm gleich die Leviten lesen.«

»Fräulein Brazier«, sagte Max mit Wichtigkeit, »die Dinge liegen ernst, wollen erst überlegt sein. Schick mir meinen Kaffee, ich will ihn im Bett trinken und dabei nachdenken, wie wir uns zu benehmen haben … Komm um neun Uhr wieder, dann wollen wir darüber sprechen; bis dahin tu, als ob du nichts wüßtest.«

Betroffen von dieser Nachricht, ließ Flora Max allein und ging ihm seinen Kaffee zu kochen; aber eine Viertelstunde später kam Baruch eilig herbei und sagte zum Großmeister: »Fario sucht seine Karre.« In fünf Minuten war Max angezogen und ging hinunter; scheinbar flanierend kam er an den Fuß des Turmes, wo er eine ganze Menge Menschen versammelt fand.

»Was gibt's«, fragte er und bahnte sich durch die Schar einen Weg zu dem Spanier.

Fario, ein kleiner dürrer Mensch, hatte die Häßlichkeit eines spanischen Granden. Von seinen heißen wie mit einem Bohrer dicht an der Nase eingeschraubten Augen hätte man in Neapel den bösen Blick gefürchtet. Er machte aber mit seiner ernsten Ruhe und seinen langsamen Bewegungen einen sanften Eindruck. Er galt für einen Biedermann. Sein pfefferkuchenfarbener Teint und seine Sanftmut verhüllten dem Ahnungslosen und verrieten dem Beobachter den halb maurischen Charakter eines Bauern aus Granada, den bisher noch nichts aus seinem trägen Phlegma aufgeschreckt hat. »Sind Sie sicher«, fragte Max, nachdem er sich die Beschwerden des Kornhändlers angehört hatte, »Ihren Wagen hergebracht zu haben? Denn Diebe gibt es, Gott sei Dank, in Issoudun nicht.«

»Er stand hier ...«

»Wenn das Pferd an den Wagen gespannt war, kann es nicht mit ihm fortgelaufen sein?«

»Da ist mein Pferd«, sagte Fario und zeigte auf das Tier, das dreißig Schritt entfernt angeschirrt dastand. Max begab sich mit Würde zu dem Standort des Pferdes, um beim Aufschauen den Fuß des Turmes sehen zu können, den hier die Menge verbarg. Alle gingen ihm nach, und das hatte der Schalk gewollt. »Hat jemand aus Versehen einen Wagen in die Tasche gesteckt?« rief François.

»Seht nach, durchsucht euch!« sagte Baruch.

Gelächter von allen Seiten. Fario fluchte. Flüche beweisen bei einem Spanier den höchsten Grad der Wut.

»Ist dein Wagen leicht?« fragte Max.

»Leicht? ...« wiederholte Fario. »Wenn ihn die, die mich hier auslachen, über die Füße bekämen, die Hühneraugen täten ihnen nicht mehr weh.«

»Er muß aber verteufelt leicht sein«, antwortete Max und zeigte auf den Turm, »er ist den Hügel hinaufgeflogen.«

Bei diesen Worten hoben sich alle Augen, und es gab sogleich eine Art Aufruhr auf dem Markte. Einer zeigte dem andern den verzauberten Wagen. Alle Zungen waren im Gange.

»Der Teufel behütet die Wirte, die ihm ja alle verfallen sind«, sagte der junge Goddet zu dem verdutzten Handelsmann, »er hat dich lehren wollen, du sollst die Karre in der Herberge unterstellen und nicht auf der Straße herumstehen lassen.«

Die Menge johlte; denn Fario galt für einen Geizhals.

»Mußt nicht den Mut verlieren, alter Knabe«, sagte Max. »Wir wollen zum Turm hinaufsteigen und zusehen, wie deine Karre dahin gekommen ist. Schockschwerenot! Wir packen alle zu und helfen dir. Los, Baruch!«

»Und du«, flüsterte er dem François ins Ohr, »dränge die Leute zurück, damit keiner hier unten steht, wenn du uns oben siehst.«

Fario, Max, Baruch und drei weitere Ritter stiegen zum Turm hinauf. Während dieses nicht ungefährlichen Aufstiegs stellte Max mit Fario fest, daß keinerlei Beschädigungen oder Spuren darauf deuteten, daß die Karre da hinauftransportiert worden war. Fario glaubte an Hexerei, er hatte den Kopf verloren. Als sie oben angelangt, alles untersuchten, schien solch ein Transport tatsächlich unmöglich.

»Wie bring ich die Karre nur hinunter? ...« fragte der Spanier. Zum ersten Male strahlte Entsetzen aus seinen kleinen Augen, sein hohlwangiges Gesicht, das sonst nie seine gelbe Farbe verlor, wurde blaß. »Ach«, sagte Max, »das scheint mir nicht so schwer.« Er nutzte die Verdutztheit des Kornhändlers aus, packte und balancierte die Karre auf den beiden Deichselgabeln, um sie losfahren zu lassen; dann im Augenblick, da sie ihm entgleiten mußte, rief er mit Donnerstimme: »Achtung da unten!«

Aber das war gar nicht mehr nötig: die Menschenmenge, von Baruch gewarnt und neugierig geworden, war auf dem Platze schon weit genug zurückgewichen, um zu sehen, was oben auf dem Hügel vorging. Es war herrlich anzusehen, wie die Karre in tausend Stücke zerschellte.

»So, nun ist sie unten«, sagte Baruch.

»Banditen, Kanaillen!« rief Fario, »am Ende habt ihr sie hinaufgebracht! ...«

Max, Baruch und die drei andern erhoben ein Gelächter über die Flüche des Spaniers.

»Man hat dir einen Dienst leisten wollen«, sagte Max kalt. »Wie leicht hätte ich, als ich deine verdammte Karre balancierte, mitgerissen werden können; und das ist dein Dank? ... Wo bist du denn zu Hause? ...« »In einem Lande, wo man nicht vergibt«, erwiderte Fario; er zitterte vor Wut. »Meine Karre soll die Kutsche werden, mit der ihr zur Hölle fahrt! ... es sei denn«, fügte er mit einmal sanft wie ein Lamm hinzu, »ihr verschafft mir eine neue dafür ...«

»Darüber läßt sich reden«, sagte Max, als sie hinunterstiegen.

Als sie dann unten bei den ersten lachenden Gruppen ankamen, nahm Max Fario am Rockknopf und sagte: »Also, mein braver alter Fario, ich schenke dir eine prachtvolle Karre, wenn du mir zweihundertfünfzig Franken schenkst; aber natürlich kann ich nicht garantieren, daß sie wie die da gedrechselt ist.«

Diesem letzten Spaß begegnete Fario mit einer Kälte, als gelte es einen Handel abzuschließen: »Nun, geben Sie mir nur einen Ersatz für meine arme Karre, besser hätten Sie das Geld des alten Rouget noch nie verwendet.«

Max erblaßte; schon hob er seine furchtbare Faust gegen den Spanier, da hob Baruch, der erkannte, daß solch ein Faustschlag nicht nur den Bedrohten treffen würde, den Spanier wie eine Feder auf und sagte leise zu Max: »Mach keine Dummheiten!«

Das brachte Max zur Besinnung, er lachte und gab dem Fario zur Antwort: »Ich hab dir aus Versehen die Karre zerbrochen, du suchst mich zu verleumden; wir sind also quitt.«

»Noch nicht«, brummte Fario. »Aber nun weiß ich doch wenigstens, was meine Karre wert ist.«

»Solltest du deinen Mann gefunden haben, Max?« sagte ein Zeuge dieses Auftritts, der nicht zum Orden vom Müßiggang gehörte.

»Adieu, Herr Gilet, ich danke Ihnen noch nicht für Ihre handgreifliche Hilfe«, sagte der Kornhändler, stieg auf seinen Gaul und verschwand, begleitet von Hurrageschrei.

»Das Eisen der Radreifen heben wir Ihnen auf«, rief ihm ein Stellmacher nach, der sich den Schaden besehen hatte.

Eine der Wagengabeln stand aufrecht eingepflanzt wie ein Baum. Max blieb bleich und in Gedanken, das Wort des Spaniers hatte sein Herz getroffen. Fünf Tage lang sprach man in Issoudun von Farios Karre. Sie sollte eine Reisekutsche werden, wie Goddet junior meinte, denn sie kam im ganzen Lande Berry herum, überall erzählte man sich Maxences und Baruchs Späße. Was den Spanier am meisten reizte, war, daß er acht Tage lang in drei Departements in aller Munde war und endlos über ihn geschwätzt wurde. Aber auch Max und die Käscherin wurden infolge der furchtbaren Antworten des rachsüchtigen Spaniers zum Gegenstand von tausend Kommentaren, die man sich in Issoudun ins Ohr flüsterte und in Bourges, Vatan, Vierzon und Châteauroux laut besprach; Maxence Gilet kannte das Land zur Genüge, um zu erraten, wie vergiftet dieses Gerede sein mochte.

›Das Schwatzen kann man ihnen nicht verbieten‹, dachte er. ›Ich habe einen dummen Streich gemacht.‹

»Also, Max, heute abend kommen sie ...«, sagte François und nahm den Freund am Arm.

»Wer? ...«

»Die Bridaus! Meine Großmutter hat einen Brief von ihrem Patenkind.«

»Hör mal, Kleiner«, sagte Max ihm ins Ohr, »ich habe über diese Geschichte gründlich nachgedacht. Es darf nicht so aussehen, als ob Flora und ich etwas gegen diese Bridaus hätten. Wenn wir die Erben glücklich wieder aus Issoudun wegbekommen, so müßt ihr Hochons diejenigen gewesen sein, die sie fortgeschickt haben. Sieh dir diese Pariser genau an; morgen bei der Cognette will ich sie abschätzen, und dann wollen wir sehen, was sich mit ihnen machen läßt und wie man deinen Großvater gegen sie aufhetzen kann.«

»Der Spanier hat bei Max die Stelle gefunden, wo der Panzer klafft«, sagte Baruch zu seinem Vetter François, als sie in das Haus Hochon heimkehrten und dem abgehenden Freunde nachsahen.

Während Max seinen Streich mit der Karre spielte, hatte Flora, trotz der Mahnungen ihres Gefährten, ihren Zorn nicht im Zaum halten können, und ohne sich klar zu werden, ob das den Plänen des Freundes nützlich oder gefährlich sei, kühlte sie ihr Mütchen an dem armen Hagestolz. Immer, wenn Jean-Jacques sich den Zorn seiner Hausherrin zuzog, wurden ihm mit einem Schlage die Aufmerksamkeiten und üblichen Schäkereien entzogen, die all seine Freude waren. Dann gab es harte Buße für ihn. Dann bekam er nicht mehr die Schmeichelwörtchen zu hören, mit denen Flora sonst ihre Unterhaltungen in allen Tonlagen spickte, dann gab es nicht mehr die zärtlichen Blicke, wenn sie sagte: »mein Katerchen – mein Bählamm – mein Vögelchen – meine Puppe – mein Mauseprinz usw.« Ein trocknes, kaltes »Sie«, mit ironischer Ehrerbietung ausgesprochen, drang dann dem armen Kerl wie kalter Stahl ins Herz. Dies »Sie« war immer die Kriegserklärung. Statt bei dem ›Lever‹ des Biedermanns zugegen zu sein, ihm seine Sachen zu reichen, seinen Wünschen zuvorzukommen, ihn mit der bewußten Bewunderung anzuschauen, auf die sich die Weiber verstehen und die um so mehr entzückt, je derber sie aufgetragen wird, statt all der schönen Redensarten: »Bist ja frisch wie eine Rose! – Siehst ja blühend aus! – Bist du heut schön, alter Hans!« – kurz, statt ihm sein Aufwachen mit Schmeicheln und Scherzen zu versüßen, ließ Flora ihn seine Toilette allein machen; und wenn er seine Käscherin rief, bekam er Antwort unten von der Treppe: »Ich kann doch wahrhaftig nicht alles auf einmal machen, Ihr Frühstück kochen und im Zimmer aufwarten. Sind Sie denn noch immer nicht erwachsen genug, um sich allein anzuziehen?«

»Mein Gott, was hab' ich ihr wieder getan?« fragte sich der Alte, als er wieder solch einen Anschnauzer abbekam, weil er um Wasser zum Rasieren gebeten hatte. »Védie, bringen Sie dem Herrn heißes Wasser hinauf«, schrie Flora.

»Védie«, jammerte der Biedermann in blöder Angst vor dem drohenden Zorn, »Védie, was hat denn Madame heute?«

Flora Brazier ließ sich von ihrem Herrn, von Védie, Kouski und Max Madame nennen.

»Madame wird wohl was zu hören bekommen haben vom Herrn, was nicht schön ist«, antwortete die Védie mit affektierter Trübsalsmiene. »Sie tun Unrecht daran, gnädiger Herr. Schauen Sie, ich bin nur eine arme Magd, und Sie können mir sagen, ich soll meine Nase nicht in Ihre Angelegenheiten stecken; aber da können Sie suchen gehen unter allen Frauen der Erde, wie der König aus der Heiligen Schrift, da werden Sie keine finden wie unsre gnädige Frau. Die Spur ihrer Füße müßten Sie küssen, wo sie vorbeigegangen ist … O du mein Gott, wenn Sie Madame Kummer bereiten, dann schneiden Sie sich ins eigne Fleisch! Tränen haben ihr in den Augen gestanden.«

Der Arme blieb ganz verdonnert zurück, als die Védie ging; er fiel in einen Sessel und starrte ins Leere tiefsinnig und blöde und vergaß sich zu rasieren. Dieser beständige Wechsel von Zutulichkeit und Kühle machten den Schwächling, der nur von der Liebe lebte, so anfällig und kränklich wie der plötzliche Übergang von Tropenglut zu Nordpolfrost einen empfindlichen Körper. Er bekam immer wieder seelische Lungenentzündungen, die ihn aufbrauchten. So konnte in der ganzen Welt nur Flora auf ihn einwirken; nur ihr gegenüber war er ebenso gutmütig wie einfältig.

Flora erschien in der Tür: »Wie? Sie haben sich noch nicht rasiert?« herrschte sie ihn an.

Der alte Rouget erschrak heftig. Eben noch blaß und hinfällig, wurde er nun puterrot; aber er wagte nicht, sich zu beklagen.

»Ihr Frühstück wartet! Sie können ja in Schlafrock und Pantoffeln hinuntergehen, können ja allein frühstücken.«

Und ohne eine Antwort abzuwarten, verschwand sie. Allein frühstücken müssen, das war für den Biedermann die härteste Strafe: er plauderte so gern beim Essen. Als er die Treppe herunterkam, packte ihn ein plötzlicher Husten; die Aufregung war ihm in die Lungen gefahren.

»Huste du nur!« sagte Flora in der Küche, ohne sich darum zu kümmern, ob ihr Herr sie vielleicht hören konnte. »Der alte Sünder kann, wahrhaftigen Gott, noch allerlei vertragen, um den braucht man sich nicht zu sorgen. Eh der seine Seele aushustet, sind wir alle längst tot ...«

Solche Liebenswürdigkeiten versetzte die Käscherin dem Junggesellen in den Zeiten ihres Zorns. Dann saß der arme Rouget tief traurig mitten im Saal an der Ecke des Tisches und sah bekümmert seine alten Möbel und Bilder an.

»Eine Krawatte hätten Sie wenigstens umbinden können«, mit diesen Worten kam Flora herein. »Glauben Sie, daß es eine Lust ist, solch einen Hals anzusehen, röter und faltiger als ein Truthahnhals.«

»Was hab' ich dir bloß getan?« fragte er und hob seine dicken hellgrünen Augen, die voll Tränen standen, zu der kalten Gestrengen empor.

»Was Sie getan haben? – Das wissen Sie nicht? – Ist das ein Heuchler! – Ihre Schwester Agathe ist gekommen. Schwester? Sie ist nicht mehr Ihre Schwester, als ich dem Turm von Issoudun seine Schwester bin, wenigstens nach dem, was Ihr Vater immer sagte. Diese Schwester, die

Sie gar nichts angeht, ist aus Paris gekommen mit ihrem Sohn, dem Herrn Kunstmaler, das Bild zu zwei Sous, die wollen Sie besuchen ...«

Er war ganz überrascht: »Meine Schwester und meine Neffen kommen nach Issoudun?«

»Ja, tun Sie nur erstaunt, damit ich glauben soll, Sie hätten die Pariser nicht selbst herkommen lassen. Man merkt doch die Hinterlist, die ist mit weißem Garn geflickt. Nur keine Sorge, wir werden Ihre Pariser Angehörigen nicht stören; ehe sie ihren Fuß über die Schwelle gesetzt haben, haben unsere Füße längst kein Stäubchen mehr aufgeweht. Max und ich, wir gehen fort auf Nimmerwiedersehn. Und Ihr Testament, das reiß ich Ihnen hier vor Ihrer Nase in vier Stücke, verstehen Sie wohl? ... Hinterlassen Sie nur Ihr Hab und Gut Ihrer Familie; wir sind ja nicht Ihre Familie. Sie können dann ja zusehen, ob Sie um Ihrer selbst willen geliebt werden von Leuten, die Sie seit dreißig Jahren oder überhaupt nie gesehen haben! Soll mich am Ende Ihre Schwester hier ersetzen? Diese alte Betschwester!«

»Weiter nichts? Darüber grämt sich meine kleine Flora«, sagte der Alte. »Nun, dann werde ich eben weder meine Schwester noch meine Neffen empfangen ... Ich schwöre dir, ich habe noch nichts von ihrer Ankunft gehört. Das hat gewiß Frau Hochon, die alte Frömmlerin, angerichtet.« Da erschien Max, er hatte noch Rougets Antwort gehört und fragte in herrischem Ton: »Was gibt es hier?«

»Mein guter Max«, fing wieder der Alte an, glücklich, sich den Schutz des Kriegers erkaufen zu können, der mit Flora verabredet hatte, daß er immer Rougets Partei nähme. »Mein guter Max, ich schwöre bei allem, was mir heilig ist, ich höre die Neuigkeit eben zum erstenmal. Ich habe nie an meine Schwester geschrieben; mein Vater hat mir das Versprechen abgenommen, ihr nichts von meinem Hab und Gut zu hinterlassen; das sollte ich lieber noch der Kirche geben ... Kurz und gut, ich werde weder meine Schwester noch ihre Söhne empfangen.« »Ihr Vater war im Unrecht, mein lieber Jean-Jacques, und Madame ist es noch weit mehr«, antwortete Max. »Ihr Vater hatte immerhin seine Gründe, er ist tot, sein Haß sollte mit ihm gestorben sein. Ihre Schwester bleibt Ihre Schwester, Ihre Neffen sind Ihre Neffen. Sie sind es sich selbst schuldig, sie gut zu empfangen, und sind es auch uns schuldig. Was würde man in Issoudun sagen ...? Kreuzschwerenot, ich habe schon genug auf dem Buckel, das fehlte gerade noch, daß die Leute sagten, wir sperrten Sie ab, Sie seien nicht frei, wir hätten Sie gegen Ihre Erben aufgehetzt, wir wären Erbschleicher … Der Teufel soll mich holen, wenn ich nicht bei der nächsten Verleumdung das Feld räume! An einer hab ich schon genug! Und nun wollen wir frühstücken.«

Flora war schon wieder sanft geworden wie ein Lämmchen; sie half der Védie beim Tischdecken. Der alte Rouget bewunderte Max, er ergriff seine Hände, führte ihn in eine Fensternische und sagte dort leise zu ihm: »Und wenn ich einen Sohn hätte, Max, ich würde ihn nicht so sehr lieben wie dich. Flora hatte recht: ihr beiden, ihr seid meine Familie … Du hast Ehrgefühl, Max, alles, was du sagst, zeugt davon.«

»Feierlich sollten Sie Ihre Schwester und Ihren Neffen empfangen, aber an Ihren Verfügungen nichts ändern«, unterbrach ihn Max. »Dann kann weder Ihr Vater noch die Welt mit Ihnen unzufrieden sein.« »Unser Ragout wird kalt, ihr Herzensbübchen«, rief Flora lustig. »Da hast du einen Flügel, alter Mäuserich«, und sie lächelte Ihrem Jean-Jacques zu.

Bei ihren Worten verlor das Pferdegesicht des Alten seine Kadaverfarbe, auf seinen hängenden Lippen erschien ein glückseliges Lächeln; aber dann packte ihn wieder der Husten, denn die Begnadigung war für ihn eine nicht minder heftige Erregung als vorher die Strafe. Flora erhob sich, nahm ihren kleinen Kaschmirschal von den Schultern und legte ihn dem Alten als Krawatte um den Hals: »Es taugt nichts, sich so um nichts aufzuregen. Da, altes Dummerchen, das wird dir gut tun, es hat auf meinem Herzen gelegen …«

»Was für ein gutes Geschöpf!« sagte Rouget zu Max, während Flora eine schwarze Samtkappe holte, um den beinah kahlen Kopf des Junggesellen zu bedecken. »Ebenso gut wie schön«, antwortete Max, »nur allzu lebhaft, wie alle, die das Herz auf der Zunge haben.« Vielleicht wird man die Derbheit dieses Gemäldes tadeln und wird in der Art, wie das Wesen der Käscherin beleuchtet wurde, die Wahrhaftigkeit finden, die der Maler besser im Schatten läßt. Hundertmal mit entsetzlichen Varianten wiederholt, ist diese Szene in ihrer rohen Wirklichkeit der Prototyp so vieler andern, welche die Frauen jeder Sprosse der Gesellschaftsleiter spielen, wenn irgendein Interesse sie von der geraden Linie des Gehorsams abgelenkt hat und sie die Macht an sich gerissen haben. Wie den großen Politikern heiligt auch den Frauen der Zweck die Mittel. Zwischen einer Flora Brazier und der Herzogin, zwischen der Herzogin und der reichen Bürgerfrau, zwischen der Bürgerin und der glänzend ausgehaltenen Kurtisane gibt es nur Unterschiede der Erziehung und des Milieus. Wo die Käscherin wettert, schmollt die große Dame. Überall erreichen bitterer Spott, witziger Hohn, kühle Verachtung, verlogene Klage, künstlicher Zank dasselbe Ziel wie das pöbelhafte Geschwätz dieser Frau Everard von Issoudun.

Max fing nun an, die Geschichte von Farios Karre so drollig zu erzählen, daß er den biederen Jean-Jacques zum Lachen brachte; Védie und Kouski im Hausflur schüttelten sich vor Lachen. Und Flora lachte am tollsten. Als dann der Alte nach dem Essen die Zeitungen las – man hatte sich auf den ›Constitionel‹ und die ›Pandora‹ abonniert –, nahm Max Flora auf sein Zimmer.

»Bist du sicher, daß er, seit er dich zur Erbin eingesetzt hat, nicht noch ein andres Testament gemacht hat?«

»Er hat ja kein Schreibzeug«, sagte sie.

»Er kann es aber einem Notar diktiert haben. Wenn nicht, so muß man doch diesen Fall vorsehen. Wir wollen also die Bridaus sehr liebenswürdig empfangen und zugleich versuchen, und zwar möglichst schnell, alles, was wir in Hypotheken angelegt haben, flüssig zu machen. Mit Vergnügen werden unsere Notare die Überschreibungen vornehmen, denn dabei gibt's etwas für sie zu verdienen. Die Rente steigt von Tag zu Tag, man wird Spanien erobern und Ferdinand VII. von seinen Cortes befreien: dann wird im kommenden Jahre die Rente vielleicht über pari stehen. Demnach ist es ein gutes Geschäft, die siebenhundertfünfzigtausend Franken des Alten zu neunundachtzig in Staatspapieren anzulegen. Nur sieh zu, daß sie auf deinen Namen eingetragen werden. Ein Teil des Vermögens ist dann jedenfalls gerettet!«

»Eine glänzende Idee«, sagte Flora.

»Und da achthundertneunzigtausend Franken fünfzigtausend Franken Rente abwerfen, müßte man ihn veranlassen, auf zwei Jahre hundertvierzigtausend Franken zu leihen, die dann in zwei Raten rückzahlbar sind. In zwei Jahren bekommen wir aus Paris hunderttausend Franken und von hier achtzigtausend; wir riskieren also nichts.«

»Ach, was wäre aus uns geworden ohne dich, mein schöner Schatz?« sagte sie.

»Morgen abend bei der Cognette werde ich schon dafür sorgen, daß die Hochons selbst die Pariser verabschieden.«

»Wie klug du bist, mein Herzensmax!«

Die Place Saint-Jean liegt mitten in einer Straße, die in ihrem Oberteil die große Narette und unten die kleine Narette heißt; das Wort Narette entspricht dem genuesischen ›salita‹ und bedeutet eine steil abfallende Straße. Von der Place Saint-Jean zu der Porte Vilatte ist das Gefäll der Narette sehr steil. Das Haus des alten Herrn Hochon liegt Jean-Jacques' Hause gegenüber. Bei aufgezogenen Vorhängen oder offnen Türen konnte man aus den Saalfenstern der Frau Hochon sehen, was bei dem alten Rouget geschah und umgekehrt. Hochons Haus und Rougets Haus sind einander sehr ähnlich, sie sind sicher von demselben Baumeister. Hochon war Steuereinnehmer in Selles gewesen, dann aber in seine Heimat zurückgekehrt, um sich mit der Schwester des galanten Subdelegierten Lousteau zu verheiraten und seinen Posten in Selles mit dem entsprechenden in Issoudun zu vertauschen. Da er sich bereits im Jahre 1787 von den Geschäften zurückzog, entging er den Stürmen der Revolution, deren Grundsätzen er sich übrigens anschloß, wie alle ›ehrlichen Leute‹, die mit den Wölfen heulen. Seinen Ruf als großer Geizhals hatte Herr Hochon wohl verdient. Um nicht in Wiederholungen zu verfallen, wollen wir nur einen Zug seines Charakters anführen, eine berühmte Geschichte, die den ganzen Menschen deutlich macht.

Als seine inzwischen verstorbene Tochter sich mit einem Borniche verheiratete, mußten Hochons die Borniches einmal zum Diner einladen. Es war der Tag, an dem der Ehevertrag unterzeichnet werden sollte, die ganze Verwandtschaft beider Familien war im Saale versammelt, auf der einen Seite die Hochons, auf der andern die Borniches, alle in Feiertagskleidung. Während nun der Vertrag von dem jungen Notar Héron feierlich verlesen wurde, kam die Köchin herein und bat Herrn Hochon um etwas Bindfaden, um einen Truthahn, den Hauptgang des Festmahls, zu binden. Der weiland Steuereinnehmer zog aus der tiefsten Tasche seines Überrocks ein Stück Bindfaden, womit ohne Zweifel schon einmal ein Paket verschnürt worden war, und gab es ihr, aber ehe sie noch an der Tür war, rief er ihr nach: »Gritte, du gibst ihn mir aber wieder.«

Von Jahr zu Jahr war der alte Hochon immer quengliger, immer peinlicher geworden, und jetzt war er fünfundachtzig Jahre alt! Er war einer von denen, die sich auf der Straße mitten in einem lebhaften Gespräch bücken, eine Nadel auflangen und sagen: »Da liegt der Tagelohn einer armen Frau! und dann die Nadel in ihren Ärmel stecken. Er klagte sehr, wie schlecht heutzutage die Tuchfabrikation sei, sein letzter Überrock habe nur zehn Jahre gehalten. Er war groß, dürr und trocken, gelblich im Gesicht, sprach wenig, las wenig, vermied jede Anstrengung, beobachtete genau die Formen, hielt im Haus auf große Mäßigkeit und Sparsamkeit und tyrannisierte seine zahlreiche Familie, bestehend aus seiner Frau, der geborenen Lousteau, seinem Enkel Baruch und dessen Schwester Adolphine, den beiden Erben der alten Borniches, und schließlich aus seinem andern Enkel François Hochon.

Hochons ältester Sohn wurde im Jahre 1813 mit vielen andern Bürgerssöhnen, die bisher der Aushebung entgangen waren, in die sogenannten Ehrengarden eingereiht. Er fiel in der Schlacht bei Hanau. Dieser Erbanwärter hatte in jungen Jahren eine reiche Frau geheiratet, um sich von jeder Aushebung loskaufen zu können, und als er dann in den Krieg kam und sein Ende voraussah, sein ganzes Vermögen aufgezehrt. Seine Frau, die von fern dem französischen Heere folgte, starb 1814 in Straßburg und hinterließ Schulden, deren Bezahlung der alte Hochon verweigerte, indem er den Gläubigern einen Grundsatz aus der alten Rechtsprechung entgegenhielt: »Die Frauen sind juristisch minderjährig.« So bestand die Familie nur mehr aus drei Enkeln und zwei Großeltern.

Das Haus war geräumig, aber es enthielt wenig Mobiliar. Gleichwohl konnten Joseph und Frau Bridau in zwei Zimmern des zweiten Stockwerks gut untergebracht werden. Bei dieser Gelegenheit tat es dem alten Hochon leid, daß er dort oben zwei Betten, zwei alte Sessel aus rohem Holz mit gestickten Bezügen und zwei Nußbaumtische, auf denen je eine blaugeränderte Waschschüssel nebst Kanne stand, aufbewahrt hatte.

In diesen beiden Zimmern pflegte der Alte seine Ernte an Äpfeln, Winterbirnen, Mispeln und Quitten unterzubringen, und die Ratten und Mäuse tanzten darin; es roch nach Obst und Mäusen. Frau Hochon ließ dort reinmachen; die Tapete, die an vielen Stellen abblätterte, wurde mittelst Oblaten festgeklebt; die Fenster versah sie mit kleinen Vorhängen, die sie aus ihren alten Musselinresten schnitt. Und da ihr Mann sich weigerte, Matten zu kaufen, gab sie für ihre arme kleine Agathe – so nannte sie diese Mutter von siebenundvierzig Jahren – den eignen Bettvorleger her. Von den Borniches lieh sie zwei Nachttische, und schließlich hatte sie die Kühnheit, von einem Trödler aus der Nachbarschaft der Cognette zwei alte Kommoden mit Kupferbeschlägen zu mieten. Sie besaß noch zwei Paar Leuchter aus kostbarem Holze, die ihr eigner Vater verfertigt hatte, der ein leidenschaftlicher Drechsler gewesen war. In den achtziger Jahren war es nämlich guter Ton bei den reichen Leuten, ein Handwerk zu erlernen, und Herr Lousteau senior, der ehemalige Finanzpachtsekretär, war Drechsler wie Ludwig XIV. Schlosser war. Die Leuchter waren mit Reifen aus dem Wurzelholz von Rosen-, Pfirsich- und Aprikosensträuchern verziert. So kostbare Reliquien gab Frau Hochon her! ... Über diesen Vorbereitungen und Opfern wurde Herr Hochon immer ernster; er glaubte noch nicht recht daran, daß die Bridaus wirklich kommen würden.

Am Morgen des Tages, den der Schabernack mit Fario berühmt machte, sagte Frau Hochon nach dem Frühstück zu ihrem Gatten: »Ich hoffe, du wirst Frau Bridau, mein Patenkind, wie es sich gehört, aufnehmen, Hochon.« Sie vergewisserte sich, daß ihre Enkel fort waren, und setzte hinzu: »Ich habe freie Verfügung über mein Hab und Gut, zwinge mich nicht, Agathe in meinem Testament für eine schlechte Aufnahme zu entschädigen.

»Glauben Sie, Madame«, erwiderte Hochon mit sanfter Stimme, »ich wüßte in meinem Alter noch nichts von den einfachsten Regeln der Höflichkeit und des Anstandes?«

»Du weißt sehr gut, was ich sagen will, verstell dich nicht. Sei liebenswürdig zu unsern Gästen, denke daran, wie sehr ich Agathe liebe ...«

»Maxence Gilet hast du auch geliebt, der die Erbschaft einheimsen wird, die eigentlich deiner geliebten Agathe gehört! ... Du hast eine Schlange am Busen genährt; aber schließlich und endlich mußte ja das Geld der Rougets irgendeinem Lousteau zufallen.« Mit dieser Anspielung auf Agathes und Maxences vermeintliche Abstammung wollte Hochon abgehen; aber die alte Frau Hochon, immer noch aufrecht, dürr, gepudert, in ihrer Schleifenhaube, in ihrem taubengrauen Taftkleid mit den engen Ärmeln, stellte ihre Tabaksdose auf das Tischchen und sagte: »Wie kann ein Mann von Geist wie Sie, Herr Hochon, solche Torheiten wiederholen, die meiner armen Freundin ihre Ruhe und meinem armen Patenkind das väterliche Vermögen gekostet haben? Mein Bruder ist nicht der Vater von Maxence Gilet, und ich habe ihm seinerzeit immer geraten, seine Taler zu sparen. Und daß Frau Rouget die Tugend selbst war, wissen Sie so gut wie ich ...«

»Und die Tochter ist der Mutter würdig, sie scheint mir recht töricht zu sein. Erst hat sie ihr ganzes Vermögen verloren, dann hat sie ihre Kinder so gut erzogen, daß der eine wegen einer Verschwörung im Gefängnis sitzt mit einem Kriminalprozeß auf dem Hals, die ihn vor den Pairshof bringt, und der andre ... der ist noch schlimmer dran, der ist Kunstmaler! ... Sollen deine Schützlinge hier bleiben, bis sie den

Narren Rouget aus den Krallen der Käscherin und ihres Max losgeeist haben, dann werden wir mehr als einen Scheffel Salz mit ihnen essen.« »Genug, Herr Hochon, lassen Sie uns hoffen, daß sie wenigstens etwas dabei herausbekommen.«

Herr Hochon nahm seinen Hut, faßte den Elfenbeingriff seines Stockes und ging; die Worte seiner Frau waren ihm in die Glieder gefahren, soviel Entschlossenheit hatte er ihr nicht zugetraut. Frau Hochon nahm ihr Gebetbuch, um die Worte der Messe zu lesen; denn bei ihrem hohen Alter konnte sie nicht mehr täglich in die Kirche gehen; das machte ihr schon an Sonn- und Festtagen Mühe. Seit sie Agathes Anwortschreiben erhalten hatte, fügte sie ihren üblichen Gebeten eine besondere Bitte hinzu, Gott möge Jean-Jacques Rouget die Augen öffnen, Agathe segnen und das Unternehmen, in das sie ihr Patenkind gedrängt hatte, mit Erfolg krönen. Ihre Enkel, die in ihren Augen ›Ketzer‹ waren, durften nichts davon erfahren, daß sie den Pfarrer gebeten hatte, zu diesem Zweck eine neuntägige Messe abzuhalten im Verein mit ihrer Enkelin Adolphine Borniche, die dabei die Großmutter vertrat.

Die achtzehnjährige Adolphine, die seit sieben Jahren in diesem kalten Hause mit den pedantischen und einförmigen Sitten an der Seite der Alten arbeiten mußte, übernahm diese Rolle um so lieber, als sie hoffte, Joseph Bridau gewisse Gefühle einzuflößen. Sie nahm an diesem von Herrn Hochon unverstandenen Künstler gerade wegen der ungeheuerlichen Dinge, die ihr Großvater von dem jungen Pariser behauptete, den lebhaftesten Anteil.

Die alten Leute, die ehrbaren Stadthäupter und Familienväter billigten übrigens Frau Hochons Auftreten, und ihr Wohlwollen für Frau Bridau und ihre Kinder stand in Einklang mit ihrer heimlichen Abneigung gegen Maxence Gilet. So schuf die Nachricht von der Ankunft der Schwester und des Neffen Rougets zwei Parteien in Issoudun: die der vornehmen alten Bürgerschaft, die sich mit untätigem Zusehen und Glückwünschen begnügen mußte, und die der Ritter vom Müßiggang, Maxences Parteigänger, die zum Unglück imstande waren, den Parisern manchen Streich zu spielen.

An diesem Tage kamen also Agathe und Joseph um drei Uhr vor dem Postbüro auf der Place Misère an. So müde Frau Bridau war, der Anblick ihrer Heimat verjüngte sie: jeder Schritt erweckte Erinnerungen und Jugendeindrücke. Die damaligen Zustände von Issoudun brachten es mit sich, daß die Ankunft der Pariser in zehn Minuten in der ganzen

Stadt bekannt war. Frau Hochon kam vor die Tür, der Patentochter entgegen, und umarmte sie wie eine wahre Tochter. Sie hatte zweiundsiebzig Jahre eines öden und leeren Lebens hinter sich, aus dem sie rückblickend die Särge ihrer drei Kinder auftauchen sah, die alle unglücklich gestorben waren, und so hatte sie sich eine Art künstlicher Mutterschaft zurechtgemacht für das junge Geschöpf, das sie, wie sie es ausdrückte, sechzehn Jahre in ihrem Beutel getragen hatte. Im Dämmer des Provinzlebens hatte sie dann diese alte Freundschaft und das Gedächtnis dieser Kindheit gepflegt, als wäre Agathe immer zugegen; und ihr Anteil an dem Schicksal der Bridaus war eine Leidenschaft. Nun wurde Agathe im Triumph in den Saal geführt, wo der würdige Herr Hochon kalt dastand wie ein unterhöhlter leerer Backofen.

»Nun, wie findest du Herrn Hochon?« fragte die Patin ihr Patenkind.

»Ganz genau wie ich ihn verlassen habe«, sagte die Pariserin.

»Ah, man sieht, Sie kommen aus Paris, Sie verstehn sich auf Komplimente«, meinte der Alte.

Dann wurde vorgestellt: der »kleine« Baruch Borniche, ein großer junger Mensch von zweiundzwanzig Jahren, der »kleine« François Hochon, vierundzwanzig Jahre alt, und die kleine Adolphine, die errötete und nicht wußte, wo sie ihre Arme und erst recht ihre Augen lassen sollte; denn sie wollte den Anschein vermeiden, als blickte sie auf Joseph Bridau, den auch, allerdings von andern Gesichtspunkten, die beiden jungen Leute und die alte Hochon neugierig anschauten. Der Geizhals sagte sich: ›Der kommt aus dem Spittel, er wird Hunger haben wie ein Rekonvaleszent.‹ Die beiden jungen Leute dachten: ›Was für ein Brigantengesicht! Der wird uns noch manche Nuß zu knacken geben.‹

Agathe stellte den Künstler vor: »Mein Sohn, der Maler, mein guter Joseph!«

Die Art, wie sie das Wort »gut« eigens betonte, offenbarte ihr ganzes Herz: sie dachte an das Luxembourg-Gefängnis.

»Er sieht kränklich aus, er sieht dir nicht ähnlich«, rief Frau Hochon.

»Nein, Madame«, sagte Joseph mit der naiven Derbheit des Künstlers, »ich sehe meinem Vater ähnlich und noch dazu wie eine Karikatur.«

Frau Hochon drückte Agathes Hand, die sie in ihrer hielt, und sah ihr ins Auge. Dieser Druck, dieser Blick besagten: ›Ach, ich verstehe, mein Kind, daß du den Taugenichts, den Philipp, lieber hast.‹

»Ich habe Ihren Vater nie gesehen, mein liebes Kind«, sagte Frau Hochon laut, »aber mir genügt es, daß Sie der Sohn Ihrer Mutter sind, um Sie zu lieben. Zudem haben Sie Talent, das hat mir die selige Frau Descoings geschrieben, die einzige, die mir von Ihrer Familie in der letzten Zeit Nachricht gegeben hat.« »Talent!« sagte der Maler, »noch nicht, aber mit Geduld und Zeit werde ich vielleicht einmal Ruhm und Geld erwerben.«

»Etwa mit der Malerei?« fragte Herr Hochon sehr ironisch.

»Adolphine, sieh nach dem Essen«, sagte Frau Hochon.

»Mutter«, sagte Joseph, »da kommen unsere Koffer, ich will sie hinaufbringen lassen.«

»Hochon, zeige Herrn Bridau die Zimmer«, sagte die Großmutter zu François.

Da um vier Uhr gespeist wurde und es erst halb vier Uhr war, ging Baruch noch in die Stadt, um über die Familie Bridau zu berichten, Agathes Toilette und vor allem Joseph zu beschreiben, dessen zerwühltes, kränkliches, ausdrucksvolles Gesicht dem Idealbild entsprach, das man sich in Issoudun von einem Briganten macht. An diesem Tage trug Joseph in allen Häusern die Kosten der Unterhaltung.

»Rougets Schwester scheint sich während ihrer Schwangerschaft in einen Affen versehen zu haben«, sagte man, »ihr Sohn sieht ja aus wie eine Meerkatze.« – »Er hat ein Räubergesicht und Basiliskenaugen.« »Kurios soll er anzusehen sein, geradezu abscheulich.« – »Ja, so sind die Pariser Künstler alle.« – »Sie sind tückisch wie störrische Esel und boshaft wie Affen.« – »Das liegt am Beruf.« – »Eben habe ich Herrn Beaussier getroffen, der sagt, er möchte diesem Menschen nicht nachts am Waldrande begegnen, er hat ihn im Postwagen gesehen.« – »Er hat Gruben im Gesicht wie ein Pferd, er gebärdet sich wie ein Verrückter.« – »So ein Bursche ist am Ende zu allem fähig, vielleicht ist er schuld daran, daß sein Bruder, der ein schöner stattlicher Mann war, auf Abwege geraten ist. Die arme Frau Bridau sieht auch nicht so aus, als ob sie mit ihm glücklich wäre ...« – »Wir sollten die Gelegenheit benutzen und, da er nun einmal hier ist, unsre Porträts von ihm ›abnehmen‹ lassen.«

Diese Meinungen, die wie vorm Winde durch die Stadt jagten, bewirkten eine ungeheure Neugier. Alle, die Zutritt zum Hause der Hochons hatten, beschlossen, diese noch heute abend zu besuchen und sich die Pariser genauer zu besehen. Die Ankunft der beiden Fremden wirkte auf die stagnierende Stadt wie der Balken, der in der Fabel mitten unter die Frösche fällt.

Nachdem er das Gepäck seiner Mutter und sein eignes in die beiden Mansardenzimmer gebracht und diese angesehen hatte, besah sich Joseph das ganze stille Haus mit den schmucklosen Mauern, Treppen und Vertäfelungen, die Kälte atmeten und nur das Allernotwendigste enthielten. Er war ergriffen von dem plötzlichen Übergang aus dem phantastischen Paris in die tonlose trockne Provinz. Als er dann zum Essen hinunterkam und sah, wie Herr Hochon selbst jedem seine Scheibe Brot abschnitt, ging ihm zum ersten Male in seinem Leben Molières Harpagon auf. ›Wir wären besser in das Gasthaus gegangen‹, dachte er bei sich. Der Anblick des Diners bestätigte seine Ahnungen. Nach einer Fleischbrühe, deren Helligkeit deutlich zeigte, daß in diesem Hause mehr auf die Quantität als auf die Qualität Wert gelegt wurde, servierte man ein Suppenfleisch, imponierend umrahmt von Petersilie. Die Gemüse kamen auf einer besonderen Schüssel und zählten als Gang. Das Suppenfleisch thronte mitten auf der Tafel und war von drei weiteren Platten umgeben: harte Eier auf Sauerampfer, den Gemüsen gegenüber ein Nußölsalat und Creme in kleinen Schalen. Statt Vanille enthielt diese Creme gebrannten Hafer und verhielt sich zu richtiger Creme wie Zichorienkaffee zu Mokka. Butter und Radieschen, Rettiche und Essiggurken, aus zwei Schüsseln an den Tischenden, vervollständigten die Mahlzeit, die Frau Hochons Billigung fand. Mit dem Ausdruck der Zufriedenheit nickte die gute Alte ihrem Gatten zu; hatte er doch wenigstens am ersten Tage alles gut gemacht. Der Alte antwortete mit einem Blick und einer Bewegung der Schultern, die sich leicht in die Worte übersetzen ließ: ›Sieh nur, was du mich für Torheiten machen läßt! …‹

Gleich nachdem Herr Hochon das Suppenfleisch in Scheiben dünn wie Schuhsohlen geschnitten hatte, wurde dieser Gang durch drei Tauben ersetzt. Dazu gab es Landwein. Auf Anraten der Großmutter hatte Adolphine die Enden der Tafel mit zwei Buketts geschmückt.

»So geht's nun einmal im Kriege zu« dachte der Künstler, in den Anblick der Tafel vertieft.

Und er machte sich über das Essen her, wie es von einem, der zum Frühstück um sechs Uhr morgens in Vierzon nichts als einen scheußlichen Kaffee bekommen hatte, nicht anders zu erwarten war. Als Joseph sein Brot aufgegessen hatte und um ein neues Stück bat, erhob sich Herr Hochon, suchte lange in der Tiefe seiner Rocktasche nach einem Schlüssel, öffnete einen Schrank hinter seinem Platze, schwang den Kanten eines Zwölfpfundbrotes herüber, schnitt feierlich eine Scheibe herunter, schnitt sie in zwei Teile, legte sie auf einen Teller und reichte den Teller über den Tisch dem jungen Maler hinüber, alles mit der Ruhe und Kaltblütigkeit eines alten Soldaten, der sich zu Beginn der Schlacht sagt: ›Wenn's sein muß, trifft's mich heut.‹

Joseph nahm die eine Hälfte der Scheibe und sah ein, daß er nicht noch einmal um Brot bitten durfte. Den Mitgliedern der Familie Hochon machte diese Szene, die Joseph ungeheuerlich vorkam, gar keinen Eindruck. Die Unterhaltung ging weiter. Agathe erfuhr, daß ihr Geburtshaus, das ihr Vater bewohnt hatte, ehe er das Haus der Descoings erbte, von den Borniches gekauft worden war; sie äußerte den Wunsch, es wiederzusehen.

»Sicherlich werden die Borniches heute abend kommen, sagte ihre Patin, »die ganze Stadt wird herkommen, um Sie zu besehen«, wandte sie sich an Joseph, »und die Borniches werden euch einladen.«

Zum Dessert brachte die Magd den berühmten weichen Käse der Touraine und des Landes Berry, der aus Ziegenmilch bereitet wird und die Zeichnung der Weinblätter, auf denen er serviert wird, in so deutlichen Abdrücken reproduziert, daß der Kupferstich eigentlich in der Touraine hätte erfunden werden müssen. Zu beiden Seiten der kleinen Käsestücke hatte Gritte mit einer gewissen Feierlichkeit Nüsse und die obligaten Biskuits aufgebaut.

»Wo bleibt das Obst, Gritte?« fragte Frau Hochon.

»Angefaultes ist keins mehr da, gnädige Frau«, antwortete Gritte.

Joseph brach in ein Gelächter aus, als säße er unter seinen Kameraden im Atelier; hier war also die Vorsicht, das angegangene Obst zuerst zu essen, zur lieben Gewohnheit geworden.

»Ach, wir werden es auch so essen«, rief er mit munterer Entschlossenheit.

»Nun bitte, Monsieur Hochon«, rief die alte Dame. Herr Hochon war sehr verdrossen über die Worte des Künstlers; er holte Pfirsiche, Birnen und Katharinenpflaumen.

»Adolphine, pflück uns Weintrauben«, sagte Frau Hochon zu ihrer Enkelin.

Joseph sah sich die beiden jungen Leute an mit einer Miene, die zu fragen schien: »Verdankt ihr etwa diesem Regime eure wohlgenährten Gesichter?«

Baruch verstand den deutlichen Blick und lächelte. Sein Vetter Hochon und er hatten sich nichts anmerken lassen. Für Leute, die dreimal in der Woche bei der Cognette zu Nacht speisten, spielten die häuslichen Mahlzeiten keine große Rolle. Auch hatte Baruch bereits die Meldung erhalten, daß der Großmeister den Orden vollzählig auf Mitternacht einberief, um ihn zur Vorbereitung eines Handstreichs großartig zu bewirten. Das Begrüßungsmahl, das der alte Hochon seinen Gästen gab, bewies, wie notwendig die nächtlichen Feste bei der Cognette zur Ernährung der beiden großen eßlustigen Burschen waren, die denn auch keines versäumten.

»Wir nehmen den Likör im Salon«, sagte Frau Hochon, erhob sich und bot Joseph ihren Arm. Beim Vorangehen konnte sie dem Maler zuflüstern: »Mein armer Junge, dies Diner wird dir keine Magenbeschwerden machen; dabei hatte ich Mühe genug, es überhaupt durchzusetzen. Du wirst hier fasten, wirst nur das Allernotwendigste zu essen bekommen. Habe bitte Geduld mit unserer Küche.« Die Menschlichkeit der vortrefflichen alten Dame, die so gegen sich selbst plädierte, gefiel dem Künstler.

»Bald werde ich nun fünfzig Jahre mit diesem Manne zusammen gelebt haben, und habe noch nie zwanzig Taler im Säckel gehabt! Oh, wenn es sich nicht darum handelte, euch ein Vermögen zu retten, nie hätte ich deine Mutter und dich in mein Gefängnis gelockt.«

»Aber wie halten Sie dies Leben aus?« fragte naiv der Maler, den die bekannte Lustigkeit der französischen Künstler nie verließ.

»Ich?« erwiderte sie, »ich bete«.

Bei diesen Worten überlief Joseph ein leichter Schauer, und diese alte Frau wuchs seiner Ehrfurcht so ins Große, daß er ein paar Schritte zurücktrat, um ihr Gesicht zu betrachten. Das sah er strahlen im Glanz milder Heiterkeit. »Ich werde Sie malen«, sagte er.

»Nein, nein, ich habe mich zuviel weggesehnt von dieser Erde, um im Bilde auf ihr verbleiben zu wollen.«

Diese traurigen Worte sprach sie munter aus, dabei nahm sie aus einem Schrank ein Fläschchen mit Cassis, ihrem selbstbereiteten Hauslikör, dessen Rezept sie von den berühmten Nonnen hatte, denen man die Issouduner Kuchen verdankt, eine der größten Schöpfungen der französischen Zuckerbäckerei, die noch kein Küchenchef, Koch, Konditor oder Confiseur nachzumachen verstanden hat. Monsieur de Rivière, der Gesandte in Konstantinopel ließ jedes Jahr gewaltige Mengen dieses Gebäcks für Mahmuds Serail kommen. Adolphine hielt auf einem Lackteller die kleinen altertümlichen Gläser mit Gravierungen und Goldrand der Großmutter zum Einschenken hin und bot an.

»Rund in der Reihe, das Alter voran«, rief munter Agathe, die diese unveränderte Zeremonie an ihre Kindheit erinnerte.

»Gleich wird Hochon in seinen Verein gehen, die Zeitungen zu lesen, dann haben wir ein paar Minuten für uns«, flüsterte ihr die alte Dame zu. Und wirklich waren bald darauf die drei Frauen und Joseph allein in diesem Saal, dessen Parkett nie gebohnert, immer nur gefegt wurde; die Tapeten in ihren Eichenholzrahmen mit Holzkehlen und Schnitzwerk, das ganze einfache, fast düstere Mobiliar war noch genau so, wie Frau Bridau es einst verlassen hatte. Monarchie, Revolution, Kaiserreich und Restauration, die sonst so wenig verschonten, diesen Saal hatten sie verschont gelassen, hier war von ihrem Glanz und Untergang nicht die geringste Spur.

»Ach, Patin, wie stürmisch war mein armes Leben im Vergleich mit Ihrem«, rief Frau Bridau, die immer wieder erstaunte über alles, was sie wiederfand; da war auf dem Kamin zwischen der Uhr und den alten silbernen Leuchtern ein ausgestopfter Kanarienvogel, den sie lebend gekannt hatte!

»Liebes Kind«, erwiderte die alte Frau, »die Stürme sind im Herzen. So notwendig und groß die Entsagung war, so groß waren auch die Kämpfe, die wir mit uns selbst zu bestehen hatten. Aber sprechen wir nicht von mir, beschäftigen wir uns mit euren Angelegenheiten. Ihr seid hier dem Feinde gerade gegenüber.« Sie zeigte auf den Saal des Hauses Rouget drüben.

»Sie setzen sich zu Tisch«, sagte Adolphine. Das junge Mädchen, das wie eine Einsiedlerin lebte, sah immer zu den Fenstern hinaus in der Hoffnung, etwas zu erhaschen von den ungeheuerlichen Dingen, die man Maxence Gilet, der Käscherin und Jean-Jacques nachsagte und von denen ihr immer einiges zu Ohren kam, wenn man sie hinausschickte, um nicht vor ihr von diesen sonderbaren Menschen zu sprechen. Auch jetzt sagte die alte Dame zu ihrer Enkelin, sie sollte sie mit Herrn und Frau Bridau allein lassen, bis Besuch käme.

»Ich kenne mein Issoudun auswendig«, sagte sie dann zu den beiden Parisern, »wir bekommen heut abend noch zehn bis zwölf Schuh Neugieriger.«

Kaum hatte Frau Hochon den beiden das Große und Kleine von der erstaunlichen Macht Gilets und der Käscherin über Jean-Jacques Rouget berichten können (wobei sie nicht synthetisch verfuhr wie der Erzähler, sondern tausend Kommentare, Beschreibungen und Hypothesen vorbrachte, mit denen die guten und bösen Zungen von Issoudun die Umstände ausschmückten), so kam auch schon Adolphine, die Ankunft der Borniche, Beaussier, Lousteau-Prangin, Fichet und Goddet-Héreau zu melden, im ganzen vierzehn Personen, die in der Ferne sichtbar wurden.

»Du siehst, mein Kind«, schloß die alte Dame ihren Bericht, »es ist nicht so einfach, dieses Vermögen dem Rachen des Wolfes zu entreißen ...«

»Mit einem Burschen, wie Sie ihn uns eben beschrieben haben, und mit solch einem Weibstück muß das einfach unmöglich sein«, meinte Joseph. »Wir müßten ja mindestens ein Jahr in Issoudun bleiben, um ihren Einfluß auf meinen Onkel zu bekämpfen und ihre Herrschaft über ihn zu brechen ... Soviel Scherereien ist das Vermögen gar nicht wert, ganz abgesehen von all den entehrenden Gemeinheiten, auf die man sich einlassen müßte. Meine Mutter hat nur zwei Wochen Urlaub, und sie darf ihre sichere Stellung nicht riskieren. Ich selbst muß im Oktober wichtige Arbeiten vornehmen, die Schinner mir bei einem Pair von Frankreich verschafft hat ... Sehen Sie, gnädige Frau, mein ganzes Vermögen ist meine Palette!«

Diese Worte wirkten geradezu verblüffend auf Frau Hochon. So überlegen sie sonst der Stadt, in der sie lebte, war, an die Malerei glaubte auch sie nicht ... Sie sah ihre Patentochter an und drückte ihr von neuem die Hand.

»Dieser Maxence ist eine Fortsetzung, eine erweiterte Ausgabe von Philipp«, sagte Joseph seiner Mutter ins Ohr, »aber mit mehr Diplomatie und mehr Haltung, als Philipp hat. – Nun, lange werden wir Herrn Hochon nicht mit unserm Hiersein verdrießen«, sagte er dann laut.

»Ach, Sie sind jung, Sie kennen die Welt nicht«, sagte die alte Dame. »In zwei Wochen kann man mit etwas Diplomatie schon allerlei erreichen; hören Sie auf meinen Rat, folgen Sie meinen Winken.«

»Sehr gern«, antwortete Joseph, »ich weiß, ich bin in Sachen häuslicher Politik von erstaunlicher Unfähigkeit; ich habe keine Ahnung, was uns zum Beispiel Desroches selbst raten würde, wenn etwa morgen mein Onkel sich weigert, uns zu empfangen.«

Die Damen Borniche, Goddet-Héreau, Beaussier, Lousteau-Prangin und Fichet, alle mit ihren Gatten versehen, traten ein.

Als nach den üblichen Komplimenten alle vierzehn sich gesetzt hatten, konnte Frau Hochon nicht umhin, ihnen Agathe und Joseph vorzustellen. Joseph blieb auf seinem Sessel sitzen und studierte mit heimtückischem Eifer die sechzig Gesichter, die von halb sechs bis neun Uhr erschienen und ihm gratis »saßen«, wie er zu seiner Mutter sagte. Seine Haltung gegenüber den Patriziern von Issoudun bestärkte die Kleinstadt in ihrer Meinung über ihn; alle waren geärgert von seinem spöttischen Blick, beunruhigt von seinem Lächeln, erschreckt von seinem Aussehen, das für Leute, die kein Verständnis für das Seltsame des Genies haben, düster sein mußte.

Als alle fort waren und man um zehn Uhr schlafen ging, behielt die Patin ihr Patenkind noch bis Mitternacht in ihrem Zimmer. Hier waren sie unbelauscht, konnten einander ihren Kummer anvertrauen, ihre Schmerzen mitteilen. Als Agathe in die endlose Wüste Einblick gewann, in der sich die Kräfte der verkannten schönen Seele ihrer Patin verloren, als sie den letzten Widerhall dieses Geistes vernahm, der seine Bestimmung verfehlt hatte, als sie die Leiden dieses großmütigen und barmherzigen Gemütes erfuhr, das seine Großmut und Barmherzigkeit nie anwenden konnte, kam ihr das eigene Leben, in dem die von Gott gesandten Bitternisse durch so mancherlei Zerstreuungen, so viel kleines Glück des Pariser Daseins gemildert wurden, weniger unglücklich vor. »Sie sind fromm, Patin, Sie könnten mir erklären, worin ich gefehlt habe und was Gott an mir straft.« »Gott bereitet uns vor, mein Kind«, erwiderte die Patin, als es Mitternacht schlug.

* *
*

Zur selben Zeit glitten die Ritter vom Müßiggang, einer nach dem andern, wie Schatten an den Bäumen des Boulevard Baron entlang und plauderten leise beim Spazierengehen.

»Was wird's heut geben?« war das erste Wort eines jeden, der hinzukam.

»Ich glaube, Max will uns nur bewirten«, sagte François.

»Nein, die Lage ist ernst für die Käscherin und ihn. Er hat sicher einen Streich gegen die Pariser im Sinn ...«

»Das wäre fein, wenn man ihnen heimleuchten könnte.

»Meinem Großvater ist es sehr unangenehm, zwei Esser mehr bei Tische zu haben«, sagte Baruch, »jeder Vorwand wäre ihm lieb ...«

»Hallo, ihr Ritter!« ließ sich leise Max vernehmen, der nun erschien, »was schaut ihr nach den Sternen? Die können uns keinen Kirsch destillieren. Auf! Zur Cognette!«

»Zur Cognette!«

Das schrien sie alle wie aus einem Mund, es gab einen furchtbaren Lärm, der durch die Stadt dröhnte wie das Hurra angreifender Truppen. Dann war gleich wieder tiefste Stille. Am nächsten Tage sagte mehr als ein Issouduner zu seinem Nachbarn: »Haben Sie heute nacht den entsetzlichen Schrei gehört. Ich dachte schon, es brennt irgendwo.«

Das Souper war der Cognette würdig, die Augen der zweiundzwanzig Tischgenossen leuchteten, der Orden war vollzählig versammelt. Um zwei Uhr, als man beim ›späten Nippen‹ angelangt war – so bezeichnete das Lexikon des Müßigganges das Trinken in kleinen schlürfenden Schlucken –, ergriff Max das Wort.

»Meine lieben Kinder, heut morgen gelegentlich des denkwürdigen Handstreichs gegen Farios Karre, ist euer Großmeister von diesem gemeinen Kornhändler – noch dazu einem Spanier, oh, die Galeeren! – ist, sage ich, euer Großmeister so empfindlich in seiner Ehre getroffen worden, daß ich beschlossen habe, den Kauz die volle Wucht meiner Rache fühlen zu lassen, aber dabei ganz im Bereich unserer Vergnügungen zu bleiben. Den ganzen Tag habe ich darüber nachgedacht, und da ist mir etwas eingefallen, das kann ein vortrefflicher Streich werden, ein Streich, der imstande ist, den Kerl toll zu machen. Indem wir dabei den Orden rächen, der in meiner Person betroffen ist, werden wir zugleich Geschöpfe speisen, die von den Ägyptern hoch verehrt wurden, kleine Tiere, die doch auch Gottes Geschöpfe sind und von den Menschen mit Unrecht verfolgt werden. Das Gute ist des Bösen Sohn, das Böse ist des Guten Kind: also lautet das höchste Gesetz! So befehle ich denn euch allen bei Strafe der höchsten Ungnade eures ganz ergebenen Großmeisters, euch in größtmöglicher Heimlichkeit ein jeglicher zwanzig Ratten oder, so Gott will, zwanzig schwangere Rattinnen zu beschaffen. Seht zu, daß ihr binnen drei Tagen euer Kontingent beisammen habt. Könnt ihr noch mehr erwischen, so ist der Überfluß hoch willkommen. Hütet diese interessanten Nager, ohne ihnen irgend etwas zu geben, denn es ist von Belang, daß die lieben kleinen Tiere wütenden Hunger haben. Ich betone, daß ich auch Stadt- und Feldmäuse an Ratten Statt annehme. Wenn wir nunmehr zweiundzwanzig mit zwanzig multiplizieren, so erhalten wir vierhundert und soundsoviel Mitverschworene, die, losgelassen in die alte Kapuzinerkirche, in der Fario das frischgekaufte Korn deponiert hat, eine beträchtliche Menge dieses Korns aufzehren könnten. Eile tut not! Fario soll in acht Tagen einen starken Posten des Korns liefern; und ich wünsche, daß mein verehrter Hispanier, der jetzt in Geschäften die Umgegend bereist, bei der Rückkehr auf einen erschütternden Abgang stoße. Meine Herren«, – er wehrte die Anzeichen allgemeiner Bewunderung ab – »meine Herren, der Verdienst dieses Einfalls gebührt nicht mir. Geben wir Cäsarn, was Cäsars ist, und Gott, was Gottes. Mein Gedanke ist nur eine Nachahmung des aus der Bibel bekannten Unternehmens Simsons mit den Füchsen. Simson aber war ein Brandstifter, und seine Tat ermangelte der Philanthropie; indessen wir es den Brahmanen gleichtun und Beschützer der verfolgten Kreatur sein werden. Fräulein Flora Brazier hat bereits alle ihre Mausefallen aufgestellt, und Kouski, meine rechte Hand, befindet sich auf der Jagd nach Feldmäusen. Das ist alles, was ich zu sagen hatte.«

»Ich wüßte ein Geschöpf zu finden, das allein vierzig Ratten aufwiegt«, erklärte Goddet junior.

»Nämlich?«

»Ein Eichhörnchen.«

»Und ich habe ein Äffchen anzubieten, das sich an dem Korn besaufen wird«, sagte ein Novize.

»Schlechte Vorschläge!« rief Max. »Man würde auf die Herkunft dieser Tiere kommen.«

»Man könnte in der Nacht aus jedem Taubenhaus der benachbarten Gutshöfe eine Taube beibringen und durch eine Öffnung im Kirchendach hineinschieben, dann würden bald mehrere tausend Tauben beisammen sein«, schlug der junge Beaussier vor.

Gilet lächelte ihm zu und begann wieder: »Es steht also eine Woche hindurch Farios Magazin auf unserer nächtlichen Tagesordnung. Ihr wißt, in Saint-Paterne wird früh aufgestanden. Wer hingeht, der binde seine Filzsohlen unter die Schuhe! Der Ritter Beaussier übernimmt als rühmlicher Erfinder des Taubenraubes die Leitung. Ich für mein Teil werde Sorge tragen, daß die Buchstaben meines Namens in die Kornhaufen eingezeichnet werden. Ihr aber seid Quartiermeister der Herren Ratzen. Sollte der Magazinbursche bei der Kirche schlafen, so werden die Kameraden ihn gefälligst betrunken machen und von der Stätte der Orgie entfernen, die wir den Nagetieren vorbereiten.«

»Du sagst uns ja gar nichts von den Parisern«, meinte Goddet junior.

»Oh«, antwortete Max, »die muß man erst studieren. Gleichwohl biete ich als Lohn meine schöne Jagdflinte, ein Geschenk des Kaisers, ein Meisterwerk der Versailler Fabrikation, im Werte von zweitausend Franken demjenigen, der Mittel und Wege findet, den Parisern einen Streich zu spielen, der sie mit Herrn und Frau Hochon entzweit und es zuwege bringt, daß die beiden Alten sie fortschicken oder daß sie von selbst gehen, wobei allerdings den würdigen Altvordern meiner beiden Freunde Baruch und François kein Schaden erwachsen darf.«

»Gut! Ich will mirs bedenken«, sagte Goddet junior, der ein leidenschaftlicher Jäger war.

»Wenn der, dem der Streich einfällt, meine Flinte nicht will, soll er mein Pferd bekommen!« bemerkte Max.

Von dieser Nacht an quälten sich zwanzig Gehirne ab, um etwas diesem Programm Entsprechendes gegen Agathe und ihren Sohn anzuzetteln. Aber da mußte schon der Teufel oder der Zufall mithelfen, so erschwerend waren die Bedingungen.

Am nächsten Morgen kamen Agathe und Joseph kurz vor dem zweiten Frühstück, das um zehn Uhr genommen wurde, herunter. Erstes Frühstück hieß in diesem Hause eine Tasse Milch nebst Butterbrot, die man im Bett oder beim Aufstehen nahm. Während man auf Frau Hochon wartete, die trotz ihres Alters noch alle Toilettenzeremonien aufs peinlichste vollzog, wie es die Herzoginnen zur Zeit Ludwigs XV. taten, sah Joseph vor der Tür des Hauses gegenüber Jean-Jacques Rouget aufgepflanzt stehen; er zeigte ihn seiner Mutter, die ihn nicht wiedererkannte, so sehr hatte er sich verändert.

»Da ist Ihr Bruder«, sagte Adolphine, die ihrer Großmutter den Arm gab.

»Ein Kretin!« rief Joseph.

Agathe faltete die Hände und blickte zum Himmel auf. »Was hat man aus ihm gemacht? Mein Gott, ist das ein Mann von siebenundfünfzig Jahren?«

Als sie den Bruder genauer betrachtete, sah sie hinter ihm Flora Brazier auftauchen; sie war ohne Hut, unter dem Tüll ihres Spitzentuches erschien ein schneeiger Nacken und eine blendende Brust. Flora war gepflegt wie eine reiche Kurtisane; sie trug ein Miederkleid aus ›Grenadine‹, einem Seidenstoff, der damals Mode war, Puffärmel und um die Handgelenke prachtvolle Armbänder. Über den Busen rieselte der Käscherin eine goldene Kette. Sie brachte Jean-Jacques seine schwarze

Seidenmütze, damit er sich nicht erkältete: diese Szene war offenbar beabsichtigt.

»Ein schönes Weib!« rief Joseph, »selten schön! Die ist, wie man sagt, zum Malen! Dies Inkarnat! Die Töne, die Kontur, die Rundung, diese Schultern! … Eine herrliche Karyatide, ein Modell für eine tizianische Venus.«

Adolphine und Frau Hochon glaubten griechisch reden zu hören; aber Agathe gab ihnen durch ein Zeichen hinter Josephs Rücken zu verstehen, daß sie an diese Sprache gewöhnt sei.

»Sie können ein Mädchen schön finden, das Ihnen ein Vermögen wegnimmt?« fragte Frau Hochon.

»Deshalb bleibt sie doch ein schönes Modell, gerade üppig genug, ohne daß Hüften und Wuchs verdorben sind.

»Mein Lieber, du bist nicht in deinem Atelier«, sagte Agathe, »und Adolphine ist hier …«

»Ja, entschuldige, aber bedenke, von Paris bis hierher die ganze Strecke hab ich nur garstige Vetteln gesehen.«

»Ach, liebste Patin«, sagte Agathe, »wie kann ich denn meinen Bruder besuchen? … Wenn er mit dieser Person zusammenlebt …«

»Na, dann werde ich zu ihm gehen«, sagte Joseph. »Ich finde schon gar nicht mehr, daß er solch ein Kretin ist, da er doch so viel Geist hat, seine Augen an einer tizianischen Venus zu erquicken.«

»Wenn er nicht ein Dummkopf wäre«, sagte Herr Hochon, der hinzukam, »so hätte er ruhig geheiratet, er hätte Kinder gehabt, und Sie hätten keine Hoffnung, ihn zu beerben. Da sieht man, daß das Unglück auch sein Gutes hat.

»Dein Sohn hat einen sehr guten Gedanken gehabt, er muß zuerst seinen Onkel besuchen gehen«, sagte Frau Hochon, »dann kann er ihm zu verstehen geben, daß er allein sein muß, wenn du ihn aufsuchst.«

»Wollen Sie Fräulein Brazier verletzen?« fragte Herr Hochon. »Nein, Madame, leeren Sie diesen Kelch … Und wenn Sie nicht die ganze Erbschaft bekommen, so suchen Sie wenigstens ein kleines Legat zu erhalten.

Aber zu einem Kampfe mit Maxence Gilet waren die Hochons nicht stark genug. Während sie noch beim Frühstück saßen, kam der Pole und brachte im Auftrag seines Gebieters, des Herrn Rouget, einen Brief an Frau Bridau. Frau Hochon gab diesen ihrem Gatten zum Vorlesen:

»Meine liebe Schwester!

Durch Fremde erfahre ich, daß Du nach Issoudun gekommen bist. Ich errate, was Dich veranlaßt hat, Herrn und Frau Hochons Haus dem meinen vorzuziehen; wenn Du mich aber besuchst, so wirst Du hier empfangen werden, wie es Dir gebührt. Ich hätte Dir bereits als erster meinen Besuch gemacht, wenn mich meine schwache Gesundheit nicht zurzeit an das Haus fesselte. Ich beeile mich, Dir auszudrücken, wie sehr ich diesen Umstand bedaure. Ich würde mich sehr freuen, meinen Neffen bei mir zu begrüßen, und bitte ihn, heute mit mir zu speisen; junge Leute nehmen es ja mit der Gesellschaft nicht So genau wie Frauen. Es wird mir ein besonderes Vergnügen sein, wenn er die Herren Baruch Borniche und François Hochon mitbringt.

Dein Dich liebender Bruder J.-J. Rouget.«

»Sagen Sie, wir wären gerade beim Frühstück und Frau Bridau werde gleich nachher antworten; die Einladungen werden angenommen«, ließ Herr Hochon durch die Magd sagen. Der Alte legte einen Finger an die Lippen und hieß alle stillschweigen. Als dann die Haustür zufiel, warf er seiner Frau und Agathe seinen schlauesten Blick zu. (Daß seine beiden Enkel mit Max intim befreundet waren, ahnte er nicht im entferntesten.) »Das hat Rouget so wenig selbst schreiben können«, sagte er dann, »wie ich imstande bin, fünfundzwanzig Louisdor zu verschenken … wir haben mit dem Soldaten zu korrespondieren.«

»Was bedeutet das?« fragte Frau Hochon. »Auf alle Fälle werden wir antworten. Und Sie, mein Herr«, sie wandte sich an den Maler, »gehn Sie nur zum Essen hinüber; wenn aber …«

Ein Blick ihres Gatten hinderte sie weiterzusprechen. Hochon erkannte, wie stark die Freundschaft seiner Frau für Agathe war und fürchtete, sie würde ihrem Patenkind ein Legat aussetzen, falls Frau Bridau die ganze Erbschaft Rougets verlöre. Und obwohl der Geizhals fünfzehn Jahre älter war als seine Frau, hoffte er sie doch zu beerben und sich eines Tages an der Spitze des gesamten Besitzes zu sehen. Diese Hoffnung war seine fixe Idee. Frau Hochon hatte richtig erraten, wie von ihrem Manne einige Konzessionen zu erreichen waren: sie mußte seine Furcht vor ihrem Testament aufrechterhalten. Hier lag der Grund, warum Herr Hochon für seine Gäste Partei ergriff. Zudem handelte es sich um eine gewaltige Erbschaftsmasse; und schon aus sozialem Gerechtigkeitsgefühl wollte er diese Hinterlassenschaft lieber den natürlichen

Erben zufließen als in fremde unwürdige Räuberhände geraten sehen. Endlich würden seine Gäste, je eher diese Frage gelöst wäre, um so schneller abreisen. Seit der Kampf zwischen Erbschleichern und Erben, der sich bis dahin nur im Geiste seiner Frau abspielte, zur Wirklichkeit wurde, erwachte in Herrn Hochons Geist die bisher vom Provinzleben eingeschläferte Tatkraft. Es war für Frau Hochon eine angenehme Überraschung, noch am selben Morgen an einigen liebenswürdigen Worten, die der Alte zu ihrem Patenkind sagte, zu bemerken, daß dieser erfahrene und geriebene Helfer für die Sache der Bridaus gewonnen war.

Agathe und Joseph erstaunten über die äußerst vorsichtige Wortwahl der beiden Alten, als alle vier gegen Mittag mit vereinten Geisteskräften das schwierige Antwortschreiben zustande brachten, das nur für Flora und Maxence bestimmt war:

»Mein lieber Bruder!
Wenn ich dreißig Jahre hindurch nie in die Heimat gekommen bin, wenn ich mit niemandem hier, nicht einmal mit Dir, Beziehungen unterhielt, so sind daran nicht allein die seltsamen und falschen Vorurteile schuld, die mein Vater gegen mich gefaßt hatte, sondern auch Glück und Unglück meines Lebens in Paris; hat Gott mich als Frau glücklich gemacht, die Mutter hat er dafür schwer getroffen. Du weißt ja, daß mein Sohn, Dein Neffe Philipp, wegen seiner Anhänglichkeit an den Kaiser eine bedrohliche Anklage auf sich geladen hat. So wirst Du es verstehen, daß eine Witwe, die, um ihr Leben zu fristen, eine bescheidene Anstellung in einem Lotteriebüro annehmen mußte, zu denen kommt, die sie von Geburt an kennen, um Trost und Hilfe zu suchen. Der Beruf, den mein anderer Sohn, der mich begleitet, ergriffen hat, gehört zu denen, die ein Höchstmaß an Talent, Opfern und Studien erfordern, ehe sie Resultate aufzuweisen haben. In seinem Berufe geht der Ruhm dem Reichtum voran. Und so wird Joseph, selbst wenn er unsere Familie berühmt gemacht hat, immer noch arm sein. Deine Schwester, mein lieber Jean-Jacques, hätte die Folgen der väterlichen Ungerechtigkeit schweigend ertragen, der Mutter aber mußt Du es verzeihen, wenn sie Dir ins Gedächtnis ruft, daß Du zwei Neffen hast, von denen der eine des Kaisers Befehle in der Schlacht bei Montereau überbrachte, bei Waterloo in der Kaiserlichen Garde diente und nun im Gefängnis sitzt,

während der andere von seiner Veranlagung seit seinem dreizehnten Lebensjahre in eine ebenso schwierige wie ruhmreiche Laufbahn getrieben wurde. Und so danke ich Dir denn aus innigstem Herzen für Deinen Brief, lieber Bruder, um meiner selbst und um Josephs willen, der Deiner Einladung gern Folge leistet. Krankheit, mein lieber Jean-Jacques, entschuldigt alles; also werde ich Dich besuchen. Eine Schwester ist bei ihrem Bruder immer gut am Platze, was für eine Lebensführung er auch angenommen haben mag. Sei herzlich umarmt von Deiner

Agathe Rouget.«

»Nunmehr ist alles im Gange«, sagte Herr Hochon zu der Pariserin. »Sie werden ihm über seine Neffen reinen Wein einschenken können.«

Den Brief trug Gritte hinüber, nach zehn Minuten kam sie wieder und berichtete mit kleinstädtischer Genauigkeit ihrer Herrschaft alles, was sie zu sehen und zu hören bekommen hatte.

»Gnädige Frau«, sagte sie, »man hat seit gestern abend das ganze Haus hergerichtet, nachdem es die gnädige Frau bisher in einem Zustand gelassen ...«

»Welche gnädige Frau?« fragte der alte Hochon.

»So nennt man doch drüben im Hause die Käscherin«, antwortete Gritte. »Sie hatte den Saal und alles um Herrn Rouget herum in einem Zustand gelassen, daß es zum Erbarmen war; aber seit gestern ist das Haus wieder so geworden wie es vor der Ankunft von Herrn Maxence war. Spiegeln kann man sich drin! Die Védie hat mir erzählt, daß Kouski heute früh um fünf Uhr aufs Pferd gestiegen ist; um neun ist er wiedergekommen und hat Vorräte mitgebracht. Es wird also das großartigste Diner geben, ein Diner wie für den Erzbischof von Bourges. Da wird gestapelt und umgeräumt und ausgebaut in der Küche ... ›Ich will meinen Neffen feiern‹, hat der gute Alte gesagt, als er sich alles berichten ließ. Der Brief hat, scheint's, den ›Rougets‹ sehr geschmeichelt. Die gnädige Frau ist selbst gekommen, mir Bescheid zu sagen ... Hat die aber Toilette gemacht! ... Nie hab ich was Schöneres gesehn! Zwei Diamanten hat die gnädige Frau in den Ohren, zwei Diamanten, jeder tausend Taler wert, hat mir die Védie gesagt ... Und Spitzen! und die Finger voll Ringe, und Armbänder wie eine Heilige im Kirchenschrein, und ein Seidenkleid, schön wie eine Altardecke ... Und alsdann hat sie mir gesagt: ›Der gnädige Herr ist entzückt, daß seine Schwester so lieb ist; ich hoffe, sie wird uns erlauben, ihr nach Gebühr aufzuwarten. Und wir wollen ihren Sohn so aufnehmen, daß sie hoffentlich eine gute Meinung von uns bekommt … Der Herr Rouget ist sehr begierig, seinen Neffen kennenzulernen.‹ Die gnädige Frau hat kleine Schuhchen von schwarzem Satin und Strümpfe … nein, sind die wunderbar! Da sind sozusagen Blumen drin in der Seide und lauter Löcherchen, wie in einer Spitzendecke, man kann die rosige Haut hindurchsehen. Kurz, sie ist wie aus dem Ei gepellt, und vorn – da hat sie so eine süße kleine Schürze: die Védie hat mir gesagt, die Schürze ist zwei Jahreslöhne von unsereinem wert …«

»Da muß man sich also schön machen«, sagte lächelnd der Künstler.

»Und woran denkst du, Herr Hochon?« fragte die alte Dame, als Gritte hinausgegangen war. Frau Hochon zeigte ihrer Patentochter ihren Gatten, der, den Kopf in die Hand und den Ellbogen auf die Lehne des Sessels gestützt, in Gedanken versunken dasaß.

»Sie haben es mit einem Erzpfiffikus zu tun!« sagte der Alte. »So wie Sie die Welt ansehen, junger Mann«, – er wandte sich an Joseph – »sind Sie dem Kampf mit einem Gesellen von Maxences Kaliber nicht gewachsen. Was ich Ihnen auch sagen mag, Sie werden doch Dummheiten begehen. Erzählen Sie mir wenigstens heute abend genau alles, was Sie gesehen, gehört und getan haben. Und somit Gott befohlen! Sehen Sie zu, daß Sie Ihren Onkel allein sprechen. Wenn Ihnen das bei aller Schläue nicht gelingt, so wirst das schon ein Licht auf den Plan der andern; sollten Sie aber einen Augenblick mit ihm allein sein, ohne daß man Sie belauscht, ei, dann müssen Sie ihm die Würmer aus der Nase ziehen und etwas herausbekommen über seine wahre Lage, die wahrhaftig nicht glücklich ist, und müssen die Sache Ihrer Mutter führen …«

Um vier Uhr überschritt Joseph den Engpaß zwischen dem Hause Hochon und dem Hause Rouget, eine Art Allee kränklicher Linden, zweihundert Fuß lang und so breit wie die Grande Narette. Als der Neffe eintrat, ging ihm Kouski in gewichsten Stiefeln, schwarzen Tuchhosen, weißer Weste und schwarzem Rock voran, um ihn anzumelden. Im Saal war der Tisch schon gedeckt. Joseph, der seinen Onkel gleich erkannte, ging geradeswegs auf ihn zu und umarmte ihn, dann begrüßte er Flora und Maxence.

»Wir haben uns noch nicht gesehen, seit ich auf der Welt bin, mein lieber Onkel«, sagte munter der Maler, »aber spät ist besser als nie.«

»Willkommen, mein Freund«, sagte der Alte und starrte den Neffen stumpfsinnig an.

»Madame«, wandte sich Joseph an Flora mit Künstlerverve, »ich habe bereits heute früh, als ich Sie von weitem sah, meinen Onkel um den Vorzug beneidet, sie täglich bewundern zu können!«

»Nicht wahr, sie ist schön?« sagte der Alte, und seine trüben Augen glänzten fast.

»Sie könnte einem Maler Modell stehen.

»Lieber Neffe«, sagte der alte Rouget, den Flora mit dem Ellbogen stieß, »darf ich dich mit Herrn Maxence Gilet bekannt machen, einem Manne, der wie dein Bruder dem Kaiser in seiner Garde gedient hat.«

Joseph verbeugte sich.

»Ihr Herr Bruder stand meines Wissens bei den Dragonern, während ich nur hei den Kieselschiebern war«, sagte Maxence.

»Zu Pferde oder zu Fuß«, sagte Flora, »man hat sein Leben dran gewagt.«

Joseph und Max beobachteten einer den andern; Max war nach der damaligen Mode der eleganten jungen Herren angezogen; was er trug, war aus Paris. Eine himmelblaue Tuchhose mit breiten Bügelfalten brachte seinen Fuß zur Geltung, indem sie fast nur den sporengeschmückten Absatz des Stiefels sehen ließ. Eine weiße Weste mit modellierten Goldknöpfen umschloß eng seine Taille; sie war hinten geschnürt, wodurch sie zugleich als Gürtel diente. Hochgeknöpft bis zum Kinn, ließ sie seine breite Brust gut hervortreten, und ihr schwarzer Satinkragen zwang ihn, den Kopf militärisch hoch zu tragen. Sein schwarzer Überrock war gut geschnitten. Aus der Westentasche hing eine hübsche Goldkette, die flache Uhr war kaum wahrzunehmen; er spielte mit dem sogenannten Kricketschlüssel, den damals Breguet gerade erfunden hatte.

›Recht stattlich ist der Bursche‹, sagte sich Joseph, als Maler bewunderte er den lebhaften, kraftvollen Ausdruck des Gesichtes und die geistvollen grauen Augen, die Max von seinem Vater, dem Edelmann, geerbt hatte. ›Mein Onkel muß wohl recht öde sein; das schöne Mädchen hat sich einen Ausgleich gesucht, sie leben zu dritt. Das sieht man.‹

In diesem Augenblick traten Baruch und François ein.

»Sie haben sich doch noch nicht den Turm von Issoudun angesehen?« fragte Flora Joseph. »Wenn Sie Lust haben, vor dem Essen, das erst in einer Stunde serviert wird, einen kleinen Spaziergang zu machen, würden wir Ihnen die größte Sehenswürdigkeit unserer Stadt zeigen.« »Recht gern«, sagte der Künstler, es kam ihm nicht in den Sinn, daß dieser Spaziergang ihm nachteilig sein könnte.

Während Flora ging, um ihren Hut aufzusetzen, die Handschuhe anzuziehen und den Kaschmirschal umzunehmen, erhob sich Joseph plötzlich, als hätte ihn ein Zauberer mit seinem Stabe berührt: er hatte die Bilder gesehen!

»Sie haben Bilder, lieber Onkel?« Er trat an das Gemälde heran, das ihm aufgefallen war. »Freilich«, sagte der Biedermann, »die sind von den Descoings auf uns gekommen, und die haben während der Revolution den Plunder aus Stiften und Kirchen im Lande Berry gekauft.«

Joseph hörte ihm schon nicht mehr zu, er bewunderte jedes einzelne Bild. – »Herrlich!« rief er. »Ach, und das da … Und der, der hat Seine Leinwand auch nicht verdorben. Aber das wird ja immer besser, ganz wie bei Nicolet …«

»Es gibt da noch sieben oder acht sehr große oben auf dem Boden, die man der Rahmen wegen behalten hat«, sagte Gilet.

»Die wollen wir ansehen«, sagte Joseph, und Maxence führte ihn aus den Boden.

Begeistert kam Joseph zurück. Max sagte der Käscherin ein Wort ins Ohr, und die zog den alten Rouget in die Fensternische. Obwohl sie flüsterte, verstand Joseph doch die Worte: »Ihr Neffe ist Maler; Sie können ja doch nichts mit den Bildern anfangen; seien Sie liebenswürdig und schenken Sie sie ihm.« Der Onkel trat, auf Floras Arm gestützt, zu seinem Neffen, der gerade in Ekstase vor einem Albano stand.

»Du bist Maler, wie ich höre …«

»Ich, ich bin nur ein Rapin …«

»Was ist denn das?« fragte Flora.

»Ein Anfänger«, war die Antwort.

»Ei, wenn dir diese Brüder in deinem Beruf irgendwie nützlich sein können«, meinte Jean-Jacques, »so schenk ich sie dir, allerdings ohne die Rahmen. Die sind nämlich vergoldet, die Rahmen, und sind so kurios, ich könnte da hinein …«

»Ei!« rief Joseph entzückt. »Kopien könnten Sie da hineintun, Onkel, die werde ich Ihnen schicken, sie werden ebenso groß sein.«

»Aber das wird Sie Zeit kosten, und dann brauchen Sie doch Leinwand, Farben«, meinte Flora. »Da müßten Sie Geld ausgeben. Schauen Sie, Vater Rouget, bieten Sie doch Ihrem Neffen hundert Franken für jedes Bild, Sie haben siebenundzwanzig … Und elf sind, glaube ich, noch auf dem Boden, die sind mächtig groß und mußten doppelt bezahlt werden … geben Sie für das Ganze viertausend Franken … Ja, Ihr Onkel kann Ihnen recht gut die Kopien mit vier tausend Franken bezahlen, da er doch die Rahmen behält! Und Sie brauchen doch auch Rahmen, und Rahmen sollen mehr wert sein als Bilder, es ist doch Gold daran ...« Sie rüttelte den alten Biedermann am Arm. »Nun, Herr Rouget! Das ist doch nicht teuer, für viertausend Franken wird Ihnen Ihr Neffe lauter neue Bilder machen statt Ihrer alten da ...«

Und ins Ohr flüsterte sie ihm: »So kannst du ihm auf seine Art viertausend Franken schenken. Er kann's, scheint's, gut brauchen ...«

»Also, lieber Neffe, ich zahle dir für die Kopien viertausend Franken.«

»Nein, nein«, sagte der redliche Joseph, »viertausend Franken und die Bilder, das ist zuviel; die Bilder haben doch ihren Wert.«

»So seien Sie doch kein Tropf und nehmen Sie es an!« sagte Flora zu ihm, »er ist doch Ihr Onkel.«

»Also gut, ich nehme an«, sagte Joseph, dem der Kopf ganz benommen war von dem großen Geschäft, das er machen sollte, – er erkannte gerade ein Werk des Perugino.

Des Künstlers Gesicht strahlte, als er am Arm der Käscherin aus dem Hause trat, und das kam Maxence sehr gelegen. Weder Flora noch Max noch sonst jemand in Issoudun hatte eine Ahnung von dem Wert der Bilder, und der verschlagene Max glaubte Floras Triumph gegen eine Kleinigkeit erkauft zu haben, als er sie jetzt stolz am Arm des Neffen ihres Gebieters vor den Augen der ganzen verblüfften Stadt einhergehen sah. Man trat in die Türen, um den Triumph der Käscherin über die Familie zu sehen. Diese ganz ungewöhnliche Erscheinung erregte das große Aufsehen, auf das Max rechnete. Und als Onkel und Neffe gegen fünf Uhr heimkehrten, sprach man in allen Familien von nichts als Maxences und Floras vollkommener Eintracht mit Rougets Neffen. Schon zirkulierte die Geschichte von den geschenkten Bildern und den viertausend Franken. Das Diner, bei dem noch Lousteau, ein Herr vom Gericht und der Bürgermeister zugegen waren, fiel großartig aus. Es war ein echtes Provinzdiner, das fünf Stunden dauert. Die erlesensten Weine belebten die Unterhaltung. Beim Dessert war der Maler, der zwischen Flora und Max seinem Onkel gegenübersaß, schon ganz kameradschaftlich mit dem Offizier geworden, er hielt ihn für einen guten Jungen. Um elf Uhr kam Joseph ziemlich angetrunken nach Hause. Den biederen alten Rouget mußte Kouski in sein Bett tragen, er war schwer geladen, er hatte mächtig gegessen und getrunken wie der Sand der Wüste.

»Siehst du«, sagte Max, als er mit Flora allein war, »so geht es doch besser, als wenn wir mit ihnen geschmollt hätten! Man nimmt die Bridaus gut auf, macht ihnen kleine Geschenke; überhäuft von unsern Freundlichkeiten, können sie nur noch unser Lob singen; sie werden in aller Ruhe abreisen und uns unsere Ruhe lassen. Morgen früh nehme ich mit Kouski die ganzen Leinwände aus den Rahmen, wir schicken sie dem Maler hinüber, damit er sie beim Aufwachen vorfindet, tun die Rahmen auf den Boden und an ihre Plätze im Saal tun wir Glanzpapiere, auf denen Szenen aus dem Télémaque zu sehen sind, wie auf denen bei Herrn Mouilleron.

»Ach ja, das wird viel hübscher aussehn«, rief Flora. Am nächsten Tage erwachte Joseph erst mittags. Vom Bett aus sah er die Bilder, die hereingebracht worden waren, ohne daß er etwas gehört hatte. Von neuem betrachtete er sie genau und erkannte an der Malerei und auch an den Signaturen, daß es Meisterwerke waren. Inzwischen war seine Mutter hinübergegangen, um ihren Bruder zu besuchen und ihm zu danken. Dazu hatte sie der alte Hochon gedrängt, der an der Sache der Bridaus schier verzweifelte, als er von all den Torheiten hörte, die der Maler gestern begangen hatte.

»Sie haben Schlauköpfe zu Feinden. In meinem ganzen Leben habe ich noch nie solch eine Haltung beobachtet wie bei diesem Soldaten; ja, der Krieg scheint die jungen Leute zu erziehen. Joseph hat sich hineinlegen lassen. Er ist am Arm der Käscherin spazieren gegangen! Man hat ihm, scheint's, den Mund gestopft mit Wein, mit elenden alten Bildern und mit viertausend Franken. Ihr Künstler hat Maxence nicht viel gekostet!«

Der umsichtige Alte hatte der Patentochter seiner Frau genau eingeschärft, wie sie sich benehmen sollte: sie sollte auf Maxences Ideen eingehen und der Flora schmeicheln, um mit ihr zu einer gewissen Vertrautheit zu kommen und aus diese Weise einige Augenblicke des Alleinseins mit Jean-Jacques zu gewinnen.

Frau Bridau wurde von ihrem Bruder äußerst liebenswürdig aufgenommen. Flora hatte ihm vorher eine Lektion gegeben. Der Alte lag, krank von den gestrigen Exzessen, zu Bett. Da Agathe nicht gleich in den ersten Minuten auf die ernsthaften Fragen zu sprechen kommen konnte, hatte Max es für angemessen und großmütig gehalten, die Geschwister allein zu lassen. Und das war sehr klug gerechnet. Die arme

Agathe fand ihren Bruder so krank, daß sie ihn nicht der Pflege der ›Madame Brazier‹ berauben wollte.

»Übrigens wünsche ich«, sagte sie zu dem alten Junggesellen, »das Wesen kennenzulernen, dem ich für das Glück meines Bruders Dank schulde.«

Diese Worte machten dem Biedermann ersichtliche Freude; er schellte, um Madame Brazier herzubitten. Flora war, wie sich denken läßt, nicht weit weg. Beide Gegnerinnen begrüßten sich. Gleich ließ die Käscherin alle Künste untertänigster, aufmerksamster Zärtlichkeit spielen; sie fand, daß der Kopf des Herrn zu tief liege, sie rückte ihm die Kissen zurecht, sie war wie eine Neuvermählte. Der Alte verging vor Rührung.

»Mademoiselle, wir sind Ihnen soviel Dank schuldig«, sagte Agathe, »für all die Beweise der Anhänglichkeit, die Sie meinem Bruder schon so lange Zeit gegeben haben, und für alle Ihre Bemühungen um sein Wohlbefinden und Glück.«

»Ach ja, Agathe«, sagte der Brave, »es ist wahr, sie hat mich das Glück kennengelehrt, es ist eine Frau voll vorzüglicher Eigenschaften.«

»Nun, So könntest du auch das Fräulein nie genug belohnen, lieber Bruder, du hättest sie zu deiner Frau machen sollen. Ja! Ich bin zu fromm, um nicht innigst zu wünschen, daß du die Vorschriften der Religion befolgst; sie sowohl wie du würden dann die wahre Ruhe haben und nicht mit den Gesetzen und der Moral in Zwist geraten. Zwar bin ich gekommen, um dich in meiner trüben Lage um Hilfe zu bitten, lieber Bruder, aber deshalb mußt du nicht glauben, daß wir daran dächten, dir irgendwelche Vorhaltungen über die Art, wie du über dein Vermögen verfügst, zu machen ...«

»Gnädige Frau«, sagte Flora, »wir wissen, daß Ihr Herr Vater ungerecht gegen Sie war. Ihr Herr Bruder kann es Ihnen bezeugen« – bei diesen Worten fixierte sie streng ihr Opfer –, »der einzige Streit, den es zwischen uns gab, betrifft Sie. Ich behaupte, daß Herr Rouget Ihnen den Teil des väterlichen Vermögens schuldet, den Ihnen mein armer Wohltäter zu Unrecht entzogen hat. Ja, er ist mein Wohltäter gewesen, Ihr Vater« (sie nahm einen weinerlichen Tonfall an), »das werde ich nie vergessen ... Aber Ihr Bruder, gnädige Frau, hat es eingesehen ...«

»Ja«, sagte der wackre Rouget, »wenn ich mein Testament mache, sollst du nicht vergessen werden ...«

»Von all dem wollen wir nicht sprechen, lieber Bruder, du kennst meinen Charakter noch gar nicht.«

Nach diesem Gespräch kann man sich leicht den weiteren Verlauf dieses ersten Besuchs vorstellen. Rouget lud seine Schwester auf den übernächsten Tag zum Essen ein.

Während dieser drei Tage fingen die Ritter vom Müßiggang eine ungeheure Menge Ratten, Stadt- und Feldmäuse und setzten sie, vierhundertundsechsunddreißig Stück, darunter mehrere trächtige Weibchen, eines Nachts ausgehungert mitten in das Korn. Und zu diesen Kostgängern, die sie Fario verschafften, holten sie noch aus zehn verschiedenen Gutshöfen je eine Taube, machten ein Loch ins Dach der Kapuzinerkirche und taten die Tauben hinein. All dies Getier konnte in voller Ruhe seine Gastmähler feiern, denn Farios Magazinbursche wurde von einem bösen Spaßvogel verdorben, mit dem er sich von früh bis spät betrank, ohne auf das Korn seines Herrn achtzugeben.

Im Gegensatz zu dem alten Hochon glaubte Frau Bridau, daß ihr Bruder sein Testament noch nicht gemacht habe; sobald sich bei einem Spaziergange mit ihm allein Gelegenheit fände, gedachte sie ihn nach seinen Absichten in bezug auf Fräulein Brazier zu fragen; Flora und Maxence machten ihr auf solch einen Moment Hoffnungen, die immer wieder getäuscht wurden.

Obwohl die Ritter insgesamt nach Möglichkeiten suchten, die Pariser zu verjagen, kamen sie nur auf unmögliche Narrheiten. Es verging eine Woche, und das war die Hälfte der Zeit, welche die Pariser in Issoudun zubringen wollten, ohne daß die Ritter weiter kamen als am ersten Tag.

»Ihr Advokat kennt die Provinz nicht«, sagte der alte Hochon zu Frau Bridau. »Was Sie hier vorhaben, das läßt sich nicht in vierzehn Tagen und auch nicht in vierzehn Monaten erreichen; Sie dürften Ihren Bruder überhaupt nicht mehr verlassen, müßten ihm fromme Ideen in den Kopf setzen. Die Festungen Floras und Maxences können Sie nur mit der Sappe des Priesters unterminieren. Und ich meine, es wird Zeit, damit zu beginnen.«

»Du hast eigenartige Vorstellungen von der Geistlichkeit«, sagte Frau Hochon zu ihrem Gatten.

»Ach geht mir, ihr Betschwestern!« rief der Alte.

»Nie würde Gott ein Unternehmen segnen, das auf einem Sakrileg beruht«, sagte Frau Bridau. »Zu solchen Dingen die Religion benutzen … Dann wären wir ja verbrecherischer als diese Flora.«

Dieses Gespräch fand während des Frühstücks statt, und François sowohl wie Baruch spitzten die Ohren. »Sakrileg nennen Sie das«, rief der alte Hochon, »ach, wenn irgendein freundlicher Pfarrer, ein Mann von Geist, wie ich deren einige gekannt habe, wüßte, in was für einer Verlegenheit Sie sind, er würde kein Sakrileg darin sehen, die verirrte Seele Ihres Bruders zu Gott zurückzuleiten, ihm aufrichtige Reue über seine Verfehlungen einzuflößen, ihn dazu zu bringen, daß er die Frau, die den Skandal veranlaßt hat, wegschickt, ihr irgendwo ein sicheres Leben verschafft; er müßte ihm klarmachen, daß er sein Gewissen beruhigen kann, wenn er dem kleinen Seminar des Erzbistums ein paar tausend Franken Rente stiftet und sein Vermögen den natürlichen Erben hinterläßt ...«

Der passive Gehorsam, den der alte Geizhals in seinem Hause bei seinen Kindern durchgesetzt und auf seine Enkel übertragen hatte – die unterstanden seiner Vormundschaft, und indem er Geld häufte, tat er, wie er erklärte, alles für sie, was er für sich selbst tat, und sammelte ihnen ein schönes Vermögen – dieser notgedrungene Gehorsam erlaubte den beiden Enkelsöhnen François und Baruch nicht, irgendein Zeichen ihrer Verwunderung oder Mißbilligung sichtbar werden zu lassen, aber sie wechselten einen bedeutsamen Blick und bezeugten so einander, wie schädlich und gefährlich dieser Vorschlag der Sache ihres Freundes Maxence werden konnte.

Dann sagte Baruch: »Die Sache liegt so, gnädige Frau: wenn Sie die Erbschaft Ihres Bruders antreten wollen, so ist dies das einzige Mittel, und Sie müssen so lange in Issoudun bleiben als zu seiner Anwendung nötig ist.«

»Liebe Mutter, du solltest über all das an Desroches schreiben«, sagte Joseph. »Ich für meinen Teil beanspruche von meinem Onkel nichts als das, was er mir schon von selbst gegeben hat ...«

Er hatte in der Erkenntnis des hohen Wertes der neununddreißig Bilder sorgfältig die Nägel aus den Leinwänden gezogen, diese übereinandergeschichtet und in eine große Kiste verpackt, die Kiste hatte er als Fracht an Desroches adressiert und beabsichtigte, ihm die kostbare Ladung, die am Vorabend abgegangen war, zu avisieren.

»Sie sind billig zufriedenzustellen«, sagte Herr Hochon.

»Mit Leichtigkeit könnte ich hundertundfünfzigtausend Franken für die Bilder bekommen.«

»Das ist eine Maleridee!« meinte Herr Hochon und sah den guten Joseph ironisch an.

»Höre«, wandte dieser sich wieder an seine Mutter, »ich werde an Desroches schreiben und ihm den Stand der Dinge auseinandersetzen. Wenn Desroches dir rät, zu bleiben, so bleibe hier. Für deinen Posten in Paris werden wir dir dann schon einen Ersatz ausfindig machen.«

»Mein Lieber«, wandte sich Frau Hochon an Joseph, als man von Tische aufstand, »was die Bilder Ihres Onkels wert sind, kann ich nicht beurteilen, aber nach den Orten, von denen sie stammen, zu schließen, müssen sie gut sein. Sollten sie auch nur vierzigtausend Franken, jedes also etwa tausend Franken wert sein, so sagen Sie nur niemandem etwas davon. Meine Enkel sind diskret und wohlerzogen, aber sie könnten, ohne sich etwas Schlimmes dabei zu denken, von dem vermeintlichen glücklichen Funde reden, ganz Issoudun würde es erfahren, und unsere Gegner dürfen doch nichts davon ahnen. Sie benehmen sich wie ein Kind ...«

In der Tat waren Schon Mittags eine Menge Menschen in Issoudun und nicht zuletzt Maxence Gilet von der Meinung des Malers über den Wert der Bilder unterrichtet, und die Folge war, daß man nach alten Bildern stöberte, an die man längst nicht mehr gedacht hatte, und furchtbare ›Schinken‹ zutage förderte. Max war über sich selbst ärgerlich, daß er den Alten zum Verschenken der Bilder gedrängt hatte, und als er von dem Plan des alten Hochon erfuhr, stieg seine Wut über das, was er seine Dummheit nannte, noch höher. Der Einfluß der Religion auf ein schwaches Wesen war das einzige, was man befürchten mußte, daher bestärkte ihn der Hinweis seiner beiden Freunde in der Absicht, alle Hypotheken Rougets zu Geld zu machen und Anleihen auf seinen Grundbesitz aufzunehmen, um dann alles flüssige Geld aufs schnellste in sicheren Papieren anzulegen; noch dringlicher aber schien es ihm, die Pariser fortzubekommen. Auf Maxences Rat gab Flora vor, Herrn Rouget griffen die Spaziergänge zu sehr an; bei seinem Alter wäre es besser, spazieren zu fahren. Dieser Vorwand wurde nötig, weil sie sich jetzt Öfters, ohne daß man es in der Stadt bemerkte, nach Bourges, Vierzon, Châteauroux, Vatan, an alle die Orte begeben mußten, wo sich die Hypotheken Rougets flüssig machen ließen. Ende der Woche war große Überraschung in Issoudun: der alte Rouget wollte sich in Bourges einen Wagen beschaffen. Flora und Rouget kauften eine fürchterliche Halbkutsche mit schlechten Scheiben und geborstenen Ledern, die zweiundzwanzig Jahre und neun Feldzüge alt war und der Auktion aus dem Nachlaß eines Obersten entstammte, der mit dem Marschall Bertrand befreundet gewesen war und dessen Besitzungen im Lande Berry übernommen hatte, solange dieser getreue Begleiter des Kaisers abwesend war. Das grellgrün angestrichene Gefährt hatte einige Ähnlichkeit mit einer Kalesche, doch war die Gabel so umgestaltet, daß man ein einzelnes Pferd davorspannen konnte. Diese billigeren Wagen waren damals im Zusammenhang mit dem Rückgang des Besitzes sehr in Mode. Man nannte sie ›Demifortunes‹. Das Tuch des Einspänners, der für eine Kalesche ausgegeben wurde, war wurmstichig, die Borten sahen aus wie Tressen alter Invaliden, das Eisen rasselte jämmerlich; dafür kostete der Wagen auch nur vierhundertfünfzig Franken. Max kaufte von dem Regiment, das damals in Bourges lag, eine brave dicke ausgemusterte Stute. Er ließ den Wagen dunkelbraun streichen, verschaffte sich ein noch recht anständiges Geschirr aus zweiter Hand, und so erwartete denn ganz Issoudun in ungeduldiger Aufregung ›dem alten Rouget seine Equipage‹. Als der Biedermann zum erstenmal darin ausfuhr, waren alle Türen und Fenster der Stadt voll Neugieriger. Die zweite Ausfahrt brachte den Alten bis Bourges, und dort unterschrieb er, um sich die sonst nötigen Umstände in der Transaktion, die Flora ihm geraten oder besser anbefohlen hatte, zu ersparen, bei einem Notar eine Vollmacht für Maxence Gilet, die diesem alle Verträge übertrug. Flora behielt sich vor, mit Herrn Rouget die in Issoudun und Umgebung angelegten Hypothekengelder flüssig zu machen; Rouget suchte den ersten Notar von Bourges auf und bat ihn, ihm eine Anleihe von hundertvierzigtausend Franken auf seinen Grundbesitz zu verschaffen. In Issoudun erfuhr man von diesen heimlichen und geschickten Maßregeln nichts. Max konnte als guter Reiter von fünf Uhr morgens bis fünf Uhr abends die Strecke nach Bourges hin und zurück reiten, und Flora verließ den alten Junggesellen nicht mehr. Der Alte war auf alle Vorschläge Floras eingegangen, aber er wollte auf den Namen des Fräuleins Brazier nur die Nutznießung der fünfzigtausend Franken Rente eintragen lassen, den Besitz dagegen aus seinen eigenen Namen. Der Eigensinn des Alten in dieser Angelegenheit beunruhigte Maxence; er vermutete Gedankengänge dahinter, welche die Gegenwart der natürlichen Erben angeregt haben mochte.

Über allen diesen großen Unternehmungen, die Maxence vor den Augen der Stadt geheimhalten wollte, vergaß er den Kornhändler. Fario hatte indessen Schritte unternommen und Reisen gemacht, um die Getreidepreise in die Höhe zu treiben, und schickte sich nun an, seine Lieferungen zu bewerkstelligen. Er kam von der Reise zurück und in seine Wohnung gegenüber der Kapuzinerkirche, da sah er das Kirchendach ganz schwarz von Tauben. Er fluchte sich selbst, daß er es vernachlässigt hatte, das Dach untersuchen zu lassen, ging sofort hinüber in sein Lager und fand die Hälfte seines Korns aufgezehrt. Die Unmasse von Maus- und Rattenköteln ringsumher offenbarten ihm eine weitere Ursache seines Ruins. Die Kirche war eine Arche Noah. Als er dann aber bei dem Versuch, den Umfang seines Schadens zu ermessen, bemerkte, daß alles Korn unten gekeimt hatte – Max hatte nämlich durch ein Blechrohr mehrere Kannen Wasser mitten in die Getreidehaufen geleitet –, da wurde der Spanier vor Wut weiß wie Lein. Die Tauben und Ratten ließen sich durch den tierischen Instinkt erklären, aber das infame Keimen verriet die Hand des Menschen. Fario setzte sich in einer Kapelle auf die Altarstufen und sah, den Kopf in die Hand gestützt, vor sich hin. So verging eine halbe Stunde mit spanischen Erwägungen; dann sah er mit einmal das Eichhörnchen, das Goddet junior ihm durchaus in Pension hatte geben wollen: oben aus dem Querbalken unterm Dach spielte es mit seinem Schwanz. In eisiger Ruhe erhob sich der Spanier, und das Gesicht, das er seinem Magazinburschen zeigte, war unbewegt wie das eines Arabers. Fario beklagte sich nicht, er ging nach Hause, und dann mietete er ein paar Arbeiter, um das gute Korn in Säcke zu packen und das feuchte in der Sonne auszubreiten und so wenigstens zu retten, was noch zu retten war. Dann befaßte er sich mit seinen Lieferungen; seinen Verlust schlug er auf drei Fünftel an. Da aber seine eigenen Umtriebe eine Preissteigerung bewirkt hatten, so ergab sich für ihn, als er die fehlenden drei Fünftel kaufen mußte, ein Verlust, der mehr als die Hälfte des ganzen Wertes betrug. Da der Spanier sonst keine Feinde hatte, schrieb er diesen Racheakt mit Recht Gilet zu. Es war ihm klar, daß Max und ein paar andere, auf die allein all der nächtliche Schabernack zurückzuführen war, sicherlich auch seine Karre auf den Turm geschleppt hatten und sich nun einen Spaß daraus machten, ihn zu ruinieren: und das war ihnen gelungen, er verlor etwa tausend Taler, fast das ganze Kapital, das er seit dem Friedensschluß mühselig erworben hatte. Nun entfaltete die Rachegier in diesem Menschen die ganze Ausdauer und Verschlagenheit eines Spions, dem man eine große Belohnung versprochen hat. Er legte sich nachts in Issoudun in den Hinterhalt und kam schließlich dem Lebenswandel der Ritter vom Müßiggang auf die Spur: er sah sie, er zählte sie, erspähte ihre Stelldichein und Gelage bei der Cognette; er begleitete sie ungesehen auf einem ihrer Streiche und wurde Zeuge ihrer nächtlichen Gepflogenheiten.

Obwohl Max jetzt vielerlei zu bedenken und zu tun hatte, wollte er doch die nächtliche Tätigkeit nicht vernachlässigen, einmal, damit seine großen Operationen mit dem Vermögen des alten Rouget im Verborgenen blieben, dann, um seine Freunde immer in Atem zu halten. Nun waren die Ritter gerade dabei, einen der Streiche vorzubereiten, von denen man sich Jahre hindurch unterhielt: sie wollten in einer einzigen Nacht allen Wachthunden der Stadt und der Vorstädte Giftküchen zu fressen geben. Fario belauschte sie, als sie, aus der Tür ihrer Kneipe tretend, sich im voraus zu dem Gelingen dieses Streiches beglückwünschten und aus die allgemeine Trauer freuten, die dieser herodianische Mord erwecken würde. Wie würden sich die Bürger ängstigen vor den finsteren Anschlägen, die alle die Häuser bedrohten, denen man ihre Wächter raubte?

»Darüber wird man am Ende dem Fario seine Karre vergessen!« meinte Goddet junior.

Dieser Bestätigung seines Verdachtes bedurfte Fario nicht mehr, sein Entschluß war gefaßt.

* *
*

Agathe war nunmehr drei Wochen in Issoudun, sie und Frau Hochon sahen ein, wie richtig die Gedanken des alten Geizhalses waren: es bedurfte wirklich mehrerer Jahre, um den Einfluß der Käscherin und Maxences auf ihren Bruder zunichte zu machen. Es kam zu keiner größeren Vertraulichkeit zwischen Agathe und Jean-Jacques, nie ließ man sie mit ihm allein. Vielmehr triumphierte Fräulein Brazier über die Erben, indem sie Agathe in der Kalesche spazierenfuhr: sie nahm mit ihr den Rücksitz ein und hatte Herrn Rouget mit seinem Neffen sich gegenüber. Mit Ungeduld erwarteten Mutter und Sohn eine Antwort auf ihren vertraulichen Brief an Desroches. Einen Tag, bevor die große Hundevergiftung stattfand, erhielt Joseph, der sich in Issoudun zu Tode langweilte, zwei Briefe, den einen von dem großen Maler Schinner, dessen Altersnähe eine engere vertrautere Verbindung mit Joseph erlaubte, als sie mit ihrem Meister Gros möglich war; den zweiten von Desroches. Der erste trug den Poststempel Beaumont-sur-Oise und lautete:

»Mein lieber Joseph, ich habe für den Grafen von Serizy im Schlosse zu Presles die hauptsächlichen Bilder fertiggemacht. Einfassungen und alles Dekorative habe ich noch gelassen und habe dafür Dich sowohl dem Grafen wie Grindot, dem Architekten, wärmstens empfohlen: Du brauchst nur Deine Pinsel einzupacken und herzukommen. Mit den Preisen kannst Du ganz zufrieden sein. Ich will mit meiner Frau nach Italien reisen, Du kannst Dir Mistigris als Helfer nehmen. Ich habe dafür gesorgt, daß er Dir zur Verfügung steht. Der Junge hat Talent. Er zappelt schon wie ein Hampelmann bei dem Gedanken an die Kurzweil im Schlosse Presles. Leb wohl, mein lieber Joseph; wenn ich fern bin, wenn ich auf die nächste Ausstellung nichts schicke, wirst Du mich ersetzen! Ja, lieber Jojo, Dein Bild, ich weiß es bestimmt; ist ein Meisterwerk, aber dies Meisterwerk wird einen Sturm der Entrüstung erregen, und man wird Dir Romantik vorwerfen, mach Dich nur aus das Leben des Teufels im Weihwasser gefaßt. Das Leben ist nun einmal ein Kampf, un qu'on bat (combat), wie dieser Witzbold und Sprichwörterverdreher Mistigris sagt. Was treibst Du eigentlich in Issoudun? Leb wohl.

Dein Freund

Schinner.«

Desroches schrieb:

»Mein lieber Joseph, dieser Herr Hochon scheint mir ein sehr verständiger alter Herr zu sein, ich bekomme eine hohe Meinung von seinem Scharfblick: er hat vollständig recht. Wenn ich Dir also raten soll, so bin ich dafür, daß Deine Mutter in Issoudun bei Frau Hochon bleibe und ihr eine bescheidene Jahrespension, etwa vierhundert Franken, zahle, um ihre Gastgeber für die Unkosten ihres Unterhalts zu entschädigen. Möge sich Frau Bridau doch ganz den Ratschlägen des Herrn Hochon überlassen. Allerdings wird Deine vortreffliche Mutter bei diesem Kampfe mit skrupellosen und meisterhaft diplomatischen Gegnern viel zu viel Skrupel haben. Der Maxence ist gefährlich, Du hast ganz recht: auch ich sehe in ihm einen Menschen von noch ganz anderm Kaliber als Philipp. Dieser Kerl schlägt Kapital aus seinen Lastern, er amüsiert sich nicht gratis wie Dein Bruder mit seinen nutzlosen Tollheiten. Alles, was Du schreibst, macht mir Angst: ich würde nichts Rechtes ausrichten, wenn ich nach Issoudun käme. Da kann Euch Herr Hochon, wenn er sich hinter Deine Mutter steckt, nützlicher sein als ich. Du selbst aber kannst heimkommen. Du taugst nicht in einer Angelegenheit, die beständige Geistesgegenwart, genauestes Auffallen, Diensteifer, Vorsicht in allen Äußerungen, Verstellung in allen Gebärden erfordert, wie sie den Künstlern durchaus zuwider ist. Laßt Euch nicht einreden, daß noch kein Testament gemacht sei! Glaubt mir, sie haben schon längst eins in Händen. Aber Testamente sind widerruflich, und solange Dein närrischer Onkel lebt, wird er auch empfänglich sein für die Ein- wirkung von Gewissensbissen und die Macht der Religion. Über Euer Glück entscheidet der Kampf zwischen der Kirche und der Käscherin. Und einmal wird der Augenblick kommen, da dies Weib keine Gewalt mehr über den Alten hat; dann wird die Religion allmächtig. Solange Dein Onkel keine Schenkung zu Lebzeiten macht, solange er die Anlage seines Vermögens nicht ändert, bleibt alles möglich für die Stunde, in der die Religion die Oberhand bekommt. Du solltest Herrn Hochon bitten, soweit es ihm möglich ist, das Vermögen Deines Onkels zu überwachen. Man müßte in Erfahrung bringen, ob Hypotheken auf dem Grundbesitz ruhen und wie und auf wessen Namen die Gelder angelegt sind. Es ist ja leicht, einem alten Mann Angst um sein Leben einzureden für den Fall, daß er sich zugunsten von Fremden seines Besitzes entblößt: da kann ein einigermaßen gewitzter Erbe von Anfang an einer Beraubung vorbeugen. Aber wie soll Deine Mutter bei ihrer Weltfremdheit, ihrer Selbstlosigkeit, ihren frommen Ideen, so etwas ins Werk setzen? … Mit einem Wort: ich kann Euch nur aufklären. Was Ihr bisher unternommen habt, konnte den Gegnern nur Warnungssignale geben und vielleicht sind sie auf alles gefaßt! …«

»Das nenn ich mir ein förmliches Gutachten«, rief Herr Hochon; es schmeichelte ihm, von einem Pariser Anwalt anerkannt zu werden.

»Oh, Desroches kennt sich aus«, erwiderte Joseph.

»Es wäre wohl angebracht, diesen Brief den beiden Frauen zu lesen zu geben«, meinte der alte Geizhals.

Der Künstler gab ihm den Brief. »Ich will gleich morgen abreisen«, erklärte er, »und mich jetzt von meinem Onkel verabschieden.«

»Da ist noch ein Postskriptum«, sagte Herr Hochon, »in dem Herr Desroches Sie bittet, den Brief zu verbrennen.«

»Tun Sie das, wenn Sie ihn meiner Mutter gezeigt haben«, sagte der Maler.

Joseph Bridau zog sich um, ging über den kleinen Platz und sprach bei seinem Onkel vor, der eben gefrühstückt hatte. Max und Flora saßen am Tisch.

»Lassen Sie sich nicht stören, lieber Onkel, ich will mich nur von Ihnen verabschieden.«

»Sie reisen ab?« fragte Max und wechselte mit Flora einen Blick.

»Ja, ich habe auf dem Schlosse des Herrn von Sérizy zu tun, ich habe es damit um so eiliger, als der Arm dieses Herrn weit genug reicht, um meinem unglücklichen Bruder vor der Pairskammer behilflich zu sein.«

»Ei, so geh arbeiten«, sagte der biedere Rouget mit dümmlicher Miene (er kam seinem Neffen sehr verändert vor). »Arbeit muß sein … Es tut mir leid, daß du uns verläßt …«

»Oh, dafür wird meine Mutter noch einige Zeit bleiben«, erwiderte Joseph.

Um Maxences Lippen zuckte es, und Flora begriff, was dies Zucken bedeutete: – sie befolgen den Plan, von dem Baruch uns gesprochen hat –. »Es war mir eine Freude, herzukommen«, fuhr Joseph fort, »so hatte ich das Vergnügen, Sie kennenzulernen, lieber Onkel, und dann haben Sie auch mein Atelier bereichert …«

»Ja«, sagte die Käscherin, »statt Ihren Onkel über den Wert seiner Bilder aufzuklären, die man über hunderttausend Franken schätzt, haben Sie sie flink nach Paris geschickt. Der Arme, der Gute, er ist ja wie ein Kind! In Bourges hat man uns gesagt, daß unter den Bildern ein kleiner Put … Put …, wie heißt er doch – ein Poussin war, der vor der Revolution im Chor der Kathedrale gehangen habe und allein dreißigtausend Franken wert sei …«

»Das ist nicht recht von dir, lieber Neffe«, sagte der Alte aus einen Wink Gilets, den Joseph nicht bemerken konnte.

»Also gerade heraus«, rief der Soldat lachend, »wie hoch schätzen Sie auf Ehrenwort die Bilder? Da haben Sie Ihren Onkel kräftig reingelegt, was? Na, es war nur Ihr gutes Recht, Onkels sind dazu da, daß man sie rupft! Mir hat das Schicksal die Onkels versagt, sonst, wenn ich welche hätte, weiß der Teufel, ich hätte sie nicht geschont.«

»Wußten Sie denn, Herr Rouget, was Ihre Bilder wert waren?« fragte jetzt Flora den Alten. »Wieviel sagten Sie, Herr Joseph?«

»Aber freilich sind die Bilder wertvoll«, antwortete der Maler und wurde puterrot.

»Sie sollen sie Herrn Hochon gegenüber auf hundertfünfzigtausend Franken geschätzt haben«, fuhr Flora fort. »Ist das wahr?«

»Jawohl«, sagte der Maler in kindlicher Aufrichtigkeit.

»Und hatten Sie etwa die Absicht, Ihrem Neffen hundertfünfzigtausend Franken zu schenken?« fragte Flora den biederen Alten.

»Niemals, niemals!« antwortete er, von ihrem Blick gebannt.

»Es gibt ein einfaches Mittel, das alles in Ordnung zubringen«, sagte der Maler. »Ich brauche sie Ihnen nur zurückzugeben, lieber Onkel! ...«

»Nein, nein, behalte sie«, sagte der Alte.

»Ich werde sie Ihnen zurückschicken.« – Das beleidigende Schweigen Gilets und Floras reizte ihn. – »Ich kann mir mein Brot mit meinem Pinsel verdienen. Niemanden brauche ich, nicht einmal meinen Onkel ... Ich habe die Ehre, mein Fräulein, ich empfehle mich, mein Herr ...«

Künstler können sich die Erregung ausmalen, in der Joseph den Platz überschritt. Die ganze Familie Hochon war im Salon versammelt. Im Selbstgespräch gestikulierend kam Joseph herein. Man fragte ihn aus. Frank und frei erzählte er vor Baruch und François die Szene, die er erlebt hatte und die in zwei Stunden zum Stadtgespräch wurde von jedem Weitererzähler mit neuen, mehr oder weniger kuriosen Zusätzen ausgeschmückt. Einige behaupteten, Max habe den Maler gröblich behandelt, andere, Joseph habe sich gegen Fräulein Brazier schlecht benommen und Max habe ihn dann vor die Tür gesetzt.

»Was für ein Kind Ihr Kind ist!« sagte Hochon zu Frau Bridau. »Diese Szene hat man ihm für den Abschiedstag aufgespart, und der Tropf ist darauf hereingefallen. Seit zwei Wochen kennen Max und die Käscherin den Wert der Bilder, nämlich seit Herr Joseph so schlau war, ihn hier vor meinen Enkeln zu nennen; die hatten ja nichts Eiligeres zu tun, als aller Welt die Geschichte zu erzählen. Der Herr Künstler hätte ohne Umstände abreisen sollen.«

»Mein Sohn tut recht daran, die Bilder zurückzugeben, wenn sie so wertvoll sind«, erklärte Agathe.

»Und wenn er sie auf zweihunderttausend Franken schätzte«, sagte der Alte, »ist es nur um so törichter von ihm, daß er eine Rückgabe nicht zu vermeiden versteht. Dies Stück Erbschaft hättet ihr doch wenigstens gesichert, aber, wie jetzt die Dinge stehn, bekommt ihr nichts! ... Jetzt ergibt sich ja für Ihren Bruder beinah ein Grund, Sie nicht mehr zu empfangen ...«

Zwischen zwölf und ein Uhr nachts begannen die Ritter vom Müßiggang ihre Gratis-Futterverteilung an die Hunde der Stadt. Diese denkwürdige Expedition ging erst gegen drei Uhr morgens zu Ende; sodann begaben sich die Spießgesellen zum Nachtmahl bei der Cognette und kamen erst um fünf Uhr in der Morgendämmerung heim. Aber gerade als Max aus der Rue de l'Avenier in die Grand' Rue einbog, stach ihm Fario, der sich unter einem Mauervorsprung verborgen hielt, das Messer mitten ins Herz, riß die Klinge heraus und flüchtete sich durch die Gräben von Vilatte. Das Messer wischte er am Taschentuch ab und das Tuch wusch er im Wasser des Kanals. Dann begab er sich gemächlich nach Saint-Paterne, stieg in ein Fenster, das er halb offen gelassen hatte und legte sich schlafen. Sein neuer Bursche weckte ihn später aus tiefem Schlafe.

Max war mit einem schrecklichen Schrei zu Boden gestürzt, der deutlich ein Unglück verkündete. Lousteau-Prangin, der Sohn eines Richters, ein entfernter Verwandter des ehemaligen Subdelegierten Lousteau, und Goddet junior, die beide am unteren Teil der Grand' Rue zuhause waren, kamen im Laufschritt zurück und riefen: »Man mordet Max! Zu Hilfe!«

Aber kein Hund schlug an und kein Mensch stand auf. Alle kannten ja die Gewohnheiten der Nachtbande. Als die beiden Ritter Max fanden, war dieser ohnmächtig. Man mußte den alten Herrn Goddet wecken. Wohl hatte Max Fario erkannt; als er aber um fünf Uhr früh zur Besinnung kam, sich von mehreren Personen umgeben sah und das Gefühl hatte, daß seine Wunde nicht tödlich wäre, kam ihm plötzlich der Gedanke, aus diesem Mordanfall Nutzen zu ziehen, und er rief mit kläglicher Stimme: »Ich glaube, ich habe Augen und Gesicht des verfluchten Malers gesehen! ...«

Daraufhin lief Lousteau-Prangin zu seinem Vater, dem Untersuchungsrichter. Max wurde inzwischen vom alten Cognet, von Goddet junior und zwei Leuten, die man aufgeweckt hatte, nach Hause transportiert. Die Cognette und Goddet senior gingen nebenher. Max ruhte auf einer an zwei Stangen getragenen Matratze. Herr Goddet wollte nichts unternehmen, bis Max zu Bett lag. Während Kouski aufstand, um zu öffnen, fielen die Blicke der Träger des Verwundeten auf die Tür des Hauses Hochon und sahen dort die Magd des Herrn Hochon fegen. Dort wie überall in der Provinz wurde die Haustür Sehr zeitig aufgemacht. Die wenigen Worte, die Max gesprochen hatte, erweckten Verdacht. Der alte Herr Goddet rief hinüber: »Gritte, ist Herr Joseph Bridau zu Bett?«

»Oh je!« sagte die Magd. »Der ist schon um halb fünf ausgegangen; die ganze Nacht ist er in seinem Zimmer auf und ab gelaufen; ich weiß nicht, was mit ihm los ist.«

Dieser naive Bescheid rief ein wildes Gemurmel hervor, Worte des Abscheus klangen der Magd ins Ohr und lockten die Neugierige herüber, zu sehen, was man da zum alten Rouget getragen brachte.

»Ein feiner Gesell, euer Maler!« bekam sie zu hören. Die mit der Bahre traten in das Haus und überließen Gritte ihrem Schreck: sie hatte Max im blutbefleckten Hemd sterbend liegen sehen.

Was mit Joseph war, was ihm die Nachtruhe raubte, die Künstler werden es erraten: Er sah sich zum Geschwätz der Bourgeois geworden, man hielt ihn für einen Gauner, ihn, einen ehrlichen Burschen, einen harmlosen Künstler! Gern hätte er sein bestes Werk dafür gegeben, jetzt wie eine Schwalbe nach Paris fliegen und dem Maxence die Bilder des Onkels an den Kopf werfen zu können. Der reine Hohn: selbst der Bestohlene zu sein und für den Dieb zu gelten! So war er denn vor Tau und Tag in die Pappelallee, die nach Tivoli führt, gelaufen, um seinem Herzen Luft zu machen. Und während er sich in seiner Unschuld mit dem Entschluß, nie wieder in diese Stadt zu kommen, tröstete, bereitete ihm Max die gräßlichste Schmach. Als Herr Goddet senior die Wunden untersucht und festgestellt hatte, daß das Messer durch eine kleine Brieftasche abgelenkt und glücklich vom Herzen abgerutscht war und nur einen schrecklichen Riß durch das Fleisch hinterlassen hatte, tat er, was alle Ärzte und insbesondere die Chirurgen der Kleinstadt zu tun pflegen: er machte sich wichtig, indem er sich noch nicht für Maxences Aufkommen verbürgte; dann verband er den schlimmen Kriegsmann und ging. Die Käscherin, Jean-Jacques, Kouski und die Védie hatten den Spruch der Wissenschaft vernommen. In Tränen aufgelöst blieb die Käscherin bei dem Geliebten, während Kouski und die Védie dem Volk, das sich draußen ansammelte, mitteilten, daß der Major so gut wie aufgegeben sei. Auf diese Nachricht hin kamen etwa zweihundert Menschen auf der Place Saint-Jean und in den benachbarten beiden ›Narettes‹ zusammen.

»Ich werde kaum einen Monat zu Bett zu liegen brauchen«, sagte Max zur Käscherin, »und ich weiß, wer mir den Stich versetzt hat. Aber wir müssen die Geschichte ausnutzen, um uns die Pariser vom Halse zu schaffen. Ich habe schon gesagt, ich glaubte den Maler erkannt zu haben; laß die Leute meinen, ich müßte sterben, seht zu, daß Joseph Bridau festgenommen wird; wir wollen ihm zwei Tage Gefängnis zu schmecken geben. Die Mutter kenne ich, glaube ich, gut genug: die wird hott hü! mit ihrem Malerjungen nach Paris abziehen. Dann brauchen wir die Priester, die man auf unsern alten Narren loslassen wollte, nicht mehr zu fürchten.«

Als Flora Brazier auf die Straße kam, fand sie die Menge sehr empfänglich für den Eindruck, den sie erwecken wollte; sie ließ sich mit Tränen in den Augen sehen und sagte unter Schluchzen, der Maler, der ja auch danach aussähe, habe sich gestern abend heftig mit Max wegen der Bilder, die er dem alten Rouget ›geklaut‹ habe, gestritten. – »Der Strauchdieb, dem sieht man's ja an, der glaubt, wenn der Max nicht mehr im Wege ist, läßt ihm der Onkel sein ganzes Geld; als ob ein Bruder einem nicht näher stände als ein Neffe! Max ist doch der Sohn vom Doktor Rouget. Das hat mir der Alte selbst auf dem Sterbebett gesagt!«

»Aha! Den Streich hat er noch zu guter Letzt tun wollen, das hat er sich ausgeklügelt, heut reist er ja ab«, sagte einer der Ritter vom Müßiggang.

»Max hat in ganz Issoudun keinen einzigen Feind«, rief ein anderer.

»Er hat übrigens den Maler erkannt«, sagte die Käscherin.

»Wo steckt er, der verfluchte Pariser? … Wir wollen ihn schon finden! …« rief es.

»Ihn finden? …« wurde geantwortet, »er ist in aller Frühe aus Herrn Hochons Hause fortgegangen.«

Sogleich eilte ein Ritter vom Müßiggang zu Herrn Mouilleron. Inzwischen wuchs die Menge immer mehr an, das Stimmengewirr wurde drohend. Erregte Gruppen bedeckten die ganze Grande Narette. Andre blieben vor der Kirche Saint-Jean stehen. Ein Menschenauflauf hielt die Porte Vilatte, den Endpunkt der Petite Narette, besetzt. Ober- und unterhalb der Place Saint-Jean war nicht mehr hindurchzukommen, es war wie bei einer Prozession. So hatten denn auch die Herren Lousteau-Prangin und Mouilleron, der Polizeikommissar, der Gendarmerieleutnant und sein Unteroffizier nebst zwei Gendarmen alle Mühe, auf die Place Saint-Jean zu gelangen, schließlich kamen sie vorwärts durch eine Hecke von Schreienden, deren Ausrufe sie gegen den unschuldig beschuldigten Pariser, gegen den zudem die Umstände sprachen, einnehmen mußten.

Nachdem die Beamten Max vernommen hatten, sandte Herr Mouilleron den Polizeikommissar mit dem Unteroffizier und einem Gendarmen aus, um, wie es in der Beamtensprache heißt, den Schauplatz des Verbrechens in Augenschein zu nehmen. Dann begaben sich die Herren Mouilleron und Lousteau-Prangin in Begleitung des Gendarmerieleutnants vom Hause Rouget zum Hause Hochon hinüber, vor dessen Haustür und Gartenausgang je zwei Gendarmen sich aufstellten. Immer noch wuchs die Menge. Die ganze Stadt lärmte auf der Grand'Rue.

Gritte war schon aufgeregt zu ihrem Herrn gestürzt: »Herr Hochon, sie werden uns ausplündern … Die ganze Stadt ist in Aufruhr. Herr Maxence Gilet ist ermordet, liegt im Sterben! … und sie sagen, Herr Joseph hat es getan!«

Eilig zog sich Herr Hochon an und ging hinunter; aber vor der wütenden Menge wich er gleich wieder zurück und verriegelte seine Tür … Er fragte Gritte aus und erfuhr, daß sein Gast die ganze Nacht erregt umhergelaufen, vor Tagesanbruch ausgegangen und noch nicht zurückgekommen war. Erschreckt ging er zu seiner Frau, die von dem Lärm schon aufgewacht war, und teilte ihr die schaurige Neuigkeit mit, die, ob wahr oder falsch, ganz Issoudun auf der Place Saint-Jean zusammenrottete.

»Er ist ganz gewiß unschuldig!« rief Frau Hochon.

»Aber bis seine Unschuld festgestellt ist, kann man hier hereinkommen und uns ausplündern«, sagte der Alte. Er war totenblaß. Er hatte Gold im Keller.

»Und Agathe?«

»Sie schläft wie ein Murmeltier!«

»Oh, um so besser, ich wollte, sie bliebe schlafen, bis das alles aufgeklärt ist. Solch ein Schlag könnte sie töten, die arme Kleine!«

Aber Agathe war schon wach und kam, notdürftig bekleidet, herunter. Grittes hartnäckiges Schweigen auf ihre Fragen hatte ihr Herz und Hirn verwirrt. Sie fand Frau Hochon bleich und in Tränen vor einem Fenster des Saals neben ihrem Mann stehen.

»Mut, Mut, mein Kleines. Gott schickt uns Kümmernis«, sagte die alte Frau. »Man klagt Joseph an …«

»Wofür?«

»Einer bösen Tat, die er nie und nimmer begangen haben kann«, antwortete Frau Hochon.

Im selben Augenblick sah Agathe den Gendarmerieleutnant und die Herren Mouilleron und Lousteau-Prangin eintreten; sie sank in Ohnmacht.

»Also bringt jetzt Frau Bridau hinaus«, sagte Herr Hochon zu seiner Frau und Gritte, »in solchen Situationen sind Frauen nur störend. Geht beide mit ihr auf dein Zimmer.« Dann wandte er sich zu den Beamten: »Nehmen Sie Platz, meine Herren. Das Mißverständnis, das uns Ihren Besuch verschafft, wird sich hoffentlich unverzüglich aufklären.«

»Falls auch ein Mißverständnis vorliegen sollte«, erwiderte Herr Mouilleron, »so ist doch die Erbitterung im Volke so stark, und die Köpfe sind so heiß geworden, daß ich für den Beschuldigten fürchten muß … Ich möchte ihn zur Beruhigung der Gemüter im Gerichtshof festsetzen.«

»Wer konnte voraussehen, daß Herr Maxence Gilet sich solcher Zuneigung seiner Mitbürger erfreut? …« sagte Lousteau-Prangin.

»Eben wird mir von einem meiner Leute gemeldet, daß sich aus dem Römischen Viertel in die Innenstadt ein Strom von zwölf hundert Menschen ergießt, die nach dem Mörder schreien«, bemerkte der Gendarmerieleutnant.

»Wo ist denn ihr Gast?« fragte Herr Mouilleron Herrn Hochon.

»Ich glaube, er ist über Land spazieren gegangen …«

»Rufen Sie die Magd zurück«, sagte ernst der Untersuchungsrichter, »ich hoffte, Herr Bridau hätte das Haus nicht verlassen … Es ist Ihnen ohne Zweifel nicht unbekannt, daß das Verbrechen bei Tagesanbruch einige Schritte von hier begangen worden ist?« Während Herr Hochon Gritte holen ging, tauschten die drei Beamten bedeutsame Blicke miteinander.

»Das Gesicht dieses Malers war mir immer unheimlich«, sagte der Leutnant zu Herrn Mouilleron.

»Liebes Kind«, wandte sich der Richter an die eintretende Gritte, »Sie haben, wird behauptet, Herrn Joseph Bridau heute morgen ausgehen sehn?«

»Ja, Herr Richter«, antwortete die Magd und zitterte wie Espenlaub.

»Zu welcher Zeit?«

»Als ich gerade aufgestanden war. Die ganze Nacht ist er in seinem Zimmer herumgegangen, und als ich herunterkam, war er angezogen.«

»War es schon hell?«

»Es war Dämmerung.«

»Sah er aufgeregt aus?«

»Ach ja, er kam mir kurios vor.«

»Schicken Sie einen Ihrer Leute nach meinem Gerichtsschreiber«, sagte Lousteau-Prangin zu dem Leutnant, »er soll Verhaftungsbefehle mit ...«

»Um Gottes willen, seien Sie nicht zu schnell«, sagte Herr Hochon. »Die Aufregung des jungen Mannes läßt sich auf ganz andre Dinge zurückführen als auf den Vorsatz eines Verbrechens; er will heute nach Paris reisen wegen einer Angelegenheit, in der Gilet und Fräulein Flora Brazier seine Redlichkeit verdächtigt haben.«

»Jawohl, die Angelegenheit mit den Bildern«, sagte Herr Mouilleron. »Die gab gestern Anlaß zu einer heftigen Auseinandersetzung, und die Herren Künstler, sagt man, sind etwas kurz angebunden.« »Wer in ganz Issoudun hatte denn ein Interesse daran, Maxence zutäten?« fragte Lousteau. »Niemand, weder ein eifersüchtiger Ehemann noch sonst irgend jemand. Dieser junge Mann hat niemandem unrecht getan.

»Aber was hatte denn Herr Gilet um vier Uhr morgens auf den Straßen von Issoudun zu tun?« fragte Herr Hochon.

»Verehrter Herr Hochon, lassen Sie uns unseres Amtes walten«, antwortete Mouilleron, »noch wissen Sie nicht alles: Max hat Ihren Maler erkannt ...« In diesem Augenblick erhob sich vom Ende der Stadt her ein Lärm und wuchs die Grande Narette entlang wie Donnerrollen.

»Da ist er! ... Da ist er! ... Sie haben ihn! ...« Diese Rufe hoben sich vernehmlich von dem Grundbaß eines fürchterlichen Massenlärmes ab. In der Tat war der arme Joseph Bridau, der gerade gemächlich von der Mühle von Landrôle herkam, im Begriff, zum Frühstück heimzukehren, als er die Place Misère erreichte, von allen Gruppen auf einmal bemerkt worden. Zu seinem Glück eilten zwei Gendarmen herzu, um ihn den Leuten vom Römischen Viertel zu entreißen, die sich schon mit Wutgeschrei auf ihn stürzten und Hand an ihn legten. »Platz! Platz!« befahlen die Gendarmen und riefen zwei von ihren Kameraden herzu, von denen der eine vor, der andre hinter Bridau hergehen sollte. »Sehen Sie, Herr Bridau«, sagte einer der Gendarmen, die ihn festnahmen, »jetzt kann es uns ebensogut wie Ihnen den Kopf kosten. Ob Sie schuldig oder unschuldig sind, wir müssen Sie gegen den Aufruhr schützen, den die Ermordung des Majors Gilet veranlaßt hat, das Volk da hat Sie nicht nur im Verdacht, es hält Sie steif und fest für den Mörder. Den Herrn Gilet beten diese Menschen an, und sehn sie nicht ganz danach aus, als wollten sie Volksjustiz üben? Wir haben es mitangesehen, wie sie im Jahre 1830 den Steuerbeamten die Jacke vollgehauen haben. Oh, die waren nicht zum Vergnügen hier!« Joseph Bridau wurde totenbleich; er raffte sich zusammen, um nur gehen zu können.

»Immerhin«, sagte er, »ich bin unschuldig. Gehn wir.«

Und dann erlebte der Maler seine Kreuztragung! Geschrei, Schmähworte und Todesdrohungen begleiteten ihn auf dem furchtbaren Weg von der Place Misère zur Place Saint-Jean. Die Gendarmen waren genötigt, gegen die wütende Menge die Säbel zu ziehen. Man warf Steine nach ihnen. Fast wären sie verwundet worden, und einige Geschosse trafen Josephs Beine, seine Schultern, seinen Hut. »Da sind wir!« sagte der eine der Gendarmen, als sie endlich in Herrn Hochons Saal eintraten, »es war nicht leicht, Herr Leutnant.«

»Jetzt handelt es sich darum, die Ansammlung draußen zu zerstreuen, und dazu sehe ich nur ein Mittel, meine Herren«, sagte der Offizier zu den Beamten. »Wir müssen Herrn Bridau mitten unter Ihnen zum Gerichtshof führen, ich werde Sie mit allen meinen Gendarmen umgeben. Sechstausend Wildgewordenen gegenüber kann man für nichts einstehen.«

»Sie haben recht«, sagte Herr Hochon, der die ganze Zeit für sein Gold zitterte.

»Wenn dies das beste Mittel ist, um in Issoudun die Unschuld zu beschützen, so mache ich Ihnen mein Kompliment«, erklärte Joseph. »Ich war schon nahe daran, gesteinigt zu werden.«

»Wollen Sie mitansehen, wie das Haus Ihres Gastgebers im Sturm genommen und geplündert wird?« sagte der Leutnant. »Glauben Sie, daß wir mit unsern Säbeln einen Menschenstrom aufhalten können, den von hinten wütendes Volk drängt, das sich nicht an die Formen der Justiz kehrt? ...« »Also vorwärts, meine Herren, wir werden uns nachher auseinandersetzen«, sagte Joseph, er hatte all seine Kaltblütigkeit wieder.

»Platz, liebe Freunde«, rief der Leutnant, »er ist festgenommen, wir führen ihn zum Gerichtshof!«

»Respekt vor der Gerechtigkeit! liebe Freunde«, sagte Herr Mouilleron.

»Wollt ihr nicht lieber sehen, wie er guillotiniert wird?« wandte sich ein Gendarm an eine drohende Gruppe.

»Ja, ja«, rief ein Rasender, »man soll ihn guillotinieren.«

»Man wird ihn guillotinieren«, wiederholten die Weiber.

Am Ende der Grande Narette rief man schon: »Man führt ihn auf die Guillotine, man hat das Messer bei ihm gefunden! Oh der Schurke! Da seht ihr die Pariser! Dem steht ja das Verbrechen auf dem Gesicht geschrieben!«

Wohl war Joseph alles Blut zu Kopf gestiegen, aber er legte die Strecke von der Place Saint-Jean zum Gerichtshof in würdigster Ruhe und Haltung zurück. Immerhin war er froh, als er glücklich im Amtszimmer des Herrn Lousteau-Prangin angelangt war. »Ich brauche Ihnen wohl nicht erst zu versichern, meine Herren«, wandte er sich an Herrn Mouilleron, Herrn Lousteau-Prangin und den Gerichtsschreiber, »daß ich unschuldig bin; ich kann Sie nur um Ihre Hilfe bei dem Beweis meiner Unschuld bitten. Ich weiß nichts von dem Vorfall ...«

Als ihm dann der Richter alle Mutmaßungen anführte, die ihn belasteten und als letzte Maxences Erklärung, war Joseph doch niedergeschlagen. »Aber ich habe doch erst nach fünf Uhr das Haus verlassen«, erklärte er, »bin die Grand'Rue hinuntergegangen, und um halb sechs hab ich mir die Fassade Ihrer Pfarrkirche Saint-Cyr angesehen, ich habe mich mit dem Küster, der zum Angelusläuten kam, unterhalten und ihn über die Geschichte des Baues, der mir bizarr und unvollendet vorkommt, ausgefragt. Dann bin ich quer über den Gemüsemarkt gegangen, auf dem schon einige Frauen waren. Dann weiter über die Place Misère und den Pont aux Anes zur Mühle von Landrôle, und dort habe ich etwa fünf Minuten lang ruhig den Enten zugeschaut, die Müllerburschen müssen mich gesehen haben. Auch Frauen gab es dort, die zum Waschstein gingen, die müssen noch dort sein; sie haben über mich gelacht und gerufen, ich sei nicht schön; ich habe ihnen mit einem Scherz geantwortet. Dann bin ich noch die große Allee bis nach Tivoli spaziert und habe mich dort mit dem Gärtner unterhalten ... Lassen Sie diese Tatsachen nachprüfen. Sie brauchen mich gar nicht einzusperren, ich gebe Ihnen mein Ehrenwort, daß ich hier im Zimmer bleiben werde, bis Sie sich von meiner Unschuld überzeugt haben.«

Diese Erklärung, die Joseph ohne Stocken und in sicherem Tone abgab, machte den Beamten Eindruck. »Gut, so wird man all diese Leute aufsuchen und vorladen«, sagte Herr Mouilleron, »das wird aber kaum im Lauf eines Tages möglich sein. Entschließen Sie sich also im eigenen Interesse, im Gerichtshof verborgen zu bleiben.«

»Unter der Vorraussetzung, daß ich meiner Mutter schreiben darf, um die arme Frau zu beruhigen ... Oh! Sie sollen den Brief lesen.«

Diese durchaus billige Bitte wurde ihm nicht abgeschlagen, und Joseph schrieb:

»Sorge Dich nicht, meine geliebte Mutter; der Irrtum, dem ich zum Opfer gefallen bin, wird sich leicht aufklären, ich habe schon die nötigen Mittel und Wege dazu angegeben. Morgen, vielleicht schon heute abend, werde ich frei sein. Ich küsse Dich. Sage bitte Herrn und Frau Hochon, wie sehr ich all die Mißhelligkeiten bedaure, die ich unschuldigerweise in ihrem Hause veranlaßt habe, sie sind das Werk eines Zufalls, den ich noch nicht verstehe.«

Als dieser Brief ankam, lag Frau Bridau sterbenskrank an einer Nervenkrise darnieder, und alle Arzeneien, die Herr Hochon ihr löffelweise einzuflößen versuchte, blieben unwirksam. Der Brief wurde für sie ein Wunderbalsam: noch ein paar Zuckungen, und dann lag Agathe ruhig und erschöpft da, die Krise war überwunden. Als Herr Goddet wieder seine Kranke aufsuchte, bedauerte sie, Paris verlassen zu haben.

»Gott hat mich bestraft«, sagte sie unter Tränen, »mußte ich nicht die Erbschaft meines Bruders vertrauensvoll allein von seiner himmlischen Güte erwarten?«

»Madame, wenn Ihr Sohn unschuldig ist, so ist Maxence ein abgründiger Schurke«, flüsterte ihr Herr Hochon ins Ohr, »und wir werden in dieser Sache den Kürzeren ziehen; so ist es besser, Sie kehren nach Paris zurück.

Frau Hochon fragte Herrn Goddet nach Gilets Befinden.

»Die Verwundung ist schwer, aber nicht tödlich. Ein Monat der Pflege wird ihn wiederherstellen. Als ich bei ihm war, schrieb er gerade an Herrn Mouilleron, um die Freilassung Ihres Sohnes zu erbitten, Frau Bridau. Max ist ein braver Bursche. Ich erzählte ihm von Ihrem Zustand, und da fiel ihm etwas ein, was beweist, daß der Mörder nicht Ihr Sohn sein konnte: jener nämlich hatte Filzsohlen, und Ihr Herr Sohn ist doch sicherlich in Stiefeln ausgegangen.«

»Gott möge ihm vergeben, was er mir angetan hat! ...«

Nachts wurde dem Hauptmann Gilet von einem Fremden ein Brief in verstellter, den Druck nachahmender Schrift gebracht:

»Der Hauptmann Gilet sollte nicht einen Unschuldigen in den Händen der Justiz lassen! Der Mann, der ihn verwundet hat, verspricht, ihn fernerhin zu schonen, wenn Herr Gilet Herrn Joseph Bridau befreit, ohne den Schuldigen zu bezeichnen.

Als Max diesen Brief gelesen und verbrannt hatte, schrieb er an Herrn Mouilleron einen Brief, der die Beobachtung enthielt, welche Herr Goddet im Hause Hochon mitteilte, und bat, Joseph freizulassen und ihn, Gilet, aufzusuchen, damit er weitere Erklärungen abgäbe. Als dieses Schreiben bei Herrn Mouilleron eintraf, hatte Lousteau-Prangin durch die Zeugenaussagen des Glöckners, einer Gemüseverkäuferin, der Wäscherinnen, der Müllerburschen von Landrôle und des Gärtners von Frapesle die Wahrhaftigkeit der Angaben, die Joseph gemacht hatte, bereits festgestellt. Nun bewies Maxences Brief vollends die Unschuld des Verklagten, und Herr Mouilleron führte ihn persönlich in Herrn Hochons Haus. Joseph wurde von seiner Mutter mit überschwenglich lebhafter Zärtlichkeit empfangen. Das arme verkannte Kind konnte dem Zufall dankbar sein, wie jener Ehemann der Lafontaineschen Fabel es dem Diebe ist, dessen Überfall ihm unerhoffte Liebesbeweise verschafft. »Oh«, sagte Herr Mouilleron mit sachverständiger Miene, »an der Art, wie Sie die aufgeregte Bevölkerung ansahen, habe ich gleich Ihre Unschuld erkannt, aber so überzeugt ich war … sehen Sie … man muß Issoudun kennen … das beste Mittel zu Ihrem Schutze, war, Sie zu verhaften, wie wir es denn auch getan haben. Ah! Sie hatten eine sehr würdige Haltung.«

»Meine Gedanken waren weit fort«, erklärte einfach der Künstler. »Mir hat einmal ein Offizier erzählt, wie er in Dalmatien unter ziemlich ähnlichen Umständen auf einem Morgenspaziergang von einer erregten Volksmenge festgenommen wurde … Diese Ähnlichkeit beschäftigte mich, und da mußte ich mir all diese Köpfe mit dem Gedanken ansehen, einen Aufruhr aus dem Jahre 1793 zu malen … Dann sagte ich mir auch: Das hast du verdient, du Laffe! Wozu gehst du Erbschaften suchen, statt hübsch vor deiner Staffelei zu bleiben?«

»Wenn ich Ihnen einen Rat geben darf«, sagte der Staatsanwalt, »so nehmen Sie heut abend um elf Uhr einen Wagen, den Ihnen der Postmeister leihen wird, nach Bourges und fahren von dort mit der Diligence nach Paris zurück.«

»Das ist auch meine Meinung«, erklärte Herr Hochon, der nichts sehnlicher wünschte als die Abreise des Gastes.

»Auch ich habe das lebhafteste Verlangen, Issoudun zu verlassen, obwohl ich damit auch meine einzige Freundin verlasse«, sagte Agathe und küßte Frau Hochons Hand. »Wann werde ich Sie wiedersehen?«

»Kindchen, wir sehen uns erst dort oben wieder … Wir haben hienieden genug gelitten«, das flüsterte sie ihr ins Ohr, »um von Gott mitleidig aufgenommen zu werden.«

Inzwischen hatte sich Herr Mouilleron zu Maxence begeben, und gleich darauf erschien Gritte und meldete ihrem Herrn zu allgemeiner Verwunderung den Besuch des Herrn Rouget. Jean-Jacques kam, um seiner Schwester Lebewohl zu sagen und ihr eine Kalesche zur Fahrt nach Bourges anzubieten.

»Ach, deine Bilder haben viel Unglück bei uns angerichtet!« sagte Agathe zu ihm.

»Behalte sie, liebe Schwester«, antwortete der Biedermann. Er glaubte immer noch nicht recht an den hohen Wert der Gemälde.

»Herr Nachbar«, wandte sich nun Hochon an ihn, »unsere besten Freunde und zuverlässigsten Beschützer sind unsere Verwandten, insbesondere, wenn sie Ihrer Schwester Agathe und Ihrem Neffen Joseph gleichen!«

»Schon möglich«, meinte stumpfsinnig der Alte.

»Man muß an ein christliches Ende denken«, mahnte Frau Hochon.

»Was für ein Tag, Jean-Jacques!« rief Agathe.

»Nimmst du meinen Wagen an?« fragte Rouget.

»Nein, lieber Bruder, ich danke dir und wünsche dir gute Gesundheit. Rouget ließ sich von Schwester und Neffen umarmen und ging nach einem matten Lebewohl fort. Herr Hochon schickte seinen Enkel Baruch aus die Post; um elf Uhr saßen die beiden Pariser in einem einspännigen Korbwagen und verließen Issoudun. Adolphine und Frau Hochon hatten Tränen in den Augen, sie waren die einzigen, die den Gästen nachtrauerten. »Fort sind sie«, sagte François Hochon, als er mit der Käscherin in Maxences Zimmer trat.

»Gut! Das wäre geglückt«, sagte Max, der noch fieberschwach war.

»Was hast du dem alten Mouilleron gesagt?« fragte François.

»Ich habe ihm gesagt, daß ich meinem Mörder fast das Recht gegeben habe, mir aufzulauern, und daß der Manns genug wäre, wenn man die Sache verfolgte, mich, ehe man ihn verhaftete, wie einen Hund niederzustrecken. Demgemäß habe ich Mouilleron und Prangin gebeten, ihre sorgsamen Nachforschungen nur scheinbar anzustellen und meinen Mörder in Ruhe zu lassen, wenn sie es nicht mitansehen wollten, daß er mich wirklich umbringe.«

»Nun werdet ihr euch hoffentlich einige Zeit des Nachts still verhalten«, meinte Flora.

»Na, kurzum, wir sind die Pariser los«, rief Max. »Einen besseren Dienst hätte der uns nicht leisten können, der mir den Stich versetzt hat.«

Am nächsten Tag feierte ganz Issoudun mit Ausnahme einiger besonders stiller und zurückhaltender Bürger, welche die Anschauungen von Herrn und Frau Hochon teilten, die Abreise der Pariser, die man doch nur einem beklagenswerten Mißverständnis verdankte, als großen Sieg der Provinz über Paris. Dabei ließen Maxences Freunde ziemlich derbe Äußerungen über die Bridaus fallen.

»Diese Pariser halten uns für rechte Tröpfe, sie glauben, sie brauchen bloß den Hut hinzuhalten, dann regnet's Erbschaften hinein!«

»Sie kamen uns zu scheren und sind selbst geschoren abgezogen.«

»Und dabei hatten sie einen Pariser Anwalt als Berater.«

»Einen fertigen Plan hatten sie also?«

»Allerdings, sie wollten den alten Rouget klein kriegen, aber dazu hat's nicht gereicht, ihr Anwalt wird über die Berrichonen nicht zu lachen haben ...«

»Die Käscherin läßt sich nichts bieten, die versteht's, sich zur Wehr zu setzen.«

»Recht hat sie.«

Für die ganze Stadt waren die Bridaus schlechthin Pariser und Fremde; und Max und Flora waren sehr beliebt.

* *
*

Man kann sich leicht vorstellen, wie zufrieden Agathe und Joseph waren, in ihre kleine Wohnung in der Rue Mazarine zurückzukehren und den Feldzug hinter sich zu haben. Der Künstler hatte schon auf der Reise seine durch die Verhaftung und Gefangenschaft gestörte Munterkeit wiedergefunden; aber es gelang ihm nicht, die Mutter aufzuheitern. Um so schwerer wurde es ihr, sich zu erholen, als jetzt der Prozeß gegen die Teilhaber der Militärverschwörung vor dem Pairshof begann. Trotz der Geschicklichkeit seines von Desroches beratenen Verteidigers erhob sich doch gegen Philipps Verhalten ungünstiger Argwohn. Joseph unterrichtete in Eile Desroches von den Vorgängen in Issoudun, dann reiste er gleich mit Mistigris nach dem Schlosse des Grafen von Sérizy, um erst gar nichts von dem Prozeß zu hören, der zwanzig Tage dauerte.

Wir brauchen hier nicht auf Tatsachen zurückzukommen, die aus der neueren Geschichte bekannt sind. Ob er nun selbst eine Rolle gespielt hat oder nur ein Denunziant war, Philipp wurde zu fünfjähriger Überwachung durch die politische Polizei verurteilt und mußte sich gleich am Tage seiner Freilassung nach der Stadt Autun begeben, die ihm der Polizeipräsident zum Aufenthalt anwies. Diese Strafe entsprach der Haft Gefangener, denen eine Stadt auf Ehrenwort zum Gefängnis angewiesen wird. Nun erfuhr Desroches, daß der Graf Sérizy, einer der von der Kammer zur Untersuchung in diesem Prozeß erwählten Pairs, Joseph die Ausschmückung seines Schlosses Presles in Auftrag gegeben hatte, er suchte um eine Audienz bei ihm nach und fand den Grafen dem Maler sehr gewogen. Desroches setzte ihm die finanzielle Lage der beiden Brüder auseinander und erinnerte zugleich an die Dienste, die der Vater dem Staate geleistet hatte und die durch die Restauration in Vergessenheit geraten waren.

»Die Folge solcher Ungerechtigkeiten, Euer Gnaden, sind Gereiztheit und Unzufriedenheit. Sie haben den Vater gekannt, verschaffen Sie den Kindern wenigstens die Möglichkeit, ihr Brot zu verdienen!«

Er schilderte kurz die Familienverhältnisse in Issoudun und bat den allmächtigen Vizepräsidenten des Staatsrates, bei dem Polizeipräsidenten vorstellig zu werden, damit Philipp statt Autun Issoudun zum Aufenthalt angewiesen bekäme. Dann sprach er noch von Philipps furchtbarer Notlage und erbat für ihn einen monatlichen Zuschuß von sechzig Franken, den das Kriegsministerium schon wegen des Dekorums einem ehemaligen Oberstleutnant geben müsse.

»Ich werde Ihre Wünsche durchsetzen, sie scheinen mir alle gerechtfertigt«, sagte der Minister.

Drei Tage später begab sich Desroches, mit den nötigen Vollmachten versehen, zu Philipp ins Gefängnis, holte ihn ab und nahm ihn mit in seine Wohnung in der Rue de Béthizy. Dort bekam der grimmige Haudegen von dem jungen Advokaten eine Standrede zu hören, auf die es nichts zu erwidern gab. Da war alles vom juristischen Standpunkt richtig abgewogen, das Verhalten des Klienten mit derben treffenden Worten gekennzeichnet, seine Gefühle auf ihren einfachsten Ausdruck zurückgeführt. Er machte den Ordonnanzoffizier des Kaisers gehörig herunter, hielt ihm seine sinnlose Verschwendung, alles Unglück, das er über seine Mutter gebracht, und den Tod der alten Descoings vor. Sodann klärte er ihn über den Stand der Dinge in Issoudun auf, über Pläne und Eigenart des Maxence Gilet und der Flora Brazier. Diesen Teil der Predigt hörte Philipp, der für so etwas eine schnelle Auffassung besaß, mit mehr Aufmerksamkeit an als den ersten.

»Wie die Dinge liegen«, sagte der Anwalt, »können Sie gutmachen, was noch gutzumachen ist von all dem Unrecht, das Sie Ihrer ausgezeichneten Familie angetan haben; der armen Frau, die Sie umgebracht haben, können Sie allerdings das Leben nicht wiedergeben, aber Sie allein könnten ...«

»Und wie soll ich das machen?« unterbrach Philipp. »Ich habe es durchgesetzt, daß Ihnen statt Autun Issoudun zum Aufenthalt angewiesen wird.« Philipps abgemagertes, verfinstertes, von Leiden und Entbehrungen zerwühltes Gesicht wurde plötzlich von einem Freudenstrahl hell.

»Sie allein können die Erbschaft Ihres Onkels Rouget, die vielleicht schon halb in Gilets Wolfsrachen steckt, wieder erwischen. Sie wissen jetzt über alle Einzelheiten Bescheid. Handeln Sie danach. Ich kann Ihnen keinen Schlachtplan entwerfen, da weiß ich keinen Rat, und in solchen Fällen hängt ja auch alles vom Kriegsgelände ab. Ihre Gegenpartei ist stark. Gilet ist verschlagen; die Art, wie er die Bilder, die Ihr Onkel Joseph geschenkt hatte, wiedererobern wollte, die Keckheit, mit der er Ihrem armen Bruder ein Verbrechen aufgeladen hat, zeugen von einem Gegner, der zu allem fähig ist. Also seien Sie vorsichtig, berechnen Sie, wenn die Eingebung des Augenblicks nicht hinreicht. Ich habe hinter Josephs Rücken – sein Künstlerstolz hätte sich dagegen empört – die Bilder an Herrn Hochon zurückgeschickt mit der Bitte, sie niemandem als Ihnen herauszugeben. Dieser Maxence Gilet ist tapfer ...«

»Um so besser«, sagte Philipp, »ich rechne auf die Courage des Kerls, die kommt mir nur gelegen. Ein Feigling würde an seiner Stelle Issoudun verlassen.«

»Nun also, denken Sie an Ihre verehrungswürdige Mutter, die immer noch mit Zärtlichkeit an Ihnen hängt, an Ihren Bruder, den Sie zu Ihrer Milchkuh gemacht haben.«

»So? Hat er Ihnen von diesen dummen Geschichten erzählt?« schrie Philipp.

»Glauben Sie etwa, ich, der beste Freund Ihrer Familie, wüßte nicht mehr von Ihnen als Ihre Angehörigen?«

»Was wissen Sie denn?«

»Daß Sie Ihre Kameraden verraten haben ...«

»Ich! Ich! Des Kaisers Ordonnanzoffizier! ... Die Pairskammer haben wir angeführt, die Justiz, die Regierung, die ganze verflixte Bande. Des Königs Leute haben nichts davon begriffen ...«

»Nun, wenn dem so ist, will ich zufrieden sein«, antwortete der Anwalt, »aber Sie müssen begreifen, daß man die Bourbonen nicht stürzen kann, sie haben Europa auf ihrer Seite; denken Sie lieber daran, mit dem Kriegsminister Frieden zu schließen ... Oh, wenn Sie einmal reich sind, werden Sie es schon tun. Und um reich zu werden und Ihren Bruder reich zu machen, müssen Sie den Onkel in Ihre Gewalt bekommen. Das will gut gemacht sein, das erfordert Gewandtheit, Verschwiegenheit und Geduld, das gibt Ihnen Ihre ganzen fünf Jahre zu tun ...«

»Nein, nein«, sagte Philipp, »da muß man schnell zu Werke gehen; dieser Gilet könnte das Vermögen meines Onkels flüssig machen, könnte es auf den Namen jenes Mädchens überschreiben lassen, und dann wäre alles verloren.«

»Nun gut, wenden Sie sich an Herrn Hochon, der weiß guten Rat, hat einen klaren Blick. Sie haben Ihren Reiseausweis, Ihren Platz in der Diligence nach Orléans für halb acht Uhr. Ihr Koffer ist gepackt, nun kommen Sie zum Essen ...«

»Ich besitze nur das, was ich am Leibe habe«, sagte Philipp und knöpfte seinen abscheulichen blauen Überrock auf, »drei Stücke fehlen mir. Bitten Sie meinen Freund Giroudeau, Finots Onkel, sie mir zu schicken: meinen Säbel, meinen Degen und meine Pistolen! ...«

»Ganz etwas andres fehlt Ihnen«, sagte der Advokat, den es beim Anblick seines Klienten kalt überlief.

»Sie werden auf drei Monate Diäten erhalten, um sich anständig einzukleiden.«

»Du hier, Godeschal!« rief Philipp; er hatte in Desroches' erstem Schreiber den Bruder der Mariette erkannt.

»Ja, seit zwei Monaten bin ich bei Herrn Desroches.«

»– und wird, hoff ich, bei mir bleiben, bis er ein eignes Amt bekommt«, meinte Desroches.

»Und Mariette?« fragte Philipp in süßen Erinnerungen.

»Sie wartet auf die Eröffnung des neuen Opernsaals.«

»Für sie wäre es eine Kleinigkeit, meinen Arrest aufheben zu lassen« sagte Philipp. »... Na, wie sie will!«

Desroches, der seinen ersten Schreiber beköstigte, lud Philipp zu einem mageren Ellen ein. Dann brachten die beiden Juristen den ausgewiesenen Politiker zum Postwagen und wünschten ihm gute Verrichtung.

*   *
*

Am zweiten November, zu Allerseelen stellte sich Philipp Bridau bei dem Polizeikommissar von Issoudun vor und ließ sich auf seinem Ausweis den Tag seiner Ankunft bescheinigen, sodann suchte er auf Anweisung des Beamten eine Unterkunft in der Rue de l'Avenier. Alsbald verbreitete sich das Gerücht von dem Eintreffen eines verbannten Offiziers, der in die letzte Verschwörung verwickelt war, in Issoudun, und als sich herausstellte, daß dieser Offizier ein Bruder des zu Unrecht angeklagten Malers war, wurde die Sensation noch stärker. Maxence Gilet war nun von seiner Verwundung ganz geheilt und hatte seine schwierigen Finanzoperationen beendet, die Hypotheken des alten Rouget flüssig gemacht und in Staatspapieren angelegt. Die Anleihe des Alten auf seinen Grundbesitz in Höhe von hundertvierzigtausend Franken erregte in der Kleinstadt, in der ja nichts verborgen bleibt, großes Aufsehen. Im Interesse der Bridaus erkundigte sieh Herr Hochon, dem dieses Unheil naheging, bei Rougets Notar, dem alten Herrn Heron, nach dem Sinn dieser Transaktionen.

»Wenn der alte Rouget sich's noch einmal anders überlegt, können sich seine Erben bei mir bedanken!« erklärte Herr Heron. »Ohne meinen Einspruch hätte der gute Alte seine fünfzigtausend Franken Rente auf Maxence Gilets Namen überschreiben lassen. Ich habe aber Fräulein Brazier gesagt, sie müsse sich an das Testament halten, wenn sie nicht angesichts ihrer durch die vielen Transaktionen erwiesenen Machenschaften einen Prozeß wegen Beraubung riskieren wollte. Um Zeit zu gewinnen, habe ich Maxence und seiner Geliebten geraten, erst einmal abzuwarten, bis der jähe Wechsel in den Dispositionen des biederen Alten in Vergessenheit geraten sei.«

»Werden Sie der Anwalt und Schützer der Bridaus, die nichts haben«, bat Herr Hochon; er konnte es Gilet nicht verzeihen, daß er ihn soviel Angst vor der Plünderung seines Hauses hatte ausstehen lassen. Max und Flora aber glaubten sich außer Gefahr und lachten nur, als sie von dem Eintreffen des zweiten Neffen des alten Rouget hörten. Sobald sie auch nur das Geringste von Philipp zu fürchten hatten, konnten sie den alten Rouget eine Vollmacht unterzeichnen und damit die Papiere auf Maxences oder Floras Namen überschreiben lallen. Wurde dann das Testament widerrufen. So blieben die fünfzigtausend Franken Rente ein recht hübscher Trost, zumal ja der Grundbesitz mit einer Hypothek von hundertvierzigtausend Franken belastet war. Am Tage nach seiner Ankunft machte Philipp dem Onkel seine Aufwartung und zwar absichtlich in seinem furchtbaren Kostüm. Das wirkte: als der Rekonvaleszent aus dem Südhospital, der Gefangene des Luxembourg in den Saal trat, fuhr bei seinem abstoßenden Anblick Flora Brazier ein Schauer durchs Herz. Desgleichen spürte Gilet im Geiste und in den Nerven die Erschütterung, durch die uns die Natur vor heimlicher Feindschaft oder drohender Gefahr warnt. Hatten Philipps Mienen durch seine letzten Schicksalsschläge schon etwas unsagbar Finsteres bekommen, so wurde dieser Ausdruck durch seinen Aufzug noch erhöht. Der jämmerliche blaue Überrock blieb aus traurigen Gründen militärisch bis zum Halse zugeknöpft, und gerade dadurch betonte er nur noch mehr, was er verbergen sollte. Die Hosen, abgenutzt wie Invalidenkleider, faserten und glänzten vor Elend. Die Stiefel hinterließen feuchte Spuren kotigen Wassers, das aus den klaffenden Sohlen rann. Aus dem grauen Hute, den der Oberst in der Hand hielt, schaute fettiges Futter. Dem Rohrstock, der seinen Firnis verloren hatte, sah man an, daß er in allen Winkeln der Pariser Cafés herumgestanden und mit seinem verbogenen Ende allerhand Schlamm aufgewühlt hatte. Auf dem Samtkragen, der stellenweise seine Pappunterlage entblößte, erhob sich ein Kopf, fast wie der, den sich Frédéric Lemaitre für den letzten Akt des ›Lebens eines Spielers‹ zurechtmacht; die kupferne, grünlich gefleckte Hautfarbe verriet die Erschöpfung einer noch recht kräftigen Natur. Solche Farben sieht man auf den Gesichtern der Wüstlinge, die viele Nächte am Spieltisch verbracht haben: ein Ring wie von Kohlenstaub umgibt die Augen, die Lider sind rot angelaufen, die Stirn ist drohend durch all das Verderben, das sie selbst bedroht. Philipp hatte sich von seiner ärztlichen Behandlung noch kaum erholt, das sah man seinen etwas eingefallenen runzeligen Backen an. Sein Schädel war kahl, nur am Hinterkopf waren ein paar Strähnen geblieben, die an den Ohren endeten. Der reine blaue Glanz der Augen hatte einen stählern kalten Ton bekommen.

»Guten Tag, lieber Onkel«, sagte er heiser, »ich bin Ihr Neffe Philipp Bridau. Da sehen Sie, wie die Bourbonen einen Oberstleutnant zugerichtet haben, einen von der alten Garde, den, der bei Montereau des Kaisers

Befehle überbrachte. Wenn mein Rock aufginge, ich müßte mich vor dem gnädigen Fräulein schämen. Ja, so geht's im Spiel: wir haben die Partie noch einmal anfangen wollen und haben verloren! Auf Polizeibefehl wohn ich in Ihrer Stadt und bekomme eine Zulage von sechzig Franken im Monat. Somit braucht die Bürgerschaft nicht zu befürchten, daß ich die Lebensmittelpreise in die Höhe treiben werde. Ich sehe Sie in guter und schöner Gesellschaft ...«

»Ah – du bist mein Neffe? ...«, stammelte Jean-Jacques.

»So laden Sie doch den Herrn Obersten zum Frühstück ein«, sagte Flora.

»Nein, Madame, ich danke«, entgegnete Philipp, »ich habe bereits gefrühstückt. Auch würde ich mir eher die Hand abhacken, als nach dem, was in dieser Stadt meinem Bruder und meiner Mutter zugestoßen ist, meinen Onkel um ein Stück Brot oder einen Centime zu bitten ... Es erscheint mir nur angemessen, da ich nun einmal in Issoudun bin, dem Herrn Onkel von Zeit zu Zeit meine Reverenz zu machen. Im übrigen« – hierbei streckte er dem Onkel die Hand hin und schüttelte die dargebotene Rechte des Alten –, »im übrigen können Sie tun, was Ihnen beliebt, ich werde nichts dagegen haben, solange die Ehre der Bridaus unangetastet bleibt ...«

Gilet konnte den Oberstleutnant in aller Ruhe betrachten, denn Philipp vermied es in geradezu auffälliger Weise, ihn anzusehen. Wohl fühlte Max das Blut in seinen Adern kochen, aber er zwang sich zu dem vorsichtigen Benehmen des großen Diplomaten, das bisweilen der Feigheit ähnelt; er war zu zielbewußt, um sich hinreißen zu lassen, er blieb still und kalt.

»Es wäre nicht schicklich, mein Herr«, sagte Flora, »wenn Sie von monatlich sechzig Franken leben wollten, Ihrem Onkel zum Trotz, der über vierzigtausend Franken Rente verfügt und sich bereits gegenüber dem Herrn Major Gilet hier, seinem Blutsverwandten, so entgegenkommend gezeigt hat ...«

»Ja, Philipp«, sagte der gute Alte, »wir wollen doch sehen ...«

Bei Floras Vorstellung tauschte Philipp einen beiderseits beinah ängstlichen Gruß mit Gilet.

»Lieber Onkel«, sagte er dann, »ich habe Ihnen Bilder zurückzugeben; sie befinden sich bei Herrn Hochon; Sie werden mir das Vergnügen machen, sie gelegentlich zu besichtigen und ihre Identität festzustellen.«

Das waren seine letzten, in trocknem Ton vorgebrachten Worte, dann empfahl sich Oberstleutnant Philipp Bridau. Dieser Besuch hinterließ in Floras und Maxences Seelen eine tiefe Erregung. Kaum hatte Philipp die Tür mit der Heftigkeit des beraubten Erben hinter sich geschlossen, so versteckten sich die beiden hinter den Fenstervorhängen, um ihm auf seinem Wege zum Hause Hochon nachzusehen.

»Das ist eine Nummer!« sagte Flora und sah Gilet fragend an.

»Ja, zum Unglück hat es ein paar solche Kerls in des Kaisers Heer gegeben; sieben von ihnen habe ich auf den Pontons hingemacht«, war die Antwort.

»Ich hoffe stark, daß du mit dem da keine Händel anfängst!«

»Ach, der! das ist ein räudiger Hund …; der will einen Knochen« – Max wandte sich an den alten Rouget. – »Wenn sein Onkel Vertrauen zu mir hat, dann wird er sich ihn durch irgendeine Schenkung vom Halse schaffen; denn sonst gibt er keine Ruhe, Papa Rouget.«

»Er roch nach Tabak«, sagte der Alte.

»Er roch auch Ihre Taler«, sagte Flora in entschiedenem Ton. »Ich bin dafür, daß Sie sich seine Besuche ersparen.«

»Nichts wäre mir lieber«, erklärte der Alte.

In das Zimmer, in dem die ganze Familie Hochon nach dem Frühstück versammelt war, trat Gritte mit der Meldung: »Gnädiger Herr, der Herr Bridau, von dem Sie gesprochen haben, ist da.«

Mit höflichen Allüren trat Philipp ein, empfangen von tiefem neugierigen Schweigen. Frau Hochon zitterte vom Kopf bis zu den Füßen, als sie den Mann erblickte, der ihrer Agathe soviel Kummer bereitet und die gute Descoings umgebracht hatte. Auch Adolphine war erschrocken. Baruch und François sahen einander überrascht an. Der alte Hochon wahrte seine Kaltblütigkeit und bot Frau Bridaus Sohn einen Stuhl an.

»Ich bin gekommen, Herr Hochon«, begann Philipp, »mich Ihrer Gunst zu empfehlen; ich muß mich darauf einrichten, hierzulande fünf Jahre lang zu leben mit monatlich sechzig Franken, die Frankreich mir gibt.«

»Das läßt sich machen, antwortete der Achtzigjährige.

In guter Haltung sprach Philipp von allerlei gleichgültigen Dingen. Den Journalisten Lousteau, den Neffen der Frau Hochon, schilderte er als einen jungen Adler, der seine Schwingen regte und bald einen großen Namen haben würde, und damit errang er sich die Gunst der alten Dame. Dann nahm er keinen Anstand, die vielen Fehler, die er im Leben begangen hatte, einzugestehen. Und auf die freundschaftlichen Vorwürfe, die ihm Frau Hochon mit leiser Stimme machte, erwiderte er, er habe im Gefängnis Zeit gehabt, nachzudenken, und könne ihr versprechen, von nun an ein ganz anderer Mensch zu werden.

Auf Philipps Bitte ging Herr Hochon dann mit ihm aus. Als der Geizhals und der Soldat auf dem Boulevard Baron an eine Stelle kamen, wo niemand sie hören konnte, sagte der Oberst: »Wenn es Ihnen recht ist, Herr Hochon, so wollen wir nur auf Spaziergängen über Land oder an Orten, wo niemand unser Gespräch belauschen kann, von Menschen und Angelegenheiten reden. Herr Desroches hat mir die Wichtigkeit von Gerücht und Gerede in Kleinstädten genau auseinandergesetzt. Zugleich hat er mir geraten, Sie um Rat zu fragen, und ich bitte Sie, mir diesen nicht vorzuenthalten, möchte aber nicht, daß Sie in Verdacht geraten, mir mit Ihrem Rat beizustehen. Wir haben es mit einem mächtigen Feind zu tun und dürfen keine Vorsicht ihm gegenüber außer acht lassen. So entschuldigen Sie bitte zunächst, wenn ich Sie nicht mehr besuchen komme. Eine gewisse Kühle zwischen uns wird Sie vor dem Anschein eines Einflusses auf mein Verhalten bewahren. Wenn ich Ihres Rates bedarf, werde ich um halb zehn Uhr, also in der Zeit nach Ihrem Frühstück, über den Platz vor Ihrem Hause gehen. Sehen Sie mich meinen Stock geschultert tragen, so bedeutet das: wir wollen uns zufällig an irgendeiner Stelle der Promenade, die Sie mir bezeichnen werden, treffen.«

»Das alles scheinen mir Gedanken eines verständigen Mannes, der sein Ziel erreichen will«, sagte der Alte. »Ja, ich werde es erreichen, Herr Hochon. Und nun nennen Sie mir vorerst die Offiziere des alten Kaiserlichen Heeres, die hierher zurückgekommen sind und nicht zur Partei dieses Maxence Gilet gehören. Mit denen könnte ich anknüpfen.«

»Da ist zunächst ein Gardeartilleriehauptmann namens Mignonnet, aus der polytechnischen Hochschule hervorgegangen, ein ehrenwerter Mann von vierzig Jahren und bescheidener Lebensführung; er hat sich gegen Max erklärt, dessen Benehmen ihm eines echten Soldaten unwürdig erscheint.«

»Gut!«

»Es gibt nicht viele Militärs von dieser Art, ich wüßte hier nur noch einen ehemaligen Kavalleriehauptmann.«

»Meine Waffe! Stand er bei der Garde?«

»Ja. Er heißt Carpentier und war 1810 erster Quartiermeister bei den Dragonern; von diesen ging er als Unterleutnant zur Linie und wurde dort Hauptmann.«

›Den wird Giroudeau kennen‹, dachte Philipp.

»Herr Carpentier hat im Bürgermeisteramt den Posten angenommen, den Maxence verschmäht hat; er ist mit dem Major Mignonnet befreundet.«

»Wie kann ich hier meinen Lebensunterhalt verdienen?«

»Es soll hier eine Filiale der Rückversicherung des Departements Le Cher gegründet werden, da könnten Sie einen Posten finden, aber von höchstens fünfzig Franken im Monat.«

»Das würde mir genügen.«

Eine Woche später besaß Philipp einen neuen Rock, Hose und Weste aus gutem blauen Tuch, dazu Stiefel, wildlederne Handschuhe und einen Hut, alles gegen eine bestimmte monatliche Abzahlung auf Kredit gekauft. Giroudeau schickte ihm aus Paris Wäsche, seine Waffen und einen Brief für Carpentier, der unter dem früheren Dragonerhauptmann gedient hatte. Durch dies Schreiben gewann Philipp Carpentiers Freundschaft und Hilfsbereitschaft. Dieser stellte ihn dem Major Mignonnet als einen Mann von hohen Verdiensten und ausgezeichnetem Charakter vor. Philipp erschlich sich die Bewunderung der beiden würdigen Offiziere durch vertrauliche Mittelungen über die Verschwörung, als deren Teilhaber er verurteilt worden und die bekanntlich das letzte Unternehmen der alten kaiserlichen Armee gegen die Bourbonen war; denn der Prozeß der Sergeanten von La Rochelle steht auf einem andern Blatt.

Gleich jener vom 19. August blieb diese Verschwörung in ihrer eigentlichen Tragweite der königlichen Regierung unbekannt. Als sie entdeckt wurde, waren die Verschwörer klug genug, das große Unternehmen auf den Umfang eines armseligen Kasernenkomplotts zu reduzieren. Der Herd der Revolte war im Norden Frankreichs, von wo man mit einem einzigen Schlage die Grenzfestungen nehmen wollte. Bei günstigem Erfolge wären die Verträge von 1815 durch einen Bund mit Belgien gebrochen worden, das man der Heiligen Allianz entrissen hätte; zwei Throne hätte dieser Sturm gestürzt. Von diesem hohen Plan großer Persönlichkeiten erfuhr der Pairshof nichts. Dem gab man nur eine Einzelheit preis. Philipp Bridau war bereit, seine Führer zu decken. Diese verschwanden im gefährlichen Augenblick. Sie saßen in den Kammern und hatten ihre Mitwirkung nur zugesagt, um im Herzen der Regierung das Gelingen des Unternehmens zu vollenden. Philipp hatte eine Doppelrolle gespielt. Er sollte in Paris eine Bewegung leiten, die nur geplant war, um die eigentliche Verschwörung zu maskieren und bei ihrem Ausbruch im Norden die Regierung in ihrem Zentrum zu beschäftigen. Philipp wurde dann beauftragt, die Verbindung zwischen beiden Komplotten zu durchschneiden und nur Geheimnisse zweiten Grades preiszugeben, und dabei half das furchtbare Elend, von dem seine Kleidung und sein Gesundheitszustand zeugten, das Unternehmen in den Augen der Machthaber belanglos und klein erscheinen zu lassen. Eine solche Rolle paßte gut zu der unsicheren Lage eines gewissenlosen Spielers. Nun stellte sich der schlaue Bursche mit beiden Parteien gut. Vor der königlichen Regierung spielte er den Ehrlichen und bewahrte sich zugleich die Achtung der Führer Seiner Partei. Dabei war sein Hintergedanke, später denjenigen der beiden Wege einzuschlagen, der ihm den größeren Vorteil versprach. Jetzt machten seine Enthüllungen über die gewaltige Tragweite des eigentlichen Komplotts, an dem selbst einige seiner Richter teilhatten, Philipp in den Augen Carpentiers und Mignonnets zu einem Mann von hoher Bedeutung und Hingabe an die Sache, zu einer politischen Persönlichkeit, die in den großen Tagen des Konvents eine würdige Rolle gespielt hätte. In wenigen Tagen wurde der verschlagene Bonapartist beider Männer Freund, und ihr Ansehen kam ihm zugute. Auf ihre Empfehlung erhielt er den vom alten Hochon bezeichneten Posten bei der Versicherung des Departements Le Cher. Da hatte er Register zu führen, in vorgedruckten Briefen Namen und Ziffern auszufüllen und Policen auszufertigen, das beschäftigte ihn täglich nicht mehr als drei Stunden. Mignonnet und Carpentier führten ihn in ihre Kreise ein, in denen seine Haltung im Verein mit der hohen Meinung, welche die beiden Offiziere von ihm hatten und den anderen mitteilten, ihm ein Ansehen verschaffte, wie man es oft einem trügerischen Anschein gewährt. Philipps Benehmen war wohlüberlegt; er hatte im Gefängnis reiflich über die Unannehmlichkeiten eines nachlässigen Lebens nachgedacht. Die Predigt des Advokaten Desroches erübrigte sich: Philipp hatte schon begriffen, daß es für ihn eine Notwendigkeit war, durch ehrsames anständiges geordnetes Leben die Achtung der Bürger zu erwerben. Der Gedanke, Max durch eine Haltung in der Art von Mignonnet in den Schatten zu stellen, entzückte ihn. Er wollte den Feind einschläfern, indem er ihn über seinen Charakter täuschte. Ihm lag daran, daß man ihn für einen wackeren Tölpel hielt, er tat großmütig und selbstlos; in beständiger heimlicher Gier nach dem Erbe des Onkels umgarnte er den Gegner, während die natürliche Schlichtheit seiner Mutter und seines Bruders, die wirklich uneigennützig, großmütig und weitherzig waren, für Berechnung gegolten hatte. Alles, was Herr Hochon ihm im einzelnen von dem Vermögen seines Onkels berichtet hatte, entzündete Philipps Begehrlichkeit. In seiner ersten geheimen Unterredung mit dem Greise waren sie übereingekommen, daß Philipp auf keinen Fall Maxences Mißtrauen erwecken durfte; alles war verloren, wenn Flora und Max ihr Opfer fortbrachten, und wäre es auch nur nach Bourges. Einmal in der Woche speiste der Oberst bei dem Hauptmann Mignonnet, einmal bei Carpentier und Donnerstags bei Herrn Hochon. Bald wurde er noch in zwei, drei andre Häuser eingeladen, und so hatte er nach ein paar Wochen nur noch sein Frühstück zu bestreiten. Von seinem Onkel, der Käscherin und Gilet sprach er nur, wenn es etwas über den Aufenthalt seiner Mutter und seines Bruders in Issoudun zu erfahren galt. Die drei befreundeten Offiziere, die einzigen in der Stadt, die dekoriert waren – und Philipp hatte als einziger die Rosette, die ihm in den Augen der Kleinstädter noch eine besondre Überlegenheit gab –, pflegten immer zur selben Stunde vor dem Essen zusammen zu promenieren und bildeten einen Kreis für sich, Ihre reservierte gelassene Haltung machte in Issoudun ausgezeichneten Eindruck. Die Anhänger Gilets sahen in Philipp einen einfachen Haudegen und Draufgänger, einen, der Mut hat, aber nicht die für eine Befehlshaberstelle nötigen Fähigkeiten. Und wenn ihn Goddet senior einen ehrenwerten Mann nannte, meinte Gilet: »Ach was! Nach seinem Auftreten vor dem Pairshof ist er ein Gefoppter oder ein Spitzel; Sie sagen ja selbst, daß sich dieser Tölpel von den großen Spielern foppen ließ.«

Um dem Gerede zu entgehen und die Aufmerksamkeit der kleinen Stadt von gewissen Dingen, die ihn betrafen, abzulenken, zog Philipp in ein Quartier am äußersten Ende des Stadtviertels Saint-Paterne. Sein Zimmer ging auf einen großen Garten, in dem er heimlich mit seinem Freunde Carpentier, der, ehe er zur Garde kam, in der Linie Fechtmeister gewesen war, fechten konnte. So erlangte er im verborgenen wieder seine Überlegenheit, lernte von Carpentier noch einige Kunstgriffe hinzu, und hatte bald von dem tüchtigsten Gegner nichts mehr zu fürchten. Sodann übte er sich mit Mignonnet und Carpentier im Pistolenschießen, angeblich zum Zeitvertreib, in Wahrheit, um Max glauben zu machen, daß er im Fall eines Duells mit dieser Waffe rechnete. Wenn Philipp

Gilet begegnete, wartete er dessen Gruß ab und erwiderte ihn mit einem Lüpfen seines Hutes, vornehm und nachlässig, wie ein Offizier den Gruß eines Soldaten erwidert. Maxence aber ließ sich keinerlei Nervosität oder Ungehaltenheit anmerken, nie entschlüpfte ihm über dies Verhältnis ein Wort, wenn er mit den Seinen bei der Cognette saß, bei der es immer noch Nachtgelage gab, während die bösen Streiche der ›Ritter‹ seit Farios Messerstich provisorisch aufgehoben waren. Nach einiger Zeit war die Verachtung des Oberstleutnants Bridau für den Major Gilet eine feststehende Tatsache, die einige der Ritter vom Müßiggang, die nicht so eng mit Max liiert waren wie Baruch und François, besprachen. Es erregte allgemeines Erstaunen, daß der heftige stürmische Max so zurückhaltend blieb. Mit ihm selbst aber wagte niemand, nicht einmal Potel oder Renard, über diese kitzliche Angelegenheit zu sprechen. Potel, dem die öffentliche Mißhelligkeit zwischen zwei Helden der kaiserlichen Garde besonders naheging, suchte Max als einen Mann hinzustellen, von dem zu erwarten stand, daß er am Ende dem Obersten eine Falle stellen würde, in die der Gegner ging. Nach dem, was Max getan hatte, um Bridaus Bruder und Mutter loszuwerden, könne man sich auf etwas gefaßt machen. Über Gilets entsetzliche Hinterlist hatte Herr Hochon die Altbürger aufgeklärt. Und Herr Mouilleron, über den es auch einen Stadtklatsch gab, hatte den Namen dessen, der Gilet angefallen hatte, vertraulich mitgeteilt, schon, um den Gründen der Feindschaft Farios gegen Max auf die Spur zu kommen und die Polizei für künftige Ereignisse wach zu halten. So waren für ganz Issoudun Max und Philipp von vornherein Gegner. Das Forschen nach den Einzelheiten, die bei der Verhaftung seines Bruders mitspielten, und nach Gilets und Floras Vorgeschichte brachte Philipp schließlich dahin, mit seinem Nachbarn Fario in vertraulichere Beziehungen zu treten. Gründlich studierte er den Spanier und glaubte sich dann auf einen Menschen dieses Schlages verlassen zu können. Beide vereinte gemeinsamer Haß. Fario erzählte Philipp alles, was er über die Ritter vom Müßiggang wußte, und stellte sich ihm zur Verfügung. Philipp versprach Fario für den Fall, daß er über seinen Onkel die Macht gewänne, die jetzt Gilet ausübte, Entschädigung für seine Verluste, und machte ihn dadurch zu seinem Getreuen. So bekam Max einen gefährlichen Feind, er hatte, wie man sagt, seinen Mann gefunden. Und ganz Issoudun ahnte einen Kampf zwischen diesen beiden, die sich, wohlbemerkt, gegenseitig verachteten.

Gegen Ende November sagte Philipp eines Morgens bei ihrem Stelldichein in der großen Allee nach Frapesle zu Herrn Hochon: »Ich habe entdeckt, daß Ihre beiden Enkel Baruch und François intime Freunde von Maxence Gilet sind. Die Burschen machen alle nächtlichen Streiche mit. Von den beiden hat Max alles erfahren, was in Ihrem Hause zur Zeit, als meine Mutter und mein Bruder hier waren, gesprochen wurde.

»Und wie haben Sie diese Schändlichkeiten herausbekommen?«

»Ich habe sie nachts vor der Schenke reden hören. Ihre Enkel sind dem Maxence jeder tausend Taler schuldig. Der Schuft hat die armen Jungen angestiftet, herauszubekommen, was wir vorhaben, hat sie daran erinnert, daß Sie es verstanden haben, die Pfaffen auf meinen Onkel zu hetzen, hat ihnen gesagt, daß Sie allein imstande wären, mich anzuleiten, denn mich selbst hält er zum Glück für einen simplen Haudegen.«

»Was sagen Sie? Meine Enkel?«

»Geben Sie acht auf die Burschen! Früh um drei können Sie sie voll wie Schläuche in Maxences Gesellschaft über die Place Saint-Jean heimkommen sehen.«

»Also deshalb sind die Lausbuben sonst so mäßig.«

»Ich weiß das alles von Fario. Ohne ihn wäre ich nie darauf gekommen. Mein Onkel muß nach den paar Worten, die mein Spanier Maxence und Ihren Enkeln abgelauscht hat, unter einem furchtbaren Drucke stehen. Ich habe Max und die Käscherin im Verdacht, daß sie die fünfzigtausend Franken Staatsrente wegschnappen und dann mit ihrer Beute abziehen und irgendwo heiraten wollen. Es wird hohe Zeit zu erfahren, was im Hause meines Onkels vorgeht; ich habe schon meinen Plan.«

»Ich werde es mir durch den Kopf gehen lassen«, sagte der Alte. In diesem Augenblick kamen Leute in die Nähe, und Philipp und Herr Hochon trennten sich.

* *
*

Noch nie in seinem ganzen Leben Jean-Jacques Rouget so viel auszustehen gehabt, wie seit dem ersten Besuch seines Neffen Philipp. Flora war der Schreck in die Glieder gefahren, und sie ahnte eine Gefahr für Max. Ihres Herren war sie überdrüssig, ihr graute davor, daß er noch lange leben würde, da er doch ihren verbrecherischen Anschlägen schon so lange standhielt, und so kam sie denn zu dem sehr einfachen Entschluß, die Stadt zu verlassen und in Paris ihren Max zu heiraten, sobald die Überschreibung der fünfzigtausend Franken Staatsrente zustande gekommen wäre. Weder aus Interesse für seine Erben noch aus persönlichem Geiz, nur aus Leidenschaft weigerte sich der alte Junggeselle, die Überschreibung vorzunehmen. Er wandte Flora ein, sie sei doch auf alle Fälle seine einzige Erbin. Der Arme wußte ja, wie sehr sie Maxence liebte, und sah voraus, daß sie ihn verlasen würde, sobald sie reich genug wäre, um jenen zu heiraten. Nachdem sie nun mit allem Schmeicheln und Liebkosen kein Glück gehabt hatte, versuchte sie es mit der Strenge: sie sprach nicht mehr mit ihrem Herrn und ließ ihn von der Védie bedienen; eines Morgens sah die Magd die Augen ihres Herrn rotgeschwollen von Tränen, er hatte die Nacht verweint. Schon eine Woche lang mußte der alte Rouget allein frühstücken, und weiß Gott wie! So fand denn Philipp, als er am Tage nach der letzten Unterredung mit Herrn Hochon seinen zweiten Besuch bei ihm machte, seinen Onkel sehr verändert, Flora blieb die ganze Zeit bei dem Alten, ließ es nicht an liebevollen Blicken und zärtlichen Worten fehlen, Philipp war diese Komödie verdächtig, und er erkannte an soviel Güte und Mühe die Gefahr der Lage. Gilet ließ sich nicht blicken, seine Taktik bestand darin, daß er jeden Zusammenstoß mit Philipp vermied. Nachdem nun der Oberst seinen Onkel und Flora eine Zeitlang scharf beobachtet hatte, hielt er den Augenblick für gekommen, einen großen Schlag zu führen.

»Adieu, lieber Onkel«, sagte er und stand auf, als wollte er sich schon verabschieden.

»Ach, geh' doch noch nicht«, rief der Alte, dem Floras falsche Zärtlichkeit wohltat. »Bleib doch zum Essen.«

»Ja, wenn Sie vorher eine Stunde mit mir spazierengehen wollen.«

»Herr Rouget ist nicht recht wohl, er hat heut auch nicht ausfahren wollen«, sagte Fräulein Brazier und sah den guten Alten mit dem starren Blick an, mit dem man die Irren magnetisiert.

Da nahm Philipp Flora am Arm, zwang sie, ihm ins Auge zu schauen, und blickte sie ebenso starr an, wie sie soeben ihr Opfer angeblickt hatte.

»Sagen Sie bitte, mein verehrtes Fräulein«, begann er, »sollte es etwa meinem Onkel nicht freistehen, mit mir allein spazierenzugehen?«

»Aber gewiß, Herr Oberst«, antwortete Flora, der nichts anderes einfiel.

»Dann kommen Sie also, lieber Onkel. Geben Sie ihm doch gefälligst Stock und Hut. Fräulein.«

»Aber er ist es nicht gewöhnt, ohne mich auszugehen. Nicht wahr, Herr Rouget?«

»Ach ja, Philipp, ich habe sie immer sehr nötig ...«

»Es wäre wohl auch besser, auszufahren«, meinte Flora.

»Ja, wir wollen ausfahren«, rief der Alte. Er hätte gar zu gern seine beiden Tyrannen geeinigt.

»Lieber Onkel, Sie werden zu Fuß ausgehen, und zwar mit mir; sonst komm ich nicht mehr her. Denn dann hat die Stadt Issoudun recht; dann stehen Sie wirklich unter der Zwangsherrschaft von Fräulein Brazier. Daß mein Onkel Sie liebt, vortrefflich!« – er erdrückte Flora mit einem bleischweren Blick –. »Daß Sie meinen Onkel nicht lieben, auch das ist in der Ordnung. Daß Sie aber den guten Alten unglücklich machen ... Stopp! Das gibt's nicht! Wenn man eine Erbschaft begehrt, muß man sie auch verdienen. Kommen Sie jetzt, Onkel? ...«

Philipp sah ein qualvolles Zögern auf dem Gesicht des armen Narren, dessen Augen zwischen Flora und seinem Neffen hin und her wanderten.

»Ah! So steht es hier. Dann also, leben Sie wohl, lieber Onkel. Küss die Hand, gnädiges Fräulein.« An der Tür drehte er sich jäh um und überraschte Flora bei einer drohenden Gebärde gegen den Onkel.

»Wenn Sie doch noch mit mir spazieren gehen wollen, lieber Onkel, so werde ich Sie vor Ihrer Tür treffen; ich gehe auf zehn Minuten zu Herrn Hochon hinüber ... Wird aus unserm Spaziergang nichts, so nehm ich's auf mich, gewisse andere Leute spazieren zu schicken ...«

Und Philipp ging quer über den Platz zu den Hochons hinüber.

Man kann sich den häuslichen Auftritt denken, den Philipps Enthüllungen über die Enkel im Hause Hochon bewirkt hatten. Um neun Uhr erschien der alte Heron, mit Papieren versehen, im Saal, wo auf Hochons Anordnung ausnahmsweise geheizt war. Frau Hochon saß, trotz der frühen Stunde bereits angekleidet, im Sessel am Kamin. Den beiden Enkeln, die durch Adolphine auf ein Gewitter vorbereitet waren, das sich seit gestern über ihren Häuptern zusammenzog, war verboten worden auszugehen. Als Gritte sie gerufen hatte, waren sie von den feierlichen Vorbereitungen der grollenden Großeltern überrascht.

»Stehen Sie nicht auf vor denen da«, sagte der Achtzigjährige zu Herrn Héron. »Sie sehen zwei Elende vor sich, die keine Verzeihung verdienen.«

»Aber Großpapa«, wollte François anfangen.

»Ruhe!« gebot feierlich der Alte. »Ich kenne euer nächtliches Treiben und eure Freundschaft mit Herrn Maxence Gilet; ihr werdet ihn nicht mehr um ein Uhr nachts bei der Cognette treffen. Ihr werdet dies Haus nur noch verlassen, um euch an eure beiden Bestimmungsorte zu begeben. Fario habt ihr zugrunde gerichtet! Ein paarmal wart ihr drauf und dran, vor das Schwurgericht zu kommen … Ruhe!« gebot er wieder, als er sah, daß Baruch den Mund auftun wollte. »Beide seid ihr Herrn Maxence Geld schuldig. Seit sechs Jahren leiht er euch Geld für eure Liederlichkeiten. Jetzt sollt ihr beide meinen Vormundschaftsbericht anhören, nachher können wir uns unterhalten. Ihr werdet aus den Akten ersehen, ob ihr das Recht habt, euch über mich, über die Familie und ihre Gesetze lustig zu machen, indem ihr die Geheimnisse meines Hauses verratet und einem Herrn Maxence Gilet berichtet, was hier gesagt und getan wird … Für tausend Taler werdet ihr Spione, für zehntausend würdet ihr am Ende Mörder werden! … Habt ihr Frau Bridau nicht schon beinahe umgebracht? Herr Gilet wußte doch, daß Fario nach ihm gestochen hatte, als er dies Attentat auf meinen Gast Joseph Bridau schob. Solch ein Verbrechen konnte dieser Galgenvogel nur begehen, nachdem er von euch erfahren hatte, daß Frau Agathe beabsichtigte, hier zu bleiben. Meine Enkel die Spione eines solchen Menschen! Meine Enkel Spitzbuben! … Wußtet ihr nicht, daß euer würdiger Räuberhauptmann bereits im Anfang seiner Laufbahn im Jahre 1806 ein armes junges Menschenkind umgebracht hat? Ich will keine Mörder und Diebe in meiner Familie haben; ihr werdet euer Bündel schnüren und euch anderswo hängen lassen!«

Die beiden jungen Leute wurden bleich und starr wie Gipsfiguren.

»Lassen Sie uns beginnen, Herr Héron«, wandte sich der Geizhals an den Notar.

Der Alte las einen Vormundschaftsbericht, aus dem sich ergab, daß das liquide Vermögen der beiden Kinder aus der Familie Borniche siebzigtausend Franken betrug, daß diese Summe die Mitgift ihrer Mutter war, daß ferner Herr Hochon seiner Tochter ziemlich hohe Summen geliehen und somit Anspruch auf einen Teil des Vermögens seiner Enkel Borniche hatte. Die Hälfte, die Baruch zustand, belief sich auf zwanzigtausend Franken.

»Siehst du, du bist reich«, sagte der Alte, »nimm dein Geld und schlag dich allein durch! In meinem Belieben steht es, mein Vermögen und das meiner Frau, die darin jetzt ganz mit mir einig ist, zu geben wem ich will, zum Beispiel unserer lieben Adolphine; wir werden sie, wenn wir wollen, mit dem Sohne eines Pairs von Frankreich verheiraten, denn sie wird unsere ganzen Kapitalien bekommen! ...«

»Ein recht schönes Stück Geld!« sagte Herr Héron.

»Herr Maxence Gilet kann euch ja schadlos halten«, sagte Frau Hochon.

»Und für solche Taugenichtse hat man die guten Silberstücke gehäuft!« rief Herr Hochon.

»Verzeihung!« stammelte Baruch.

»Verzeih, will's nicht wieder tun«, wiederholte höhnisch der Alte mit nachgemachter Kinderstimme. »Verzeih ich euch, so lauft ihr zu eurem Herrn Maxence und sagt ihm alles, was euch hier passiert ist, damit er auf seiner Hut sei … Nein, nein, meine Herrchen. Ich weiß jetzt, wie ich euch auf die Spur komme. Mit ein paar Tagen oder einem Monat anständigen Benehmens ist es diesmal nicht getan. Jetzt will ich euch mehrere Jahre beobachten … Noch bin ich gut auf den Beinen, mein Auge ist noch scharf, und ich fühle mich gesund. Ich hoffe noch lange genug zu leben, um zu sehen, wie ihr es weiter treibt. Zunächst werden Sie, Herr Kapitalist, sich nach Paris begeben und bei Herrn Mongenod das Bankwesen studieren. Weh dir, wenn du vom rechten Wege abweichst: man wird dort ein Auge auf dich haben. Dein Geld liegt bei den Herren Mongenod und Sohn; hier hast du einen Wechsel darüber. Also unterschreibe den Vormundschaftsbericht, quittiere hier unten und entlaste mich.« Er nahm aus Hérons Händen das Papier und reichte es Baruch.

»Und Sie, François Hochon, Sie haben nichts zu beanspruchen, Sie Schulden mir sogar noch Geld. Lesen Sie ihm seine Akten vor. Der Bericht ist nur allzu klar.«

Tiefes Schweigen begleitete die Verlesung.

»Du wirst mit sechshundert Franken jährlich nach Poitiers gehen und dort Jura studieren«, sagte der Großvater, als der Notar geendet hatte. »Für dich hatte ich eine schöne Existenz vorgesehen; jetzt mußt du Advokat werden, um dein Brot zu verdienen. Sechs Jahre lang seid ihr Halunken mir durchgegangen. Seht ihr! Nun brauch ich nur eine Stunde, um euch einzuholen; ich habe Siebenmeilenstiefel.«

Als der alte Herr Héron mit den unterzeichneten Akten wegging, meldete Gritte den Herrn Obersten Philipp Bridau. Frau Hochon verließ mit ihren beiden Enkeln das Zimmer. Herr Hochon wollte, daß sie den

Burschen die Beichte abnähme und zusähe, was für einen Eindruck die Szene auf sie gemacht hätte. Philipp und der Alte traten in eine Fensternische und sprachen leise miteinander.

»Ich habe über den Stand Ihrer Angelegenheiten nachgedacht«, begann Herr Hochon und zeigte auf das Haus Rouget. »Eben habe ich mit Herrn Heron darüber gesprochen. Die eingetragenen fünfzigtausend Franken Rente können nur von dem Inhaber oder einem Bevollmächtigten verkauft werden; nun hat, seit Sie hier sind, Ihr Onkel in keinem Notariat eine Vollmacht unterzeichnet; und da er nicht aus Issoudun herausgekommen ist, hat er auch nicht anderswo unterzeichnen können. Wenn er hier eine Vollmacht erteilt, so werden wir es unmittelbar erfahren; auch wenn er sie außerhalb erteilt, werden wir alsbald davon unterrichtet werden, denn sie muß eingetragen werden, und der ehrenwerte Herr Héron hat Mittel und Wege, sich einen solchen Vorgang nicht entgehen zu lassen. Sollte also der gute Alte Issoudun verlassen, so spüren Sie ihm nach, und bringen Sie in Erfahrung, wohin er gegangen ist, wir werden dann schon herausbekommen, was er getan hat.«

»Noch ist die Vollmacht nicht erteilt«, sagte Philipp, »man wünscht sie, aber ich hoffe, verhindern zu können, daß sie gegeben wird, und – sie – wird – nicht – ge – ge – ben – werden!« Diese Worte schrie der Raufbold: er sah gerade seinen Onkel drüben vorm Hause erscheinen. Er zeigte ihn Herrn Hochon und setzte ihm in gedrängter Kürze die geringfügigen und zugleich so gewichtigen Umstände seines letzten Besuches im Hause Rouget auseinander. – »Maxence hat Furcht vor mir, aber er kann mir nicht entgehen. Mignonnet hat mir gesagt, daß die Offiziere der alten Armee in Issoudun alljährlich den Tag der Kaiserkrönung feiern; nun, so werden wir, Maxence und ich, uns in zwei Tagen treffen.«

»Wenn er aber am Morgen des ersten Dezembers die Vollmacht in Händen hat, nimmt er sofort die Post nach Paris und pfeift auf das Krönungsfest ...«

»Gut, es handelt sich also darum, den Onkel festzuhalten; ich habe den Blick, der die Schwachköpfe bannt.« Herr Hochon erbebte, so furchtbar sah ihn Philipp bei diesen Worten an. Dann aber wandte er ein: »Wenn sie den Alten mit Ihnen allein spazierengehen lassen, so muß Maxence wohl doch eine Möglichkeit wissen, das Spiel auch so zu gewinnen.«

»Fario paßt auf«, warf Philipp ein, »und er ist nicht mein einziger Aufpasser. Mein Spanier hat in der Gegend von Vatan einen meiner alten Soldaten aufgetrieben, dem ich einmal geholfen habe. Niemand ahnt, daß dieser Benjamin Bourdet auf Farios Weisungen wartet. Der Spanier hat ihm eines seiner Pferde zur Verfügung gestellt.«

»Wenn Sie dies Ungeheuer, das mir meine Enkel verdorben hat, töten, tun Sie eine gute Tat.«

»Ich habe dafür gesorgt, daß heute ganz Issoudun weiß, was Herr Maxence seit sechs Jahren des Nachts treibt. Das Stadtgespräch ist über ihn im Gange. Moralisch ist er verloren!«

Als Philipp das Haus des Onkels verlassen hatte, war Flora sogleich zu Maxence ins Zimmer gekommen und hatte ihm vom Besuch des verwegenen Neffen alle Einzelheiten erzählt. »Was ist zu tun?« schloß sie.

»Eh ich zum letzten Mittel greife und mich mit diesem langen Lümmel schlage«, meinte Max, »müssen wir noch in einem großen Zug alles riskieren. Laß nur unsern alten Narren mit seinem Neffen spazierengehen.«

»Aber der Kerl wird nicht viel Umstände machen, er wird die Dinge beim richtigen Namen nennen.«

»Hör mich«, – Maxences Stimme wurde schneidend scharf – »ich hab' doch auch an den Türen gehorcht und über unsere Lage nachgedacht. Laß dir vom alten Cognet ein Pferd mit einem Leiterwagen geben, aber sofort, alles muß in fünf Minuten parat sein! Tu all deinen Kram hinein, nimm die Védie mit und fahre stracks nach Vatan und richte dich dort gleich auf längere Zeit ein. Vergiß nicht die zwanzigtausend Franken mitzunehmen, die der Alte im Schreibtisch hat. Wenn ich dann mit dem Biedermann zu dir komme, so erklärst du, nicht eher hierher zurückzukehren, als bis die Vollmacht unterschrieben ist. Während ihr nach Issoudun heimfahrt, mach ich mich auf den Weg nach Paris. Wenn Jean-Jacques jetzt von seinem Spaziergang zurückkommt und dich nicht mehr findet, wird er den Kopf verlieren, wird dir nachlaufen wollen ... Na, dann laß mich nur mit ihm reden ...«

Während dieser Verschwörung hatte Philipp seinem Onkel den Arm gereicht und führte ihn auf dem Boulevard Baron spazieren.

›Da kämpfen zwei große Diplomaten miteinander‹, sagte sich der alte Hochon, der dem Obersten nachsah. ›Neugierig bin ich auf das Ende dieser Partie. Der Einsatz sind neunzigtausend Franken Rente.‹

»Lieber Onkel«, begann Philipp zu dem alten Rouget, und seiner Wortwahl war sein Pariser Umgang anzumerken. »Sie lieben dies Mädchen, und da haben Sie einen verteufelt guten Geschmack. Sie ist höllisch lecker! Aber statt brav von ihr karessiert zu werden, haben Sie sich zu ihrem Lakaien machen lassen. Auch das ist nicht verwunderlich. Am liebsten hätte das Mädchen Sie sechs Fuß unter der Erde, damit sie ihren himmlischen Max heiraten kann ...«

»Ja, das weiß ich, Philipp, aber ich liebe sie dennoch.«

»Nun, beim Schoße meiner Mutter, die immerhin Ihre Schwester ist, ich habe mir geschworen, Ihnen Ihre Käscherin kirre zu machen, sie soll Ihnen passen wie mir mein Handschuh, soll wieder so werden, wie sie war, eh dieser Hund, der nicht wert ist, in des Kaisers Garde gedient zu haben, sich in Ihrem Hause eingenistet hat ...«

»Oh, wenn du das tätest ...«, seufzte der Alte.

»Ganz einfach ist das«, schnitt ihm Philipp das Wort ab, »ich werde Ihnen diesen Max wie einen Hund totschlagen ... Aber ... unter einer Bedingung.«

»Welcher?« fragte der Alte mit blödem Blick.

»Sie dürfen die Vollmacht, die man von Ihnen haben will, nicht vor dem dritten Dezember unterschreiben, müssen es solange hinziehen. Ihre beiden Henker wollen die Erlaubnis, Ihre fünfzigtausend Franken zu verkaufen, nur haben, um nach Paris zu gehen, da zu heiraten und Ihre Million zu verjubeln ...«

»Davor ist mir angst«, erwiderte Rouget.

»Nun, so verschieben Sie, was man auch mit Ihnen anstellen mag, die Unterschrift der Vollmacht auf die nächste Woche.«

»Ja, aber wenn Flora mit mir spricht, dann kehrt sie mir die Seele um, und mein Verstand ist hin. Sie braucht mich ja nur auf eine gewisse Art anzusehen - ihre blauen Augen sind mein Paradies - und ich bin nicht mehr mein eigener Herr, besonders wenn sie seit ein paar Tagen streng zu mir war.«

»Na gut, wenn sie süß tut, dann versprechen Sie ihr zunächst mal die Vollmacht und lassen Sie es mich am Tage vor der Unterschrift wissen. Das genügt mir. Maxence wird Ihr Bevollmächtigter nicht sein, er müßte mich denn getötet haben. Töt ich ihn, so nehmen Sie mich an seiner Stelle ins Haus, und dann soll das hübsche Kind nach Ihrer Pfeife tanzen. Lieben soll Sie die Flora, Himmeldonnerwetter! und wenn Sie nicht mit ihr zufrieden sind, so werde ich ihr die Peitsche geben.«

»Oh, das werde ich niemals dulden. Ein Schlag, der Flora trifft, trifft mich ins Herz.«

»Es ist aber die einzige Manier, mit Weibern und Pferden umzugehen. Lassen Sie sich das gesagt sein … Ah, guten Tag, meine Herren«, wandte er sich an Mignonnet und Carpentier. »Ich führe, wie Sie sehen, meinen Onkel spazieren und versuche, ihn zu bilden; wir leben ja in einem Jahrhundert, in dem die Kinder ihre Eltern erziehen müssen.«

Gegenseitige Begrüßung.

»An meinem lieben Onkel können Sie die Folgen einer unglücklichen Leidenschaft studieren«, nahm der Oberst wieder auf. »Man will ihm sein Vermögen rauben und ihn dann auf dem Trocknen sitzenlassen; Sie wissen, von wem ich spreche. Der Biedermann durchschaut die ganze Intrige und hat nicht die Kraft, ein paar Tage ohne seine Herzensamme auszuhalten, um das Komplott zu vereiteln.«

Philipp setzte die Lage seines Onkels klar auseinander.

»Sie sehen, meine Herren«, schloß er, »hier gibt es nur einen Weg, meinen Onkel zu befreien: der Oberst Bridau muß den Major Gilet oder der Major Gilet den Obersten Bridau töten. Übermorgen feiern wir die Kaiserkrönung, ich rechne darauf, daß Sie die Plätze beim Bankett so verteilen, daß mir der Major Gilet gegenübersitzt. Sie werden mir, hoffe ich, die Ehre machen, meine Zeugen zu sein.«

»Wir werden Sie zum Präsidenten wählen und rechts und links von Ihnen sitzen. Max wird als Vizepräsident Ihr Visavis sein«, sagte Mignonnet.

»Dann wird der Kerl den Major Potel und den Hauptmann Renard für sich haben«, meinte Carpentier. »Was man auch in der Stadt von seinen nächtlichen Streifzügen erzählen mag, diese beiden Tapfern sind schon einmal seine Sekundanten gewesen und werden ihm treu bleiben …«

»Sie Sehen, lieber Onkel, wie glatt das alles geht. Also nichts unterschreiben vor dem dritten Dezember! Dann sind Sie am Tage drauf frei, glücklich, geliebt von Ihrer Flora und ohne Nebenbuhler.«

»Ach Kind, du kennst Max nicht«, sagte ängstlich der alte Mann. »Er hat neun Männer im Duell getötet.«

»Ja, aber da handelte es sich nicht darum, hunderttausend Franken Rente zu stehlen«, antwortete Philipp.

»Schlechtes Gewissen verdirbt die Hand«, sagte Mignonnet sentenziös.

»Noch ein paar Tage«, fing Philipp wieder an, »und Sie und Ihre Käscherin leben zusammen wie die Turteltäubchen, sobald sie ihre Trauer abgetan hat; erst wird sie sich ja winden wie ein Wurm, wird winseln und flennen, aber … lassen Sie nur die Tränen versiegt sein …«

Die beiden Offiziere unterstützten Philipps Beweisführung und ermutigten nach Kräften den alten Rouget während eines weiteren Spaziergangs. Nach zwei Stunden brachte Philipp seinen Onkel heim und sagte ihm noch beim Abschied: »Fassen Sie keinen Entschluß ohne mich. Ich kenne die Weiber. Ich habe für eine zahlen müssen, die mich mehr gekostet hat, als Flora Sie je kosten wird. Die hat mir für den Rest meines Lebens beigebracht, wie man mit dem schönen Geschlecht umgehen muß. Die Frauen sind ungezogene Kinder, sind Tiere von niederer Gattung als der Mann, man muß sie in Respekt halten; nichts ist schlimmer für uns, als wenn uns diese Bestien beherrschen.«

Es mochte zwei Uhr nachmittags sein, als der Biedermann heimkam. Kouski öffnete ihm mit Tränen in den Augen oder wenigstens – auf Maxences Geheiß – mit weinerlicher Miene.

»Was ist geschehn?« fragte Jean-Jacques.

»Ach, gnädiger Herr! Madame ist mit der Védie abgereist!«

»Ab–ge–reist!« Der Alte konnte kaum sprechen. Er mußte sich auf eine Treppenstufe setzen, so heftig traf ihn dieser Schlag. Dann erhob er sich, schaute in den Saal, in die Küche, stieg hinauf in seine Zimmer, ging durch alle andern Zimmer, kam wieder in den Saal herunter, warf sich in einen Sessel und zerfloß in Tränen.

»Wo ist sie?« schluchzte er. »Wo ist sie? Wo ist Max?«

»Ich weiß es nicht«, antwortete Kouski. »Der Major ist ausgegangen, ohne mir etwas zu sagen.«

Als geschickter Diplomat hatte es Gilet für angebracht gehalten, durch die Stadt zu flanieren. Absichtlich ließ er den Alten mit seiner Verzweiflung allein, um ihn die Verlassenheit recht auskosten zu lassen und ihn dadurch den eignen Absichten gefügig zu machen. Damit aber Philipp dem Onkel in diesem kritischen Augenblick nicht beistehen könnte, hatte Max Kouski anempfohlen, niemanden einzulassen. Durch Floras Abwesenheit war der Alte ohne Zaum und Zügel, und die Lage konnte kritisch werden. Auf seinem Gang durch die Stadt wurde Maxence Gilet von vielen Leuten gemieden, die noch am Tage vorher auf ihn zugeeilt wären, um ihm die Hand zu schütteln. Es war eine allgemeine Reaktion gegen ihn eingetreten. Das Treiben der Ritter vom Müßiggange war in aller Munde. Joseph Bridaus ungerechte Verhaftung war jetzt aufgeklärt und machte Maxence wenig Ehre, man sah sein Leben und Gebahren mit ganz andern Augen an. Gilet begegnete dem Major Potel, der ihn schon suchte. Er war außer sich.

»Was hast du, Potel?«

»Mein Lieber, des Kaisers Garde wird von der ganzen Stadt in den Dreck gezogen! … Das Zivilistenpack läßt kein gutes Haar an dir. Das tut mir in der Seele weh.«

»Was haben die Leute an mir auszusetzen?« fragte Max.

»Was du ihnen nachts angetan hast.«

»Kann man sich denn nicht ein klein wenig amüsieren?«

»Das ist noch das wenigste«, sagte Potel. Er gehörte zu der Art Offiziere, die auf die Beschwerden entsetzter Bürgermeister zu antworten pflegen: »Na, dann wird man Ihnen Ihre Stadt bezahlen, wenn man sie verbrannt hat!« Daher regten ihn die Streiche derer vom Müßiggang nicht weiter auf.

»Was gibt's denn noch?« fragte Gilet.

»Die Garde steht gegen die Garde! Das bricht mir das Herz. Bridau hat die ganze Bürgerschaft gegen dich aufgehetzt. Die Garde gegen die Garde – das ist vom Übel. Du kannst nicht zurück, Max, du mußt dich mit Bridau schlagen. Siehst du, ich wollte schon selber mit der Kanaille anbinden und ihn abstechen oder niederschießen. Dann hätten die Bürger nicht die Garde gegen die Garde gesehen. Im Kriege, da ist das was andres: wenn sich da zwei brave Kerls von der Garde zanken, dann schlägt man sich eben, und es sind keine Zivilisten dabei, die sich über unsereinen lustig machen. Der lange Lümmel hat sicher nie in der Garde gedient. So benimmt sich einer von der Garde nicht vor aller Bürger Augen gegen seinesgleichen. In den Dreck gezogen ist die Garde und noch dazu in Issoudun, wo sie sonst in Ehren stand!«

»Ach Potel, mach dir keine Sorge. Selbst wenn du mich bei dem Krönungsbankett nicht sehen solltest …«

»Was? Du willst übermorgen nicht zu Lacroix kommen?« unterbrach Potel heftig den Freund. »Willst du für einen Feigling angesehen werden, der vor dem Bridau auskneift? Nein, das geht nicht! Die Gardegrenadiere dürfen sich nicht vor den Gardedragonern drücken. Verschieb deine Geschäfte und sei übermorgen da!«

»Also noch einen ins Jenseits befördern«, sagte Max, »nun, ich denke, ich kann dabei sein und doch meine Geschäfte besorgen.« – Dabei dachte er: ›Die Vollmacht wird besser nicht auf meinen Namen ausgestellt. Der alte Héron sagt ganz richtig, das würde zu sehr nach Diebstahl aussehen.‹

Der Löwe knirschte mit den Zähnen, er fühlte sich in Philipps Netzen. Er wich den Blicken aller, die ihm begegneten, aus und kam den Boulevard Villatte entlang im Selbstgespräch heim. ›Eh ich mich schlage, werde ich die Renten haben. Fall ich, so soll wenigstens dieser Philipp die Papiere nicht haben. Dann sind sie bereits auf Floras Namen überschrieben. Ich werde dem Kind einschärfen, geradeswegs nach Paris zu reisen, und dort kann sie, wenn's das Herzchen will, den Sohn eines Marschalls aus der Kaiserzeit heiraten. Die Vollmacht lass ich auf Baruchs Namen ausstellen, der sich dann bei der Überschreibung nach meinen Anordnungen richten wird.‹ – Eine Gerechtigkeit muß man Max widerfahren lassen: er war äußerlich nie so ruhig, als wenn sein Blut und seine Gedanken kochten. In ihm waren alle soldatlichen Eigenschaften vereint, die den großen General machen. Wäre nicht seine Gefangenschaft störend dazwischengekommen, der Kaiser hätte in dem Burschen einen von denen entdeckt, die ihm zu seinen großen Unternehmungen taugten.

Max trat in den Saal, in dem immer noch das Opfer all dieser zugleich komischen und tragischen Szenen weinend saß. Er fragte den Alten nach dem Grund seiner Verzweiflung, er machte den Erstaunten, er wußte von nichts, vernahm mit gut gespielter Überraschung Floras Abreise, fragte Kouski aus, um etwas von dem Sinn dieser unerklärlichen Reise zu begreifen.

»Madame hat mir gesagt, so und so, und ich sollte dem Herrn bestellen, Madame habe aus dem Sekretär die zwanzigtausend Franken genommen, die da drin waren. Die würde ihr, meinte Madame, der Herr als Lohn für zweiundzwanzig Jahre Dienst nicht abschlagen.

»Lohn? Dienst?« stammelte Rouget.

»Ja«, erwiderte Kouski. – »›Ich komm nicht wieder‹, hat sie zu der Védie gesagt, – die arme Védie, sie hängt so sehr am gnädigen Herrn, sie hat Madame ins Gewissen geredet, – ›Nein, nein!‹ hat Madame gesagt, ›er hat kein bißchen Herz für mich, er hat mich von seinem Neffen behandeln lassen wie das schlechteste Weibstück.‹ Und hat helle Tränen dabei geweint.«

»Ich pfeif auf den Philipp!« schrie der Alte. Max beobachtete ihn. »Wo ist Flora?« jammerte Rouget. »Wie bekommt man heraus, wo sie ist?«

»Da wird Ihnen Ihr Philipp helfen können. Sie hören ja auf seinen Rat«, antwortete Max kalt.

»Philipp? Was vermag der über das arme Kind? – Nur du kannst Flora finden, mein guter Max, dir wird sie folgen, du wirst sie mir wiederbringen ...«

»Ich will Herrn Bridau nicht im Wege sein.«

»Ach, wenn dir das Sorgen macht –, er hat mir versprochen, dich umzubringen.«

»Wir werden schon sehen«, lachte Gilet.

»Mein lieber Freund, geh sie suchen, sag ihr, ich werde alles tun, was sie will!«

»Man wird sie doch irgendwo in der Stadt gesehen haben«, sagte Max zu Kouski, »mach das Essen fertig, stell alles auf den Tisch und lauf schnell überall herum, erkundige dich, damit du uns nach Tisch sagen kannst, wohinaus Mademoiselle Brazier gefahren ist.«

Dieser Befehl beruhigte den armen Alten, der immer noch wie ein Kind nach seiner Bonne jammerte, für den Augenblick. Haßte er sonst in Max die Ursache all seines Ungemachs, jetzt erschien er ihm als rettender Engel. Seine Leidenschaft für die Käscherin hatte etwas Kindisches. Um sechs Uhr kam der Pole, der behaglich spazierengegangen war, zurück und meldete, Flora sei auf der Straße nach Vatan gesehen worden.

»Madame geht in die Heimat zurück, das ist klar«, meinte er.

»Wollen wir heut abend nach Vatan?« wandte sich Max an den Alten. »Die Straße ist schlecht, aber Kouski ist ein guter Kutscher, und es ist besser, Sie versöhnen sich noch heut abend mit ihr, als morgen früh.«

»Wir wollen gleich fahren«, rief Rouget.

»Spann an in aller Stille, sieh zu, daß die Stadt nichts von dem dummen Zeug erfährt, es gilt Herrn Rougets Ehre. Sattle mein Pferd. Ich reite voran«, sagte Max dem Kouski ins Ohr.

Philipp war bereits durch Herrn Hochon von Fräulein Braziers Abreise unterrichtet. Er erriet den Sinn dieser geschickten Strategie, eilte auf die Place Saint-Jean, wollte bei seinem Onkel eintreten, bekam aber von Kouski aus dem Fenster den Bescheid, Herr Rouget könne niemand empfangen.

Philipp rief Fario, der in der Grande Narette spazierenging: »Fario, geh rasch zu Benjamin, er soll nachreiten, ich muß durchaus erfahren, was mein Onkel und Maxence anstellen.«

»Die kleine Halbkutsche wird bespannt«, sagte Fario, der Rougets Haus beobachtete.

»Wenn sie nach Vatan fahren«, sagte Philipp, »dann schaff mir ein zweites Pferd und komm mit Benjamin zu Herrn Mignonnet.«

Herr Hochon, der Philipp mit Fario auf dem Platz stehen sah, kam aus dem Haus und fragte: »Was gedenken Sie zu tun?«

»Mein verehrter Herr Hochon, ein guter General beschränkt sich nicht darauf, die Bewegungen des Feindes zu beobachten, er versteht auch aus diesen Bewegungen die Absichten zu erraten und ändert seinen Plan, so oft der Feind etwas Unerwartetes anfängt. Sehen Sie, wenn mein Onkel und Maxence zusammen in der Chaise ausfahren, dann geht's nach Vatan; dann hat Max ihm versprochen, ihn mit Flora, die nach einem Manöver des Generals Vergil ›fugit ad salices‹, zu versöhnen. Wenn das stimmt, weiß ich noch nicht, was ich zu tun habe; aber ich habe die Nacht vor mir, und um zehn Uhr abends wird mein Onkel keine Vollmachten zeichnen, da schlafen die Notare. Aus dem Stampfen des zweiten Pferdes ist zu schließen, daß Max dem Onkel voranreiten will, um seiner Flora Verhaltungsmaßregeln zu geben, das ist nötig und wahrscheinlich. Und dann ist der Hund verloren! Dann sollen Sie sehen, wie alte Soldaten im Erbschleichespiel Revanche geben. Und da ich für die letzte Runde einen Partner brauche, gehe ich jetzt zu Mignonnet und setze mich mit meinem Freunde Carpentier ins Einvernehmen.«

Er drückte dem alten Herrn die Hand und ging die Kleine Narette hinunter zum Major Mignonnet. Zehn Minuten später sah Herr Hochon Maxence im scharfen Trab wegreiten und das reizte seine Greisenneugier: er blieb am Fenster und wartete auf das Geräusch der Halbkutsche, die nicht lange auf sich warten ließ. Jean-Jacques folgte Max in seiner Ungeduld in einem Abstand von nur zwanzig Minuten. Kouski fuhr Schritt, wenigstens in der Stadt, das hatte ihm wohl sein wahrer Herr befohlen.

›Wenn sie nach Paris fahren, ist alles verloren‹, dachte Herr Hochon. Da kam ein kleiner Junge aus dem Römischen Viertel in das Haus gelaufen und überbrachte einen Brief für Baruch. Die beiden Enkel des alten Hochon waren von der Morgenszene her noch ganz eingeschüchtert und blieben freiwillig zu Hause. Bei dem Gedanken an ihre Zukunft sahen sie ein, wie vorsichtig sie die Großeltern behandeln müßten. Baruch kannte den Einfluß seines Großvaters Hochon auf seine Großeltern Borniche nur zu gut; Herr Hochon würde sicher möglichst das ganze Geld der Borniche Adolphine zuschanzen, wenn man für sie die große Heirat erhoffen durfte, mit der man heute früh gedroht hatte. Baruch war reicher als François und hatte viel zu verlieren, er war also für absolute Unterwerfung mit der einzigen Bedingung, daß man seine Schulden bei Max bezahlte. François wußte seine Zukunft in den Händen seines Großvaters, er hatte nur von ihm Geld zu erhoffen; er wurde doch nach dem Vormundschaftsbericht sein Schuldner. So wurde die Reue der beiden jungen Leute durch ihre gefährdeten Interessen angestachelt und sie machten feierliche Versprechungen. Frau Hochon beruhigte sie über ihre Schulden bei Maxence.

»Ihr habt Torheiten begangen«, sagte sie, »macht sie wieder gut, das wird Herrn Hochon milde stimmen.«

Als nun François über Baruchs Schulter hinweg den Brief gelesen hatte, flüsterte er ihm ins Ohr: »Frag den Großvater um Rat.«

Baruch reichte dem Alten den Brief.

»Lies ihn mir vor, ich habe meine Brille nicht zur Hand.«

»Mein lieber Freund!

Du wirst, hoffe ich, nicht zögern, mir in den schwierigen Umständen, in denen ich mich befinde, einen Freundesdienst zu leisten, indem Du eine Vollmacht des Herrn Rouget übernimmst. Sei bitte morgen früh um neun Uhr in Vatan. Ich werde Dich wahrscheinlich nach Paris schicken müssen; sei ohne Sorge, ich gebe Dir Reisegeld und komme schnellstens nach. Ich werde nämlich so gut wie sicher Issoudun am 3. Dezember verlassen müssen. Leb wohl, ich rechne auf Deine Freundschaft, Du kannst rechnen auf die Deines Freundes

Maxence.«

»Gott sei gepriesen«, rief Herr Hochon. »Die Erbschaft des armen Narren ist aus den Teufelskrallen gerettet!«

»Nun, wenn Sie es sagen, wird dem so sein, und ich danke Gott dafür«, sagte Frau Hochon, »Gott hat meine Gebete erhört. Der Sieg der Bösen ist nie von Dauer.«

Der Alte wandte sich an Baruch: »Du wirst nach Vatan gehen und die Vollmacht des Herrn Rouget annehmen. Es handelt sich darum, fünfzigtausend Franken Rente auf Fräulein Braziers Namen zu überschreiben. Sodann fährst du nach Paris ab, bleibst aber in Orleans und wartest dort auf eine Nachricht von mir. Daß mir aber niemand erfährt, wo du wohnst! Steige in der kleinsten Herberge des Faubourg Bannier ab, in einer Fuhrmannswirtschaft.«

François war ans Fenster geeilt, er hatte einen Wagen die Grande Narette heraufkommen hören: »Das Allerneuste!« rief er. »Der alte Rouget und Herr Philipp Bridau kommen zusammen in der Kalesche zurück, Benjamin und Herr Carpentier reiten hinterdrein!«

»Da muß ich hin«, rief Herr Hochon. Er war eitel Neugier.

Herr Hochon fand den alten Rouget in seinem Zimmer, im Begriff, unter dem Diktat seines Neffen einen Brief zu schreiben:

»Mein Fräulein!

Wenn Sie nicht unmittelbar nach Empfang dieses Schreibens aufbrechen und in mein Haus zurückkehren, so beweist Ihr Benehmen einen solchen Grad von Undankbarkeit gegen all meine Güte, daß ich mein zu Ihren Gunsten abgefaßtes Testament widerrufen und mein Vermögen meinem Neffen Bridau geben werde. Sie müssen begreifen, daß Herr Gilet meine Gastfreundschaft verwirkt, wenn er sich bei Ihnen in Vatan einfindet. Ich beauftrage den Herrn Hauptmann Carpentier, Ihnen diese Zeilen zu überbringen, ich hoffe, Sie werden auf ihn hören, denn was er Ihnen sagt, spricht liebevoll zu Ihnen Ihr

J.-J. Rouget.«

»Hauptmann Carpentier und ich sind meinem Onkel unterwegs begegnet, als er die Torheit beging, nach Vatan zu fahren, um Fräulein Brazier und Major Gilet zu finden«, sagte mit wilder Ironie Philipp zu Herrn Hochon. »Ich habe dem guten Onkel klargemacht, daß er kopfüber in eine Falle liefe; das Mädchen verläßt ihn ja, sobald er die Vollmacht, die sie nur haben will, um die Rente an sich selbst zu verkaufen, unterzeichnet hat! Auf unsern Brief hin wird sein schöner Flüchtling noch heute nacht unter sein Dach zurückkehren. Ich verpflichte mich, das Fräulein für die ganze Zukunft geschmeidig wie eine Weidengerte zu machen. Mein Onkel braucht mir nur den Platz des Herrn Gilet, den ich hier nicht am Platze finde, einzuräumen. Hab' ich recht? … Und da jammert der Onkel noch!«

»Lieber Nachbar«, meinte nun Herr Hochon, »Sie sind auf dem besten Wege, Frieden im Hause zu haben. Glauben Sie mir, Sie müssen Ihr

Testament ungültig erklären, dann werden Sie sehen, Flora wird wieder, was sie in den ersten Tagen für Sie war.«

»Ach nein, sie wird mir nie verzeihen, daß ich ihr weh getan habe, sie wird mich nicht mehr lieben.« Der Alte weinte.

»Sie wird Sie lieben, und zwar gehörig, dafür stehe ich ein«, sagte Philipp.

»Tun Sie doch die Augen auf«, wandte sich wieder Herr Hochon an Rouget. »Man will Sie ausrauben und dann verlassen ...«

»Ach wenn ich das nur sicher wüßte ...«

»Also dann lesen Sie den Brief hier, den hat Maxence an meinen Enkel Baruch geschrieben.«

»Das ist ja schauderhaft, rief Carpentier, als der Alte weinerlich den Brief vorgelesen hatte.

»Ist es Ihnen nun klar, lieber Onkel?« fragte Philipp.

»Sie müssen diese Flora bei ihrem Interesse packen, dann wird sie Sie gefälligst anbeten ... so gut es geht, sie mag wollen oder nicht.«

»Sie liebt Maxence zu sehr, sie wird mich verlassen«, brachte der Alte eingeschüchtert vor.

»Bedenken Sie eins, lieber Onkel, einer von uns beiden, Maxence oder ich, wird übermorgen keine Fußspur mehr auf den Wegen von Issoudun hinterlassen.«

»Nun, so gehen Sie, Herr Carpentier«, sagte der Biedermann. »Wenn Sie mir versprechen, daß Flora wiederkommt, so gehen Sie! Sie sind ein Ehrenmann, sagen Sie ihr alles, was ich ihr sagen lassen kann ...«

»Der Hauptmann Carpentier braucht ihr nur ins Ohr zu flüstern, daß ich aus Paris ein Weib von allerliebster Jugend und Schönheit kommen lassen werde, dann wird das Frauenzimmerchen schon angelaufen kommen!«

Der Hauptmann machte sich auf den Weg, er kutschierte selbst die alte Kalesche; Benjamin begleitete ihn zu Pferde. Kouski war nämlich nicht zu finden. Obwohl ihm die beiden Offiziere den Verlust seiner Stellung und einen Prozeß angedroht hatten, war der Pole auf einem Mietpferd nach Vatan geflohen, um Maxence und Flora den Handstreich der Gegner zu melden. Carpentier sollte auf dem Rückweg Benjamins Pferd reiten; er wollte nicht gern mit der Käscherin zusammen zurück-fahren.

Als Philipp Kouskis Flucht erfuhr, sagte er zu Benjamin: »Von heute abend an wirst du den Polen hier vertreten. Sieh zu, daß du hinten auf die Kalesche klettern kannst, ohne daß Flora es merkt. Du mußt mit ihr zugleich wieder hier sein. Die Sache macht sich, Papa Hochon. Übermorgen gibt's ein lustiges Bankett.«

»Sie wollen sich hier häuslich niederlassen?« fragte der Geizhals.

»Ich habe schon Fario gesagt, er soll mir all meine Sachen herschicken. Ich will in dem Zimmer neben Gilets Zimmern schlafen, mein Onkel hat nichts dagegen.«

»Wie wird das alles enden? meinte ängstlich der arme Alte.

»Mit der Wiederkehr der schönen Flora«, antwortete Herr Hochon. »In vier Stunden ist sie hier, sanft wie ein Osterlamm.

»Gott geb's!« – Der Biedermann wischte sich die Tränen ab.

»Jetzt ist es sieben Uhr«, sagte Philipp. »Um halb zwölf ist Ihre Herzenskönigin hier. Und Gilet bekommen Sie nicht mehr zu sehn. Werden Sie nicht herrlich dran sein wie der Papst?« Dann flüsterte er Herrn Hochon ins Ohr: »Wenn Sie meinen Triumph wollen, so bleiben Sie bis zur Ankunft der albernen Gans hier bei uns und helfen Sie mir, dem Alten zuzureden, damit er nicht von seinem Entschluß abgeht; dann werden wir zwei schon der Dame Käscherin ihre wahren Interessen beibringen.«

Das leuchtete Herrn Hochon ein, und er leistete Philipp Gesellschaft; aber sie hatten ein hartes Stück Arbeit mit dem alten Rouget, dessen kindisches Gejammer erst nachließ, als ihm Philipp zum zehntenmal wiederholt hatte: »Wenn die Flora wiederkommt, lieber Onkel, und niedlich mit Ihnen ist, dann werden Sie schon sehen, daß ich recht habe. Gehätschelt werden Sie, behalten Ihre Renten und werden sich in Zukunft von mir beraten lassen; dann wird's hier zugehen wie im Himmelreich.«

Um halb zwölf hörte man das Geräusch der Halbkutsche in der Grande Narette. Kam der Wagen leer oder voll zurück? In Rougets Mienen malte sich furchtbare Angst, die dann durch maßlose Seligkeit verdrängt wurde, durch eine Freude, die ihn ganz schwach machte, als er den einfahrenden Wagen wenden sah und dabei die beiden Frauen erblickte. Philipp half Flora beim Aussteigen und sagte zu Kouski: »Sie sind nicht mehr in Herrn Rougets Diensten. Sie können heute nacht hier nicht schlafen, schnüren Sie Ihr Bündel; Benjamin hier ersetzt Sie.«

»Sie sind also hier der Herr?« fragte Flora ironisch.

»Wenn Sie gestatten«, antwortete Philipp und preßte Floras Hand in der seinen wie in einem Schraubstock. »Kommen Sie, wir müssen einander das Herz ›ankäschern‹.«

Und er führte die Verblüffte ein Stück beiseite auf den Platz hinaus.

»Schönes Fräulein, übermorgen wird Gilet von diesem Arm ins Jenseits befördert sein oder mich mit seinem dahin befördern. Fall ich, dann sind Sie Herrin bei meinem armen närrischen Onkel: bene fit. Bleib ich auf den Beinen, dann vorwärts marsch, mein Fräulein, geradeaus, und servieren Sie dem Onkel Glück, und zwar prima Qualität. Ansonsten weiß ich in Paris Käscherinnen, die, ohne Ihnen zu nahe zu treten, hübscher sind als Sie; denn sie zählen erst siebzehn Jahre; die werden meinen Onkel äußerst glücklich machen und dabei meine Interessen vertreten. Fangen Sie also heut abend Ihren Dienst an, denn wenn morgen der gute Alte nicht munter ist wie ein Fink, so sage ich Ihnen nur das eine, wohlverstanden: einen Mann umzubringen, ohne daß die Justiz sich einmischt, gibt's nur einen Weg: sich mit ihm duellieren; um mich einer Frau zu entledigen, weiß ich drei. Merk dir's, Herzchen!«

Flora zitterte wie im Fieber. »Max töten? ...« sagte sie und starrte Philipp im Mondlicht an.

»Still, da kommt der Onkel ...«

Tatsächlich kam der alte Rouget, trotz Herrn Hochons Einwendungen, auf die Straße, um Flora mit Händen zu fassen, wie ein Geizhals seinen Schatz; er ging mit ihr ins Haus, führte sie in sein Zimmer und schloß sich mit ihr ein.

»Heute ist Sankt Valentin, läufst du vom Platz, verlierst du ihn«, sagte Benjamin zu dem Polen.

»Mein Herr wird euch allen das Maul stopfen«, antwortete Kouski, und dann ging er fort zu Max, der das Gasthaus zur Post bezog.

* *
*

Den ganzen nächsten Morgen schwatzten die Frauen vor den Türen. Die erstaunlichen Umwälzungen im Hause Rouget waren das einzige Stadtgespräch. Und alle Unterhaltungen endeten mit der gleichen Frage: Was wird es morgen auf dem Krönungsbankett zwischen Max und dem Obersten Bridau geben?

Zu der Védie sagte Philipp nur: »Sechshundert Franken Leibrente oder adieu!« Das zwang sie zu augenblicklicher Neutralität zwischen den beiden Großmächten Philipp und Flora.

Da Flora ihren Max in Lebensgefahr wußte, wurde sie zu dem alten Rouget liebenswürdiger als selbst in den ersten Tagen ihres Zusammenseins. Bewußte Verstellung wirkt auf Verliebte oft stärker als wahres Gefühl, daher bezahlen so viele Männer reichlich die geschickten Betrügerinnen. Die Käscherin erschien erst zum Frühstück an Rougets Arm. Als sie auf Gilets Platz den grimmigen Philipp sah mit seinem düster blauen Blick und seiner kalten Miene, traten ihr Tränen in die Augen.

»Was haben Sie, mein Fräulein?« fragte er, nachdem er dem Onkel guten Morgen gewünscht hatte.

»Ach, lieber Neffe, sie kann den Gedanken nicht ertragen, daß du dich mit dem Major Gilet schlagen könntest ...«

»Ich habe nicht die geringste Lust, diesen Gilet zu töten, er braucht ja nur Issoudun zu verlassen und sich nach Amerika einzuschiffen. Ich bin der erste, der Ihnen rät, ihn mit dem Nötigen zu versehen, damit er sich möglichst die besten Waren kaufen kann, und wünsche ihm gute Reise! Er wird drüben sein Glück machen, das ist besser als nachts in der Stadt Issoudun üble Streiche zu begehen und hier im Hause den Teufel zu spielen.«

»Nun, das ist doch ein guter Gedanke!« sagte Rouget und sah Flora fragend an.

»Nach A...me...ri...ka!« schluchzte sie.

»Besser in New York lebendig herumlaufen, als in Frankreich in einem hölzernen Rock verfaulen. – Übrigens behaupten Sie ja, daß er ein gewandter Fechter ist: er kann mich töten!«

»Wollen Sie mich mit ihm sprechen lassen?« fragte Flora demütig und unterwürfig.

»Gewiß, er kann kommen und sich seine Sachen holen; nur muß ich bei dem Onkel bleiben die ganze Zeit, ich verlasse den Guten nicht mehr.«

»Védie«, rief Flora, »lauf in die Post, mein Kind, und sag dem Major, ich bitte ihn ...«

»... herzukommen und seine Sachen zu holen«, schnitt Philipp ihr das Wort ab.

»Ja, ja, Védie, das gibt den anständigsten Vorwand für ihn, mich zu sehen, ich will ihn sprechen ...« Sie sah sich einem starken und unerbittlichen Wesen gegenüber, sie, die nur an Schmeichelei gewöhnt war. Sie ließ sich von Philipp behandeln wie sie den alten Rouget behandelt hatte. Ihre Angst wurde größer als ihr Haß. Bangend erwartete sie die Rückkehr der Védie. Aber die Védie überbrachte eine förmliche Weigerung Gilets: er ließ Fräulein Brazier bitten, ihm seine Sachen in das Gasthaus zur Post zu schicken.

»Erlauben Sie, daß ich sie ihm bringe?« fragte Flora den alten Rouget.

»Ja, aber du wirst doch wiederkommen?« fragte Jean-Jacques.

»Wenn das gnädige Fräulein nicht bis zwölf Uhr zurückgekommen ist, werden Sie mir um ein Uhr Ihre Vollmacht zum Verkauf der Renten geben«, sagte Philipp mit einem Blick auf Flora. »Nehmen Sie die Védie mit, das macht sich besser, mein Fräulein. Sie müssen von nun an auf die Ehre meines Onkels Rücksicht nehmen.«

Flora erreichte nichts bei Maxence. Er war verzweifelt darüber, daß die Stadt hinter seine Heimlichkeiten gekommen war, und zu stolz, um vor Philipp zu fliehen. Vergebens bekämpfte die Käscherin seine Gründe, vergebens schlug sie dem Freunde vor, mit ihr nach Amerika zu fliehen. Er wollte sie nicht ohne Rougets Geld, und das konnte er ihr nicht gestehen; so blieb er bei seinem Entschluß, Philipp zu töten. »Wir haben eine mächtige Dummheit begangen«, sagte er. »Alle drei hätten wir den Winter über nach Paris gehen sollen; aber wie konnte man darauf kommen, daß dieser lange Lümmel so schnell alles auf den Kopf stellen würde? Das geht ja mit betäubender Geschwindigkeit. Ich hielt den Obersten für einen simplen Draufgänger, der keine zwei Gedanken im Kopfe hat: das war mein Fehler. Da ich ihm nun einmal nicht gleich im Anfang entwischt bin, wäre es jetzt feige von mir, auch nur einen Fußbreit zurückzuweichen; er hat meinen Ruf in der Stadt ruiniert, nur durch seinen Tod kann ich mich rehabilitieren.

»Reise nach Amerika mit vierzigtausend Franken; ich werde mir den wüsten Kerl schon vom Halse schaffen, dann komm ich dir nach; das ist das Gescheiteste …«

»Was soll man von mir denken? Nein! Neun habe ich schon unter die Erde gebracht. Der Bursche scheint mir nicht sehr stark zu sein. Er ist von der Schule gleich in die Armee gekommen, ist bis 1815 immer im Feld und nachher in Amerika gewesen; nie hat der Kerl einen Fuß in den Fechtsaal gesetzt. Ich habe mit dem Säbel nicht meinesgleichen. Der Säbel ist seine Waffe, ich bin der Großmütige, wenn ich sie ihm anbiete, denn ich will zusehen, daß ich der Beleidigte werde, und dann werde ich ihn niederschlagen. So ist es sicher besser. Beruhige dich: übermorgen sind wir die Herren.«

Der törichte Ehrenpunkt gewann bei Max die Oberhand über die gesunde Politik. Heimgekommen, schloß sich Flora in ihr Zimmer ein, um nach Herzenslust zu weinen. Den ganzen Tag lief der Stadtklatsch durch Issoudun, man betrachtete das Duell zwischen Philipp und Maxence als unvermeidlich.

»Wir sind in großer Sorge«, sagte Mignonnet, der auf seinem Spaziergange mit Carpentier Herrn Hochon traf, zu dem alten Herrn, »Gilet ist in allen Waffen sehr gewandt.«

»Tut nichts«, erwiderte der alte Provinzdiplomat, »Philipp hat seine Sache gut geführt ... Ich hätte nicht geglaubt, daß so ein ungehobelter Gesell so geschwind zum Ziele käme. Diese beiden Burschen sind aufeinander losgerollt wie zwei Gewitter ...«

»Philipp ist ein tiefangelegter Mensch«, meinte Carpentier, »seine Haltung vor dem Pairshof war ein Meisterstück der Diplomatie.«

»Es heißt doch immer, die Wölfe fressen sich nicht gegenseitig aus«, meinte ein Bürger zum Hauptmann Renard, »trotzdem scheint Ihr Maxence mit dem Obersten Bridau anbinden zu wollen. Das kann ernst werden bei zweien von der alten Garde.«

»Sie lachen darüber. Weil dieser arme Bursche sich nachts amüsierte, sind Sie gegen ihn«, sagte der Major Potel. »Aber von einem Manne wie Gilet können Sie nicht verlangen, daß er es in einem Neste wie Issoudun aushält, ohne etwas zu unternehmen!«

»Meine Herren«, sagte ein vierter, »mußte der Oberst nicht seinen Bruder rächen? Denken Sie doch, wie schändlich sich Max mit dem armen Kerl damals benommen hat.«

»Ach, das war nur ein Künstler«, sagte Renard.

»Aber, es geht doch um die Erbschaft des alten Rouget. Wie man sagt, wollte sich Gilet gerade, als der Oberst zu seinem Onkel zog, der fünfzigtausend Franken Rente bemächtigen.«

»Gilet einem andern Renten stehlen? Lassen Sie so etwas anderswo nicht verlauten, Herr Ganivet«, rief Potel, »sonst geben wir Ihnen Ihre Zunge zu schlucken und ohne Soße!«

In den gutbürgerlichen Häusern betete man für den würdigen Obersten Bridau.

Die Offiziere der kaiserlichen Armee aus Issoudun und Umgegend gingen am nächsten Teige um vier Uhr auf dem Marktplatz vor dem

Restaurant Lacroix spazieren und erwarteten Philipp Bridau. Auf punkt fünf Uhr war das Bankett zur Feier der Kaiserkrönung angesetzt. Auch die einfachen Soldaten hatten ein Zusammensein in einer Weinschenke am Platze verabredet. Alle Gruppen sprachen von Gilet und seiner Verstoßung aus dem Hause Rouget. Unter den Offizieren waren Potel und Renard die einzigen Verteidiger ihres Freundes.

»In Erbschaftsstreitigkeiten soll man sich nicht einmischen«, sagte Renard.

»Gegen das schöne Geschlecht ist Max schwach«, bemerkte der Zyniker Potel.

»Also man wird blankziehen nachher«, meinte ein ehemaliger Unterleutnant, der jetzt Gemüsegärtner im oberen Baltan war. »Da Herr Maxence Gilet nun einmal die Dummheit begangen hat, bei dem alten Rouget zu wohnen, wäre es eine Feigheit von ihm, sich wie ein Dienstbote wegjagen zu lassen, ohne Genugtuung zu verlangen.«

»Eine Dummheit mit üblen Folgen wird zum Verbrechen«, erwiderte Mignonnet trocken.

Das Schweigen, mit dem Max, der nun zu den alten Kriegern Napoleons stieß, empfangen wurde, war recht bezeichnend. Potel und Renard nahmen ihren Freund in die Mitte und gingen Arm in Arm, mit ihm plaudernd, auf und ab. Da sah man von weitem schon Philipp in Galauniform erscheinen. Seine lässige Art, den Stock nachschleifen zu lassen, kontrastierte mit Maxences gezwungener Aufmerksamkeit auf die Reden seiner beiden letzten Freunde. Philipp wurde von Mignonnet, Carpentier und mehreren andern mit herzlichem Händedruck empfangen. Dieser Anblick vertrieb aus Maxences Geist das bißchen feige Vernunft, das Floras Bitten und mehr noch ihre Zärtlichkeiten beschworen hatten. »Wir werden uns schlagen«, sagte er zum Hauptmann Renard, »und zwar auf Leben und Tod! Redet mir nicht herein, laßt mich meine Rolle spielen.« Nach diesen in fiebrischem Tone gesprochenen Worten mischten sich die drei wieder in die Gruppen der Offiziere. Max grüßte Bridau zuerst. Philipp erwiderte den Gruß mit kältestem Blick.

»Zu Tische, meine Herren«, rief Major Potel.

»Wir trinken auf den ewigen Ruhm des kleinen Korporals, der jetzt im Paradies der tapfern Burschen ist«, rief Renard.

Man verstand die Absicht des kleinen Infanteriehauptmanns. Bei Tische würde man weniger gezwungen sein. Man stürzte in den tiefen niederen Saal des Restaurants. Jeder nahm schnell seinen Platz ein. Die beiden Gegner saßen, wie Philipp es gewünscht hatte, einander gegenüber. Vor der Tür gingen junge Leute aus der Stadt, darunter einige ehemalige Ritter vom Müßiggange, in unruhiger Erwartung auf und ab und unterhielten sich von der kritischen Lage, in die Philipp den Maxence Gilet gebracht hatte. Man beklagte die Feindschaft, sah aber das Duell als unvermeidlich an. Bis zum Dessert ging alles gut, obschon die beiden Helden mitten in der schwungvollen Feststimmung eine gespannte und etwas unruhige Aufmerksamkeit bewahrten. Beide erwarteten und erwogen die Gelegenheit für den Ausbruch des Streites; dabei zeigte sich Philipp erstaunlich kaltblütig, Max überlustig; aber für die Augen der Kenner spielten beide eine Rolle.

Als das Dessert aufgetragen wurde, sagte Philipp: »Füllen Sie Ihre Gläser, meine Freunde! Ich erbitte die Erlaubnis, die erste Gesundheit auszubringen.« »›Meine Freunde‹ hat er gesagt; laß dein Glas leer«, sagte Renard Maxence ins Ohr.

Max schenkte sich ein.

»Auf die Große Armee!« rief Philipp mit aufrichtiger Begeisterung.

»Auf die Große Armee!« wiederholten alle wie aus einem Munde.

Da sah man auf der Schwelle des Saals mehrere einfache Soldaten erscheinen, darunter Benjamin und Kouski, die wiederholten: »Auf die Große Armee!« »Kommt herein, Kinder! Wir wollen ›seine‹ Gesundheit trinken«, sagte der Major Potel.

Die Kaisersoldaten kamen herein und stellten sich hinter die Stühle der Offiziere.

»Siehst du wohl, er ist nicht tot!« sagte Kouski zu einem alten Sergeanten, der vermutlich die endlich beendete Agonie des Kaisers beklagt hatte.

»Ich erbitte mir den zweiten Toast«, sagte der Major Mignonnet und erhob sich.

»Ich trinke auf die, die versucht haben, ›seinen‹ Sohn wieder auf den Thron zu setzen«, sagte Mignonnet. Alle, außer Maxence Gilet, tranken Philipp Bridau zu.

»Jetzt bin ich dran«, sagte Max und erhob sich.

»Max ist dran! Max!« rief es draußen. Tiefe Stille entstand im Saal und auf dem Platz; bei Gilets Charakter war jetzt die Provokation zu erwarten.

»Mögen wir uns ›alle‹ im nächsten Jahr an solch einem Tage wiedertreffen!« Und Max trank Philipp ironisch zu.

»Jetzt wird's«, sagte Kouski zu seinem Nachbarn.

»Solche Bankette wie unseres hat Ihnen in Paris die Polizei nicht gestattet«, wandte sich Major Potel an Philipp.

»Was redest du da zum Teufel dem Obersten Bridau von der Polizei?« fragte Maxence Gilet frech.

»Major Potel hat sich nichts Boshaftes dabei gedacht wie andre«, sagte Philipp mit bösem Lächeln. Es wurde so still im Saal, daß man eine Fliege hätte summen hören können. – »Die Polizei muß wohl Angst vor mir haben«, fuhr Philipp fort, »warum hätte sie mich sonst nach Issoudun geschickt? Ich habe zwar hier zu meiner Freude alte Kumpane gefunden; aber sonst gibt's nicht viel Unterhaltung hier, muß ich gestehen. Für einen, der gewissen Spielen nicht abgeneigt ist, ist es hier schlecht um mich bestellt. Na, ich werde sparen für die Pariser Fräulein. Ich gehöre nicht zu denen, die aus den weichen Federbetten noch Renten beziehen, mich hat Mariette von der Großen Oper tolle Summen gekostet.«

»Geht das, was Sie sagen, auf mich, mein lieber Oberst?« fragte Max und schoß auf Philipp einen wie mit Elektrizität geladenen Blick.

»Nehmen Sie es, wie Sie wollen, Major Gilet.«

»Oberst, hier meine beiden Freunde, Renard und Potel, werden sich morgen verständigen mit ...«

»... mit Mignonnet und Carpentier«, fiel Philipp ihm ins Wort und wies aus seine Nachbarn. –

»Jetzt wollen wir weiter Gesundheiten ausbringen«, sagte Max.

Keiner der beiden Gegner war aus dem üblichen Tonfall der Unterhaltung gefallen; feierlich war nur das Schweigen, mit dem sie die Zuhörer umgaben.

»Ihr da« – Philipp warf den einfachen Soldaten einen Blick zu –, »denkt daran, daß unsere Angelegenheiten die Bürger nichts angehen! ... Kein Wort über das, was es hier gab. Das bleibt unter denen von der alten Garde.«

»Sie werden die Instruktion befolgen, Oberst«, sagte Renard, »dafür steh ich ein.«

»Hoch lebe ›sein‹ Kleiner! Der künftige Kaiser der Franzosen!« rief Potel.

»Nieder mit England!« schrie Carpentier.

Dieser Toast tat wunderbare Wirkung.

»Schande und Schmach über Hudson Lowe!« sagte der Hauptmann Renard.

Das Dessert nahm einen ausgezeichneten Verlauf unter reichlichen Libationen. Die beiden Gegner und ihre vier Zeugen setzten ihre Ehre darein, daß dies Duell, bei dem ein mächtiges Vermögen auf dem Spiele stand und in dem sich zwei so hervorragend tapfere Männer maßen, nichts mit gewöhnlichen Händeln gemein habe. Zwei englische Gentlemen hätten sich nicht besser aufführen können als Max und Philipp. Die Erwartungen der jungen Leute und Bürger draußen auf dem Platz wurden enttäuscht. Als echte Soldaten wahrten alle Tischgenossen das tiefste Geheimnis über die Episode beim Dessert. Um zehn Uhr wußten beide Gegner bereits, daß die verabredete Waffe der Säbel war. Als Stätte für die Begegnung wurde der Chorumgang der Kapuzinerkirche ausersehen, als Stunde acht Uhr morgens. Goddet, der als ehemaliger Stabsarzt am Bankett teilnahm, wurde ersucht, dem Waffengang beizuwohnen. Die Zeugen bestimmten, daß der Kampf unter keinen Umständen länger als zehn Minuten dauern sollte. Um elf Uhr abends brachte zur großen Überraschung des Obersten Herr Hochon seine Frau zu ihm, gerade, als Philipp zu Bett gehn wollte.

»Wir wissen, was geschieht«, sagte die alte Dame mit Tränen in den Augen, »ich bitte Sie, gehn Sie morgen früh nicht aus, ohne zuvor gebetet zu haben ... Erheben Sie Ihre Seele zu Gott.«

»Gewiß, gnädige Frau«, erwiderte Philipp auf ein Zeichen hin, das ihm der Alte hinter dem Rücken seiner Frau machte.

»Noch eins«, sagte Agathes Patin, »ich setze mich an die Stelle Ihrer armen Mutter, und so habe ich mich von dem Kostbarsten, was ich besitze, getrennt. Da!« – und sie reichte Philipp einen Zahn hin, der aus ein Stück schwarzen goldgestickten Samt befestigt war, an das sie zwei grüne Bänder genäht hatte; nachdem sie ihm diese Kostbarkeit gezeigt hatte, tat sie sie wieder in ein Beutelchen. – »Es ist eine Reliquie, die von der heiligen Solange, der Patronin des Landes Berry, stammt; ich habe sie aus der Revolution gerettet; behalten Sie dies morgen früh auf der Brust.«

»Kann das gegen Säbelhiebe schützen?« fragte Philipp. Die alte Dame bejahte.

»Solches Zeug kann ich ebensowenig auf mir haben wie einen Panzer«, rief Agathes Sohn.

»Was meint er?« fragte Frau Hochon ihren Mann. »Er sagt, das sei gegen die Regeln«, antwortete der alte Hochon.

»Nun gut, sprechen wir nicht mehr davon. Ich werde für Sie beten«, erklärte die alte Dame.

»Ei, gnädige Frau, ein Gebet und ein guter Hieb, die können nicht schaden«, sagte der Oberst und fuhr mit der Hand durch die Luft, als durchbohrte er dem alten Hochon das Herz.

Die alte Dame küßte den schrecklichen Philipp auf die Stirn. Dann ging sie hinunter und gab Benjamin zehn Taler, ihr ganzes Geld, damit er die Reliquie in Philipps Hosentasche nähte. Benjamin tat es, nicht weil er an den Zauber dieses Zahnes glaubte – er meinte, sein Herr habe kräftigere Zähne, um seinen Feind zu packen, – sondern aus Pflichtgefühl für so hohen Lohn. Frau Hochon aber blieb voll Vertrauen auf die heilige Solange zurück.

Am nächsten Morgen, dem dritten Dezember, erschien um acht Uhr unter grauem Himmel Max mit seinen beiden Zeugen und dem Polen aus dem kleinen Rasen hinter dem Chor der ehemaligen Kapuzinerkirche.

Dort trafen sie Philipp mit seinen Zeugen und Benjamin. Potel und Mignonnet maßen vierundzwanzig Fuß ab. Die beiden Soldaten zogen an den Enden dieser Distanz mit einem Spaten Linien, hinter die die Duellanten nicht zurückweichen durften. Jeder der beiden mußte sich auf seine Linie stellen, um dann auf das Kommando der Zeugen nach Belieben vorzurücken.

»Legen wir den Rock ab?« fragte Philipp kühl.

»Gern, Oberst«, erwiderte Maxence im kecken Rauferton.

Sie behielten nur die Hosen an; rosig schimmerte das Fleisch durch das Gewebe der Hemden, ihre Säbel waren von gleichem Gewicht, drei Pfand, und gleicher Länge, drei Fuß. Sie hielten die Klingen gesenkt und warteten auf das Signal. Beide waren ganz ruhig, trotz der Kälte bebte kein Muskel an ihnen, sie standen wie aus Bronze. Goddet, die vier Zeugen und die beiden Soldaten überlief ein Schauer der Bewunderung.

»Das sind stolze Gesellen! –« Dieser Ausruf entfuhr dem Major Potel.

Im Augenblick, als das Signal gegeben wurde, bemerkte Max das düstere Haupt Farios, der dem Kampf durch das Loch zusah, welches die Ritter im Kirchendach gemacht hatten, um die Tauben in sein Magazin zu bringen. Die beiden Augen entsandten Feuerströme von Haß und

Rache und blendeten Max. Der Oberst ging gerade auf den Gegner los und blieb dabei in vorteilhafter Deckung. Die Kenner der Mordkunst wissen, daß der geschicktere von zwei Fechtern die ›obere Straße‹ nimmt, womit sie die hohe Deckung bezeichnen. Diese Stellung, die dem Fechter erlaubt, den Gegner abzuwarten, beweist einen Duellanten ersten Ranges, und so überkam Maxence gleich das Gefühl seiner Unterlegenheit und richtete in ihm die Zerstreuung der Kräfte an, welche den Spieler vor einem Meister oder einem Glücklichen so demoralisiert, daß er in seiner Verwirrung schlechter spielt als gewöhnlich. ›Der Schuft‹, dachte Max, ›er ist erste Klasse, ich bin verloren‹.

Max versuchte ein Moulinet und handhabte dabei seinen Säbel mit Stockfechtergeschicklichkeit. Er wollte Philipp verwirren, ihm an den Säbel geraten, ihn entwaffnen; aber schon beim ersten Prall bemerkte er, daß der Oberst ein eisernes Handgelenk besaß, biegsam wie eine Stahlfeder. Max mußte etwas anderes ersinnen; nachdenken wollte der Unglückliche! Während Philipp mit der Kaltblütigkeit eines Fechtlehrers, der im Saal unter dem Schutzleder ficht, alle Angriffe parierte; dabei schleuderten seine Augen hellere Blitze als die Klingen.

Bei so hervorragenden Kämpfern beobachtet man eine Erscheinung, die auch bei dem volkstümlichen Fußboxen, der ›Savate‹, auffällt. Die Entscheidung hängt ab von einer falschen Bewegung, einem Fehler in der Rechnung, die blitzschnell und instinktiv gemacht sein will. Während einer Zeitdauer, die dem Beobachter kurz scheint und für den Kämpfer lang ist, besteht der Kampf in gegenseitiger Beobachtung, die Seelen- und Körperkräfte erschöpft und sich hinter Finten verbirgt, deren Langsamkeit und Vorsicht den Anschein erweckt, als wollte sich keiner der Gegner wirklich schlagen. Für den Kenner ist dieser Moment, dem dann der rasche Entscheidungskampf folgt, furchtbar. Max machte eine schlechte Parade. Der Oberst schlug ihm den Säbel aus der Hand.

»Heben Sie ihn auf«, sagte er, »es ist nicht meine Art, entwaffnete Feinde zu töten.«

Jetzt wurde das Grausige erhaben. Die Großmut Philipps verkündete eine solche Überlegenheit, daß die Zuschauer die geschickteste aller Berechnungen in ihr erblickten. Und wirklich hatte Max, als er wieder auslag, seine Kaltblütigkeit verloren, er stand immer noch unter dem Eindruck der hohen Deckung, die ihn bedroht und den Feind geschützt hatte; nun wollte er durch Tollkühnheit die schmachvolle Niederlage wettmachen, er dachte nicht mehr an Deckung, mit beiden Händen faßte er den Säbel und brach rasend aus den Obersten los, um ihn tötlich zu treffen, mochte ihm jener auch dabei das Leben nehmen. Philipp erhielt einen Säbelhieb, der ihm die Stirn und einen Teil des Gesichts aufriß, aber zugleich spaltete er Maxences Kopf schräge durch ein furchtbares verkehrtes Moulinet, mit dem er dem Todeshieb begegnete, den Max ihm bestimmt hatte. Die beiden rasenden Hiebe beendeten in der neunten Minute den Kampf. Fario kam herunter, um sich an dem Anblick des Feindes, der in Todeszuckungen lag, zu weiden. Er sah noch lange die Muskeln des starken Maxence Gilet toben. Philipp wurde in das Haus seines Onkels getragen.

* * *

So ging einer der Männer zugrunde, die zu großen Dingen bestimmt sind, aber nicht in der Umwelt bleiben, die ihrer Entwicklung günstig ist; ein Mensch, den die Natur als verwöhntes Kind behandelt hatte, indem sie ihm Mut, Kaltblütigkeit und die diplomatische Anlage eines Cesare Borgia gab. Aber die Erziehung hatte ihm nicht den Adel des Denkens und Auftretens vermittelt, ohne den in keiner Laufbahn Größe möglich ist. Sein Gegner war weniger wert als er. Aber er hatte ihn mit solcher Perfidie um die Achtung der Menschen gebracht, daß niemand seinen Tod beklagte. Mit ihm endeten die Abenteuer des Ordens vom Müßiggang zur großen Zufriedenheit der Stadt Issoudun. So wurde denn Philipp auch nicht weiter wegen dieses Duells, das eine Rache des Himmels schien, belästigt.

»Im Interesse der Regierung hätten sie sich gegenseitig umbringen sollen«, sagte Herr Mouilleron, »das wäre eine rechte Erleichterung gewesen.«

Flora Braziers Lage wurde dadurch vereinfacht, daß Maxences Tod sie in eine Nervenkrise warf; das Gehirn war in Mitleidenschaft gezogen und erlitt durch die Aufregungen der letzten drei Tage eine gefährliche Entzündung; sie phantasierte. Bei voller Gesundheit wäre Flora wahrscheinlich aus dem Hause entflohen, in dem über ihr in Maxences Zimmer, in Maxences Bett Maxences Mörder lag. Drei Monate hindurch schwebte sie zwischen Tod und Leben, gepflegt von Herrn Goddet, der auch Philipp behandelte. Sobald Philipp eine Feder halten konnte, schrieb er zwei Briefe. Den ersten an den Anwalt Desroches:

»Ich habe bereits die giftigere der beiden Bestien beseitigt, wobei allerdings mein Schädel durch einen Säbelhieb ein Loch abbekommen hat, aber zum Glück war die Hand, die ihn führte, schon Schlaff. Noch bleibt die andere Viper übrig, und mit der werde ich mich zu verständigen suchen, denn mein Onkel hängt an ihr wie am eigenen Leibe. Ich mußte schon fürchten, daß diese verteufelt schöne Käscherin auskneifen würde, dann wäre der Onkel ihr nachgelaufen. Aber im kritischen Augenblick hat sie die heftige Erschütterung ans Bett gefesselt. Wenn der liebe Gott mich protegiert, so holt er sich diese Seele, solang sie noch ihre Sünden bereut. Bis dahin hab ich für mich, dank Herrn Hochon (dem Alten geht's gut), den Arzt. Das ist ein gewisser Goddet, eine gute Seele, die eingesehen hat, daß die Erbschaften der Onkel in den Händen der Neffen besser aufgehoben sind als in denen solcher Weibsbilder. Herr Hochon hat überdies Einfluß auf einen gewissen Papa Fichet, der eine reiche Tochter zu vergeben hat, auf die es wiederum Goddet für seinen Sohn abgesehen hat; so ist er uns treu ergeben, ohne daß der Tausendfrankenschein, den ihm meine Kohlrübe eintragen wird, dabei groß mitspielt. Goddet war seinerzeit Stabsarzt im dritten Linienregiment und Kamerad zweier guter Freunde von mir, der braven Offiziere Mignonnet und Carpentier. Er macht also der Kranken die nötigen Mätzchen vor. ›Sie sehen, liebes Kind, es gibt am Ende doch einen Gott‹, sagt er zu ihr, wenn er ihren Puls fühlt. ›Sie haben großes Unglück angerichtet, das können Sie jetzt wieder gutmachen. Da zeigt sich der Finger Gottes (merkwürdig, wo der sich alles zeigen soll). Die Religion bleibt die Religion. Seien Sie demütig und ergeben, das wird Sie beruhigen, das wird Sie ebensogut heilen wie meine Mixturen. Bleiben Sie hier, das ist die Hauptsache, pflegen Sie Ihren Gebieter. Vergessen Sie, vergeben Sie, das ist Christenpflicht.‹

Dieser gute Goddet hat mir versprochen, die Käscherin drei Monate im Bett zu halten. Dabei gewöhnt sich das Mädchen unwillkürlich daran, mit mir unter einem Dach zu leben. Die Köchin hab ich mir gekauft. Dies Schauerweib redet der Herrin ein, Max würde ihr das Leben recht schwer gemacht haben. Sie habe von ihm selbst gehört, er dächte gar nicht daran, sich an ein Weib ketten zu lassen, wenn er nach dem Tode des alten Biedermanns gezwungen wäre, Flora zu heiraten. Das Küchenweib hat es verstanden, ihrer Herrin zu insinuieren, daß Max sich ihrer entledigt haben würde. Also steht alles zum Besten. Auf Hochons Rat hat mein Onkel sein Testament zerrissen.«

Der andere Brief war an Herrn Giroudeau (durch gefällige Vermittlung von Mademoiselle Florentine), Rue de Vendôme, Marais, Paris.

»Mein lieber alter Kamerad!

Erkundige Dich bitte, ob die kleine Césarine besetzt ist; wenn nicht, mach, daß sie parat ist, nach Issoudun zu kommen, sobald ich sie anfordere. Dann müßte der Racker aber auch postwendend eintreffen. Vorbedingung ist anständiges Auftreten und keinerlei Theaterallüren, sie muß hier die Tochter eines braven Offiziers spielen, der auf dem Felde der Ehre gefallen ist. Also lautet die Parole: gute Sitten, jüngferliche Kleidung, Tugend von prima Qualität. Wenn ich Césarine brauchen kann und sie ihre Sache gut macht, kriegt sie beim Tode meines Onkels fünfzigtausend Franken ab. Ist sie besetzt, so besprich meine Angelegenheit mit Florentine und treibt ihr beide mir eine Figurantin aus, die die gewünschte Rolle spielen kann. Bei meinem Duell mit dem bewußten Erbschleicher, dem es den Hals gekostet hat, ist mir der Schädel ein wenig zerkratzt worden. Ich werde Dir die Geschichte mündlich erzählen. Das gibt noch gute Tage für uns, mein alter Junge, und allerhand Kurzweil oder ich müßte mich sehr in dem guten Oheim täuschen. Schick mir doch bitte fünfhundert Patronen, die könnt ich brauchen. Leb wohl, alter Kumpan. Steck Deine Zigarre an meinem Brief an. Es versteht sich, daß die Offizierstochter aus Châteauroux kommt und hilfsbedürftig ist. Ich hoffe indessen, daß ich am Ende gar nicht zu diesem nicht ungefährlichen Mittel greifen brauche.

Bring mich Mariette und all unsern Freunden in gute Erinnerung.«

Auf einen Brief der Frau Hochon hin kam Agathe sogleich nach Issoudun, wurde von ihrem Bruder aufgenommen und in Philipps früherem Zimmer untergebracht. Die arme Mutter bekam für ihren verlorenen Sohn alle ihre mütterlichen Empfindungen wieder, und der allgemeine Lobgesang der Bürgerschaft ans ihren Philipp schenkte ihr ein paar glückliche Tage. – »Schließlich hat die Jugend ihre Rechte«, sagte gleich am Tage ihrer Ankunft Frau Hochon zu Agathe. »Und Offiziere aus der Kaiserzeit sind keine Familiensöhnchen in Vaters Hut. Du ahnst nicht, was sich dieser elende Max hier für nächtliche Streiche herausgenommen hat! … Deinem Sohne hat es die Stadt Issoudun zu danken, daß sie wieder ruhig schlafen kann. Philipp ist ja ein bißchen spät zur Vernunft gekommen, aber nun ist er vernünftig; er hat uns selbst gesagt, drei Monate Gefängnis im Luxembourg vertreiben den Leichtsinn. Herr Hochon ist entzückt von Philipps Benehmen, alle Welt hat Hochachtung vor deinem Sohne. Wenn er einige Zeit den Pariser Versuchungen fern bleiben kann, wirst du am Ende noch ganz zufrieden mit ihm sein.«

Diese Worte trösteten Agathe, und die Patin sah Tränen des Glücks in den Augen ihres Patenkindes.

Gegen die Mutter benahm sich Philipp fromm und bieder: er brauchte sie. Zu Césarine wollte dieser gewiegte Diplomat nur dann seine Zuflucht nehmen, wenn er dem Fräulein Brazier ein Greuel wäre. Sonst war ja Flora ein ausgezeichnetes Werkzeug, von Maxences Hand geformt und dem Onkel zur lieben Gewohnheit geworden. Ihrer konnte er sich besser bedienen als einer Pariserin, die imstande war, sich von dem guten Alten am Ende heiraten zu lassen. Ludwig XVIII. bekam einmal von Fouché den Rat, sich in Napoleons Laken schlafen zu legen, statt eine Verfassung zu geben. So hätte Philipp sich gern in Gilets Laken gelegt; aber er wollte sich doch seinen frischerworbenen guten Ruf im Lande Berry nicht verderben; setzte er nun Gilets Rolle bei der Käscherin fort, so war das von ihr ebenso verabscheuenswert wie von ihm. Die Gesetze des Nepotismus erlaubten ihm, bei dem Onkel und auf des Onkels Kosten zu leben; Flora aber mußte erst rehabilitiert werden, ehe er sie übernahm. All diese Schwierigkeiten zusammen mit seiner gierigen Hoffnung auf die Erbschaft brachten ihn auf den glänzenden Gedanken, die Käscherin zu seiner Tante zu machen. Mit diesem Hintergedanken veranlaßte er seine Mutter, sich freundlich um das Mädchen zu kümmern und es als eine Art Schwägerin zu behandeln.

»Ich muß gestehen, liebe Mutter«, sagte er mit scheinheiliger Miene zu ihr in Gegenwart von Frau Hochon, »mein Onkel führt eigentlich ein wenig schickliches Leben, und es gäbe doch ein einfaches Mittel, es schicklich zu machen und Fräulein Brazier die Achtung der Stadt Issoudun zu verschaffen. Steht es ihr nicht besser an, Frau Rouget zu werden, als weiter die Magd und Liebste eines alten Junggesellen zu bleiben? Ist es nicht einfacher, durch einen Ehevertrag endgültige Rechte zu erwerben, als eine Familie dauernd mit Enterbung zu bedrohen? Wenn du oder Herr Hochon oder ein würdiger Geistlicher ihr gut zureden würden, könnte man so leicht einen Skandal aus der Welt schaffen, der die anständigen Leute verdrießt. Auch würde Fräulein Brazier gewiß glücklich sein, von dir als Schwester und von mir als Tante angesehen zu werden.«

Schon am nächsten Tage saßen Agathe und Frau Hochon an Fräulein Floras Bett und machten die Kranke und Rouget mit Philipps lobenswerten Gesinnungen vertraut. Ganz Issoudun lobte den schönen Charakter des Obersten, insbesondere wegen seines Benehmens gegen Flora. Einen Monat lang bekam die Käscherin von ihrem Arzt, Goddet Senior, der soviel über den Geist der Kranken vermochte, von der frommen Frau Hochon und der sanften innigen Agathe dauernd die Vorteile einer Ehe mit Rouget vorgehalten. Der Gedanke, eine Madame Rouget, eine würdige und ehrsame Bürgersfrau zu werden, war verführerisch, sie sehnte sich, gesund zu werden, um Hochzeit feiern zu können, und so war es nicht schwer, ihr beizubringen, daß sie Philipp nicht gut vor die Tür setzen konnte, wenn sie in die alte Familie der Rougets aufgenommen werden wollte.

»Verdanken Sie denn nicht eigentlich ihm das ganze große Glück?« Sagte eines Tages der alte Goddet zu ihr. »Max hätte sie niemals den alten Rouget heiraten lassen. Denken Sie doch«, flüsterte er ihr ins Ohr, »wenn Sie Kinder bekommen, können Sie Ihren Max rächen! Dann sind die Bridaus enterbt.« Zwei Monate nach dem verhängnisvollen Ereignis im Februar 1823 gab dann die Kranke dem Rat ihrer ganzen Umgebung und Rougets Bitten nach und empfing Philipp. Der Anblick seiner Narbe brachte sie zum Weinen. Aber sein sanftes, geradezu liebevolles Benehmen beruhigte sie. Auf Philipps Wunsch ließ man ihn mit seiner künftigen Tante allein. »Mein liebes Kind«, begann er, »ich habe von Anfang an zu einer Ehe zwischen Ihnen und meinem Onkel geraten; es bedarf nur Ihrer Zustimmung, und die Hochzeit kann stattfinden, sobald Sie wiederhergestellt sind.«

»Man hat es mir gesagt«, antwortete sie.

»Haben mich die Umstände gezwungen, Ihnen Schmerz zu bereiten, so ist es ganz natürlich, daß ich Ihnen jetzt so viel Gutes als irgend möglich zu tun wünsche.« Vermögen, Ansehen und eine Familie sind mehr wert als das, was Sie verloren haben. Nach dem Tode meines Onkels wären Sie ohnedies nicht lange die Frau jenes Gesellen gewesen; ich weiß es von seinen eignen Freunden, er hat Ihnen kein schönes Los zugedacht. Wir müssen uns nur recht verstehen, liebes Kind, dann werden wir alle glücklich miteinander leben. Sie werden meine Tante, nichts als meine Tante! Sie werden Sorge tragen, daß mein Onkel mich nicht in seinem Testament vergißt; und ich meinerseits – na, Sie werden schon sehen, wie ich Sie in Ihrem Ehevertrag versorgen lassen werde

... Seien Sie ruhig, denken Sie nach, wir sprechen wieder davon. Sie sehen ja, daß die vernünftigsten Leute, daß die ganze Stadt Ihnen rät, Ihrer illegitimen Stellung ein Ende zu machen, und niemand hat etwas dagegen, daß Sie mich empfangen. Die Interessen gehen im Leben den Gefühlen voran, das begreift jeder. Am Tage Ihrer Hochzeit werden Sie schöner sein als je zuvor. Das Krankenlager, das Sie bleich gemacht hat, gibt Ihnen eine neue Distinktion. Wenn mein Onkel nicht so toll in Sie verliebt wäre, mein Ehrenwort«, – er erhob sich und küßte ihr die Hand – »Sie würden die Gattin des Obersten Bridau werden.«

Er ging und ließ diese letzten Worte in Floras Seele haften und mit ihnen einen beglückenden Traum von Rache; war Flora doch beinahe erfreut darüber, diesen schrecklichen Menschen zu ihren Füßen gesehen zu haben. Philipp hatte im kleinen den Auftritt Richards III. gespielt, in dem er die Königin gewinnt, die er eben erst zur Witwe gemacht hat.

Anfang April 1823 gab es, ohne daß jemand sich darüber wunderte, in Jean-Jacques Rougets Saal das Schauspiel eines prachtvollen Diners zur Feier der Unterschrift des Ehevertrags zwischen Fräulein Brazier und dem alten Hagestolz. Als Gäste waren erschienen Herr Héron, die vier Zeugen Mignonnet, Carpentier, Hochon und Goddet senior, der Bürgermeister und der Pfarrer; ferner Agathe Bridau, Frau Hochon und ihre Freundin, Frau Borniche, diese beiden alten Damen waren tonangebend in Issoudun. Philipp hatte diese Konzession bei den frommen Frauen durchgesetzt, sie glaubten einer Gefallenen, die bereut, ihre Gönnerschaft nicht entziehen zu dürfen, und darüber war die Braut sehr gerührt. Flora sah blendend aus. Der Pfarrer, der die unwissende Käscherin seit zwei Wochen unterrichtete, sollte sie am Tage nach der Hochzeit zum ersten Male kommunizieren lassen. Die Heirat wurde zum Gegenstand folgenden frommen Artikels, den das Journal du Cher in Bourges und das Journal de l'Indre in Châteauroux veröffentlichte:

»Issoudun.
Die religiöse Bewegung macht Fortschritte im Lande Berry. Alle Freunde der Kirche und alle ehrenwerten Bürger der Stadt sind gestern Zeugen einer Feier gewesen, durch welche einer der ersten Grundbesitzer des Landes einem skandalösen Zustande ein Ende bereitete, der noch aus der Zeit herrührte, als die Religion in unserer Gegend ohne Macht war. Wir danken dies Ergebnis dem aufgeklärten Eifer unserer Geistlich-

keit und hoffen, daß es Nachahmung finden und zur Abschaffung der mißbräuchlichen Eheschließungen ohne kirchlichen Segen beitragen wird, die in den beklagenswerten Zeiten der Revolutionsherrschaft aufgekommen sind.

Bemerkenswert ist noch ein besonderer Umstand an dem Ereignis, das wir berichten. Veranlaßt wurde es durch die inständigen Bemühungen eines Obersten der ehemaligen kaiserlichen Armee, den eine Verordnung des Pairshofes in unserer Stadt interniert und der durch diese Ehe der Erbschaft seines Oheims verlustig gehen kann. Eine derartige Uneigennützigkeit ist heutzutage selten genug und verdient öffentliche Erwähnung.«

Im Ehevertrag erkannte Rouget Flora einen Brautschatz von hunderttausend Franken zu und sicherte ihr zugleich eine Wittumsrente von dreißigtausend Franken. Nach der prächtigen Hochzeitsfeier kehrte Agathe als glücklichste aller Mütter nach Paris zurück und überbrachte Joseph und Desroches die Neuigkeiten, die sie als frohe Botschaft bezeichnete.

»Ihr Sohn Philipp ist ein hinterhältiger Mensch, er wird seine Hand auf diese Erbschaft legen«, meinte der Anwalt. »Sie und der arme Joseph werden nie einen roten Heller von Ihres Bruders Vermögen erhalten.«

»Immer noch sind Sie ungerecht gegen den armen Jungen, und Joseph ist es auch«, sagte die Mutter. »Hat er sich nicht vor dem Pairshof wie ein großer politischer Charakter betragen und viele Köpfe gerettet? … Seine Verirrungen entspringen dem Mangel an Beschäftigung, seine großen Fähigkeiten lagen brach; aber nun hat er eingesehen, wie gefährlich eine schlechte Aufführung für sein Vorwärtskommen ist; er besitzt Ehrgeiz, das weiß ich; er hat eine Zukunft, das sage nicht nur ich, auch Herr Hochon glaubt fest an Philipps Aussichten.«

»Oh, wenn er seine tief verderbte Intelligenz anwenden will, um ein Vermögen zu erringen, so wird ihm das glücken; er ist zu allem fähig. Solche Menschen kommen schnell voran«, sagte Desroches.

»Warum sollte er nicht mit ehrlichen Mitteln sein Ziel erreichen?« fragte Frau Bridau.

»Sie werden sehen!« erwiderte Desroches. »Im Glück wie im Unglück wird Philipp stets der Mann bleiben, der er war, der Mörder der Frau Descoings, der Hausdieb; aber zu Ihrer Beruhigung sei's gesagt: in den Augen der Gesellschaft wird er ein Ehrenmann sein!«

Am Tage nach ihrer Hochzeit nahm Philipp nach dem Frühstück Frau Rouget am Arm. Der Onkel war hinaufgegangen, sich anzuziehen. Die Neuvermählten hatten im Schlafrock gefrühstückt.

»Verehrte Tante«, sagte er und führte sie in eine Fensternische, »Sie gehören jetzt zur Familie. Sie haben es dank mir verbrieft und versiegelt. Jetzt keine Faxen mehr! Spielen wir offenes Spiel! Ich weiß, was Sie mir antun könnten, und ich werde Sie besser hüten als eine Duenna. Nie werden Sie ausgehen, ohne mir den Arm zu reichen. Alles, was im Hause passieren kann, werde ich überwachen wie eine Spinne ihr Netz. Hier will ich Ihnen etwas zeigen, woraus Sie sehen können, daß ich Sie, als Sie zu Bette lagen und kein Pfötchen rühren konnten, hätte vor die Tür setzen können ohne einen Sou. Da, lesen Sie!«

Eingeschüchtert las Flora folgenden Brief:

»Lieber Junge, Florentine, die jetzt endlich in der Neuen Oper in einem Tanztrio mit Mariette und Tullia debütiert, hat Dich nicht vergessen, ebensowenig Florine, die Lousteau endgültig aufgegeben hat, um Nathan zu nehmen. Diese beiden, die sich auskennen, haben für Dich das entzückendste Geschöpf der Welt aufgetrieben, eine Kleine von siebzehn Jahren, schön wie eine Engländerin, Haltung wie eine Lady und bei ihren Streichen schlau wie Desroches und treu wie Godeschal. Stilisiert hat sie Mariette. Die wünscht Dir alles Gute. Gegen diesen kleinen Engel, in dem ein Teufel steckt, kann kein Weib aufkommen. Sie spielt Dir jede Rolle, wird Deinen Onkel toll vor Liebe machen und gängeln, wie Du ihn brauchst. Sie hat die Himmelsmienen der armen Coralie, weinen kann sie und hat eine Stimme, die dem härtesten Granitherzen einen Tausendfrankenschein entlockt, und den Champagner gießt die Kröte geschwinder hinunter als wir. Kurz, ein Juwel! Sie hat Verpflichtungen gegen Mariette und will sich ihr erkenntlich zeigen. Nachdem dies Fräulein Esther das Geld von zwei Engländern, einem Russen und einem römischen Fürsten verjubelt hat, ist sie jetzt ganz abgebrannt; gib ihr zehntausend Franken ab, dann ist sie zufrieden. Dein Anliegen macht ihr Spaß. ›Einen Bürgersmann hab ich doch noch nie aufgefressen, das ist eine gute Übung!‹ hat sie eben lachend erklärt. Finot kennt sie gut und Bixiou und Des Lupeaulx und unsere ganze Bande. Ja, wenn es in Frankreich noch wirklichen Reichtum gäbe, wäre sie die größte Kurtisane der Neuzeit. Mein Stil schmeckt nach Nathan, Bixiou und Finot, die hier mit obiger Esther Unfug treiben, und zwar in dem denkbar prächtigsten Appartement, das der alte Lord Dudley, der wahre Vater von De Marsay, für Florine eingerichtet hat. Diese Frau von Geist hat mit dem Kostüm ihrer neuen Rolle den Lord ›gemacht‹. Tullia ist immer noch mit dem Herzog von Rhétoré liiert, Mariette mit dem von Maufrigneuse; die beiden werden Dir zu Königs Namenstag die Aufhebung Deiner Polizeiaufsicht erwirken. Sieh zu, daß Du bis zum nächsten Sankt-Ludwigs-Tag den Onkel unter die Erde gebracht hast, komm heim mit Deiner Erbschaft und verjubele ein bißchen davon mit Esther und Deinen alten Freunden, die hier insgesamt unterzeichnen, damit Du sie nicht vergißt.

Nathan, Florine, Bixiou, Finot, Mariette, Florentine, Giroudeau, Tullia.«

Der Brief flatterte in Frau Rougets Händen, so bebten ihr Leib und Seele. Die Tante wagte nicht, dem Neffen in seine schrecklich drohenden Augen zu schauen.

»Sie sehen, ich vertraue Ihnen«, sagte er, »aber ich verlange dafür auch Ihr Vertrauen. Ich habe Sie zu meiner Tante gemacht, um Sie eines Tages heiraten zu können. Was Esther bei meinem Onkel erreichen kann, das können Sie auch. Übers Jahr müssen wir in Paris sein. Nur dort kann die Schönheit leben. Dort werden Sie sich besser unterhalten als hier, da gibt's immer Karneval. Ich werde wieder in die Armee eintreten, werde General, und Sie sind dann eine große Dame. Das ist Ihre Zukunft. Arbeiten Sie an ihr … Aber ich will ein Unterpfand unseres Bundes. Sie werden mir binnen einem Monat die Generalvollmacht meines Onkels verschaffen, unter dem Vorwand, sich selbst und ihn von der Sorge um die Geldangelegenheiten entlasten zu wollen. Einen Monat später will ich eine Spezialvollmacht, um seine Papiere überschreiben zu lassen. Sind die Papiere erst einmal aus meinen Namen umgeschrieben, so haben wir beide das gleiche Interesse, uns eines Tages zu heiraten. Das alles ist klar und deutlich, schöne Frau Tante. Keine Zweideutigkeiten zwischen uns beiden! Nach einem Jahre Witwenschaft kann ich meine Tante heiraten, während ich ein entehrtes Mädchen nicht heiraten konnte.«

Er ging, ohne eine Antwort abzuwarten. Als bald darauf Védie hereinkam, um abzudecken, fand sie ihre Herrin blaß und trotz der Jahreszeit in leichtem Schweiße. Flora war zumute, als wäre sie auf den Boden eines Abgrunds gefallen, in ihrer Zukunft sah sie nur Finsternisse, und in diesen Finsternissen zeichneten sich tief und fern schauerliche Bilder

ab, undeutlich und beängstigend. Sie fühlte eine Kellerkühle; ihre Instink-
te bebten vor diesem Philipp, und doch schrie eine Stimme in ihr, sie
verdiene ihn zum Meister. Sie konnte nicht gegen ihr Verhängnis ankämpfen. Flora Brazier hatte anstandshalber ein eignes Appartement im
Hause Rouget gehabt; aber Frau Rouget gehörte zu ihrem Gatten; mit
der kostbaren Willensfreiheit der Magd als Herrin war es für sie vorbei.
Ihre letzte Hoffnung in dieser Not war, ein Kind zu haben; aber sie
hatte in den letzten fünf Jahren Jean-Jacques zum Greise gemacht. Unter
der Überwachung Philipps, der nichts zu tun hatte – er hatte seinen
Posten aufgegeben –, war keine Rache möglich. Benjamin war ein ebenso
unschuldiger wie ergebener Spion. Die Védie zitterte vor Philipp. Flora
sah sich allein und ohne Hilfe! Sie hatte Todesfurcht; wie Philipp sie
umbringen würde, wußte sie nicht, aber sie erriet, daß eine verdächtige
Schwangerschaft ihr Todesurteil bedeuten würde. Der Ton seiner Stimme,
der trübe Schimmer der Spieleraugen, jede seiner Bewegungen, seine
brutale Höflichkeit machten sie erbeben. Als der Oberst die gewünschte
Vollmacht brauchte, bekam er sie. Denn Flora stand in seinem Banne,
wie Frankreich in Napoleons Bann gestanden hatte … Und der alte
Rouget verzappelte seine letzten Kräfte wie ein Schmetterling, dessen
Fühler in das heiße Wachs einer Kerze geraten sind. Angesichts dieser
Agonie blieb der Neffe ungerührt und kalt wie die Diplomaten von 1814
vor den Zuckungen des kaiserlichen Frankreichs.

Da er nicht mehr recht an Napoleon II. glaubte, schrieb Philipp an
den Kriegsminister einen Brief, den Mariette durch den Herzog von
Maufrigneuse übermitteln ließ:

»Exzellenz,
Napoleon ist nicht mehr. Ich habe dem Eide, den ich ihm geschworen,
treu bleiben wollen; jetzt aber steht es mir frei, meine Dienste Seiner
Majestät dem König anzubieten. Wollen Euer Exzellenz geruhen, Seiner
Majestät mein Verhalten darzulegen, so wird es der König mit den Ge-
setzen der Ehre, wo nicht mit denen des Königtums in Einklang finden.
Er, der es verstand, daß sein Adjutant, General Rapp, um seinen früheren
Gebieter weinte, wird Nachsicht mit mir haben. Napoleon war mein
Wohltäter.

So bitte ich denn Euer Exzellenz untertänigst, mein Gesuch um eine
Verwendung in meiner Rangklasse zu berücksichtigen, und versichere

Dieselben meines vollkommenen Gehorsams. Der König wird an mir seinen treuesten Untertanen haben.

Geruhen Euer Exzellenz, den Ausdruck der Ehrfurcht zu genehmigen, mit der ich verbleibe Euer Exzellenz ergebener und untertäniger Diener Philipp Bridau, vormals Schwadronskommandant der Gardedragoner, Offizier der Ehrenlegion, zur Zeit unter Aufsicht der hohen Polizei in Issoudun.«

Diesem Brief lag eine Bitte um Aufenthaltserlaubnis in Paris zur Regelung von Familienangelegenheiten bei. Ferner hatte Herr Mouilleron Schreiben des Bürgermeisters, des Unterpräfekten und des Polizeikommissars von Issoudun eingelegt. Alle diese Schriftstücke sprachen sich lobend über Philipp aus und verwiesen aus den Zeitungsartikel über die Heirat seines Onkels. Zwei Wochen später, zur Zeit der Ausstellung, erhielt Philipp die erbetene Erlaubnis und ein Schreiben des Kriegsministers, der ihm eröffnete, daß er auf Befehl des Königs als erste Vergünstigung seine Einstellung als Oberstleutnant in die Stammrolle erhalten habe.

* *
*

Philipp reiste mit seiner Tante und dem alten Rouget nach Paris. Den Onkel führte er drei Tage nach der Ankunft auf das Schatzamt und ließ ihn dort die Überschreibung der Papiere zeichnen, die nunmehr Philipps Eigentum wurden. Dann ward der alte Todeskandidat und mit ihm die Käscherin von dem Neffen in den Freudentaumel der gefährlichen Gesellschaft von unermüdlichen Schauspielerinnen, Journalisten, Künstlern und zweifelhaften Frauen getaucht, unter denen Philipp seine Jugend vergeudet hatte, und dort fand der alte Rouget die nötigen Käscherinnen, um zugrunde zu gehen. Giroudeau übernahm es, dem Alten die angenehme Todesart zu verschaffen, die später durch einen Marschall von Frankreich berühmt werden sollte. Lolotte, eine der schönsten Statistinnen der Oper, war die liebenswürdige Mörderin des Greises. Rouget starb nach einem prächtigen Souper, das Florentine gab, es war also schwer festzustellen, ob das Souper oder Mademoiselle Lolotte dem alten Berrichonen den Rest gegeben hatte. Lolotte schrieb seinen Tod einer Schnitte Leberpastete zu, und da das Straßburger Produkt sich nicht rechtfertigen konnte, gilt es für festgestellt, daß der Biedermann an verdorbenem Magen gestorben ist. Frau Rouget fühlte sich in dieser äußerst dekolletierten Gesellschaft ganz in ihrem Element; aber Philipp gab ihr Mariette zur Tugendwächterin, welche die Witwe, deren Trauerzeit einige galante Abenteuer schmückten, vor Torheiten behütete.

Im Oktober 1823 kehrte Philipp, versehen mit der Vollmacht seiner Tante, nach Issoudun zurück, um die Erbschaft seines Onkels flüssig zu machen. Das war schnell getan. Schon im März 1824 erschien er wieder in Paris mit einer Million sechshunderttausend Franken und obendrein den wertvollen Gemälden, die das Haus des alten Hochon nie verlassen hatten. Philipp legte seine Gelder im Hause Mogenod und Sohn an, in dem der junge Baruch Borniche arbeitete. Über die Güte dieser Bank hatte ihm der alte Hochon befriedigende Auskünfte gegeben. Mogenod und Sohn übernahmen das Geld zu sechs Prozent Jahreszinsen und unter der Bedingung dreimonatlicher Kündigung im Fall der Abhebung.

Eines schönen Tages erschien Philipp bei seiner Mutter und lud sie zu seiner Hochzeit ein. Trauzeugen waren Giroudeau, Finot, Nathan und Bixiou. Im Vertrag vermachte die verwitwete Frau Bridau, die eine Million Franken in die Ehe brachte, ihrem künftigen Gatten für den Fall, daß sie kinderlos stürbe, ihr ganzes Vermögen. Anzeigen wurden nicht verschickt, es gab keine Hochzeitsfeier und keinerlei Aufsehen, denn Philipp hatte seine besonderen Absichten. Er logierte seine Frau in der Rue Saint-Georges in einer Wohnung ein, die ihm Lolotte fertig möbliert abtrat. Frau Bridau junior fand das Appartement entzückend. Ihr Gatte setzte nur selten den Fuß hinein. Niemand erfuhr, daß Philipp unterdessen für zweihunderttausend Franken in der Rue de Clichy, zu einer Zeit, als noch niemand den späteren Wert des Stadtviertels ahnte, ein prächtiges Haus erwarb, für das er fünfzigtausend Taler aus seinen Einkünften anzahlte. Für die Einrichtung und Möblierung gab er ungeheure Summen aus. In diesem Hause erstrahlten die restaurierten herrlichen Gemälde, die auf dreihunderttausend Franken geschätzt wurden, in vollem Glanz.

Als Charles X. den Thron bestieg, kam die Familie des Herzogs von Chaulieu, dessen ältesten Sohn, den Herzog von Rhétoré, Philipp oft bei der Tullia traf, in noch höhere Gunst als früher. Die ältere Linie des Hauses Bourbon, die sich nunmehr des Thrones endgültig sicher glaubte, befolgte den Rat, den der Marschall Gouvion-Saint-Cyr dem Königshause gegeben hatte, nämlich, die Offiziere des Kaiserreiches an sich zu fesseln. Wahrscheinlich machte Philipp wertvolle Enthüllungen über die Verschwörungen von 1820 und 1822; er wurde zum Oberstleutnant im Regiment des Herzogs von Maufrigneuse ernannt. Dieser liebenswürdige Edelmann fühlte sich verpflichtet, den Mann zu begünstigen, dem er Mariette entrissen hatte. Der Ernennung stand überhaupt das Ballettkorps nicht fern. Zudem hatte der geheime Kronrat beschlossen, Seine königliche Hoheit den Dauphin eine leichte Nuance von Liberalismus annehmen zu lassen. Meister Philipp, der eine Art Mitjunker des Herzogs von Maufrigneuse geworden war, wurde nicht nur dem Dauphin, sondern auch der Dauphine vorgestellt, welche den derben getreuen Kriegernaturen nicht ungnädig war. Philipp verstand es, aus der Inszenierung des kronprinzlichen Theaterliberalismus Nutzen zu ziehen und sich zum Adjutanten eines bei Hofe gern gesehenen Marschalls ernennen zu lassen. Im Januar 1827 wurde Philipp als Oberstleutnant in die königliche Garde eingereiht, und zwar in das Regiment des Herzogs von Maufrigneuse, und bewarb sich um die Gunst, geadelt zu werden. Unter der Restauration wurde die Verleihung des Adels zu einer Art Recht, auf das die Bürgerlichen, die in der Garde dienten, Anspruch erheben konnten. Oberst Bridau, der gerade das Landgut Brambourg gekauft hatte, wurde vorstellig um die Gnade, es zu einem gräflichen Majorat erheben zu dürfen. Er setzte es auch durch dank seinen Verbindungen in der höchsten Gesellschaft, in der er sich mit großem Aufwand an Karollen und Livreen als Grandseigneur bewegte. Sobald er sich nun als Oberstleutnant des schönsten Gardekavallerieregiments im Almanach unter dem Namen Graf von Brambourg eingetragen sah, verkehrte er eifrig im Hause des Artilleriegenerals Grafen von Soulanges und machte der jüngsten Tochter, Fräulein Amélie von Soulanges, den Hof. Der Unersättliche, den noch dazu die Mätressen aller einflußreichen Männer unterstützten, bewarb sich um die Ehre, beim Dauphin selber Adjutant zu werden. Er besaß die Keckheit, zur Dauphine zu äußern: ein alter Offizier des großen Krieges, der aus mehreren Schlachtfeldern verwundet worden, könnte bei Gelegenheit Seiner königlichen Hoheit vielleicht von Nutzen sein. Er verstand sich auf den Ton des Hofes, wie er sich auf den der Gesellschaft von Issoudun verstanden hatte. Im übrigen führte er ein großes Leben mit Festen und Diners und empfing in seinem Hause keinen seiner früheren Freunde, der etwa Seine Stellung gefährden konnte. Gegen die alten Saufkumpane war er unerbittlich. Er schlug es

Bixiou glatt ab, ein Wort für Giroudeau einzulegen, als dieser, von Florentine verlassen, wieder in den Heeresdienst treten wollte.

»Das ist ein sittenloser Mensch!« sagte Philipp.

»Das sagt er von mir, der ihm seinen Onkel vom Hals geschafft hat!« rief Giroudeau.

»Er wird noch was von uns erleben«, versprach Bixiou.

Philipp wollte Fräulein Amélie von Soulanges heiraten, General werden und ein königliches Garderegiment führen. Er hatte so viel Wünsche, daß man, um Ruhe vor ihm zu haben, ihn zum Kommandanten der Ehrenlegion und des Sankt-Ludwigs-Ordens ernannte.

Als Agathe und Joseph eines Abends bei Regenwetter heimgingen, sahen sie Philipp in seiner mit Schnüren und Orden besäten Uniform, hingegossen in die Ecke seines schönen, mit gelber Seide ausgeschlagenen Coupés, auf dem Weg zu einem Fest im Elysée-Bourbon vorüberfahren. Während er gönnerhaft grüßte, bespritzten die Räder des Wagens seine Mutter und seinen Bruder.

»Der versteht's, der Junge!« meinte Joseph, »Immerhin könnte er uns etwas andres zukommen lassen als Schmutz ins Gesicht.

»Er ist in so schöner hoher Stellung, man kann's ihm nicht verübeln, daß er uns vergißt«, sagte die Mutter. »Auf seinem steilen Wege nach oben hat er so viel Verpflichtungen zu erfüllen, so viel Opfer zu bringen, wie sollte er da an uns denken, zu uns kommen.«

»Mein Lieber«, sagte einmal der Herzog von Maufrigneuse zum neugebacknen Grafen von Brambourg, »sicherlich wird Ihr Antrag günstig aufgenommen werden; aber um Amélie von Soulanges zu heiraten, müßten Sie doch erst frei sein. Was haben Sie eigentlich mit Ihrer Frau angefangen?«

»Meine Frau? ...« Philipps Bewegung, Blick und Ton bei diesen Worten hat später der große Frédéric Lemaître in einer seiner grausigsten Rollen erraten. »Ja, ich habe die traurige Gewißheit, daß mir meine Frau nicht erhalten bleiben wird. Sie hat keine acht Tage mehr zu leben. Ach, mein lieber Herzog, Sie wissen nicht, was das heißt, eine Mesalliance! Eine Frau zu haben, die einmal Köchin war, Köchinnengeschmack hat und mir Schande macht! Ich bin recht zu beklagen. Aber ich hatte die Ehre, Ihrer königlichen Hoheit der Dauphine meine Lage auseinanderzusetzen. Es hat sich seinerzeit darum gehandelt, eine Million zu retten, die mein Onkel dieser Kreatur testamentarisch vermacht hatte. Zum Glück hat meine Frau eine gewisse Neigung zu Likören; ihr Tod wird mich in den Besitz einer Million, die im Hause Mogenod angelegt ist, setzen; außerdem habe ich dreißigtausend Franken fünfprozentige Staatsrente und mein Majorat im Werte von vierzigtausend Franken Rente. Wenn, wie zu vermuten steht, Herr von Soulanges den Marschallstab hat, bin ich in der Lage, als Graf von Brambourg General und Pair von Frankreich zu werden. Das wäre dann die Pension eines Adjutanten des Dauphins.«

Nach der Ausstellung im Jahre 1823 hatte der erste Hofmaler des Königs, einer der vortrefflichsten Charaktere jener Tage, Josephs Mutter ein Lotteriebüro in der Gegend der Hallen verschafft. Dies konnte Agathe später, ohne zuzahlen zu müssen, gegen ein Büro vertauschen, das in einem Hause der Rue de Seine lag, in dem Joseph ein Atelier bekam. Sie konnte einen Geschäftsführer anstellen und kostete ihren Sohn nichts mehr. Aber obwohl sie das ausgezeichnete Büro, dessen Leiterin sie war, einzig dem Ruhme ihres Sohnes verdankte, glaubte Frau Bridau auch im Jahre 1828 noch immer nicht recht an diesen Ruhm, der ja allerdings wie jeder wahre Ruhm sehr heftig bestritten wurde. Der große Maler hatte die großen Bedürfnisse leidenschaftlicher Naturen; er verdiente nicht genug für die breite Lebensführung, zu der ihn seine gesellschaftlichen Beziehungen und seine Stellung in der jungen Schule zwangen. Wohl wurde er von den Männern des ›Kreises‹ und von Fräulein Des Touches gefördert, aber dem Bourgeois gefiel er nicht. Dieser Geldgeber unserer Zeit macht seinen Geldbeutel für umstrittene Talente nicht gern auf, und Joseph hatte die Klassizisten und das Institut sowie die Kritiker, die von diesen beiden Mächten abhängen, zu Gegnern. Sein Bruder, der Graf von Brambourg, spielte den Erstaunten, wenn man ihm von Joseph sprach. Trotz der Unterstützung durch Gros und Gérard, die ihm in der Ausstellung von 1827 die Medaille verschafften, bekam der mutige Künstler wenig Aufträge. Nahmen schon das Ministerium des Innern und das des Kronhaushalts nur widerstrebend seine großen Gemälde, so waren sie den Händlern und den reichen Fremden noch lästiger. Auch ist ja Bridaus häufige Launenhaftigkeit bekannt, von der Ungleichheiten seiner Arbeit herrühren, welche seinen Feinden Gelegenheit geben, sein Talent zu leugnen. »Die große Malerei liegt im argen«, sagte sein Freund Pierre Grassou, der süße Bildchen im Geschmack der Bourgeois machte, deren Wohnräume keinen Platz für große Gemälde hatten.

»Du brauchtest eine ganze Kathedrale zum Malen, dann würde sich schon die Kritik vor deinem Werke ducken«, sagte Schinner.

Solche Äußerungen erschreckten die gute Agathe und bestärkten sie in dem Urteil, das sie sich von Anfang an über ihre beiden Söhne gebildet hatte. Und die Tatsachen gaben der ewigen Kleinstädterin recht: Philipp, ihr Liebling, war jetzt der große Mann der Familie. Seine früheren Fehltritte waren Unregelmäßigkeiten des Genies. Für Josephs Werke fehlte ihr das Verständnis, sie sah sie zuviel ›in den Windeln‹, um die vollendeten zu bewundern, und so schien er ihr im Jahre 1828 nicht weiter gekommen als 1816. Der arme Joseph hatte Schulden, die ihn drückten, er hatte einen undankbaren Beruf ergriffen, der nichts eintrug. Weshalb man ihm die Medaille verliehen hatte, begriff sie nicht. Philipp, der seine Spielleidenschaft überwunden hatte, der zu Hoffesten eingeladen wurde, dieser glänzende Oberst, der bei Paraden und Feierlichkeiten in herrlicher Uniform mit den beiden roten Großkordons erschien, verwirklichte die Träume der Mutter. Bei einer feierlichen Gelegenheit sah sie ihn an derselben Stelle des Quai de l'École, an der sie ihn einst in grauenhaftestem Elend erblickt hatte, vorüberziehn, vor der Dauphine her, im goldfunkelnden pelzverbrämten Dolman, mit Reiherfedern auf der Tschapka, und sie vergaß für immer das Bild seiner Misere. Für den Künstler war sie eine Art barmherzige Schwester geworden; Mutter fühlte sie sich nur des stolzen Adjutanten Seiner königlichen Hoheit des Dauphins! Am Ende glaubte sie Philipp ihren Wohlstand zu verdanken, und vergaß, daß sie das Büro, welches sie ernährte, durch Joseph bekommen hatte. Eines Tages sah sie ihren armen Sohn in großer Sorge wegen der hochangewachsenen Rechnung Seines Farbenhändlers und beschloß, unter Flüchen auf die unselige Kunst, ihn von seinen Schulden zu befreien. Sie hatte zwar selbst kein Geld, denn ihren Verdienst zehrte der Haushalt auf; aber sie rechnete auf Philipps gutes Herz und seine Börse. Seit Jahren erwartete sie täglich Seinen Besuch, sah ihn schon mit einer ungeheuren Summe ankommen und genoß im voraus das Vergnügen, mit dem sie diese Joseph geben würde. Ihre Meinung über Philipp war ebenso unveränderlich wie die von Desroches.

Hinter Josephs Rücken schrieb sie an Philipp:

»An den Herrn Grafen von Brambourg.

Mein lieber Philipp, seit fünf Jahren hast Du Deiner Mutter nicht das geringste Lebenszeichen zukommen lassen. Das ist nicht recht. Du

solltest Dich ein wenig der Vergangenheit erinnern, und wäre es auch
nur um Deines vortrefflichen Bruders willen. Joseph leidet jetzt Mangel,
während Du im Überfluß lebst; er muß arbeiten, indes Du von Fest zu
Fest fliegst. Du besitzt für Dich allein das Vermögen meines Bruders.
Nach dem, was der kleine Borniche sagt, müßtest Du über eine Rente
von zweihunderttausend Franken verfügen. Komm doch einmal zu Joseph. Und tu bei der Gelegenheit zwanzig Tausendfrankenscheine in
den Totenkopf: Du bist sie uns schuldig, Philipp; und doch wird sich
Dein Bruder Dir zu Dank verpflichtet fühlen; ganz abgesehen von der
Freude, die Du bereiten würdest Deiner Mutter

Agathe Bridau, geb. Rouget.«

Zwei Tage darauf brachte die Magd in das Atelier, in dem Agathe mit
Joseph am Frühstückstisch saß, einen furchtbaren Brief:

»Liebe Mutter, man heiratet nicht Fräulein Amélie von Soulanges
und bringt ihr Nußschalen in die Ehe, wenn sich unter dem Namen
des Grafen von Brambourg der Name verbirgt Ihres Sohnes Philipp
Bridau.

Einer Ohnmacht nahe, sank Agathe auf den Diwan, und der Brief
fiel ihr aus der Hand. Das leise Geräusch des gleitenden Papiers und
Agathes dumpfes und schreckliches Stöhnen schreckten Joseph auf, der
in diesem Augenblick nicht an die Mutter dachte, denn er malte in
weltvergessner Wut an einer Skizze. Jetzt hob er den Kopf über die
Leinwand, um zu sehen, was geschah. Beim Anblick der hingesunkenen
Mutter ließ der Maler Palette und Pinsel fallen, um aufzuheben, was da
wie tot lag. Er nahm Agathe in die Arme, trug sie in ihr Zimmer hinüber
aufs Bett und schickte die Magd zu seinem Freunde Bianchon. Sobald
er dann die Mutter befragen konnte, gestand sie ihren Brief an Philipp
und Philipps Antwort. Er nahm und las den Brief, der in seiner gedräng-
ten Roheit das zarte Herz der armen Mutter gebrochen und das stolze
Gebäude ihrer mütterlichen Vorliebe eingestürzt hatte. Er kam wieder
an das Bett der Mutter und sprach kein Wort von dem Brief. Drei
Wochen lang – so lange dauerte die Krankheit oder vielmehr die Agonie
der Armen – sprach er von dem Bruder kein Wort. Bianchon, der täglich
kam und die Kranke mit der Hingabe echter Freundschaft pflegte, hatte
Joseph vom ersten Tage an aufgeklärt.

»In diesem Alter«, sagte er, »und unter solchen Umständen kann man nur daran denken, deiner Mutter das Sterben so sanft wie möglich zu machen.

Agathe fühlte auch schon deutlich, daß Gott sie zu sich rief, schon am zweiten Tag bat sie um die Seelsorge des alten Abbé Loraux, der seit zweiundzwanzig Jahren ihr Beichtvater war. Als sie dann mit ihm allein war und ihren ganzen Kummer vor ihm ausgeschüttet hatte, sagte sie, wie einst zu ihrer Patin, die Worte, die sie so oft ausgesprochen hatte:

»Worin hab ich Gott mißfallen? Lieb ich ihn nicht von ganzer Seele? Bin ich nicht immer den Weg des Heils gegangen? Was ist meine Schuld? Ist es eine, von der ich nicht weiß, hab ich dann noch Zeit, sie wieder gutzumachen?«

»Nein«, sagte sanft der Alte. »Ihr Leben scheint rein und Ihre Seele ohne Flecken, aber Gottes Auge dringt tiefer als das seiner Diener, Sie liebes, betrübtes Geschöpf! Auch ich sehe jetzt, da es zu spät ist, klarer. Auch mich haben Sie getäuscht.«

»Sprechen Sie!« rief Agathe.

»Seien Sie getrost. An der Art der Strafe ist schon die Vergebung zu ahnen. Nur gegen seine Auserwählten ist Gott hienieden streng. Weh denen, deren Schandtaten vom Zufall begünstigt werden; sie werden immer wieder zu Menschengestalten geformt werden, bis auch sie einst für leichte Fehler hart büßen müssen und reif werden für die Himmelsfrüchte. Ihr Leben, liebes Kind, ist *ein* großer Fehler gewesen. Sie fallen in die Grube, die Sie selbst gegraben haben. Da, wo wir uns selbst schwach gemacht haben, liegen unsre Fehler. Sie haben Ihr Herz an einen Unmenschen verschenkt, in dem Sie Ihren Ruhm sahen, und haben das Kind verkannt, das Ihr wahrer Ruhm ist. Sie waren so im Tiefsten ungerecht, daß Sie den deutlichen Gegensatz nicht bemerkt haben. Der arme Sohn, der Sie liebt, ohne durch Gegenliebe belohnt zu werden, bringt Ihnen das tägliche Brot; der reiche, der nie an Sie gedacht, der Sie verachtet hat, wünscht Ihnen den Tod.«

»Oh, wie gern ...«, flüsterte sie.

»Ja«, fuhr der Priester fort, »Ihre dürftige Lage steht seinem Ehrgeiz im Wege ... Mutter, da ist deine Schuld, Weib, deine Qualen und Ängste sind Boten deines künftigen Friedens im Herrn! Ihr Sohn Joseph ist groß: seine Kindesliebe ist sich gleich geblieben. trotz der ungerechten

Vorliebe der Mutter. Er verdient Ihre Liebe. Geben Sie ihm, solange er Sie noch hat, Ihr ganzes Herz. Beten Sie für ihn, wie ich für Sie bete.

So wurden der Mutter von mächtiger Hand die Augen geöffnet und überblickten nun ihren ganzen Lebenslauf. In plötzlicher Helle erkannte sie ihr ungewolltes Unrecht und zerfloß in Tränen. Der alte Priester war erschüttert von solcher Reue hei einem Wesen, das nur aus Unwissenheit gesündigt hatte. Er ging, um seine Rührung nicht sehen zu lassen. Zwei Stunden später trat Joseph in das Zimmer seiner Mutter. Er war bei einem Freunde gewesen, um Geld für die Bezahlung seiner dringendsten Schulden zu leihen. Auf Zehenspitzen kam er herein, er glaubte Agathe schlafend. Er konnte sich also in seinen Sessel setzen, ohne von der Kranken bemerkt zu werden. Ein Schluchzen, unterbrochen von den Worten: »Wird er mir vergeben?« schreckte ihn auf. Schweiß rieselte ihm über den Rücken: Lag die Mutter schon in dem Delirium, das dem Tode vorangeht?

»Was hast du, Mutter?« fragte er und sah erschrocken in ihre tränenroten Augen, ihr gequältes Gesicht.

»Joseph, wirst du mir vergeben, mein Kind?«

»Was denn vergeben?«

»Ich habe dich nichtgeliebt, wie du es verdientest ...«

»Was machst du für Späße!« rief er. »Du mich nicht geliebt? ... Leben wir nicht seit sieben Jahren zusammen? Bist du nicht seit sieben Jahren meine Haushälterin? Seh ich dich nicht Tag um Tag? Hör ich nicht deine Stimme? Bist du nicht die sanfte, duldsame Gefährtin meines Elends? Du verstehst nichts von Malerei ... Ja, das muß einem gegeben sein, dazu kann man nichts tun. Gestern erst hab ich zu Grassou gesagt: ›Mein Trost mitten in all meinen Kämpfen ist, daß ich eine gute Mutter habe; sie ist, wie die Frau des Künstlers sein soll, sie sorgt für alles, sie wacht über meine materiellen Bedürfnisse, ohne sich wichtig zu machen, ohne ...‹«

»Ach nein, Joseph, nein, du hast mich liebgehabt, ich habe dir nicht Liebe mit Liebe vergolten. Ach, jetzt möcht ich noch leben bleiben! ... Gib mir die Hand ...«

Sie nahm Seine Hand, küßte sie und hielt sie fest auf ihrem Herzen. Lange sah sie ihn an und ließ ihn in den zärtlichen Azur ihrer Augen sehen, den sie bisher ihrem Philipp vorbehalten hatte ...

Auf diesen Ausdruck verstand sich der Maler, er war betroffen von etwas Neuem, er sah, wie das Herz der Mutter sich ihm auftat. Er preßte sie in seine Arme und rief in sinnlosem Glück: »Mutter! Mutter! Mutter!«

»Ach, ich fühle es«, sagte sie, »jetzt wird mir vergeben. Gott muß vergeben, was das Kind der Mutter vergibt.«

»Du brauchst Ruhe, reg dich nicht auf. In diesem Augenblick bin ich ja genug geliebt für die ganze Vergangenheit.« Und er rückte ihr die Kissen zurecht.

*   *
*

Während der beiden Wochen, die bei diesem heiligen Geschöpf der Kampf zwischen Leben und Tod dauerte, hatte Agathe Blicke, Regungen und Gebärden für ihren Sohn so voll von lauter Liebe, daß sich in jeder Äußerung ein ganzes Leben zu ergießen schien … Sie dachte nur an ihn, gab kaum auf sich acht und fühlte in ihrer Hingabe ihre Leiden nicht mehr. Worte fand sie bisweilen, wie sie so naiv nur Kinder sprechen. Oft kamen die Freunde D'Arthez, Michel Chrestien, Fulgence Ridal, Pierre Grassou, Bianchon, um Joseph Gesellschaft zu leisten, und deputierten mit leiser Stimme im Zimmer der Kranken.

»Ach, wenn ich doch wußte, was Farbe ist«, rief sie einmal, als sie dem Streit über ein Bild zuhörte.

Und Joseph seinerseits war hinreißend zu der Mutter, er verließ ihr Zimmer kaum, er verzärtelte sie. Es war ein unvergeßliches Schauspiel für die Freunde des großen Malers. All diese Männer, in deren Wesen Talent und Charakter so echt zusammenklang, waren für Mutter und Sohn wie Engel, die mitbeten und mitweinen ohne Worte und ohne Tränen. Aus Agathes Blicken erriet Josephs geniales Zartgefühl ihren heimlichsten Wunsch; und eines Tages sagte er zu D'Arthez: »Zu sehr hat sie diesen Halunken, den Philipp, geliebt, um ihn vor ihrem Tode nicht noch einmal sehen zu wollen …« Joseph bat Bixiou, der emporgekommen war in der Bohème, die Philipp bisweilen aufsuchte, es bei dem infamen Parvenü zu erreichen, daß er aus Mitleid eine Komödie der Sohnesliebe spiele, um Träume in das Sterbelinnen der armen Mutter zu weben. Gern übernahm der Menschenkenner und menschenfeindliche Spötter die Million. In einem mit gelbem Damast ausgeschlagenen Schlafzimmer empfing ihn der Graf von Brambourg und ließ sich von Agathes Lage berichten. Dann antwortete er mit einem Gelächter: »Was zum Teufel hab ich da zu suchen? Der einzige Dienst, den mir die gute Frau leisten kann, ist, sobald wie möglich zu krepieren. Bei meiner Hochzeit mit Fräulein von Soulanges würde sie doch eine traurige Figur abgeben. Je weniger Familie ich habe, um so besser steh ich da. Begreifst du denn nicht, daß ich den Namen Bridau im tiefsten Grab des Kirchhofs verschwinden lassen möchte? … Mein Bruder begeht einen Mord an mir, indem er meinen wahren Namen an die große Glocke hängt. Du hast zu viel Geist, um meine Lage nicht zu übersehen. Nimm an, du mit deinem fabelhaften Mundwerk würdest ein gefürchteter Deputierter und könntest es zum Grafen Bixiou und zum Staatssekretär der Künste bringen, wäre es dir dann angenehm, daß deine Großmutter Descoings noch lebte? Würdest du ihr gern in den Tuilerien den Arm reichen? Sie der Adelsfamilie vorstellen, in die du aufgenommen werden möchtest? Nein, mein Junge, du würdest sie sechs Schuh unter die Erde und in ein bleiernes Hemd wünschen … Frühstücke mit mir und laß uns von was anderm reden. Ich bin ein Emporkömmling, mein Lieber, das weiß ich! Ich habe keine Lust, meine Windeln vorzuzeigen! … Mein Sohn, der wird es besser haben als ich, er wird ein großer Herr sein. Der Spitzbube wird mir den Tod an den Hals wünschen, darauf bin ich gefaßt; sonst wär er nicht mein Sohn.«

Er klingelte und ließ ein vornehmes Frühstück auftragen.

»Aber die vornehme Welt würde dich doch in dem Zimmer deiner Mutter gar nicht sehen«, meinte Bixiou. »Was kann es dich schon kosten, der armen Frau ein paar Stunden die Liebe vorzuspielen?«

Philipp kniff das Auge: »Du kommst von ihnen. Ich kenn mich aus. Meine Mutter will mir bei Gelegenheit ihres letzten Seufzers für ihren Joseph was abschwindeln! … Danke.«

Als Bixiou diesen Auftritt Joseph erzählte, wurde dem armen Maler kalt bis in die Seele hinein.

»Weiß Philipp, daß ich krank bin?« fragte Agathe mit leidender Stimme am Abend desselben Tages. Joseph ging aus dem Zimmer, um seine Tränen nicht sehen zu lassen. Der Abbé Loraux, der am Bett seines Beichtkindes saß, drückte Agathes Hand und sagte: »Mein Kind, Sie haben immer nur einen Sohn gehabt! …«

Als Agathe diese Worte hörte, bekam sie einen Anfall, mit dem ihr Todeskampf begann. Vierundzwanzig Stunden später war sie tot. In der Agonie entfuhr ihr die Frage: »Von wem hat Philipp das geerbt?«

Joseph führte allein das Trauergeleit seiner Mutter. Philipp hatte sich dienstlich nach Orleans schicken lassen. Ihn vertrieb aus Paris ein Brief, den Joseph ihm schrieb, als die Mutter ihren letzten Seufzer verhauchte:

»Untier, meine arme Mutter ist gestorben an der Erschütterung, die Dein Brief verursacht hat; leg Trauer an; aber sieh zu, daß Du krank bist; ich will nicht ihren Mörder neben mir hinter ihrem Sarge haben. Joseph B.«

Der Maler, der keinen rechten Mut hatte zu malen, obwohl sein tiefer Schmerz nach der mechanischen Ablenkung durch Arbeit verlangte, war umgeben von seinen Freunden, die sich geeinigt hatten, ihn nicht allein zu lassen. So war etwa zwei Wochen nach dem Begräbnis einmal auch Bixiou, der Joseph so sehr liebte wie ein Spötter überhaupt lieben kann, unter den Freunden im Atelier, als plötzlich die Magd hereinkam und Joseph einen Brief reichte, den eine alte Frau gebracht hatte, die unten beim Portier auf Antwort wartete:

»Mein Herr!

Den Namen Bruder wage ich Ihnen nicht zu geben, aber ich muß mich an Sie wenden, und sei es auch nur wegen des Namens, den ich trage ...«

Joseph drehte das Blatt um und sah nach der Unterschrift. Die Worte ›Gräfin Flora von Bramhourg‹ jagten ihm einen Schreck ein; er ahnte eine Schandtat des Bruders.

»Der Bube«, sagte er, »würde es mit dem Teufel selbst aufnehmen! Und so was nennt sich Ehrenmann, so was hängt sich einen Haufen Klimperzeug um den Hals und schlägt sein Pfauenrad bei Hofe, statt daß man ihn aufs Rad sticht! So was läßt sich Herr Graf titulieren!«

»Und von der Sorte gibt's viele!« meinte Bixiou.

»Schließlich verdient diese Käscherin, daß sie auch einmal gekäschert wird«, fuhr Joseph fort. »Sie ist die Krätze nicht wert, die sie kriegt, sie hätte mir wie einem Huhn den Hals abhacken lassen, obwohl sie wußte, daß ich unschuldig war.«

Er warf den Brief fort. Da langte Bixiou ihn auf und las ihn vor.

»Ziemt es sich, daß die Gräfin Bridau von Brambourg, was sie auch für Unrecht begangen haben mag, im Spittel stirbt? Wenn das mein Schicksal, der Wille des Herrn Grafen und der Ihre ist, nun gut, so bitten Sie wenigstens Ihren Freund, den Doktor Bianchon, um seine Fürsprache, damit ich in ein Hospital komme. Die Person, die Ihnen diesen Brief bringt, ist elf Tage hintereinander im Hotel Brambourg in der Rue de Clichy gewesen, ohne von meinem Gatten eine Unterstützung zu erlangen. Mein gegenwärtiger Zustand macht es mir unmöglich, einen Anwalt zu nehmen, um auf dem Wege des Rechts durchzusetzen, was mir zusteht, und in Frieden zu sterben. Übrigens kann mich, das weiß ich, nichts mehr retten. Falls Sie sieh nicht um Ihre unglückliche Schwägerin kümmern mögen, so geben Sie mir das nötige Geld, um meinem Leben ein Ende zu machen; ich sehe wohl, Ihr Herr Bruder will meinen Tod und hat ihn stets gewollt. Wohl hat er mir gesagt, er habe drei Mittel, um eine Frau zu töten, aber ich war nicht klug genug zu erraten, welches von den dreien er gegen mich angewandt hat.

Falls Sie mir die Ehre Ihrer Unterstützung erweisen und sich selbst von meinem Elend überzeugen wollen, ich wohne Rue du Houssay, Ecke der Rue Chantereine, im fünften Stock. Wenn ich morgen nicht meine rückständige Miete zahle, muß ich hinaus! Und wo soll ich dann hin? … Darf ich mich nennen Ihre Schwägerin

Gräfin Flora von Bramhourg?«

»Was für eine Kloake von Gemeinheit!« sagte Joseph. »Was mag dahinter stecken?«

»Lassen wir erst einmal die Frau heraufkommen, die wird eine kuriose Vorrede zu dieser Geschichte liefern«, riet Bixiou.

Es erschien ein Weib, das Bixiou als ›wandelnde Lumpen‹ bezeichnete. Ein Haufen Wäschefetzen und alte Kleider, eines immer überm andern, mit Kot bespritzt, das Ganze aufgesetzt auf ein Paar dicke Beine und breite Füße, die gestickte Strümpfe und triefende Schuhe schlecht umhüllten. Oben auf diesem Lappenhügel erhob sich ein Kopf, wie Charlet ihn seinen Straßenkehrerinnen gibt, aufgeputzt mit einem gräßlich zerfaserten Kopftuch.

»Wie heißen Sie?« fragte Joseph, während Bixiou das Weib nebst seinem Regenschirm aus dem Jahre II der Republik abzeichnete.

»Frau Gruget, zu dienen. Hab auch mal Renten gehabt, mein Herrchen«, wandte sie sich an Bixiou, dessen tückisches Lachen sie verdroß. »Hätte meine arme Tochter nicht das Pech gehabt, einen zu sehr zu lieben, dann wäre ich jetzt auch woanders. Sie ist, mit Verlaub, ins Wasser gegangen, meine arme Ida! Dann hab ich die Dummheit gemacht, eine Quaterne zu halten; dafür muß ich nun mit siebzig Jahren Kranke pflegen, mein lieber Herr, für zehn Sous am Tag und das Essen ...«

»Aber ohne Kleidung«, meinte Bixiou. »Meine Großmama hat auch eine niedliche kleine Terne gehalten, aber die hatte doch was anzuziehen.«

»Von meinen zehn Sous muß ich auch noch die Wohnung zahlen ...«

»Was hat denn die Dame, die Sie pflegen?«

»Nicht so viel hat sie, lieber Herr, was das Geld betrifft, versteht sich! Denn eine Krankheit hat sie, daß die Arzte blaß werden ... Sechzig Tage ist sie mir schuldig, deshalb pfleg ich sie noch immer weiter. Ihr Mann, der Herr Graf, denn sie ist 'ne Gräfin, wird mir doch meine Rechnung zahlen, wenn sie tot ist; dafür hab ich ihr alles gepumpt, was ich hatte ... nun hab ich nichts mehr, hab meinen ganzen Kram versetzt ... Siebenundvierzig Franken zwölf Sous ist sie mir schuldig, außer meinen dreißig Franken für Pflege, und wo sie sich doch jetzt mit Kohlendunst umbringen will ... das ist nicht recht, hab ich ihr gesagt; hab auch zur Portierfrau gesagt, sie soll auf sie aufpassen, solang ich weg bin, denn sie ist imstande und wirft sich aus dem Fenster.«

»Was fehlt ihr denn?« fragte Joseph.

»Ach, lieber Herr, da ist der Arzt von den Schwestern gekommen, aber die Krankheit ...« – Frau Gruget machte ein verschämtes Gesicht – »er hat gesagt, sie muß ins Hospital ... der Fall ist tätlich.«

»Wir gehen hin«, erklärte Bixiou.

Joseph gab der Alten zehn Franken.

Dann griff er in den berühmten Totenkopf und nahm alles Geld heraus, stieg in einen Fiaker und fuhr zu Bianchon, den er zum Glück zu Hause traf; inzwischen eilte Bixiou in die Rue de Buci, um Desroches abzuholen. Eine Stunde Später trafen sich die vier Freunde in der Rue du Houssay.

»Dieser Kavallerie-Mephistopheles, der sich Philipp Bridau nennt«, sagte Bixiou, »hat es kurios angestellt, um sich seine Frau vom Halse zu schaffen. Wie ihr wißt, hat unser Freund Lousteau, der den Tausendfrankenschein brauchen kann, den Philipp ihm jeden Monat gibt, dafür gesorgt, daß Frau Bridau in der Gesellschaft von Florine, Mariette, Tullia und der Val-Noble blieb. Als Philipp sah, wie sich seine Käscherin an schöne Toiletten und teure Vergnügungen gewöhnte, hat er ihr kein

Geld mehr gegeben und es ihr selbst überlassen, sich's zu verschaffen. Wie, könnt ihr euch denken! So hat er im Verlauf von anderthalb Jahren seine Frau von Vierteljahr zu Vierteljahr tiefer hinabsinken lassen; schließlich hat er ihr noch mit Hilfe eines schneidigen Unteroffiziers den Geschmack an Schnäpsen beigebracht. In dem Maße, als er sich erhob, sank seine Frau, und jetzt sitzt die Gräfin im Schmutze. Aber dies Landkind hat ein hartes Leben; ich weiß nicht, was Philipp angestellt hat, um sie ganz loszuwerden. Neugierig bin ich, den Schluß dieses kleinen Dramas kennenzulernen, denn ich habe noch eine Rache vor an dem Kumpan.« Und in einem Ton, der die Freunde im Zweifel ließ, ob er scherzte oder im Ernst sprach, fuhr Bixiou fort: »Ach, meine Freunde, es genügt, einen Menschen einem Laster auszuliefern, um ihn loszuwerden. ›Sie hat zu sehr den Tanz geliebt, und das hat sie getötet‹, sagt Victor Hugo. Meine Großmutter liebte die Lotterie, der alte Rouget liebte gewisse Späße, und Lolotte hat ihn getötet. Frau Bridau, das arme Weib, liebte Philipp, an ihm ist sie verdorben. Das Laster! Das Laster! Meine Freunde, wißt ihr, was das Laster ist? Der Kuppler des Todes!«

»Danach müßtest du an einem Witz sterben!« meinte Desroches.

Vom vierten Stock an klommen die jungen Leute eine leiterähnliche steile Treppe hinan, wie sie in Pariser Häusern zu gewissen Mansarden führen. Joseph, der Flora in voller Schönheit gekannt hatte, war auf einen furchtbaren Gegensatz gefaßt, aber das entsetzliche Schauspiel, das sich seinem Künstlerauge bot, hatte er nicht ahnen können. Unter dem scharfen Winkel einer Mansarde ohne Tapete lag auf einem Gurtenbett mit magerer, kümmerlich mit Wollresten gefüllter Matratze, eine Frau, grün wie eine Wasserleiche am zweiten Tage und mager wie eine Schwindsüchtige zwei Stunden vor dem Tode. Der faulige Kadaver hatte ein häßliches kariertes Baumwolltuch auf dem haarlosen Schädel. Um die hohlen Augen waren rote Ringe, die Lider glichen Eihäutchen. Von dem einst so reizenden Leibe war nur ein armseliges Knochengerüst übriggeblieben. Als sie Besuch kommen sah, zog Flora über ihre Brust einen Musselinfetzen, der früher ein kleiner Fenstervorhang gewesen sein mochte, er hatte einen Rostrand wie von Gardinenstangen. Das ganze Mobiliar, das die jungen Leute im Zimmer sahen, bestand in zwei Stühlen, einer elenden Kommode, auf der eine Kerze in eine Kartoffel gesteckt war, und einem tönernen Kohlenbehälter in einem leeren Kamin. Bixiou entdeckte den Rest des Schreibpapiers, das beim Krämer gekauft worden war, um den Brief zu schreiben, den die beiden Frauen wahrscheinlich gemeinsam verfaßt hatten. Als die Sterbende Joseph erblickte, rannen ihr zwei dicke Tränen über die Wangen.

»Sie kann noch weinen!« sagte Bixiou. »Tränen, die aus einem Dominobrett laufen: dies Schauspiel erklärt das Wunder Mose.«

»Wie ausgetrocknet sie ist!« sagte Joseph.

»Ja, am Feuer der Reue«, sagte Flora. »Und ich kann keinen Priester bekommen, ich habe nichts, nicht einmal ein Kruzifix, um Gottes Bild zu sehen!« Sie hob ihre Arme, die wie zwei angespitzte Holzstücke aussahen, und rief: »Wohl bin ich schuldig, aber so wie mich hat Gott noch niemand gestraft ... Philipp hat Max getötet, der mir Gräßliches geraten hatte, und jetzt tötet er mich. Er ist Gottes Geißel ... Oh, hütet euch, wir haben alle unsern Philipp.«

»Laßt mich mit ihr allein«, sagte Bianchon, »ich will untersuchen, ob ihre Krankheit heilbar ist.«

»Wenn man sie heilte, Philipp Bridau würde krepieren vor Wut«, sagte Desroches; »ich will den Zustand seiner Frau zu Protokoll nehmen; er hat sie nicht wegen Ehebruchs verurteilen lassen, sie genießt alle Rechte einer Ehefrau; er soll einen Skandalprozeß kriegen. Zunächst wollen wir die Frau Gräfin in die Klinik des Doktors Dubois in der Rue du Faubourg Saint-Denis bringen lassen; dort soll sie mit allem Luxus gepflegt werden. Dann will ich den Grafen wegen böswilliger Verlassung vor Gericht zitieren.

»Bravo, Desroches!« rief Bixiou. »Was für ein Vergnügen, Gutes zu tun, das andern übel bekommt.« Bianchon kam heraus zu seinen Freunden und sagte: »Ich laufe zu Desplein, er kann durch eine Operation diese Frau retten. Oh, er wird sie sorgsam behandeln, denn das Übermaß von Alkohol hat in ihrem Fall eine prachtvolle Krankheit entwickelt, die man schon verloren glaubte.«

»Kleiner Schäker, sagte Bixiou. »Sind denn da nicht ein paar Krankheiten?«

Aber Bianchon war schon im Hof, so eilig hatte er es mit seiner großen Neuigkeit für Desplein. Zwei Stunden später wurde Josephs Schwägerin in die Klinik überführt, die der Doktor Dubois gegründet und später die Stadt Paris angekauft hat. Und nach drei Wochen stand in den Hospitalnachrichten der Bericht über einen der kühnsten Versuche der modernen Chirurgie, ausgeführt an einer mit den Initialen F. B. bezeichneten Kranken. Die Patientin erlag mehr dem Schwächezustand, in den sie das Elend gebracht hatte, als den Folgen der Operation.

Alsbald suchte der Oberst Graf von Brambourg in tiefer Trauer den Grafen von Soulanges auf und teilte ihm den ›schmerzlichen Verlust‹ mit, den er erlitten hatte. Man tuschelte in der Gesellschaft, der Graf von Soulanges verheirate seine Tochter an einen Emporkömmling von großen Meriten, der demnächst Brigadegeneral und Oberst eines königlichen Garderegiments werden würde. De Marsay gab diese Neuigkeit an Rastignac weiter, der brachte sie bei einem Souper im Rocher de Cancale zur Sprache in Gegenwart von Bixiou. ›Daraus wird nichts!‹ entschied der geistvolle Künstler für sich.

Andere Freunde, die Philipp verleugnete, wie Giroudeau, konnten sich nicht rächen. Aber daß er Bixiou verletzt hatte, der wegen seines Geistes überall offnes Haus fand und nicht zu verzeihen pflegte, das war ungeschickt. Philipp hatte im Rocher de Cancale bei einem Souper, an dem gewichtige Persönlichkeiten teilnahmen, zu Bixiou, der ihn im Hotel Brambourg besuchen wollte, vor aller Welt gesagt: »Du kannst zu mir kommen, wenn du Minister bist!« …

»Muß ich am Ende Protestant werden, um dich besuchen zu dürfen?« spaßte Bixiou laut, aber innerlich sagte er sich: ›Bist du ein Goliath, ich habe meine Schleuder, und an Kieselsteinen fehlt es mir auch nicht.‹

Er ließ sich von einem befreundeten Schauspieler durch die Allmacht des Kostüms in einen Weltgeistlichen mit grüner Brille auf der Nase verwandeln, fuhr in einem Mietwagen zum Hotel Soulanges und wurde auf sein Drängen, Herrn von Soulanges in wichtiger Angelegenheit sprechen zu müssen, vorgelassen; er spielte den Würdenmann, dem wichtige Geheimnisse anvertraut sind. Mit verstellter Stimme erzählte er die Krankheit der verstorbenen Gräfin, deren schreckliches Geheimnis ihm Bianchon mitgeteilt hatte, den Tod Agathes, den Tod des alten Rouget, dessen sich der Graf von Brambourg gerühmt hatte, den Tod der Descoings, den Eingriff in die Zeitungskasse und Philipps Lebenswandel in seinen üblen Tagen. »Der Herr Graf werden ihm Ihre Tochter nicht geben, bevor Sie Ihre Erkundigungen eingezogen haben, befragen Sie seine alten Gefährten Bixiou, den Hauptmann Giroudeau usw.«

Drei Monate später waren bei dem Obersten Grafen von Brambourg Du Tillet, Nucingen, Rastignac, Maxime de Trailles und De Marsay zum Souper eingeladen. Unbekümmert nahm der Gastgeber die halb tröstenden Äußerungen seiner Gäste über seinen Bruch mit dem Hause Soulanges auf.

»Du kannst Besseres finden«, sagte Maxime.

»Was für ein Vermögen muß man haben, um ein Fräulein von Grandlieu zu heiraten?« fragte Philipp Herrn de Marsay.

»Sie? ... Sie bekämen die häßlichste der sechs Töchter nicht unter zehn Millionen«, war die unverschämte Antwort.

»Ach, mit zweihunderttausend Franken Rente können Sie Fräulein von Langeais, die Tochter des Marquis, haben; sie ist häßlich, dreißig Jahre alt, und hat keinen Heller Mitgift, das wäre etwas für Sie«, sagte Rastignac.

»Heut in zwei Jahren habe ich zehn Millionen«, erklärte Philipp Bridau.

»Wir schreiben den 16. Januar 1829!« rief Du Tillet. »Ich arbeite seit zehn Jahren und habe sie noch nicht.«

»Wir werden einander beraten, und Sie sollen sehen, wie ich mich auf die Finanzen verstehe«, antwortete Bridau.

»Wieviel haben Sie denn, alles in allem?« fragte Nucingen.

»Wenn ich alles flüssig mache, außer meinem Gut und meinem Haus, die ich nicht riskieren will und kann, weil sie zu meinem Majorat gehören, könnte ich gut eine Summe von drei Millionen zusammenbringen ...«

Nucingen und Du Tillet sahen sich an. Nach diesem besondern Blick sagte Du Tillet zu Philipp: »Mein lieber Graf, wir werden zusammen arbeiten, wenn Sie wollen.«

De Marsay bemerkte den Blick, den Du Tillet Nucingen zugeworfen hatte und der besagte: »Die drei Millionen gehören uns.« Diese beiden großen Bankiers standen mitten im politischen Geschäft und konnten im gegebenen Augenblick mit ziemlicher Sicherheit auf der Börse gegen Philipp spielen, wenn die Wahrscheinlichkeit ihm günstig schien, während es die Wirklichkeit ihnen war. Der Fall trat ein. Bis zum Juli 1830 hatten Du Tillet und Nucingen den Grafen von Brambourg, der ihnen ganz vertraute, fünfzehnhunderttausend Franken gewinnen lassen. Philipp, den die Gunst der Restauration emporgebracht hatte, ließ sich von seiner tiefen Verachtung der ›Zivilisten‹ täuschen, glaubte an den Erfolg der Drei Verordnungen des Königs und wollte auf Hausse spielen; Nucingen und Du Tillet glaubten an Revolution und spielten auf Baisse gegen ihn. Dabei stimmten die beiden Schlauberger dem Grafen von Brambourg in allen seinen Überzeugungen bei; sie machten ihm Hoffnung, seine Millionen zu verdoppeln, und hielten sich bereit, sie ihm abzunehmen. Philipp schlug sich wie einer, für den der Sieg vier Millionen bedeutet. Seine Ergebenheit erregte Aufsehen, er wurde zusammen mit dem Herzog von Maufrigneuse nach Saint-Cloud befohlen. Diese Auszeichnung rettete ihm das Leben; denn er wollte am 25. Juli einen Sturm unternehmen, um die Boulevards zu säubern, und dabei hätte er sicher von seinem Freunde Giroudeau, der eine Division der Gegner befehligte, eine Kugel abbekommen. Einen Monat später besaß der Oberst Bridau von seinem gewaltigen Vermögen nur noch sein Haus, sein Landgut, seine Bilder und Möbel. Er war obendrein, wie er selbst fand, dumm genug, an die Wiedereinsetzung der älteren Linie zu glauben, der er bis 1834 treu blieb.

Als er erfuhr, daß Giroudeau Oberst geworden war, nahm er aus ziemlich begreiflicher Eifersucht wieder Dienste. Sein Unglück wollte, daß er 1835 ein Regiment in Algier bekam, wo er drei Jahre lang, in beständiger Hoffnung auf die Generalsepauletten, auf dem gefährlichsten Posten blieb; ein böswilliger Einfluß, der des Generals Giroudeau, ließ ihn dort sitzen und warten. Hart geworden, übertrieb Philipp die Härte des Dienstes und war trotz seiner an Murat erinnernden Tapferkeit verhaßt. Im Anfang des verhängnisvollen Jahres 1839 unternahm er bei einem Rückzug einen Gegenangriff gegen überlegene arabische Streitkräfte und stürzte sich mit einer einzigen Kompagnie auf das Gros des Feindes. Es gab einen blutigen schrecklichen Kampf, Mann gegen Mann, und nur wenige Reiter schlugen sich durch. Als diese aus der Ferne ihren Obersten umzingelt sahen, hatten sie keine Lust, ihr Leben unnütz dranzusetzen, um ihn herauszuschlagen. Sie hörten noch die Rufe: »Euer Oberst! Herzu mir! Ein Oberst des Kaisers!«, dann folgte ein gräßliches Geheul. Sie kehrten zum Regiment zurück. Philipp fand einen schaurigen Tod; man schnitt ihm, als er von den Jatagans schon halb zerhackt war, den Kopf ab.

Um dieselbe Zeit heiratete Joseph, protegiert von dem Grafen von Sérizy, die Tochter eines ehemaligen Pächters und Millionärs und erbte Schloß und Gut Brambourg, über die sein Bruder nicht mehr hatte verfügen können, so gern er Joseph des Erbes beraubt hätte. Am meisten freute sich der Maler an der schönen Bildersammlung. Jetzt besitzt Joseph bereits sechzigtausend Franken Rente, denn sein Schwiegervater häuft ihm von Tag zu Tag die Taler. Obwohl er herrliche Gemälde schafft und den Künstlern große Dienste leistet, ist er noch immer nicht Mitglied des Instituts. Infolge einer Klausel in der Stiftungsurkunde des

Majorats ist er Graf von Brambourg geworden, worüber er sich oft im Atelier mit seinen Freunden vor Lachen schüttelt.